# NET FORCE 5

Tom Clancy et Steve Pieczenik avec Steve Perry
présentent

TOM CLANCY

*Net Force 5*

Point d'impact

ROMAN TRADUIT DE L'AMÉRICAIN PAR JEAN BONNEFOY

ALBIN MICHEL

*Titre original :*

TOM CLANCY'S NET FORCE
POINT OF IMPACT
Publié par Berkley Books, avec l'accord de Netco Partners

# Prologue

*Samedi 1ᵉʳ octobre 2011*
*Atlantic City, New Jersey*

« On devrait sortir et profiter de ce beau soleil », proposa Mary Lou.

Ricanement de Bert. « C'est ça. On s'est tapé toute cette putain de route depuis le Bronx pour se dorer au soleil ? Si je voulais me chauffer la couenne, je pouvais le faire à la maison. Non merci, j'suis très bien là où j'suis. »

Et Bert d'introduire un nouveau dollar dans la machine à sous avant d'appuyer sur le bouton. Il n'aimait pas autant ces nouvelles machines électroniques que les bonnes vieilles bécanes mécaniques, comme celles installées dans les arrière-salles de ces bars du New Jersey où son père aimait aller zoner avec lui quand il était môme. C'était cool, ce grand levier qu'on abaissait et ces vrais cylindres qui tournaient et tournaient. Tout ça pour un malheureux quart de dollar. Avec les nouvelles, il doutait qu'on en ait vraiment pour son fric. Devait pas être bien sorcier pour un informaticien de les bidouiller pour leur faire garder jusqu'à votre dernier sou, mais enfin, fallait faire avec. Merde, il était encore gagnant de soixante-quinze billets, alors de quoi se plaignait-il ?

Tout autour de lui, les machines aux voyants multicolores bourdonnaient et cliquetaient sur fond de petites musiques merdiques et, de temps en temps, elles crachaient des jetons dans une goulotte métallique.

Mary Lou remarqua : « Ben dis donc, on voit pas ça tous les jours. »

Sur l'écran d'ordinateur, l'image des cylindres tournoyant s'était immobilisée pour présenter une cerise, une barre et la photo d'une vague rock star défunte. Naze. Plus que soixante-quatorze dollars de bénef.

Irrité, Bert lança : « Quoi ?

– Là-bas, regarde. »

Il regarda dans la direction indiquée par Mary Lou. Et vit aussitôt ce qu'elle voulait dire. Un vieux bonhomme grassouillet, cheveux blancs, la soixantaine bien sonnée, venait de faire son entrée. Il s'engagea dans la salle de jeu d'un pas décidé – rien de bien spécial jusque-là, sauf que le mec était uniquement vêtu d'un minuscule string rouge.

« Bon Dieu, je m'esquinte à ramasser du fric et toi, tu cherches à me faire gerber ou quoi ? On devrait interdire ce genre de tenue quand on se trimbale avec vingt kilos de trop.

– Ça l'est sans doute. Je parierais que le règlement intérieur de l'établissement interdit de se balader en maillot de bain, sans au moins un peignoir et des sandales ou des tongs. Vise un peu d'ailleurs, un des gars de la sécu s'apprête à l'éjecter. »

Un malabar en uniforme, un mètre quatre-vingt-dix, cent vingt kilos, à l'aise, obliquait en effet vers le gros mec en maillot rouge. Ça risquait de valoir le coup d'œil. On voyait pas souvent un type en string se faire virer d'un casino. À vrai dire, pour Bert, c'était même une première.

String sourit au malabar, le saisit par les bras juste sous les aisselles, le souleva du sol et l'envoya valser comme une vulgaire poupée de chiffon. Le vigile alla s'écraser contre une machine à sous dans un fracas assourdissant.

« Sacré bon Dieu ! » s'exclama Bert.

Il n'était pas le seul à avoir remarqué le nouveau venu. Deux autres vigiles débarquaient au pas de course, dégainant déjà ces fameuses matraques télescopiques en acier.

String ne parut même pas inquiet. En deux pas, il se dirigea vers la machine à sous la plus proche. Elle était boulonnée au plancher, et Bert se demanda ce qu'il comptait faire.

Souriant toujours, String l'arracha du sol aussi facilement qu'on enlèverait un clou d'une planche vermoulue avant de la balancer sur le premier vigile. Ça fit un sacré putain de boucan.

Bert resta figé sur place, interdit. C'était impossible. Il fréquentait la salle de sport deux ou trois fois par semaine et s'estimait en forme pour un presque quadragénaire : il était capable de pousser ses cent vingt kilos à la planche, et il était totalement exclu que ce gros mollasson aux cheveux blancs ait la musculature permettant de réaliser ce genre d'exploit. Impossible. Personne n'avait une telle force.

Le deuxième vigile projeta aussitôt sa matraque en acier pour l'écraser sur le crâne aux cheveux de neige. String leva les mains, comme au ralenti, saisit la matraque alors qu'elle s'abattait, l'arracha des mains du vigile et l'expédia dans les airs. L'objet partit en tournoyant si vite que Bert eut même du mal à en suivre la trajectoire. Puis String empoigna le garde, d'une seule main, et ce dernier partit littéralement en vol plané vers deux clients ; tous les trois se retrouvèrent par terre.

Mary Lou fixait String, interdite, telle une biche éblouie par les phares d'une voiture. Bert comprenait volontiers : lui-même avait l'impression d'être sous hypnose. Il était incapable de détourner les yeux.

Constatant le sort fait à ses deux collègues, le troisième vigile lâcha sa matraque pour porter la main vers son pistolet. Ce n'était peut-être pas la meilleure idée, jugea Bert.

En deux pas couverts en une fraction de seconde, String s'était jeté sur le type pour lui saisir le poignet avant même que celui-ci ait eu le temps de dégainer.

À dix mètres de là, Bert entendit parfaitement le claquement de l'os qui se brisait.

*Putain de merde !*

Le vigile tomba à genoux en hurlant de douleur et String le contourna comme une vulgaire crotte de chien sur un trottoir.

C'est alors qu'on passa aux choses sérieuses. String se mit à foncer pour traverser la salle de jeu comme le général Sherman parcourant la Géorgie, en démolissant tout sur son passage. Il défonça les machines à sous, renversa les tables de jeu, retourna complètement une table de roulette. Tout le monde s'écartait devant lui, paniqué.

C'était un véritable bulldozer et il faisait ça sans se départir de son sourire... Incapable de savoir quelle mouche avait pu piquer le bonhomme, Bert contemplait la scène, interdit.

Cela parut durer une éternité mais il n'avait pas dû s'écouler plus d'une minute ou deux quand les forces de l'ordre débarquèrent. Six policiers, en tenue de combat.

Les deux premiers à se présenter devant String voulurent le maîtriser tout en lui assenant des coups de matraque. Après avoir vu le comportement de l'énergumène, on aurait pu les imaginer plus futés, mais non. Résultat : String s'empara du premier et s'en servit comme d'une arme pour frapper le second.

Les quatre autres flics étaient plus malins : l'un d'eux dégaina sa bombe au poivre, un collègue son taser, et tous deux pressèrent le bouton.

String se rua sur les policiers. Derrière le nuage de poivre, Bert vit les deux dards électriques du taser s'enfoncer dans la poitrine du vieux, mais sans que ce dernier paraisse le moins du monde gêné par le gaz ou la décharge électrique. L'un ou l'autre aurait dû l'immobiliser, suffoquant ou sautillant comme une araignée sur une plaque chauffante, mais non, il ne ralentit même pas. Il vint percuter les deux flics et les étendit les quatre fers en l'air. Le choc l'avait jeté à terre lui aussi, mais en un clin d'œil il était debout.

Cette fois, il avait l'air en rogne pour de bon : il ramassa l'un des flics – un gros Noir qui devait bien faire ses deux cents livres – et s'en servit comme d'un club de golf pour frapper l'épaisse dalle vitrée séparant la cafétéria de la salle de jeu.

La cloison devait bien être à deux ou trois mètres de là, facile. Elle explosa, expédiant des éclats de verre en tous sens et le flic qui la traversa allait pouvoir s'estimer heureux de ne pas être réduit en chair à pâté.

« Tout le monde à terre ! avertit l'un des deux derniers flics indemnes. À terre, à terre, à terre ! »

Les clients s'aplatirent mais pas String, ni Bert qui resta debout à contempler la scène.

Les deux flics avaient dégainé leurs flingues – de bons vieux Glock – qu'ils braquaient sur le vieux.

Ce dernier les regarda en souriant d'une espèce de sourire désabusé. Comme s'il avait de la peine pour eux. Il avança dans leur direction.

« Bouge plus, connard ! »

Il n'obéit pas.

Les deux flics tirèrent en même temps, deux ou trois coups de feu chacun.

String avançait toujours, et les flics continuaient de tirer.

Bert vit parfaitement les impacts sur le vieux bonhomme, il vit des cloques noires se former sur ses bras et son torse, des blessures d'où suintait le sang, mais il continuait d'avancer.

Les gens s'égosillaient mais les flics canardaient tant et plus. Machinalement, Bert essaya de compter les coups de feu, mais il renonça. Quelle était la capacité de ces chargeurs ? Quinze ? Dix-huit ? Ils n'allaient pas tarder à être à court de munitions.

On se serait cru dans un film d'horreur : le vieux

bonhomme en slip de bain rouge qui continuait de se diriger en titubant vers les flics. Il avait été déjà touché sept ou huit fois mais sans que ça l'arrête.

« Et puis merde ! » glapit un des flics. Il tourna les talons et détala.

Son collègue finit de vider son chargeur puis, alors que String était presque sur lui, il lança le Glock.

« Ben voyons. Le mec se prend une chiée de bastos dans le buffet et tu crois peut-être que ton pistolet à bouchon va le défriser ? » Bert mata le flic. *Tu serais pas un peu con, toi ?*

Le vieux empoigna le flic, réussit à le soulever de terre d'une bonne quinzaine de centimètres...

... et puis, en définitive, il se retrouva en panne sèche. Il lâcha le pandore et bascula pour s'étaler, le nez par terre.

Un grand silence revint dans la salle de jeu.

« Putain de bordel de merde, bredouilla Bert.

– Tu l'as dit, bouffi », répondit Mary Lou.

# 1

## *Dimanche 2 octobre*
## *Washington, DC*

Alex Michaels grogna en sentant la douille riper sur la tête du boulon hexagonal, sa main partir en avant et le cache-culbuteur lui écorcher les phalanges.

« Ouille ! Saloperie ! »

Dans ces moments-là, il était enclin à en vouloir au boulon ou à la clé, mais comme c'était lui qui l'avait serré et que la douille et le cliquet étaient des Craftsman quasiment neufs, il savait bien qu'il ne devait s'en prendre qu'à lui-même.

Il entendit, venant de la cuisine, Toni lui crier : « Ça va ? »

Il dut répondre un peu plus fort qu'il n'était de mise : « Ouais, ouais, ça va. Saleté de Chevrolet de merde ! »

Toni apparut à la porte du garage. Il était penché au-dessus de l'aile droite, la tête sous le capot, aussi la vit-il. Enceinte de cinq mois, avec son T-shirt et son pantalon de survêt en stretch, elle était, si c'était possible, plus belle que jamais.

Elle lui sourit. « Ce n'est pas ce que tu disais quand tu voulais me convaincre qu'il te la fallait à tout prix. "Une Bel-Air 55 décapotable. Une voiture historique", disais-tu.

– Ouais, bon, c'était avant que j'aie l'occasion de bricoler dessus. C'te bagnole est fabriquée comme un char d'assaut.

– Encore un argument de vente, crois-je me rappeler. »

Il lorgna le boulon. Il estima qu'il était suffisamment serré. Il reposa la clé à cliquet, ramassa un chiffon rouge, prit une noix de pâte à la lanoline et entreprit de nettoyer la graisse qui maculait ses doigts. C'est vrai, c'était une voiture historique. Conçue par Edward Coles, le patron du bureau d'études de la General Motors dans les années 50, et dessinée par le légendaire Harvey Earl, la 55 avait été le premier modèle à utiliser le moteur V-8 « small block » de 4,3 litres – le 265 cubic inches – qui devait passer à 4,6 litres avec le 283, puis enfin à 5,3 litres avec le 327. Ces moteurs devinrent la référence pour tous leurs concurrents pendant plus de quatre décennies. Une décapotable en état concours pouvait atteindre les soixante à soixante-quinze mille dollars, facile. Même un modèle « dans son jus », comme celui-ci, était loin d'être donné.

Il rendit à Toni son sourire. « Je croyais que ta tâche était de m'éviter de monter sur mes grands chevaux.

– Je n'ai pas souvenance d'avoir entendu une telle clause dans mes vœux de mariage. »

Il s'approcha d'elle. « Et sinon, comment se passent tes entraînements de djurus ? »

Le sourire de son épouse s'évanouit et des rides

barrèrent son front. « Affreux. Je suis complètement déséquilibrée ! Chaque fois que je tente une rotation, je manque me flanquer par terre. Quand je lance un coup de pied chassé, j'ai un mal de chien à ne pas partir en arrière. Et quand je me suis accroupie pour le cinquième djuru, j'ai lâché une caisse ! »

Il ne put s'empêcher d'éclater de rire.

Il vit son visage s'assombrir, ses yeux s'emplir de larmes.

« C'est pas drôle, Alex ! Merde, j'ai l'impression d'être devenue une grosse vache ! »

Michaels s'empressa de la serrer dans ses bras. « Hé, mais c'est pas grave !

– Si, ça l'est ! Personne ne m'avait dit que ça allait se passer comme ça ! Si je peux pas faire mon entraînement de silat, je vais devenir cinglée ! »

Ce n'était pas le moment de lui rappeler que son gynéco lui avait dit de renoncer aux exercices violents, suite à une hémorragie en tout début de grossesse. Tout était redevenu normal mais par simple précaution, Toni était censée éviter les efforts inconsidérés. Au nombre desquels, en théorie, les petits pas de danse de cet art martial indonésien qu'elle pratiquait en experte. Non, vraiment pas le moment. Une parole malencontreuse et elle éclaterait en sanglots, ce qui lui ressemblait si peu qu'il en était encore chaque fois étonné. Juste une question d'hormones, avait expliqué le toubib, un phénomène normal de la grossesse, mais Michaels n'avait toujours pas réussi à s'y faire. Toni était capable de rosser la plupart des types, même d'excellents pratiquants d'arts martiaux – il en avait été le témoin à plusieurs reprises – et la voir ainsi se mettre à chialer

16

pour un oui ou pour un non, c'était... eh bien, ça lui faisait froid dans le dos.

« Peut-être que tu devrais... je sais pas, moi, lever un peu le pied, côté djurus. Tu n'as plus que quatre mois avant la naissance...

– Quoi ? Lever le pied ? J'ai fait mes djurus quasiment tous les jours depuis l'âge de treize ans. Même durant ma pneumonie. Je n'ai arrêté que soixante-douze heures en tout et pour tout. Il est hors de question que j'y renonce pour quatre mois !

– D'accord, d'accord, c'était juste une suggestion. »

Peut-être valait-il mieux qu'il s'abstienne de tout commentaire. Cela faisait un bout de temps qu'il n'avait plus côtoyé de femme enceinte. Quand Megan, sa première épouse, attendait leur fille Susie, il travaillait au service action : il était souvent sur le terrain, parfois quinze jours d'affilée. Il avait raté une bonne partie de cette expérience, et à l'époque, il l'avait beaucoup regretté. Aujourd'hui qu'il était devenu patron de la Net Force, une des unités d'élite du FBI, sans doute pourrait-il passer un peu plus de temps au bureau, en attendant que les choses se tassent un peu.

À peine l'idée l'avait-elle effleuré qu'il se sentit coupable de l'avoir eue.

« Je sais bien que ce n'est pas de ta faute, dit Toni. Enfin, bon, si, c'est de la tienne – techniquement parlant. » Elle sourit. « Mais je ne te le reproche pas. »

Il lui rendit son sourire. Et vit aussitôt son humeur changer du tout au tout, hop, comme ça, le jour et la nuit.

« Allez, retourne finir de bricoler ton carburateur. Tu installes le quadruple corps ?

– J'ai décidé de mettre plutôt quatre doubles corps, histoire de lui donner un peu plus de répondant, tu vois... »

Elle hocha la tête. « Toi, tu t'es encore revu *American Graffiti*, pas vrai ? Les garçons et leurs jouets... T'auras pas les moyens de la faire rouler, cette tire, tu sais. Elle va te sucer combien ? Plus de quarante litres au cent ? Faudra que tu prennes une hypothèque pour faire le plein.

– Ma foi, je suis tout à fait prêt à la revendre. Un jour...

– C'est ça, oui. Allez, va t'écorcher les doigts et pester contre les types qui ont conçu ce gros bloc de fonte made in Detroit. Moi, je vais m'asseoir et voir si je peux empêcher ton fils de prendre ma vessie pour un ballon de foot.

– En tout cas, c'est sûr que la grossesse te va bien.

– Ne rêve surtout pas. Un bébé, point final. C'est ma limite. »


Toni retourna devant son ordinateur et rabattit devant ses yeux le bandeau de réalité virtuelle, tout en réglant oreillettes et bulbes olfactifs. Le récepteur sans fil était d'une portée suffisante pour que, si jamais ses chevilles se mettaient à enfler, elle puisse au moins s'étendre et relever ses pieds avec un coussin, tout en demeurant connectée. Une fois mis les gants tactiles, elle était fin prête.

Activant le scénario par défaut de sa machine, elle éprouva un bref instant de désorientation quand le programme de réalité virtuelle prit la main et qu'autour

18

d'elle le décor d'une galerie marchande vint se substituer au petit bureau qu'elle avait installé dans la chambre d'amis. Elle se retrouva devant un ascenseur dont la porte s'ouvrit. Elle entra dans la cabine, en même temps que d'autres clients.

« Artisanat d'art, s'il vous plaît », demanda-t-elle.

Quelqu'un appuya sur un bouton.

Elle éprouva la sensation de monter. Après quelques secondes, un carillon tinta et la porte se rouvrit. Toni sortit de l'ascenseur et avisa la pancarte à quelques mètres d'elle. Les lettres VOUS Y ÊTES palpitaient en vert pâle.

*Mais non, je suis chez moi, dans mon bureau, avec les pieds qui gonflent.*

Mais il n'était guère difficile de se laisser duper par la réalité de l'univers virtuel. Elle trouva rapidement ce qui l'intéressait : la boutique de Hergert, spécialiste du *scrimshaw*, la gravure sur ivoire. Ce n'était pas bien loin – mais elle aurait fort bien pu configurer la RV pour qu'elle soit située à perpète – et elle prit aussitôt la direction indiquée.

Lors de leur lune de miel à Hawaii, ils avaient eu l'occasion de visiter une galerie d'art de marine à Lahaini, sur l'île de Maui. On y exposait toutes sortes de réalisations artisanales d'une qualité exceptionnelle, exécutées sur les matériaux les plus divers : du dessin sur papier à l'huile sur toile en passant par les sculptures sur bronze, sur bois et même en verre moulé. Marines, dauphins et baleines s'y taillaient la part belle, mais ce qui l'avait le plus impressionnée restait malgré tout une modeste vitrine présentant ces minuscules entailles sur os ou ivoire qu'on appelle scrimshaws : des gravures réalisées sur des supports aussi variés que de minuscules fragments d'ivoire fossile, des touches de piano, voire des boules de billard et même deux fanons de baleine à bosse. Certaines de ces images avaient la taille d'un ongle, mais lorsqu'on les examinait à la loupe, elles révélaient un luxe de détails qu'elle n'aurait jamais cru possible. Il y avait des voiliers et des baleines, des portraits, des nus, des tigres et plusieurs thèmes fantastiques. Elle avait été frappée en particulier par cette image d'une femme nue aux longs cheveux, assise en lotus, les yeux levés au ciel, mais en lévitation à soixante centimètres du sol. La gravure avait été réalisée sur un disque d'ivoire pâle de la taille d'une pièce de vingt-cinq cents.

« Mais comment font-ils ça ? » avait-elle demandé à Alex.

Il hocha la tête. « J'en sais rien. Demandons voir. »

La gérante de la galerie fut ravie d'éclairer leur lanterne : « Il existe plusieurs méthodes, leur expliqua-t-elle. Mais dans ce cas précis, l'artiste a commencé par polir l'ivoire avec soin avant de le graver à l'aide d'un instrument d'une extrême finesse, sans doute une aiguille, en réalisant une succession de minuscules trous d'épingle, des milliers, selon la technique dite de la gravure au pointillé. Il l'a ensuite encrée au tampon. Cette pièce est de Bob Hergert, et l'artiste préfère l'huile à l'encre de Chine. Je crois savoir qu'il emploie une teinte appelée noir de suie.

« Une fois la pièce recouverte de peinture, il l'a essuyée de sorte que le pigment ne subsiste que dans les minuscules cuvettes marquées par la pointe. L'ensemble a été bien sûr effectué à la loupe et c'est, vous l'imaginez, un travail qui requiert une infinie patience.

– Je vous crois volontiers, répondit Toni. C'est superbe.

– Oui. Bob est l'un des meilleurs spécialistes du scrimshaw. Nous commercialisons d'autres artistes de grande qualité – Karst, Benade, Stahl, Bellet, Dietrich et même Apple Stephens – mais en plus d'être superbe, le travail de Bob n'en demeure pas moins encore abordable. Il réalise quantité d'œuvres de commande, en particulier sur des manches de couteau ou des crosses d'arme à feu.

– Dans quel ordre de prix ? s'enquit Alex.

– Celle-ci est à huit cents.

– On la prend.

– Non, Alex, on ne peut pas...

– Mais si, on peut. Ce sera ton cadeau de mariage.

– Mais...

– J'ai ramassé un assez joli paquet avec la dernière voiture que j'ai restaurée. C'est dans mes moyens. »

Alors qu'elle emballait l'ivoire avant de passer la carte de crédit d'Alex, la gérante avait ajouté, à l'intention de Toni :

« Si vous êtes toujours curieuse de savoir comment il procède, Bob donne des cours en ligne. »

Sur le coup, Toni s'était défilée avec une vague excuse accompagnée d'un hochement de tête poli, convaincue qu'elle était que jamais elle n'aurait le temps de se consacrer à un tel travail artistique.

À présent, Toni ne pouvait s'empêcher de sourire en y repensant. Elle avait désormais tout le temps voulu – et même à revendre. Elle était censée passer les quatre prochains mois à se tourner les pouces et même si elle avait voulu pratiquer son silat, elle se retrouvait de fait aussi agile qu'une baleine échouée. Elle était juste capable de se tortiller lamentablement sur le sable dès qu'elle essayait de se remuer un peu, elle le voyait bien, or elle n'en était qu'au cinquième mois. Alors au sept ou huitième... Mais être devant une table et gratter un bout de faux ivoire avec une pointe d'épingle ? C'était encore dans ses cordes, et la perspective de créer un objet susceptible d'approcher, même de très loin, le magnifique cadeau d'Alex était séduisante. Certes, elle n'avait pas vraiment de talent artistique mais peut-être qu'avec de la patience et de l'obstination... En tout cas, cela valait le coup d'essayer.

Elle avisa bientôt une étroite devanture. Sur la vitrine était inscrit :

Bob Hergert, Microscrimshaw
www.scrimshander.com

Toni inspira un grand coup, souffla, pénétra dans la boutique.

L'agencement intérieur était soigné. Les ivoires étaient présentés dans des vitrines, posés sur un fond en velours noir : des manches de couteau aux crosses de revolver en passant par les boules de billard ou les réalisations de plus grande taille, ces dernières encadrées. On avait installé au-dessus des vitrines plusieurs loupes montées sur des bras articulés afin de permettre aux visiteurs d'examiner à loisir les pièces les plus petites.

Une guitare électrique était accrochée au mur derrière la plus longue des vitrines. Toni n'y connaissait pas grand-chose en instruments de musique mais la table d'harmonie s'ornait d'une plaque d'ivoire et elle reconnut sans difficulté le visage gravé avec amour sur celle-ci.

Un homme de taille moyenne arborant une épaisse moustache sortit de l'ombre et s'approcha de Toni. « Le King. À son apogée. Dans les années 70, à l'époque du fameux concert télévisé où il portait sa tenue de scène en cuir noir. »

Toni hocha la tête. « J'ai acheté une de vos pièces à Hawaii. Une femme nue assise dans la posture du lotus, en train de léviter.

– Ah, fit-il. Cynthia, la déesse de la Lune. J'ai pris beaucoup de plaisir à réaliser celui-ci. En quoi puis-je vous aider, madame... ?

– Michaels. (Elle était un brin décontenancée d'utiliser de la sorte le patronyme d'Alex.) Toni Michaels.

– Toni. Enchanté.

– Je crois savoir que vous donnez des cours pour apprendre à faire tout ceci. » Et du geste, elle embrassa l'intérieur de la boutique.

« Oui, madame, tout à fait.

– J'aimerais m'inscrire, si c'est possible.

– Sans aucun problème, Toni. »

Ils échangèrent un sourire.

## 2

### Magasin du matériel neuf,
### QG de la Net Force
### Quantico, Virginie

« Tu m'as pas l'air très frais, mon petit Julio.

– Félicitations, mon général, pour la sagacité de cette remarque.

– Qu'est-ce qui s'est passé ?

– J'ai passé la moitié de la nuit de dimanche à nourrir le bébé. Ton filleul.

– Je croyais que Joanna l'allaitait ?

– Ouais, c'est le cas. Mais quelqu'un a cru bon de lui parler de cette petite pompe qui permet de récupérer à la source le lait de la maman et de le mettre dans des petites bouteilles. De cette façon, le papa peut participer lui aussi au processus d'allaitement.

– Ne me regarde pas comme ça, ce n'est pas moi.

– Non, c'est à Nadine, ta charmante épouse et, incidemment, ma belle-mère, qu'on doit ce complot. »

Howard éclata de rire. « Enfin, tu connais les

femmes. Surtout ne jamais laisser à un homme le temps de respirer.

– Hélas...

– Bien, à part ça, qu'avons-nous à examiner en ce radieux matin, sergent Fernandez ?

– Trois nouveautés en matériel de campagne sans rapport avec l'armement, mon général. »

Howard balaya du regard l'intérieur du petit magasin : des caisses, des boîtes, des trucs sous bâche, rien de spécial.

« Allez-y, sergent.

– Par ici, nous avons nos nouveaux kits d'ordinateurs tactiques en pack dorsal – prétendument antichoc – destinés à se brancher sur les Intellicombis. Trois kilos à peine mais l'engin embarque plus de mémoire flash, de DRAM et de ROM qu'une station de travail ; résultat, il est plus rapide qu'un pet vaseliné. Blindage en céramique, sangles de fixation en soie d'araignée, boîtier étanche, résistant aux balles et tout le toutim. J'en ai allumé un, je l'ai fait tomber d'un mètre cinquante de haut et il tournait toujours comme une horloge. Vingt-quatre heures d'autonomie avec quatre accus gros comme des piles R20 : ça permet d'avoir sur soi quelques jours de réserve sans être obligé de recharger, impec.

– À la bonne heure. Il était temps qu'ils nous sortent un truc qui ne tombe pas en rade chaque fois qu'on a le malheur d'éternuer. Quoi d'autre ?

– Juste à côté : notre nouveau brouilleur. En cas d'urgence, il est censé transformer en crachotements de parasites toutes les transmissions radio dans un rayon de dix kilomètres. D'après le fabricant, réglé au maxi, leur truc serait capable de brouiller l'émetteur de KWAY à Little Rock, mais je n'ai pas encore essayé. Cela dit, ça ne marche pas avec les casques intercom à transmission optique.

– Le problème, c'est que les méchants aussi se servent des transmissions optiques...

– Je sais bien, mais ça, c'est la cuisine interne de l'armée régulière. »

Howard acquiesça. Les voies de l'armée régulière demeuraient impénétrables... Il y était passé, il avait déjà donné, et l'un dans l'autre, il préférait de loin se retrouver à la tête du service action de la Net Force. Il avait cru au début que le poste serait bien plus peinard que lorsqu'il était colonel dans l'armée, mais les événements de l'année écoulée lui avaient à coup sûr apporté un démenti cinglant. En fait, après son dernier accrochage, il avait même envisagé de prendre sa retraite. Ses blessures le faisaient encore souffrir dès que le temps devenait frisquet, et l'idée de ne plus être là pour voir son fils grandir commençait à le tracasser sérieusement.

Mais Julio poursuivait :

« Et sous cette bâche, là, nous avons le joujou de la semaine... Ta-da ! » Il tira la fine toile en synthétique pour dévoiler ce qui de prime abord évoquait une table d'où sortiraient quatre bras articulés, deux aux angles à l'avant, deux autres au milieu, de chaque côté. L'objet était posé sur des roues et doté d'un compartiment inférieur fermé.

« Et c'est quoi, ce truc ? Un caddy de golf hi-tech ?

– Négatif, mon général, je vous présente Rocky

Scram – ROCCSRM pour *Remote-Operated, Computer-Controlled Surgical Robotic Module.* »

Froncement de sourcils du général. « Un module chirurgical robotisé piloté par ordinateur et commandé à distance ? Une espèce de toubib mécanique ?

– Chirurgien, plutôt, rectifia Julio. Et ce n'est là que la partie mécanique. Je suis sûr que vous allez craquer pour lui, il pourrait même s'avérer utile.

– Allez, raconte.

– Voilà. Vous avez besoin d'une antenne chirurgi-cale, un interne en chirurgie, deux infirmières, des aides-soignants. Ils installent ce bidule dans un hôpital de campagne. Un blessé se pointe, transpercé de balles, bref, plutôt en sale état. L'interne se charge du tri, examine le gars, procède à un rapide diagnostic. Ils déposent alors le blessé sur la table, le branchent, le conditionnent, puis ils contactent un spécialiste de ce genre d'intervention... le gars peut très bien se trouver à deux ou trois mille kilomètres de là. Il met en route sa propre unité – elle est de ce côté, venez voir. »

Ils se dirigèrent vers une autre machine elle aussi couverte d'une bâche que Julio retira pour dévoiler un siège, un terminal informatique installé devant, sur un support, et plusieurs appendices bizarres fixés au bras du fauteuil.

« Notre chirurgien s'installe dans le siège, puis il glisse les doigts dans les commandes, à savoir les anneaux que vous voyez là. Il pose les pieds sur les deux pédales, là, en bas, la troisième, entre les deux, tenant lieu en quelque sorte de frein d'urgence. »

Julio s'installa dans le siège et introduisit les doigts dans les anneaux articulés. L'écran du terminal s'illumina. « Ces machins permettent la télémanipulation des instruments chirurgicaux fixés aux bras disposés autour de la table d'opération. Le pied gauche pilote l'endoscope muni d'une lampe et d'une caméra. Le droit manie clamps et outils de succion. Les pinces manuelles permettent d'utiliser scalpels, pinces hémostatiques, aiguilles à suturer, ciseaux, et ainsi de suite.

– T'es en train de me dire qu'un chirurgien peut opérer à deux mille kilomètres de distance grâce à ce gadget ?

– Affirmatif, enfin, à en croire les médecins militaires. Pour être qualifiés, les chirurgiens doivent d'abord s'entraîner à découper pas mal de porcs, de cadavres et de troufions avant d'avoir le droit de se lancer sur de vrais malades. Et recoudre des boyaux, greffer des vaisseaux sanguins, opérer à cœur ouvert, tout le bastringue. Infirmières et internes sur place s'occupent de l'assistance, comme lors d'une intervention classique. Les toubibs de l'armée affirment qu'avec cette machine, un chirurgien un peu doué serait capable de saisir des cartouches de calibre 6 sans en faire tomber une seule. »

Pour preuve de ses dires, Julio agita les doigts et un ronronnement parvint de la table d'opération robotisée au moment où les bras chirurgicaux se mettaient en branle.

« Le truc possède une batterie de secours intégrée en cas de défaillance du groupe électrogène. Suffit d'allumer le truc, d'étendre les patients sur la table, et hop, vous pouvez couper-coller.

– Dieu du ciel.

28

– Affirmatif, chef, j'imagine qu'il doit être impressionné, lui aussi.

– Des défauts ?

– Lourd, coûteux – un million cinq pièce – et il faut un technicien qualifié pour réparer le bidule si jamais il tombe en rade. Il n'empêche que l'armée estime que ça revient moins cher que de former un chirurgien militaire pour remplacer celui qui se sera pris une balle perdue pendant qu'il officiait...

– Bon point.

– Il existe déjà un modèle civil opérationnel depuis un bout de temps, mais il n'est pas aussi compact et pas transportable.

– Incroyable.

– N'est-ce pas ? Bien, et maintenant, si le général a terminé d'être ébahi par les prodiges de la technologie moderne, j'aimerais bien faire un somme.

– Je vous en prie, sergent, faites. Oh, une seconde... J'ai encore quelque chose pour vous. » Sourire de Howard. Il sentait que son ami allait apprécier ce qu'il lui préparait. L'apprécier énormément.

Julio marqua un temps et Howard lui lança un petit écrin en plastique. Julio l'intercepta et commença à l'ouvrir tout en observant : « C'est pas mon anniversaire. Ça rime à quoi ? »

Howard se garda de répondre, se contentant de continuer à sourire.

Quand Julio eut fini d'ouvrir l'écrin, il demeura les yeux écarquillés. « Oh, merde..., non ! 

– Oh, merde, si. Et qui plus est, en sautant direct tout un banc de sardines. Félicitations, *lieutenant* Fernandez.

– Tu peux pas faire ça, John. La Mitraille va jamais laisser passer ça.

– C'est déjà fait, Julio. Les papiers sont signés, tamponnés et transmis à qui de droit.

– John...

– Ça te fera plus d'argent, Julio, et t'en as besoin avec le bébé. Sans compter que dorénavant, tu n'auras plus à prendre d'ordres de ton épouse. Enfin, pas plus que le reste d'entre nous. » Julio était marié à Joanna Winthrop, elle-même lieutenant dans la Net Force, même si pour l'heure elle était en permission de longue durée.

« Mais... qui va me remplacer ?

– Tu sais bien que tu es irremplaçable, mon vieux Julio. Mais on a un certain nombre de jeunes recrues qui sont capables de se taper les corvées, pourvu que tu leur montres comment s'y prendre. »

Julio hocha la tête. « Ah ça, je veux bien être pendu...

– À ta guise, mais au moins ce sera en sachant que t'as pas volé ta solde. »

Julio secoua lentement la tête avant de lever les yeux vers son supérieur.

« Bien. Merci, mon général.

– Fais pas cette tête-là, Julio. Bienvenue au mess des officiers.

– Mouais, c'est ça. »

Sous ses airs râleurs, Howard était convaincu que Julio était secrètement ravi. Ils travaillaient ensemble depuis plus de vingt ans, d'abord dans l'armée régulière, puis au sein de la Net Force. Julio avait appris la promotion de Howard au grade de général avant même l'intéressé, et plus d'une fois les deux hommes avaient eu l'impression de communiquer par télépathie. Julio n'avait peut-être pas la formation intellectuelle de bien des officiers mais quand la situation devenait périlleuse, on pouvait compter sur lui. Il avait encore pas mal d'années à tirer avant de prendre sa retraite et plus on montait en grade, plus grasse était la pension. Marié, avec un môme, il allait en avoir besoin.

« Allez faire votre sieste, *lieutenant*.

– À vos ordres, mon général. »

## *Washington, DC*

En temps normal, à sept heures du matin, Jay Gridley était au QG de la Net Force, connecté à son ordinateur pour combattre la cybercriminalité. Traquer les petits pirates qui balançaient leurs sales virus dans le courrier électronique, relever les traces de fraude informatique ou coincer les malades qui s'amusaient à truffer les sites religieux d'images pédophiles. De temps en temps, il tombait sur un gros requin croisant dans les eaux virtuelles du Net, comme ce Russe fou, l'autre plouc de Géorgie ou cet Anglais de génie qui s'était servi d'un ordinateur quantique pour tenter de restaurer la gloire perdue de l'Empire britannique, mais ces cas demeuraient relativement rares.

Quelques mois plus tôt, toutefois, Jay avait trouvé son gourou sur la Toile, un vieux moine tibétain du nom de Sojan Ripoche qui l'avait aidé à se remettre d'une attaque cérébrale. Le soi-disant vieillard s'était en définitive révélé une jeune et belle femme, Saji. De fil en aiguille, elle s'était retrouvée dans son lit.

Et désormais, il y avait des jours où il se faisait porter pâle et ne sortait des draps que pour aller pisser.

Il rigola.

« Qu'est-ce qui te fait marrer ? » demanda Saji.

Il lui sourit. « Toi. Moi. Ça. Nous.

– Quelle heure est-il ?

– Quelle importance ?

– Aucune pour toi, obsédé de mon cœur. Moi, j'ai un cours en ligne ce matin.

– T'as pas besoin de te lever pour ça. Tu peux rester au pieu. »

Ce fut à son tour de rigoler. « Je ne crois pas. Je me rappelle encore la dernière fois que j'ai voulu. Y a un type qui arrêtait pas de me distraire.

– Tu es un maître zen, tu es censée savoir méditer et faire fi de ces petites diversions bien futiles.

– Ouais, sauf que la petite diversion arrêtait pas de grossir chaque fois que je la regardais. »

Rigolade générale.

« Au boulot, c'est le calme plat. Je peux très bien rester à la maison. On se fait chier à cent sous de l'heure. Sérieux.

– Sérieux ? Arrête ! Te faire chier, toi ?

– J'ai été à bonne école.

– La vie est une vallée de larmes, on te l'a pas appris ? »

Jay roula hors du lit, se gratta le torse, puis à pas feutrés gagna la salle de bains. « Tu vas regretter mon absence, c'est moi qui te le dis. Quand t'auras fini ton cours, tu vas te retrouver toute seule dans cette vieille piaule et j'aimerais bien être là pour voir ta tête, tiens.

– Je tâcherai d'être courageuse.

– Tu veux prendre une douche ?

– Oui, après que tu seras parti.

– T'as pas confiance en moi. Je suis blessé.

– C'est ce que je constate. Allez, disparais. Je préparerai le dîner pour ton retour.

– Et ce sera quoi ? Des pousses et des racines ?

– Je croyais que t'appréciais ma cuisine.

– C'était avant que tu me jettes dehors dans le froid.

– Il devrait faire vingt-deux aujourd'hui.

– Je parlais métaphoriquement.

– Ça va, file te doucher, Jay. »

Il lui sourit. Bon Dieu, ce qu'il aimait bien être auprès d'elle. Vrai. Vachement. Plus que tout au monde. Tout en entrant dans la douche, il repensa pour la centième fois à la proposition qui lui trottait dans la tête depuis une quinzaine de jours : pourrait-il envisager que ça devienne permanent ? Juridiquement permanent ? Genre : se marier. Est-ce qu'elle marcherait ?

Il n'y avait qu'un moyen de savoir, mais il hésitait. Si jamais elle disait non.

Ce serait... moche.

L'eau brûlante se mit à embuer la salle de bains. Il l'appela.

« Hé, Saji ?

– Non, le coupa-t-elle. Certainement pas. »

Mais il rinçait le shampooing de ses cheveux quand la porte de la cabine coulissa, laissant passer un courant d'air frais et surtout Saji, nue, superbe et souriante.

« Eh bien, Sojan Ripoche ? Mais qu'est-ce que tu viens fiche ici ?

– Je suis venue te laver le dos, c'est tout.

– C'est ça...

– Tourne-toi.

– Oui, m'dame. »

Il se tourna. Elle tendit le bras et sa main savonneuse entreprit de le frotter.

Sauf que ce n'était pas vraiment son dos qu'elle frottait. Ça non, sûrement pas. Pas du tout, même !

Il rit, et elle rit aussi.

Ouaip, il sentait qu'il allait être en retard au boulot, pas à tortiller.

Enfin, si.

« Hé, je crois que t'as oublié quelque chose...

– J'ai pas oublié. J'ai pas vu. Normal, il est si... rikiki.

– Ooooh. T'es dure. Vraiment dure.

– C'est ça, souffre, grand nigaud, souffre... »

# 3

## *Malibu, Californie*

Robert Drayne leva les yeux de son bol à mixer au moment même où, derrière la grande baie panoramique, deux filles en mini-bikini passaient au petit trot sur le sable durci, juste au ras des vagues. Pas de pluie, le ciel était dégagé, le Pacifique tout bleu et relativement calme, et les nanas étaient blondes, bronzées et bien balancées. Pas mal pour un lundi. Il sourit. Il aimait cette ville.

Il reporta son attention sur le mélangeur. Il avait déjà une livraison prête à encapsuler, juste six doses, et où diable était Tad ? Merde, ça valait pas le coup de lancer le chrono pour voir la marchandise poireauter une heure ou deux sur la table. Ça risquait d'être un rien tangent. Même avec un chef comme lui, le minutage pouvait s'avérer un poil délicat, ça se jouait à une heure près.

Comme pour lui répondre, l'alarme de l'entrée se mit à tinter brièvement, juste avant que quelqu'un ne la débranche en entrant.

Ça avait intérêt à être Tad...

Drayne mit un peu de catalyseur dans le mélange blanc, touilla la fine poudre rouge pour que la mixture commence à virer au rose pâle. Se fiant à son œil et à son nez, il continua d'ajouter du catalyseur jusqu'à ce qu'il ait obtenu la teinte voulue – quelque chose entre couleur de téton et bubble-gum – tandis que l'odeur amère d'amande et de kirsch qui s'élevait lui confirmait que ça devait être bon.

*Ah, nous y voilà.*

« Putain, il était temps », dit-il, sans vraiment de colère : juste un constat.

« Il y avait des embouteillages sur la route du bord de mer, crut bon d'expliquer Tad. Les touristes ralentissent tous pour mater la baraque emportée par le glissement de terrain. Comment ça se présente ?

– Le catalyseur est introduit, ça fait déjà trente secondes. »

Coup d'œil de Tad à sa montre.

Drayne prit une des grosses gélules mauves, un lot spécial qu'il avait fait fabriquer au Mexique trois ans plus tôt par un type qui, hélas, n'était plus de ce monde. Enfin, pas grave, il lui en restait encore plus de mille. Serait toujours temps de s'inquiéter de renouveler le stock quand il arriverait au bout.

Il ouvrit la gélule et recueillit le mélange dans les deux moitiés, jaugeant leur remplissage d'un œil expert pour pouvoir refermer la capsule sans qu'elle déborde. Il leva les yeux, sourit. Ça, c'était la partie la plus facile. Le vrai boulot était dans la fabrication et le dosage des divers ingrédients. Ça se faisait en labo, et pour l'heure ledit labo se trouvait être un gros mobile home 4 × 4 garé dans un bled paumé à la lisière du désert de Mojave, à deux heures de route d'ici. D'ici vingt-quatre heures, il se retrouverait cent cinquante kilomètres plus loin, conduit par un couple de retraités d'allure aussi patibulaire qu'une jatte de pruneaux cuits. Dans ce business, l'apparence était essentielle. Qui donc songerait à arrêter Ma et Pa Yeehaw au volant de leur gros mobile home immatriculé dans le Missouri, sinon pour une banale contravention ? Et Ma aurait tôt fait d'embobiner un flic avec ses gentils airs de mamie gâteau. Et si jamais ledit flic s'avisait de faire du zèle, Pa pourrait toujours le convaincre avec le .40 SIG qu'il gardait en permanence planqué sous le siège.

Tad Bershaw avait l'âge de Drayne, et même un an de moins, mais malgré ses trente et un balais, il en faisait bien cinquante, un vrai croque-mitaine, comme aurait dit la grand-mère de Drayne. Brun, pâle, décharné, de larges cernes sous les yeux, le parfait junkie. Il était toujours sapé en noir, même en plein été, manches longues, pantalon long, santiags. Et lunettes noires, évidemment. Il ressemblait à un vampire ou peut-être à un de ces beatniks d'antan, à cause de ses trois poils sur le menton.

À l'inverse, Drayne avait le look d'un surfeur, ce qu'il avait été, du reste : bronzé, cheveux blonds décolorés par le soleil, avec encore assez de muscles pour passer pour un athlète ou un nageur. Il devait bien reconnaître qu'ils formaient une drôle de paire quand ils sortaient. Même si ça n'arrivait pas si souvent.

Drayne reposa la gélule terminée et en reprit une vide. Il avait préparé assez de mélange pour en faire six. Cinq à fourguer, une pour Tad. À raison de mille sacs l'unité, ce n'était pas une si mauvaise journée, loin de là, surtout compte tenu qu'elles revenaient aux alentours de trente-cinq dollars pièce.

« T'as entendu parler du mec, à Atlantic City ? » demanda Tad.

Drayne remplissait la troisième capsule. « Olivetti ?

– Ouais.

– Non. Qu'est-ce qui s'est passé ?

– Le Marteau l'a flingué. Il est devenu ouf, a démoli un casino, tabassé plusieurs vigiles et flics du coin avant qu'ils réussissent à le cramer. Mort à son admission à l'hôpital. »

Drayne haussa de nouveau les épaules. « Pas de bol. C'était un bon client.

– On a un gars qui débarque de New York. À l'en croire, adressé par Olivetti. On le prend ? »

Drayne termina de remplir la quatrième gélule. Alla pêcher un de ses modèles superspéciaux pour la numéro cinq.

« Négatif. Olivetti est mort, sa recommandation aussi. On vend pas à ce mec.

– Je m'en doutais, dit Tad. C'était juste pour être sûr.

– Tu devrais pas avoir besoin. Tu connais la musique. Un nouveau doit être parrainé par un client confirmé. Première entorse à cette règle, on se chope un gars des Stups, faut que tu te mettes ça dans la tête.

– Reçu cinq sur cinq. »

La cinquième gélule emballée, Drayne prit la dernière, celle destinée à Tad. « Comment tu écoules la production d'aujourd'hui ?

– Trois commandes Internet, expédiées par FedEx

dès qu'on aura le transfert sur le compte provisoire. Une autre livrée direct, via trois coursiers. La cinquième de la main à la main.

– Pour qui, celle-là ?

– Le Zee-ster. »

Sourire de Drayne. « Tâche de pas oublier de lui dire qu'on veut des billets pour son prochain spectacle.

– Le messsage est déjà passé.

– OK, c'est parti. La dernière est pour toi, gaffe à bien fourguer le calibre double spécial – c'est la numéro cinq.

– Tu sais que t'es cinglé, mec ? dit Tad en prenant les gélules.

– Ouais, t'as rien de plus neuf à me dire ? »

Les deux hommes se sourirent.

« T'as quoi au frais ? demanda Drayne. J'ai besoin de lézarder un peu à regarder les vagues.

– J'ai une bouteille de Blue Diamond, une de Clicquot et une de Perrier-Jouët dans le petit frigo. Chais pas ce qu'il y a au garage.

– Le *Diamonte Bleu*, je crois. Tu veux un verre avant de décoller ?

– Pas envie de me niquer le foie, merci. »

Nouveau rire.

« Je m'arrache.

– À plus », dit Drayne.

Tad sortit et Drayne alla s'ouvrir une bouteille de champagne. Il avait sept cent cinquante plaques, en liquide, dans une valise planquée dans une cache sous le plancher sous son lit, deux cent et quelques mille dans le coffre d'une banque à Tarzana et cinq caisses de champagne de marques diverses mais toutes de qualité extra dans la chambre froide à la cave.

Merde, la vie était quand même chouette.


Au volant de la Dodge Charger gonflée que lui avait donnée Drayne, Tad s'engagea sur la route du bord de mer, la PCH – *Pacific Coast Highway* – comme on disait dans le coin, et il écrasa le champignon, direction plein sud vers Santa Monica. Le gros V 8 rugit en scotchant derrière lui sur l'asphalte l'équivalent de huit cents bornes de gomme coûteuse. Tad sourit en entendant couiner les pneus dans un grand nuage de fumée. Pas bien grave : les radiaux étaient garantis soixante-quinze mille kilomètres et il ne pensait pas être encore là (et la tire non plus) à l'échéance de la garantie.

Il n'avait jamais escompté vivre au-delà de trente, trente-cinq ans maxi. Selon le point de vue, il avait gagné un an ou il n'en avait plus que quatre à tirer avant le grand sommeil, mais pour lui, peu importait. De toute façon, il vivait à crédit depuis un sacré bail.

Il dépassa en trombe un gros mobile home 4 × 4 blanc immatriculé dans un autre État, un couple âgé assis à l'avant, et deux gros bergers allemands à l'arrière, le nez à la vitre. Putains de touristes. Il leur fit une queue de poisson mais ces blaireaux étaient trop occupés à contempler l'océan pour remarquer. Les deux clebs avaient sans doute plus de cervelle que leurs propriétaires.

Ce Bobby, en tout cas, c'était un cerveau. Un foutu putain de génie certifié, pas à chier. Le QI frisant les hautes sphères du club Mensa[1], cent soixante, cent soixante-dix, quelque chose comme ça, sous ses airs trompeurs de bon grand surfeur niais. Il aurait fort bien pu se lancer dans n'importe quelle activité légale et gagner une fortune, mais le mec avait deux problèmes : un, il détestait son vieux, agent du FBI à la retraite, et deux, son modèle était une espèce de gourou hippie tout droit sorti des années 60, un certain Owsley, issu du mouvement psychédélique. Pour situer l'âge du mec, quand il avait commencé à fabriquer du LSD, le truc était encore légal. Le problème est qu'il avait continué même après son interdiction et qu'il s'était retrouvé en taule, mais Bobby était convaincu que le bonhomme faisait de l'ombre même au soleil.

Bobby voulait être le nouvel Owsley des années 2020. Hors la loi jusqu'à la moelle.

Tad caressa sa poche pour la quatrième fois, afin de s'assurer que les cinq gélules s'y trouvaient toujours. La dernière, la sienne, était bien planquée dans sa réserve perso, une fiole discrètement glissée dans une poche ménagée à l'intérieur de sa botte droite, juste à côté de la dague qu'il avait toujours sur lui.

Il alluma une cigarette, inhala profondément et toussa. Il avait les poumons en sale état – il ne s'était jamais vraiment remis après sa tuberculose et son séjour dans un sana au Nouveau-Mexique, et la clope n'avait fait qu'aggraver la situation, mais tant pis, de

_____

1. *Mensa* : « table » en latin. Club élitiste fondé en 1946 par un avocat britannique. Seule condition d'entrée : un QI supérieur à celui de 98 % de la population. Soit de 132 à 148 selon l'échelle (*N.d.T.*).

toute façon, il ne vivrait pas assez longtemps pour se faire rattraper par le crabe.

La clim chassa la fumée alors qu'il tendait la main vers le lecteur pour monter le volume. Un truc bien saturé en basses à vous ébranler les os mais surtout pas ce techno-rap de merde que les jeunes écoutaient aujourd'hui.

Coup d'œil à sa montre. Encore une demi-heure avant de devoir procéder à sa première livraison.

Il descendit la vitre, tira une dernière taffe, et d'une pichenette, balança le mégot. Il ne pouvait pas se payer un coup de Marteau aujourd'hui, trop de boulot, faudrait que ce soit ce soir ou demain. Il savait quand il avait besoin de décrocher un peu pour décompresser. Et pas question de laisser filer cette aubaine. Bon, d'accord, Bobby lui en concocterait une autre, mais ce serait un tel gâchis qu'il n'était pas question de laisser passer.

Ce soir, donc, c'était décidé. Il deviendrait Thor et brandirait le Marteau avec la dernière énergie, et surtout là où ça lui chanterait.

Ouais.

Une espèce de connard au volant d'un de ces rase-mottes italiens ou japonais arriva à sa hauteur, rétrograda en faisant chauffer la gomme et le dépassa en coup de vent. Le mec avait une tronche de vedette de cinéma, même que c'en était peut-être une : bronzé, moulé dans son débardeur, lunettes griffées, et large sourire coûteux quand il fit étinceler ses couronnes pour montrer à Tad qu'il n'avait rien contre lui.

Tel qu'il se sentait en ce moment, Tad préférait ne pas courser le type. À supposer qu'il arrive même à le

rattraper, l'autre aurait eu toutes les chances de le rati-
boiser pour sa peine.

*Repasse plutôt me voir ce soir, mec. Qu'on voie un*
*peu comment résistent tes airs de joli mec estampillé*
*Sud-Californie quand je te balancerai Mjollnir sur la*
*tronche. Ça risque d'être une autre chanson, bon-*
*homme, ouais, une tout autre chanson.*

# 4

## *Autoroute I-95,*
## *aux abords de Quantico, Virginie*

Michaels était sur la route du bureau quand son virgil entonna les premières mesures de *Mustang Sally*. Il contempla en souriant le petit organiseur électronique. Jay Gridley l'avait encore tripatouillé pour reprogrammer la sonnerie d'appel. Ce genre de gag était un de ses petits plaisirs, et en général il arrivait toujours à trouver un nouvel extrait musical inattendu.

Michaels hocha la tête en décrochant de sa ceinture le virgil – acronyme de *virtual global interface link* – et vit que l'appel provenait de sa patronne, Melissa Allison, directrice du FBI. Son image se matérialisa sur le minuscule écran dès qu'il eut prononcé « prendre l'appel », en activant le pilotage vocal de l'appareil.

« Bonjour, Alex.

– Madame la directrice.

– Si vous voulez bien faire un détour par mon bureau en passant, j'en serai ravie. Il vient de se produire un événement qui me semble devoir requérir l'attention de la Net Force.

– Bien, madame, je suis dans ma voiture. Je serai là dans un quart d'heure. »

Elle regarda quelque chose hors champ puis remarqua : « Je vois que vous êtes sur l'autoroute. Vous auriez peut-être intérêt à changer d'itinéraire. Il y a eu un accident trois kilomètres devant vous. Ça risque de bouchonner assez vite.

– Merci du renseignement. Discom. »

Au début, ça l'avait irrité qu'on puisse ainsi le suivre au GPS, grâce au signal de la porteuse de son virgil qui permettait de le localiser avec précision. Puis il s'était dit que, s'il tenait vraiment à son intimité, il n'avait qu'à couper son appareil. Enfin, à condition que celui-ci ne soit pas discrètement doté d'une batterie de secours pour continuer d'émettre, alors même qu'il paraissait éteint.

L'idée le fit sourire. Parano ? Peut-être. Mais on avait vu des trucs plus bizarres dans le milieu du renseignement américain, et il était préparé à tout, venant de la part de certaines factions, absolument tout.


L'homme était imposant, entièrement nu, et en pleine érection. Il traversa le hall de l'hôtel, jusqu'à une baie vitrée située tout au bout et devant laquelle il s'arrêta. La baie vitrée était fixe et à en juger aux toits des immeubles visibles au loin, elle était située assez haut.

L'homme plaqua les mains sur la glace épaisse et poussa.

La glace explosa.

L'homme recula de quelques pas, prit son élan et plongea à travers la vitre pulvérisée, comme s'il sautait d'une des falaises d'Acapulco, à moins qu'il ne se soit pris pour Superman.


Melissa Allison lança : « Inspecteur Lee ? »

L'homme qu'elle avait présenté à Michaels sous le nom de Brett Lee, de la Brigade des stupéfiants, éteignit le vidéoprojecteur InFocus, puis son ordinateur portable, et l'image de la baie vitrée explosée s'évanouit.

« Ces images proviennent de caméras de vidéosurveillance du nouveau Sheraton de Madrid, expliquat-il. L'individu était un dénommé Richard Aubrey Barnette, trente ans, dont la société de services Internet License-to-Steal.com – Permis-de-voler.com, notez l'ironie... – lui a rapporté quatorze millions de dollars rien que le mois dernier. Il a fait une chute de vingt-sept étages pour s'écraser sur un taxi, tuant le chauffeur et provoquant un accident de la circulation qui a fait encore trois morts de plus et cinq blessés.

– Je vois, dit Michaels. Et l'incident serait à rapprocher de ce propriétaire de casino qui a mis à sac l'établissement d'un rival avant d'être abattu par la police locale ?

– Oui.

– Et de la femme qui s'en est prise à une bande d'ouvriers du bâtiment qui avaient eu la mauvaise idée de la siffler, en envoyant sept en réanimation ?

– Oui, confirma encore Lee. Et d'autres de nature similaire. »

Michaels considéra sa patronne, puis de nouveau Lee. « Et puisque vous êtes des Stups, j'imagine que selon vous, ces individus pourraient avoir été sous l'influence d'une drogue quelconque ? »

Lee fronça les sourcils, ne sachant trop si son interlocuteur ne le menait pas en bateau. Ce qui, devait admettre Michaels, n'était pas entièrement faux. Le type avait l'air terriblement coincé.

Lee répondit : « Oui, nous en sommes certains. »

Michaels hocha la tête. « Ne le prenez surtout pas mal, monsieur Lee, mais en quoi cela concerne-t-il la Net Force ? »

Lee tourna les yeux vers Allison, pour quémander un soutien, qu'il obtint : « Mon collègue des Stups nous a demandé de l'aide, expliqua-t-elle. Tout naturellement, le FBI et ses services sont trop heureux de lui fournir toute l'assistance possible.

– Naturellement », répondit Michaels en écho, qui savait fort bien que la coopération entre services ressemblait plus souvent à une foire d'empoigne entre équipes de foot qu'à une collaboration organisée. Les rivalités qui déchiraient la petite douzaine de services composant le renseignement américain – de la CIA au FBI en passant par la NSA, la DIA et le NRO – ne dataient pas de la veille, étaient bien établies et dans la plupart des cas, jamais personne ne cédait quoi que ce soit sans contrepartie. Certes, tous jouaient dans le même camp, mais d'un point de vue pratique, chaque service était trop heureux de se faire mousser de toutes les manières possibles, et si cela impliquait de grimper sur les épaules d'une agence rivale, eh bien, tant pis. Michaels l'avait découvert assez tôt dans sa carrière, bien avant qu'il n'abandonne le service actif pour prendre la direction de la Net Force. Par ailleurs, la Brigade des stups n'était pas un intervenant majeur, compte tenu de ses compétences relativement limitées.

« Dans ce cas, reprit Michaels, comment se pourrait-il que la Net Force réussisse à élucider votre problème mieux que les Stups ? »

Lee, petit bonhomme à l'air pas commode, s'empourpra soudain. Michaels aurait presque pu le voir serrer les dents pour se retenir de lui dire le fond de sa pensée, qui n'avait sans doute rien d'aimable. À la place, l'inspecteur répliqua : « Et vous, commandant Michaels, que savez-vous au juste de la législation sur les stupéfiants ?

— Pas grand-chose, admit Michaels.

— Très bien. Dans ce cas, permettez-moi de vous en brosser un rapide aperçu. La réglementation fédérale sur les stupéfiants relève du CSA, *Controlled Substances Act*, la loi sur les substances à usage réglementé, traitée à l'article 2 de la loi plus générale de prévention et de contrôle de l'usage des drogues et produits pharmaceutiques, votée en 1970 et amendée depuis à plusieurs reprises. Les drogues licites et illicites sont classées en cinq tableaux, en fonction de leur usage et des risques d'abus qu'elles induisent. Le tableau I est réservé aux substances dangereuses sans applications médicales et à risques élevés d'accoutumance, le tableau V aux produits sans danger d'accoutumance.

— Vous êtes en train de me parler de la différence entre, mettons, l'héroïne et l'aspirine ?

– Tout juste. Le CSA est extrêmement précis en la matière.

– Continuez, jusque-là je vous suis.

– Ces dernières années, on a constaté une résurgence des stupéfiants dits à formule modifiée, à savoir ceux qui échappent aux catégories traditionnelles. Des variantes et des combinaisons de substances comme la MDA ou l'ecstasy, sans oublier des formes nouvelles de stéroïdes anabolisants. Le gouvernement s'est alors rendu compte que certains individus tentaient de contourner les dispositions légales en ajoutant une molécule ici, en ôtant une autre là, afin de créer une drogue qui, techniquement parlant, n'était pas illicite, de sorte qu'on a pris des dispositions pour les substances dérivées qui échappent à tout texte réglementaire.

« Ce qui revient à dire, fondamentalement, que tout sel, composé, dérivé, isomère optique ou géométrique, voire sel d'isomère d'une substance réglementée, devient *ipso facto* réglementé lui aussi, dès l'instant de sa création. »

Michaels acquiesça de nouveau, en se demandant où son interlocuteur voulait en venir.

« Et dans le cas où nous aurions affaire à un chimiste vraiment doué qui parviendrait à élaborer une substance entièrement nouvelle et différente – ce qui est peu probable, sinon impossible, compte tenu de la large palette de produits déjà utilisés pour se droguer –, le ministre de la Justice peut toujours la classer au tableau I par mesure d'urgence. C'est possible si ses services concluent à un risque imminent pour la santé publique, s'il y a des preuves de détournement à usage de stupéfiant, et s'il y a importation clandestine, fabrication ou distribution de la substance susdite.

« En gros, le ministre de la Justice publie un décret complémentaire inscrit au registre fédéral, lequel devient effectif au bout de trente jours et pour une durée pouvant aller jusqu'à un an. »

Michaels acquiesça derechef. Ce Lee était un pédant et il décida de le titiller encore un petit coup. « Très intéressant, enfin si vous travaillez aux Stups. Est-ce qu'on a des chances d'arriver à quelque chose ? »

Lee rougit de nouveau et Michaels était à peu près sûr que si la directrice n'avait pas été là, l'autre aurait perdu patience pour se livrer à des paroles – ou des actes – irréparables. Mais, et c'était tout à son honneur, le type réussit à se maîtriser.

« Tout ceci pour vous expliquer que nous avons à notre disposition une panoplie d'outils spécifiques pour empêcher tout trafic de substances illicites et dangereuses. Mais dans ce cas bien précis, nous ne pouvons pas y recourir. »

Ah, voilà qui devenait intéressant. « Et pourquoi ?
– Parce que nous n'avons pas réussi à obtenir une quantité suffisante de ladite substance pour nous permettre de l'analyser convenablement. Nous en connaissons les effets : elle rend le sujet plus rapide, plus fort, plus irritable et sexuellement excité. Plus intelligent aussi, quoique ce soit difficile à confirmer au vu de notre échantillon, car s'ils avaient été si malins, ils ne devraient pas être morts à l'heure qu'il est. Nous connaissons son apparence : elle est distribuée sous forme de grosses gélules de couleur mauve.

Mais impossible de les rendre illicites si nous en ignorons le contenu. »

Michaels esquissa l'ombre d'un sourire. Il entendait ça d'ici : « *Oui, monsieur, c'est une véritable saloperie, aucun doute là-dessus. Pouvez-vous la mettre sur la liste des substances illicites pour nous permettre de coincer les gars qui la fabriquent ? Oh, la composition ? Ma foi, nous ne savons pas au juste. Mais vous ne pourriez pas, enfin, vous voyez, interdire temporairement les grosses gélules mauves ?* »

Ce serait intéressant d'entendre la réaction du ministre de la Justice.

« Et en quoi la Net Force intervient-elle ?

— Nous avons la preuve que les fabricants de cette drogue – qu'ils appellent le Marteau de Thor, soit dit en passant – passent par Internet pour convenir des livraisons.

— Si la substance n'est pas illicite, passer par Internet pour la diffuser ne l'est pas non plus, observa Michaels.

— Nous en sommes bien conscients. Mais si cela nous permet de mettre la main sur ces types, je vous fiche mon billet qu'on saura convaincre les mécréants qui la fabriquent de nous en procurer un échantillon. Façon de parler. »

*Mécréants ?* Michaels n'avait pas souvenance d'avoir déjà entendu le terme dans une conversation normale. « Excusez-moi de poser une question idiote, mais ne serait-il pas plus simple d'en acheter une dose auprès d'un dealer afin de l'analyser ?

— Croyez-le ou non, commandant, l'idée nous est venue, compte tenu que c'est quand même notre boulot, voyez-vous. Mais ce n'est pas une drogue qu'on trouve à tous les coins de rue. Son prix est extrêmement élevé et ses vendeurs très sélectifs sur le choix des clients. Jusqu'ici, aucun de nos agents n'a été en mesure d'établir de contact.

« Nous avons certes réussi à saisir une gélule après le décès d'un des individus dont nous savions qu'il avait consommé la drogue. Hélas, nous avons affaire là à un chimiste fort habile : il a introduit dans sa formule une sorte de catalyseur enzymatique. Le temps de transmettre le produit à notre labo pour l'analyser, les principes actifs avaient été rendus en quelque sorte... inertes. Il semblerait que la drogue contienne une sorte de chronomètre chimique. Si on ne l'utilise pas rapidement, elle se transforme en poudre inerte, sans aucune action.

– Vous êtes incapables de définir les substances actives ?

– Nos chimistes peuvent les déduire à partir des résidus, de certains traceurs caractéristiques, mais nous ne pouvons établir avec certitude la nature ou le pourcentage des précurseurs exacts, parce que, en réalité, ils ont bel et bien disparu.

– Hmm. Ça doit être frustrant.

– Et vous ne connaissez que le début de l'histoire. Le fil rouge liant toutes ces crises de folie soudaines est l'argent. Les douze personnes dont nous sommes sûrs qu'elles ont ingéré cette drogue sont – ou plutôt étaient – fortunées. Aucune des victimes ne gagnait moins de deux cent cinquante mille dollars par an, et certaines avaient des revenus quinze à vingt fois supérieurs.

– Ah. » Ça, Michaels pouvait le comprendre. On

pouvait toujours coincer un fourgue, le menacer, le rudoyer un peu, obtenir de lui ce qu'on désirait savoir, mais les milliardaires avaient tendance en revanche à se déplacer accompagnés d'une ribambelle d'avocats et un type au compte en banque bien fourni ne se laissait pas aisément harceler par des petits flics, surtout si ces derniers avaient envie de garder leur poste. À moins de disposer de suffisamment d'éléments pour les présenter au tribunal et obtenir leur condamnation. Et même dans ce cas, ils avaient tendance à marcher sur des œufs. Les riches avaient des loisirs refusés au commun des mortels.

« Précisément. Bref, jusqu'à ce que nous ayons mis la main sur un échantillon avant que l'enzyme soit ajoutée, ou qu'on en ait récupéré un assez vite pour devancer sa décomposition, nous sommes coincés. Nous avons besoin de votre aide. »

Michaels acquiesça. Ce n'était peut-être pas un si mauvais bougre, après tout. À sa place, il pouvait comprendre son désarroi. Par ailleurs, jamais depuis sa création le service n'avait à ce point tourné au ralenti.

« Très bien, monsieur Lee. On va voir si on peut vous coincer ces dealers. »

Lee secoua la tête. « Merci. »

## 5

## *Washington, DC*

Toni sourit au livreur d'UPS lorsqu'il repartit – il était en retard aujourd'hui –, puis elle porta au garage le reste des colis. Alex lui avait dit qu'elle pourrait disposer de la moitié de l'établi, même si elle ne comptait pas en utiliser plus du quart, et elle avait déjà commencé d'y installer son matériel. Jusqu'ici, elle y avait posé la loupe, le brûleur à alcool et le chaudron pour fondre la cire, deux tubes de peinture à l'huile noir de fumée plus des chiffons et des produits de nettoyage. Il ne lui restait plus grand-chose pour parachever son équipement. Les derniers colis devaient comprendre la troisième main, un assortiment d'aiguilles à coudre, des chiffonnettes en papier, du savon à la lanoline, et deux couteaux X-Acto avec des lames de rechange. Plus la cire de joaillier et la pâte à polir. Elle avait déjà plusieurs plaques d'ivoire synthétique, quelques vieilles touches de piano, et plusieurs petits rectangles de micarta, une matière analogue à l'ivoire mais bien plus dure. Elle n'avait pas besoin des disques à tronçonner ou des disques à lustrer : Alex avait déjà une mini-perceuse Dremel, idéale pour polir des objets délicats. Et si la loupe binoculaire comme celle utilisée par son prof était vraiment chouette, elle ne pouvait décemment pas justifier cet investissement de huit ou neuf cents dollars – à moins d'en arriver au point de pouvoir vendre ses créations, ce qui n'arriverait sans doute jamais, d'autant qu'elle n'était même pas certaine de vouloir s'y risquer.

Toni ne s'était jamais considérée comme douée en matière artistique. Elle avait certes été plutôt bonne en dessin au lycée, elle avait un assez bon coup de crayon mais, à en croire les cours en RV que dispensait en ligne Bob Hergert, même si cela ne pouvait pas faire de mal, être un artiste de renommée mondiale n'était en rien nécessaire. Avec les miracles de l'informatique moderne, la technique pouvait en grande partie compenser l'absence de talent. Et vu ce qu'elle avait appris déjà, elle s'estimait tout à fait en mesure de se faire passer pour ce qu'elle n'était pas auprès d'une majorité de gens.

Elle ouvrit les colis, en retira outils et fournitures qu'elle disposa sur l'établi. La grossesse n'était décidément pas du tout ce qu'elle s'était figuré. Elle avait bien sûr entendu parler des nausées matinales et des sautes d'humeur, mais les vivre pour de bon était une autre affaire. Et pourtant, elle était encore loin d'être une baleine, pas à cinq mois seulement. Mais elle avait toujours été une femme mince et athlétique, au ventre plat et ferme, et se retrouver à devoir passer son temps allongée à se regarder gonfler comme une baudruche avait quelque chose, ma foi, d'assez effrayant. Alors, devoir se livrer à une activité qui exigeait doigté et concentration, comme c'était le cas du scrimshaw pouvait être justement le dérivatif idéal pour l'aider à passer ce cap. Les nausées matinales – qui de fait se prolongeaient presque toute la journée et se déclenchaient chaque fois qu'elle mangeait quoi que ce soit de plus épicé que des galettes de pain azyme – avaient fini par cesser. L'équilibre hormonal était censé se rajuster après le sixième mois.

Mouais. À voir.

Toni avait déjà une petite idée de ce qu'elle avait envie de faire pour commencer et pour cela, il fallait qu'elle retourne à son ordinateur. Il y avait quantité de sites où pêcher des images du domaine public, et si jamais ça ne suffisait pas, des tas d'autres où l'on pouvait, contre modeste rétribution, obtenir un droit d'exploitation pour un usage non commercial. Par la suite, si elle faisait des progrès, elle pourrait toujours se lancer dans des œuvres personnelles – mais elle préférait au début ne pas compliquer les choses.

Elle embrassa du regard son coin d'établi. Le reste était encombré par les outils et les pièces de mécanique sur lesquelles travaillait Alex, tous disposés avec le plus grand soin. De ce côté, il était bien plus ordonné qu'elle. Jusqu'ici, ses investissements en fournitures pour gravure sur ivoire lui avaient coûté moins qu'un simple jeu de clés à pipes pour son mari. Si jamais il s'avérait qu'elle avait entièrement fait fausse route, au moins n'aurait-elle pas ruiné leur ménage.

Elle soupira. Avant de s'asseoir à l'ordinateur et de commencer ses achats en ligne, il fallait encore qu'elle retourne pisser. Et elle était bien consciente que ça n'allait pas s'améliorer au fil de la grossesse. Il fallait espérer qu'avoir le fils d'Alex méritait bien tous ces embarras.

John Howard se baissa pour resserrer les lacets de ses chaussures de cross, en terminant par un double nœud censé les empêcher de se défaire. Puis il se redressa, se pencha en arrière pour étirer les abdominaux, puis fit des moulinets pour s'assouplir les épaules.

En temps normal, il s'entraînait à la base ou en parcourant le périmètre du terrain de la Net Force, mais aujourd'hui, il avait envie de faire un tour dans son quartier. Il faisait chaud pour un début d'octobre, une chaleur moite, aussi avait-il juste mis un short et un débardeur, sans oublier toutefois un sac à dos contenant son virgil, ses papiers et une petite arme de poing – un Seecamp automatique .380 à double action. Le minuscule pistolet aurait fait passer le Walther PPK pour un géant, avec ses 350 grammes à peine : bougrement pratique quand on était en tenue d'été ou d'exercice. D'accord, ce n'était pas l'idéal pour arrêter un éléphant ; l'arme n'avait même pas de cran de mire, elle n'acceptait qu'une seule marque de munitions et le pontet tendait à vous cogner l'index lors du recul. Rien de comparable avec son arme de service habituelle, un revolver Phillips & Rogers modèle Medusa, mais elle remplissait à merveille la règle essentielle dans un échange de coups de feu : posséder au moins un flingue. Le pointer sous le nez d'un agresseur muni d'un couteau ou d'un tesson de bouteille, et presser quatre ou cinq fois la détente, c'était encore ce qui se faisait de mieux en matière de dissuasion. Avec les lanières du sac à dos bien serrées pour l'empêcher de ballotter, c'était jouable. Il avait pris l'habitude de prendre sur lui une petite bombe de poivre pour décourager les chiens errants avant de s'apercevoir qu'il lui suffisait de s'arrêter de courir et de crier : « Couché, vilaine bête ! » d'une voix tonnante pour que le clébard s'immobilise, plisse le front et s'éloigne sans demander son reste. Enfin, c'est ce qu'ils avaient fait jusqu'ici.

Les muscles assouplis, Howard entama son jogging.

Les feuilles avaient commencé à tomber – il n'y en aurait plus d'ici la Toussaint : le premier bon coup de vent les ferait toutes dégringoler – et si le soleil était chaud, il restait malgré tout une différence subtile entre le printemps et l'automne, cette impression de l'imminence de l'hiver.

Il passa devant le vieux Carlson qui travaillait sur sa pelouse, affairé à entasser les feuilles mortes à l'aide de son souffleur. Le fringant octogénaire sourit et lui adressa un signe de la main. Ce vieux coucou à la peau tannée était l'archétype du supporter de l'équipe des Orioles. Retraité des Postes après quarante ans de carrière, il connaissait la capitale fédérale comme sa poche.

Howard arriva au coin de la rue et prit à droite, avec l'intention de parcourir dans les deux sens toutes les impasses qui donnaient sur l'allée principale, sans jamais quitter le trottoir, quitte à devoir se pencher pour éviter les branches basses.

Tyrone avait appelé aujourd'hui, depuis sa classe de nature au Canada. Il en avait encore pour dix jours sur les deux semaines en tout, dans le cadre d'un échange international, une nouveauté dans son collège. Howard jugeait que c'était une bonne idée de se frotter ainsi aux autres cultures. Toujours mieux en tout cas que la méthode préconisée par les militaires. Il sourit au souvenir de la vieille rengaine placardée au-dessus du bureau de son premier sous-off lorsqu'il était entré dans l'armée : « Engagez-vous, rengagez-vous, vous verrez du pays ! Visitez des lieux exotiques et inédits ! Découvrez d'autres cultures ! Rencontrez des gens nouveaux et intéressants... et tuez-les ! »

Il pressa légèrement le pas, s'étira, allongeant la foulée, trouvant son rythme. Juste un poil en dedans.

Les cicatrices évoluaient plutôt bien depuis son opération consécutive à la fusillade en Alaska. Il ne souffrait presque plus – enfin, pas plus que d'habitude à l'issue d'une séance d'entraînement – mais les souvenirs, eux, ne s'étaient pas dissipés. Se retrouver perdu au milieu de nulle part, pris dans une fusillade avec une bande de vrais durs, se défendre de son mieux mais manquer d'y passer malgré tout, ce n'était pas le genre de souvenirs dont on se débarrassait en quelques mois. Il se remémorait chacune des fusillades auxquelles il avait pris part – et heureusement il n'y en avait pas tant que ça. L'idée qu'il aurait fort bien pu se vider de son sang dans ces bois et finir boulotté par les charognards n'était pas épouvantable en soi. Merde, après tout, il était soldat de métier et se faire tuer faisait partie du contrat. Mais mourir en laissant un fils à peine adolescent, ça, ça l'embêtait un max. Jusqu'ici, il avait eu du pot. Il n'avait jamais participé à une vraie guerre, et quand il avait fini par connaître un peu d'action au sein de la Net Force, il avait toujours réussi à éviter les balles qui sifflaient en tous sens. Julio s'était chopé un pruneau dans la jambe alors qu'il récupérait du plutonium volé par une bande de fils de putes. Plusieurs de ses hommes avaient sauté sur une mine ou s'étaient fait plomber par le tueur à gages du Russe fou, Roujio, l'ex-tueur des Spetsnaz.

Intellectuellement, il savait qu'il devait uniquement à la chance d'y avoir échappé – la chance ou peut-être un minimum d'adresse ; d'un point de vue émotionnel, il se sentait invulnérable – enfin, jusqu'à un certain point. Comme si Dieu veillait sur lui parce qu'il en était digne. Ouais, c'est ça... jusqu'à ce que ce tir de précision vienne l'épingler dans le noir. Il avait suffi d'un coup tiré par une arme de poing à distance de tir d'un fusil pour tuer en lui ce sentiment d'être à l'épreuve des balles. Radicalement.

Même Achille avait son talon, et se réveiller à l'hosto couvert de tubes enfoncés partout avait tendance à vous faire envisager l'idée que vous pourriez ne pas être immortel.

Et alors qu'il ne redoutait pas de se lancer dans la bataille – il n'en avait pas l'impression en tout cas –, il n'avait pas envie de mourir en laissant sa femme et son fils. Ils lui étaient devenus d'autant plus précieux qu'il avait réalisé qu'il pouvait les perdre. Il croyait au royaume des cieux et tâchait de vivre dignement et moralement, mais y monter n'était pas pour l'heure en tête de ses priorités.

Il ralentit un peu et se mit à ouvrir la bouche pour respirer avec un peu plus de force, alors qu'il s'engageait dans l'impasse suivante et se dirigeait vers le rond-point situé à son extrémité.

Il se souvint d'une autre blague que lui racontait son père : « C'est un pasteur qui s'adresse à ses paroissiens et qui leur demande : "Combien y en a-t-il parmi vous qui désirent monter au ciel ?"

« Toutes les mains se lèvent sauf celle de frère Brown.

« Alors, le pasteur se tourne vers frère Brown qui était connu pour picoler un peu, même le dimanche matin, et il s'exclame : "Eh bien, frère Brown, tu ne veux pas aller au ciel quand tu seras mort ?

« – Quand je serai mort ? Ma foi, bien sûr que si, mon révérend.

« – Dans ce cas, comment se fait-il que tu n'aies pas levé la main ?"

« Et frère Brown de répondre : "Ben, je croyais que vous cherchiez des volontaires pour embarquer tout de suite." »

Howard contourna le rond-point et repartit vers l'allée principale. Au passage, il vit un caniche nain faire des allers-retours derrière une clôture en aboyant furieusement. Un vulgaire appât, aurait dit son père. La honte de la gent canine.

Howard savait qu'il aurait pu devenir un général rond-de-cuir, dirigeant les opérations à distance. La Net Force aurait d'ailleurs préféré qu'il en soit ainsi et sans doute personne ne lui en aurait tenu rigueur, du moins aucun de ceux qui avaient été sur le terrain avec lui auparavant. Mais envoyer un type dans un endroit où il ne serait pas prêt à se rendre de son plein gré, c'était un truc qu'il n'avait jamais pu admettre.

Ce qui lui laissait l'autre option, qui était de raccrocher. Il pourrait prendre sa retraite avec son grade actuel de général, toucher une jolie pension, se dégoter un quelconque boulot de consultant ou bien enseigner, le choix ne manquait pas. Sans doute gagnerait-il mieux sa vie que maintenant. Et en étant un peu plus sûr d'être encore là quand son fils quitterait le lycée puis la fac, se marierait et leur ramènerait des petits-enfants. Bon, d'accord, ce n'était pas avant dix ou quinze ans, mais il ne voulait surtout pas manquer ça. Et il ne voulait pas laisser Nadine. Si jamais il devait lui arriver malheur, il lui avait toujours dit de se remarier, de se trouver un type bien, parce qu'elle était trop formidable pour s'étioler et se morfondre dans la solitude. Et il était parfaitement sincère quand il disait cela même si, au fond de son cœur, il devait bien admettre qu'imaginer Nadine rire dans les bras d'un autre n'était pas non plus au premier rang de ses distractions favorites.

Mais il restait un soldat. Un guerrier. C'était ce qu'il faisait, ce qu'il était, et il aimait ça.

Alors, il fallait bien qu'il résolve la contradiction. C'était un truc important. Pas facile, d'accord, mais qu'il devait régler.

Il reprit le rythme ; il était à présent près de sa vitesse maxi. Il essayait de faire six bornes, au moins quatre ou cinq fois par semaine, et même s'il y avait beau temps qu'il n'était plus capable d'abattre le quinze cents en cinq, voire six minutes, il pouvait encore le faire en six trente ou sept.

Enfin, à condition de ne pas se mettre à gamberger au point d'oublier de garder la cadence.

*Cours, Johnny, cours. Tu réfléchiras plus tard.*

## *Malibu*

Tad Bershaw revint en voiture à la maison en bord de mer, tranquille, rien ne pressait. Il avait fait ses livraisons, ramassé le fric et décidé, après tout merde, qu'il pouvait bien se prendre la gélule mauve, ce qu'il avait fait une demi-heure auparavant. Il avait encore quelques minutes avant qu'elle commence à faire le maximum d'effet mais déjà maintenant, il commençait à discerner des motifs, des trames géométriques compliquées et pulsatiles qui recouvraient tout. C'était à cause de la composante psychédélique de la drogue. Ça rendait la conduite plutôt intéressante.

Bobby restait discret sur sa mixture, il ne disait jamais à personne ce qu'il y mettait au juste, mais Bershaw avait tâté de suffisamment de trucs illégaux depuis le temps pour avoir acquis un certain savoir pragmatique en la matière.

Il y avait une forme d'équivalent de MDMA ou d'ecstasy dans l'alliage du Marteau, avec peut-être un soupçon de mescaline : le pic devenait intense au bout d'une heure environ, et le simple fait de respirer procurait un plaisir orgasmique lorsque la drogue parvenait dans le sang.

Son expérience n'était en rien fondée sur une connaissance des processus chimiques, mais il savait reconnaître les effets quand il les ressentait. Même si cela n'avait pas vraiment d'importance, il s'était plus ou moins interrogé sur ce qu'il croyait être la recette de Bobby. Des substances psychédéliques – des enthéogènes, pour reprendre la terminologie de Bobby –, à coup sûr : MDMA, mescaline ou LSD, voire de la psilocybine, extraite des champignons magiques. Qui sait, peut-être les quatre à la fois. Tous ces produits vous donnaient l'impression d'être en communion intime avec votre moi mais aussi avec le monde entier – ce que Bobby appelait l'entactogenèse et l'empathogenèse ; en même temps qu'ils aiguisaient les perceptions, rendant la réalité encore plus intense, plus concrète.

Tad savait qu'il y avait en outre des produits influant sur l'activité cérébrale parce qu'il se sentait plus rapide, plus vif, plus apte à choisir avec discernement quand le Marteau donnait à plein. Il n'y connaissait pas grand-chose en nootropiques, des trucs comme le Déprenyl, l'Adrafinil, le Provigil, ce genre de came, mais Bobby si, et il savait comment les bidouiller pour obtenir une réaction immédiate.

À tous les coups, des amphés – Cylert, Ritaline, Dexédrine, peut-être ; plus une dose de tranquillisants pour équilibrer et avoir l'esprit aiguisé sans avoir la tremblote. Bien évidemment, un analgésique quelconque ou un déclencheur d'endorphines ; Tad soupçonnait un mélange de stéroïdes et de tranquillisants à usage vétérinaire, même s'il ne voyait pas trop quels pouvaient en être les effets à court terme. Enfin, un truc genre Viagra, parce que ça vous flanquait une trique permanente. Le Zee-ster s'était ainsi enfilé six nanas pendant un trip, et le lendemain, pas une seule n'était en état de marcher. On pouvait supposer un effet analogue sur la libido féminine.

En dehors de ça, Bobby avait sans aucun doute quelques ingrédients secrets sur lesquels Tad ne savait que dalle. Il en connaissait les effets, mais ni l'origine ni le fonctionnement.

L'ensemble des éléments combinés avait un effet synergique – le tout était supérieur à la somme des parties – et en définitive, peu importait de savoir comment le truc marchait, l'essentiel était qu'il marchait.

Il y eut un intense éclair orange sur sa gauche mais quand il tourna la tête dans cette direction, il ne nota rien d'anormal. Un sourire. Ouais, il était en train de décoller. Les hallucinations, les vraies hallus auxquelles on pouvait causer et qui vous donnaient la réplique, il n'en avait jamais eu sous le Marteau : c'étaient plutôt des flashes, des distorsions visuelles, de légers décrochements de la réalité, mais cela valait bien le voyage. Vous filiez plein pot, sans gouvernail ni ralenti.

Il prit une profonde inspiration et aussitôt des frissons le congelèrent, malgré la tiédeur de la brise de fin d'après-midi qui soufflait de Santa Ana par la vitre ouverte.

*Waouh, l'éclate !*

Dix-sept fois, cela faisait dix-sept fois qu'il avait brandi le Marteau, et pas un seul mauvais trip. Un client sur cinq pétait les plombs, comme le mec du casino. Un truc en rapport avec la physiologie individuelle peut-être, ou avec le câblage du cerveau, Bobby ignorait quelle hypothèse était la bonne, mais quoi qu'il en soit, cela ne touchait pas Tad. Les dix-sept fois, il était devenu supérieur à ce qu'il était, pour se transformer quasiment en superhéros. Plus fort, plus rapide, plus intelligent, insensible à la douleur, à la fatigue, capable d'entrer dans un cours d'arts martiaux et de botter le cul à tous ces connards d'amateurs de kung-fu.

Ah, et puis bien sûr, il y avait le sexe, même si ça ne lui avait jamais dit tant que ça. Ouais, d'accord, il avait la méga-trique, mais il n'avait semblait-il jamais le temps de l'enfiler quelque part, il avait tellement trop d'autres trucs à faire pour rester au pieu se tenir tranquille... enfin, relativement tranquille.

Quoique, pour l'instant, il se sentait plutôt d'humeur détendue, l'envie de larguer la bagnole et de se dépenser physiquement était encore à venir, il le savait. Peut-être qu'il irait faire un tour sur la plage, une fois la nuit tombée. Ou bien piquer une tête. En temps normal, il nageait comme une savate, mais une fois, il s'était tapé quinze cents mètres aller-retour sans le moindre problème, malgré les déferlantes et tout. Même qu'il s'était cherché un requin : il avait pris un couteau de cuisine pour voir s'il serait capable, avec, de le tailler en pièces. Il n'en avait pas trouvé, et c'était sans doute tant mieux. Hors de l'emprise du Marteau, on était conscient de ses limites. En plein trip, impossible. Mais merde, d'un autre côté, peut-être qu'il aurait pu se rejouer *Les Dents de la mer* et transformer le squale en pâtée pour chats. Qui pouvait dire ?

Une autre vague le submergea... pas mécontent de ne plus être loin de chez lui. Non pas qu'il fût incapable de tenir le volant durant les premières phases du trip, pas de problème, il maîtrisait, mais ça réclamait trop d'efforts et il n'avait pas envie de perdre son énergie à des conneries. Non, rentrer, laisser la bagnole, et filer dehors. Après tout, l'extérieur, c'était jamais qu'un intérieur, mais en plus grand, pas vrai ?

Nouveau sourire. C'était comme la fois où il s'était rendu compte que le chocolat n'était pas l'opposé de la vanille. Juste deux parfums différents. Sur le coup, il avait cru découvrir le secret de l'univers. Merde, allez savoir, c'était peut-être justement ça, le secret de l'univers.

# 6

## Washington, DC

Michaels était presque arrivé mais il avait hâte d'être chez lui. Il s'y voyait déjà : avec une bonne bière bien fraîche, avachi dans le canapé, pieds nus sur la table basse, pour regarder le journal du soir, et peut-être s'endormir devant la télé. Il pourrait se faire un sandwich, éventuellement. Il était crevé. La journée lui avait paru interminable, d'autant plus qu'elle avait été morne et pour l'essentiel sans aucun intérêt... et voilà qu'au moment où il s'apprêtait à partir, ils avaient eu une modeste alerte. Tout ça à cause d'un hacker qui inondait toutes les pages de sites confessionnels, que localisait automatiquement le script qu'il avait programmé, pour y poster des photos pornos prises lors d'une orgie dans un bordel thaïlandais.

Et ça, c'était une menace pour la république.

Sûr que le graffitage avait évolué depuis l'époque des bombages sur les palissades, mais le fait d'être passé à l'électronique ne l'avait pas rendu moins con. Franchement, quel intérêt ? Le crétin qui postait ces photos croyait-il vraiment que les fidèles allaient en les voyant renoncer à leur foi ? Ou bien se précipiter dans les rues en poussant les hauts cris ?

Non, il devait sans doute croire que c'était marrant. Ce qui dénotait d'emblée un sens de l'humour de débile profond.

Évidemment, ça n'amusait pas du tout les gens d'Église et il y en avait suffisamment dans les hautes sphères du pouvoir pour avertir aussitôt la Net Force – le président tout le premier ; résultat des courses, ce qui n'était qu'un tracas mineur vous prenait des allures d'affaire d'État.

« Trouvez l'auteur de ce forfait et empêchez-le de nuire. Immédiatement. »

Le précepte de tendre l'autre joue ne s'appliquait visiblement pas lorsque le joufflu en question se situait en dessous de la ceinture.

Le tagueur électronique se faisait appeler le Diable de Tasmanie, et il s'avéra que c'était une piste essentielle. Grâce à cette indication, les agents de la Net Force remontèrent en effet jusqu'à Davenport, une ville côtière du nord de cet État d'Australie, surmontant les eaux froides du détroit de Bass. Le tagueur était malin, il avait trouvé un logiciel furtif qui lui avait permis de traverser plusieurs pare-feu, mais il avait commis une bourde. La version de son rerouteur anonyme datait de plus de six mois, et sur le Net, six mois, c'est la préhistoire. L'équipe de Jay Gridley avait pu remonter le signal câblé et localiser une maison, elle avait informé le commissariat du coin et les flics étaient allés frapper à la porte. À l'intérieur, ils avaient trouvé un ado de seize ans devant un i-Mac qui en avait six.

Le garçon était le fils du pasteur, ce qui expliquait sans doute pas mal de choses.

Toute cette histoire avait pris du temps, et une fois bouclée, Michaels avait rappelé quelques gros bonnets pour leur dire qu'ils pouvaient désormais dormir sur leurs deux oreilles, puis il s'était arraché du bureau.

Il n'était plus qu'à un kilomètre de chez lui quand son virgil se mit à pépier.

Il fut tenté de l'ignorer – mais si c'était Toni ? Il décrocha l'appareil de sa ceinture et regarda l'écran.

Vide.

Michaels fronça les sourcils. Les logiciels de surveillance des communications du FBI étaient censés contourner n'importe quel système du commerce destiné à bloquer l'identification du correspondant : conséquence, tout individu capable de le contacter sur ce numéro tout en demeurant anonyme ne pouvait que disposer d'un système possédant au moins l'agrément fédéral. Il pressa sur la touche prise de ligne.

« Oui ?

– Commandant Michaels, ici Zachary George, de l'Agence pour la sécurité nationale[1]. Bonsoir. J'espère que vous n'êtes pas en train de dîner ? » La voix était douce, égale, juste assez grave pour paraître autoritaire. Pas de transmission vidéo. Le minuscule écran resta noir.

« Pas encore. Que puis-je pour vous, monsieur George ? Oups, vous pouvez ne pas quitter une seconde ? J'ai un autre appel. »

C'était faux mais cela lui laissait quelques secondes

---

1. *National Security Agency* (NSA) (*N.d.T.*).

pour lancer un traceur, ce qu'il fit. Il aimait bien savoir à qui il causait.

« Désolé. Continuez.

– Monsieur, nous croyons savoir que votre service procède à une enquête en collaboration avec la Brigade des stups. Nous aimerions en discuter avec vous, si c'est possible.

– Vous pouvez prendre rendez-vous avec ma secrétaire, monsieur George. Même si je ne vois pas trop pour quelle raison la NSA s'intéresserait à la chose, si tel était bien le cas... ce qu'en toute hypothèse je m'interdirais de confirmer par téléphone. »

La diode d'appel se mit à clignoter, signe qu'elle avait retracé l'origine du signal. Il pressa sur la touche et un numéro se mit à défiler à l'écran, suivi d'une identification en clair : *George Zachary, National Security Agency*.

Bien. Au moins c'était déjà ça de vrai.

« Je comprends votre réticence, monsieur, et je serai ravi de vous expliquer tout ceci de vive voix dès que nous nous verrons. C'était un simple appel de courtoisie pour vous faire part de notre intérêt. » Un silence, puis : « Ah, je vois que vous avez identifié l'appel. Excellent. Je contacterai votre assistante pour avoir un rendez-vous dès que vous serez libre. Merci, monsieur. Discom. »

La ligne fut coupée. Une nouvelle barre soucieuse plissa le front de Michaels. Que diable la NSA avait-elle à voir avec cette histoire de drogue ? Et pourquoi leurs systèmes d'analyse furtive étaient-ils supérieurs à ceux du FBI, pour leur permettre de découvrir qu'on les avait pistés ? Il faudrait qu'il en touche un mot à

Jay. Peut-être qu'il arriverait à leur pondre un meilleur programme.

Il lâcha le virgil sur le siège, hocha la tête. Plus que deux pâtés de maisons.

Bière. Canapé. Télé. Bientôt...

Pas si évident, bien sûr. Dès qu'il entra, Toni était tout émoustillée par son nouveau dada, alors, fatalement, il ne put qu'aller avec elle au garage pour admirer ses jouets.

Enfin bon, après tout, si ça lui faisait plaisir, il était content lui aussi. Avec toutes les sautes d'humeur qu'elle connaissait ces temps derniers, tout ce qui pouvait la distraire était le bienvenu, alors autant s'en accommoder.

« ... et là, c'est la troisième main, tu vois... il suffit d'y introduire l'aiguille, puis de faire pivoter ce truc, comme ça, et elle est aussitôt retenue comme dans un serre-joint. J'y ai collé un plomb de pêche – cette bille de plomb, là – à l'autre bout, pour lui donner un peu d'inertie, comme ça, lorsque je poinçonne, ça me demande moins d'effort.

– C'est que t'es pas bête, toi », observa-t-il en souriant.

Elle lui rendit son sourire. « Et puis regarde, là, c'est la loupe... »

Il l'écouta d'une oreille distraite, pas franchement passionné par ce genre d'artisanat. Quand elle eut terminé son laïus, il sourit de nouveau. Vu son état, elle n'avait pas le droit de boire, mais enfin, peut-être qu'elle pourrait en profiter, par procuration, en le regardant faire.

« Pas tout de suite, dit-elle.

– Quoi ?

– D'abord, tes exercices. Tes djurus. »

Michaels eut envie de pousser un juron mais, sagement, se retint. Toni n'était pas que sa femme, après tout, elle était aussi son professeur de silat, et c'était la casquette qu'elle venait à l'instant de coiffer. S'il tentait d'esquiver, ça risquait de chauffer pour son matricule.

« Oh, ouais, bien sûr, c'est ce que je voulais dire. Après mes exercices. Évidemment. »

Elle ne fut pas dupe une seconde, elle était bien trop maligne, mais enfin, ça ne coûtait rien d'essayer. Elle aurait pu avoir une absence.

Elle observa : « Il faut répéter plusieurs milliers de fois les mouvements pour bien les intégrer, Alex. Les dernières études scientifiques que j'ai lues disent que ça exige dans les cinquante à cent heures de pratique. »

Il fit un rapide calcul mental. « Donc, pour dix-huit djurus, il faudra que je m'entraîne entre neuf cents et dix-huit cents heures avant de les maîtriser ? Hmm... à raison d'une demi-heure par jour, soit quelque chose comme cent quatre-vingts heures par an, ça va chercher dans les dix ans, c'est ça ?

– Ma foi, pour bien les réaliser en souplesse, tu peux sans doute en rajouter cinq.

– Je serai à la retraite d'ici là.

– Parfait. Ça te laissera plus de temps libre pour t'entraîner. »

Il éclata de rire. « T'es une vraie garde-chiourme. »

Il alla dans la chambre, se déshabilla, enfila un pantalon de survêt et un T-shirt. Il resta pieds nus. Puis il retourna dans le salon et s'installa par terre pour entamer quelques mouvements de yoga. Toni lui avait montré. Faire des exercices d'assouplissement était bien sûr un luxe qu'on ne pouvait guère se permettre en situation réelle, mais passé quarante ans, c'était une précaution indispensable. Une bagarre pouvait durer dix secondes, une séance d'entraînement entre une demi-heure et une heure, selon votre niveau d'ambitions, et plus il prenait de l'âge, plus il était long à se remettre d'un muscle froissé.

Tandis qu'il s'assouplissait la colonne vertébrale, Toni revint du garage. « Alors, comment s'est passée ta journée ? »

Comme elle avait été son adjointe et connaissait le boulot aussi bien que lui – mieux, même, dans certains domaines – il était normal qu'elle lui pose la question, et tout aussi normal pour lui de lui répondre.

« Calme plat. Excepté un coup de feu en fin de journée, à cause d'un jeune hacker qui postait des photos pornos.

– Seigneur. Et moi qui reste là et qui rate tout...

– Enfin, bon, il y a eu aussi un ou deux trucs pas inintéressants. » Et il lui narra cette affaire de drogue ainsi que le mystérieux coup de fil du type de la NSA.

Elle le regarda, observa : « Garde le dos bien droit quand tu te tournes. » Puis : « Et Jay, qu'est-ce qu'il en dit ?

– Il dit que ça va pas être de la tarte. Apparemment, le commerce des produits pharmaceutiques par Internet a toujours été un problème. Au tout début déjà, une bonne partie était juridiquement interdite mais ne faisait pas l'objet de poursuites.

– Comment cela ?

– Eh bien, suppose que tu es septuagénaire, que tu ne touches que l'aide sociale et que tu habites dans le Dakota du Nord ou le sud du Texas. Imagine que tu tombes malade et que tu aies besoin de pilules... un traitement peut revenir, mettons, à cinquante dollars le flacon. Suppose que tu doives en prendre deux ou trois flacons par mois pendant plusieurs années. Ça risque d'entamer sérieusement ton budget. Alors, tu sautes dans un car pour te rendre, selon le cas, au Canada ou au Mexique, où le même produit te reviendra entre seize et dix-huit dollars. Un toubib sur place pourra te rédiger une ordonnance identique à celle que tu as eue aux États-Unis, et même en comptant vingt dollars de consultation, tu t'en tires encore largement gagnante au bout du compte.

– Ouais, et après ?

– Après, avec le Net, un accès par un banal ordinateur ou un terminal de télé câblée, tu n'as même plus besoin de prendre le car. Tu te connectes sur un site, tu commandes ce dont tu as besoin, tu vas, à la rigueur, remplir un petit questionnaire pour garder un semblant de légalité, et ta prescription t'arrive par courrier le surlendemain, pour peu que tu aies choisi un fournisseur honorable.

– Jusqu'en bas, continua-t-elle. Et ne plie pas les genoux. »

Il ricana. « C'est d'être enceinte qui te rend si méchante, femme ?

– Oh, tu crois ça ? Attends voir... Ce que t'es en train de me dire, c'est que les Stups n'ont pas sauté sur ces types pour importation illicite de produits pharmaceutiques ?

– Ha ! Réfléchis une seconde. Voilà une brave petite vieille sans ressources qui souffre du cœur, après quarante années passées devant des mioches à faire l'institutrice. Franchement, tu voudrais être le gars des Stups chargé de l'arrêter pour s'être procuré de la nitroglycérine ou ce que tu voudras à l'étranger, pour avoir voulu faire des économies et ne pas en être réduite à se nourrir de boîtes de Fido ? Essaie d'imaginer le nombre de procureurs fédéraux qui seraient prêts à embarquer dans ce genre de plan. La presse te sauterait dessus comme une nuée de sauterelles. Tu vois d'ici les manchettes ? "Une grand-mère poursuivie pour trafic de tonicardiaques !"

– Ça pourrait déclencher un scandale politique, admit-elle.

– Ça, tu l'as dit. Sans parler qu'il y a les médicaments qui sont autorisés dans d'autres pays mais n'ont pas eu chez nous l'agrément de la FDA, ce qui, d'après Jay, est encore une autre paire de manches. Tiens, disons que tu veuilles prendre du Mémoril, un de ces nouveaux neuromédiateurs qui améliorent ta mémoire à court terme de quelque chose comme soixante-dix pour cent. La FDA est encore en train de le tester mais le produit a reçu son autorisation de mise sur le marché presque partout en Europe depuis déjà deux ans. Alors, tu te connectes sur un site espagnol, tu leur files ton numéro de carte de crédit et tu leur commandes quelques plaquettes de comprimés. Quelques jours plus tard, tu reçois un paquet envoyé d'Écosse, prétendument un cadeau d'anniversaire de ton oncle Angus, et à l'intérieur, tu trouves ton produit miracle, fabriqué par une entreprise pharmaceutique allemande. Tout cela est parfaitement légal en Espagne, en Écosse et en Allemagne, et la législation américaine n'est pas leur problème.

« Si jamais les douanes devinent ce qu'il y a dans le colis, elles vont le confisquer, puisque, juridiquement, il y a infraction, mais là, on entre dans une zone floue. Si tu étais allée en Espagne pour obtenir le produit d'un médecin exerçant là-bas, tu pourrais très bien le ramener ici pour ton usage personnel. Où est la différence entre se le faire livrer par courrier et le rapporter dans sa poche ? C'est *malum prohibitum* – mal parce que illégal –, pas *malum in se* – mal en soi.

– Depuis quand tu t'es mis au latin ?

– Depuis que j'ai posé la question à nos conseillers juridiques.

– Surveille la position de tes épaules.

– Là-dessus, on a toutes ces substances illicites, pour lesquelles il est plus facile d'engager des poursuites, à condition de savoir de quoi il s'agit et d'avoir la certitude qu'elles sont bien illicites, ce qui est justement notre problème ici. Les grosses gélules mauves n'ont rien d'illégal en soi.

– *Ipso facto*.

– Non, *per se*. Tu peux te foutre de mon latin. Bref, voilà notre problème. Enfin, c'est plutôt celui de la FDA, sauf que la patronne m'a refilé le bébé. Elle leur devait sans doute un service, et voilà le travail. Là-dessus, comme la NSA a mis tout le monde sur écoute, je comprends qu'ils soient au courant, mais ce que j'arrive pas à saisir, c'est pourquoi ça devrait les intéresser. Veine, j'ai tout le temps d'y réfléchir, vu qu'on n'a pas des masses de boulot en ce moment. Tu sais, je regrette que tu bosses plus avec nous. Ça serait déjà plus intéressant. On te regrette tous, au bureau. Moi, surtout.

– Allez, t'es assez assoupli comme ça. Debout ! Fais tes djurus. Tu te sentiras mieux après tes exercices. »

Il se leva. C'était vrai. Il se sentait presque toujours mieux après. C'était juste cette foutue inertie qui était parfois difficile à surmonter. Une chance qu'il ait Toni auprès de lui pour le secouer un peu. Et ce n'était pas la moindre de ses qualités.

# 7

## *Malibu*

Drayne entra tout nu dans la cuisine pour sortir de la glacière le reste de bouteille de champagne. Faudrait vraiment qu'il s'installe un petit frigo dans la chambre, ça lui éviterait de se déplacer.

La vie était te-e-e-ellement dure.

Ce n'est pas pour autant qu'il allait regretter la minette. C'était quoi, son nom, déjà ? Misty ? Bunny ? Buffy ? Quelque chose comme ça. Il l'appelait « Mon chou », et c'était bon. Elle était HS et pour un bon bout de temps, en plus, vu leurs exploits de la nuit passée et la première bouteille de roteuse qu'ils venaient de se descendre.

C'était une actrice – dans le coin, elles étaient toutes actrices – vingt, vingt-cinq ans, vive, nerveuse, enjouée. Une vraie rousse, avait-il découvert avec ravissement, une fois parti le itsy-bitsy petit bikini noir.

Ah, jeunesse... il n'y avait rien de mieux.

Il l'avait levée en salle de gym, qui était l'endroit où il draguait la plupart des filles qu'il ramenait chez lui. Les athlètes avaient tendance à être en meilleure forme, moins sujettes aux maladies, et elles étaient surtout capables de jouer plus longtemps avant de fatiguer. Comme il n'aimait pas les nanas trop musclées, il évitait les haltérophiles pures et dures, mais il y avait toujours une Misty-Bunny-Buffy pour faire du home-trainer ou s'amuser avec les poids d'un kilo, et il ne lui fallait jamais bien longtemps pour lier connaissance. Il n'était pas vilain garçon, sans compter que la chevalière en diamant à vingt mille dollars et le cabriolet Mercedes avaient tendance à impressionner ces dames. Il avait même sur lui des cartes de visite indiquant qu'il était producteur de cinéma indépendant – « Bobby Dee Productions » – et ça, en général, ça suffisait pour emporter la décision si jamais elles étaient sur le point de partir. « Oh, désolé... on n'a pas eu le temps de se voir. Tenez, voici ma carte. Si jamais vous passez du côté de Malibu, donnez-moi un coup de fil. »

Les bons coups, on en trouvait toujours dans le coin, ils n'étaient pas réservés qu'aux acteurs de cinéma. Et le fils préféré de maman Drayne assurait un max de ce côté-là, et en plus, sans aucune assistance chimique – à moins de compter le champ' de qualité. Il ne touchait jamais aux drogues qu'il fabriquait, il n'y avait jamais touché. Plus tard, peut-être, quand il serait vieux et n'arriverait plus à bander, il se concocterait un petit raidisseur maison, mais pour parler franc, il doutait que ça lui arrive un jour. Il n'avait jamais connu de défaillance dans ce domaine précis, merci bien, et remettre le couvert quatre ou cinq fois par nuit, ça n'avait jamais été un problème. Mais bon, d'un autre côté, il n'avait que trente-cinq berges. Peut-être qu'aux alentours de soixante, soixante-dix, ça devenait effectivement une autre histoire.

Alors qu'il s'apprêtait à entrer dans la cuisine, il avisa Tad, sur la plage, en train de fixer l'océan.

Drayne hocha la tête. Ce con-là devait encore être en plein trip au Marteau. Un de ces quatre, ça allait le tuer, sûr. Il était dans un état tellement lamentable, c'était même un miracle que le truc l'ait pas encore rétamé... il y a beau temps qu'il aurait dû lui péter un vaisseau dans la cervelle, le rendre aveugle, impotent et idiot, pas obligatoirement dans cet ordre. Pour quelqu'un en bonne condition physique, une nuit avec Thor exigeait au moins une semaine de récupération, sinon plus. Tad n'aurait même pas dû s'en remettre, et pourtant, il avait brandi le Marteau plus souvent que quiconque et réussi, Dieu sait comment, à rester sur pied. Bon d'accord, il se trimbalait en permanence avec une véritable pharmacie portative qu'il gobait, sniffait ou s'injectait sitôt redescendu de son trip. Sans doute avait-il plus de came que de sang dans les veines. Toujours est-il que ça l'avait jusqu'ici tenu juste hors de portée de la Faucheuse. Vraiment incroyable.

Drayne ouvrit la glacière et en sortit la seconde bouteille de champagne. Il la porta à ses lèvres, se ravisa et prit un des verres givrés posés sur la clayette. Boire au goulot, c'était bon pour les sauvages. Ça empêchait le dégagement des bulles.

*Merde, il fallait faire ça de manière civilisée, non ?*

Il versa le vin glacé dans le verre givré, regarda la mousse se former et monter puis commencer lentement à redescendre.

*Le temps passé à attendre que les bulles de champagne aient fini d'éclater ne comptait pas.*

Dehors, sur la plage, au ras des vagues, trois balèzes passèrent au pas de course, travaillant leur forme athlétique. Inquiet, Drayne lorgna Tad. Si jamais il lui prenait la lubie de ne pas aimer la tête de ces trois types, il allait leur entrer dans le lard et les autres auraient beau être grands et baraqués, ils n'auraient pas une chance : Tad les pulvériserait comme de vulgaires bretzels, s'il était d'humeur.

Mais le trio passa sans encombre et, d'où il se trouvait, Drayne n'aurait même pas su dire si Tad les avait remarqués... Contempler Tad dans ce genre de situation, c'était un peu comme contempler un empereur romain. Pouce levé ou baissé, nul n'aurait su dire à l'avance.

Il hocha la tête. Tôt ou tard, le gars allait faire un pas de trop et attirer l'attention de la police. Ça faisait un bail qu'il n'avait plus fait le con et, veine, la dernière fois, ça n'était pas remonté jusqu'à Drayne. En plus, la maison était clean, aucun problème de ce côté : il ne gardait des substances illicites que le temps de préparer sa mixture, mais il n'avait sûrement pas besoin de voir les flics du coin venir taper à sa porte et l'interroger sur l'autre grand con vêtu de noir qui s'était brusquement transformé en Incroyable Hulk avant de faire un massacre sur la plage. La discrétion, c'était le maître mot. Tant qu'on ignorait votre existence, on ne risquait pas de vous emmerder.

Il acheva de remplir le verre, écuma la mousse, remit la bouteille au frigo. Il sortit sur le balcon, tout en sirotant le champagne. Léger goût de levure, un soupçon de pomme, bonne rondeur, pas d'amertume finale. Peut-être pas le meilleur, mais à partir du cinquième ou sixième verre, inutile de gâcher de la bonne marchandise : on devenait incapable d'apprécier les saveurs les plus exotiques ou subtiles, de toute façon. Tout ce qu'on pouvait demander d'une seconde bouteille, c'était de ne pas vous flanquer des aigreurs d'estomac.

Il y avait un gars installé un peu au nord de San Francisco, tout au bout d'une route sinueuse dans Lucas Valley... Ce mec élaborait le meilleur champagne de la planète. Du Grand Brut, sec comme le Sahara, qu'il vendait à terme : vous régliez à l'avance, il vous appelait quand la cuvée était prête, et si elle n'était pas à votre goût, eh bien tant pis. Il fallait compter dans les cinq cents billets la bouteille – pour une caisse – et pas question d'acheter plus d'une caisse par an. Six mille dollars en tout, et ça, c'était le non-millésimé. Parfois, il fallait attendre dix-huit mois avant de procéder à l'assemblage. Les meilleurs millésimes allaient chercher dans les deux mille la bouteille, et là aussi, vous deviez passer par une liste d'attente. Drayne n'avait pas encore son nom en haut de la liste mais d'ici un an, ce serait bon, il en était à peu près sûr.

Drayne était déjà allé y faire un tour. L'entreprise vinicole était minuscule, et pour parachever la visite, le maître des lieux lui avait fait goûter les divers crus, rouges et blancs, directement au tonneau, aspirant le vin avec un long tube de caoutchouc pour le verser goutte à goutte dans un verre. Et, après quelques gorgées, il lui avait montré comment il tournait à la main les bouteilles, une à une. Il fallait les tourner chaque jour, pour régulariser le dépôt des lies.

Drayne était un fin connaisseur. Le gars était un authentique génie du vin, aucun doute, et son champagne sortait du lot. Naturellement, les ayatollahs des appellations lui avaient interdit de le baptiser ainsi puisque, techniquement, seuls avaient droit à ce nom les vins fabriqués selon la méthode champenoise et provenant de cette région de France bien délimitée. Il l'avait donc appelé vin mousseux. N'empêche, en comparaison, les bons crus français vous avaient un goût de soda éventé.

Celui-là, c'était celui qu'on se gardait pour les grandes occasions, pas le truc qu'on offrait aux Misty-Bunny-Buffy pour les attirer au pieu. Il lui en restait encore six bouteilles, et six mois avant de pouvoir commander une nouvelle caisse. S'il avait de la chance. Alors il devait se rationner : une bouteille par mois, pas plus... et encore, il risquait de devoir attendre. Terrible dilemme.

Il sourit. Sûr qu'il avait matière à se plaindre, pas vrai ? Une grande baraque sur la plage de Malibu, une chouette nana à poil dans son lit, un beau paquet de fric, six bouteilles du meilleur champagne qu'on puisse trouver. Merde, on pouvait difficilement rêver mieux, non ?

Comme Tad n'avait pas l'air de vouloir se transformer en missile et bousiller tout le quartier, il ferait peut-être aussi bien de retourner au pieu réveiller gentiment sa poulette. Il était sûr qu'il allait encore leur trouver un nouveau truc à tenter.

Ouaip. Voilà une idée qui lui paraissait excellente.

Il leva son verre pour trinquer à sa propre ingéniosité. *Et hop, Bobby, emballé, c'est pesé !*

Il retourna vers la chambre.

Tad sentait la force.

Elle le parcourait tel un courant électrique, l'emplissant de décharges pulsantes, jusqu'à ce qu'il se sente vrombir comme une dynamo tournant à plein régime.

Il était un vrai dieu, seul à décider du sort de quiconque passait à portée. Il pouvait les terrasser à sa guise, devenir Shiva le destructeur, changer jusqu'à la configuration de la planète, d'un simple geste de la main. À sa guise, car c'était ainsi que procédaient les dieux, pour autant qu'il sache.

Il inspira et, comparé à cette sensation, un orgasme faisait pâle figure. Les frissons qui le parcouraient, il les sentait venir de partout à la fois : les mains, le corps et jusqu'aux orteils.

*Putain, le flash !*

Il était un dieu. Apte à réaliser ses moindres désirs.

Et ce qu'il désirait en cet instant, c'était... marcher. Arpenter la plage, passer anonyme au milieu de ces gens, grimé en tubard émacié tout vêtu de noir, mais transcendant l'entendement des simples mortels.

Au même titre qu'un homme parmi des fourmis.

Ils ne pouvaient pas comprendre. Il les plaignait d'être si faibles, si stupides. Si pitoyables.

Il s'ébranla et le sable était comme une créature vivante sous ses bottes, il entendait les doux crissements chuintants qu'il faisait à chacun de ses pas. Il était conscient de la brise vespérale qui effleurait sa peau, de l'odeur de sel et d'iode venant de l'océan, de la saveur même de l'air. Il était conscient absolument de tout : pas seulement de ce qu'il y avait sur cette plage, mais de ce qui émanait de galaxies situées à un milliard d'années-lumière. Tout cela formait son territoire, oui, tout. Il n'aurait qu'à lever les bras pour embrasser l'univers dans sa totalité.

Il éclata de rire.

Devant, des gens finissaient de jouer au frisbee et retournaient s'étendre sur leur serviette. Une partie de beach-volley s'acheva. Un flot de véhicules passait sur la route du bord de mer, camions et voitures avaient pris l'apparence de dragons : de redoutables créatures dans leur élément mais des créatures qui avaient intérêt à ne pas croiser sa route. Car il était Tad le Vengeur et quiconque avait des yeux pour le voir pouvait deviner combien il était redoutable.

Il parcourait son royaume, et pour l'heure se sentait bienveillant dans son omnipotence. D'humeur à daigner les laisser vivre.

Pour l'instant, du moins.

## *Jayland/Quantico*

Jay Gridley avait toujours aimé foncer. Quand il se glissait dans son équipement sensoriel et que la Toile se déployait devant lui, dans l'infini de ses possibilités, il choisissait toujours la vitesse. S'il était au volant, c'était celui d'une Viper, un bolide qui effaçait tous les autres véhicules. Parfois, il volait – fusées dorsales, hélicos, avions à réaction, n'importe... –, il créait des scénarios virtuels qu'il traversait comme une balle de fusil, *illico presto*, comme un pet sur une toile cirée.

Oh, certes, de temps en temps, il se la jouait rétro : il se concoctait une ville de western qu'il parcourait au pas lent de son cheval. À moins qu'il ne se choisisse un canot. Mais arriver sur place au plus vite restait son plaisir, et la majorité de ses programmes en étaient le reflet. Pour lui, c'était le boulot d'abord, le tourisme après.

Mais pas aujourd'hui. Aujourd'hui, « Jay le Jet » avait décidé de se payer une balade dans un jardin oriental. Bon, le programme n'était pas d'une exactitude totale, il mélangeait plusieurs éléments : il se tenait en ce moment même au seuil d'une maison de thé japonaise au pied de laquelle courait un petit ruisseau. Juste devant, un jardin zen : trois rochers posés sur un lit de sable ratissé. Mais plus loin sur la gauche s'élevaient un temple Shaolin, devant lequel des moines faisaient du kung-fu, et sur sa droite, un second temple, tout droit venu de Bangkok, avec des danseuses siamoises traditionnelles ondulant comme des serpents. Le Taj Mahal se dressait un peu plus loin, et l'on devinait même quelques pyramides à l'horizon, derrière lui. Un véritable parc à thème sur la spiritualité orientale.

Le soleil étincelait, la journée était chaude avec une légère brise apportant une odeur de musc et de bois de santal mêlée d'un parfum de rose et de jasmin.

*Bienvenue au pays des gens heureux et sympathiques, Jay. Un endroit pour toi.*

Il sourit, continuant d'avancer à pas lents, absolument pas pressé. Ce qu'il cherchait était quelque part dans les parages, mais quoi ? Il le trouverait en son temps.

Pour être honnête, il n'avait pas vraiment embrassé les dogmes du bouddhisme. Les huit – ou les quatre ? – voies pour y parvenir. Mais il y avait dans tout ce que faisait Saji, dans sa façon de s'y impliquer, une énergie qui méritait qu'on s'y attarde. Il ne s'était jamais vu autrement que comme un simple nerd, mais cette idée de se laisser porter par le courant – une idée du reste qui relevait du taoïsme plutôt que du bouddhisme, non ? –, eh bien, cette idée avait tendance à le séduire de plus en plus, ces temps derniers.

Sans doute grâce à Sojan Ripoche. Encore une de ses qualités, parmi d'autres, beaucoup plus terre à terre.

Une abeille passa en bourdonnant, en quête de pollen.

Ah oui, quoi de mieux que de se balader dans les jardins cosmiques de...

« Hé, Jay, tu dors ? » résonna une voix un rien dissonante, s'immisçant dans ce beau scénario.

Jay décrocha de la RV pour se retrouver d'un seul coup devant sa console à la Net Force. Deux collègues se tenaient au seuil de son bureau, Alan et Charlie.

« Cette porte est censée être verrouillée, nota Jay avec un rien d'irritation.

– Ouaip, et si tu n'avais pas voulu des gars assez pointus pour se rire d'un tel obstacle, t'en aurais engagé d'autres », observa Charlie. Il brandit sa carte à puce. « Tu devrais penser à changer les codes au moins une fois tous les deux ans, Jay...

– Franchement, ça changerait grand-chose ?

– À peu près autant que de changer celui de l'antivol de ma meule », admit Alan.

Jay rigola. Il avait déjà craqué l'ordinateur de bord du scooter électrique d'Alan en le reprogrammant pour ne pas qu'il dépasse quinze à l'heure. Enfin, ça, c'était le Jay d'avant. Désormais, il était un autre homme. Terminé, les blagues de potache.

« Allez, ramène-toi, on va chez Pud, bouffer un hamburger et descendre une bière. »

Jay répondit sans réfléchir : « Nân. Allez-y sans moi. J'ai renoncé à la chair morte. »

Alan et Charlie le fixèrent d'un œil rond pendant deux bonnes secondes avant de réagir. Ils se mirent à rigoler. De plus en plus fort. Ils en avaient presque les larmes aux yeux.

« De la chair morte ? De la chair morte, c'est bien ce que tu as dit ? » Nouveaux éclats de rire.

« Hé, Jay, on te demande pas de tuer la serveuse pour la boulotter. De la chair morte ? D'accord, je vois ça d'ici : "Pardon, m'dame, est-ce que je pourrais avoir un steak de chair morte sur un petit pain aux oignons, avec un petit peu de crâne haché ?"

– Chais pas, Charlie, tout bien réfléchi, peut-être qu'on ferait mieux de laisser tomber Pud et d'aller plutôt tester ce nouveau resto, tu sais, le Cannibal des Vampires... J'ai entendu dire qu'ils ont des cuisses de minette grillées à tomber par terre...

– Nân, Alan, moi je pense qu'on devrait plutôt aller chez Don Qu'a Mille Os et se prendre une bonne pizza doigts-tétons. Ou peut-être des spaghettis aux yeux frais.

– Allez vous faire mettre, bande de nazes, répondit Jay. Vous m'avez très bien compris. »

Les deux autres se regardèrent et hochèrent la tête avec une commisération feinte.

« Tsk, tsk, tsk, fit Alan. Ce mec est a-mou-reux. Au prochain coup, on va le voir venir au bureau en robe de bure et arpenter les couloirs en déclamant du chant grégorien.

– Ouais, et en semant partout des pétales de roses avec un grand sourire niais.

– Dehors ! » dit Jay.

Ils obéirent, s'éloignant sans cesser de caqueter.

*Bon, ça s'est plutôt bien passé, non ? T'aurais peut-être juste intérêt à mettre un peu moins d'enthousiasme dans ta conversion au régime végétarien, hmm ?*

Trop tard, hélas. D'ici demain matin, la nouvelle aurait fait le tour du service. Il voyait d'ici les blagues : il avait intérêt à changer le code de sa porte et surtout de son ordinateur, sinon il risquait de le trouver lui aussi rempli de craques.

Il sourit malgré tout. Il pouvait bien supporter ces petites taquineries. Après tout, il était désormais le nouveau Jay Gridley, version améliorée, bien plus tolérante que l'ancienne. Infiniment plus.

# 8

## *Washington, DC*

Toni se réveilla en sursaut. Elle regarda la pendulette sur la table de nuit. Deux heures du matin et elle se sentait parfaitement d'attaque, pas le moins du monde assoupie. Si ce n'était pas formidable !

Qu'est-ce qui avait bien pu la réveiller ? Encore un de ces rêves induits par les hormones et dont elle n'aurait pas gardé souvenance ?

Elle se tourna vers Alex qui dormait bien tranquille, enroulé dans les draps et sous deux oreillers. Il lui arrivait de ronfler, ça pouvait être ça, mais s'il respirait profondément, on ne pouvait pas dire qu'il faisait du bruit.

Elle tendit l'oreille mais la maison était silencieuse. Pas de bruits de pas feutrés dans le couloir, pas de portes qui couinent. Aucun sentiment d'intrusion.

Était-ce parce qu'elle avait envie de pisser ?

Non, pas vraiment, d'abord, elle avait toujours envie de pisser ces derniers temps, et le besoin n'était pas si pressant. Elle s'était assoupie plus d'une fois malgré une envie pire. Cela dit, puisqu'elle était réveillée...

Elle se leva, se rendit aux toilettes, fit ce qu'elle avait à faire, retourna au lit. Alex n'avait pas moufté. Vous pouviez venir mettre la maison à sac, il ne broncherait pas, il avait le sommeil lourd. Il lui avait dit qu'il n'était pas comme ça avant qu'ils se marient, mais que puisqu'elle était désormais près de lui, il pouvait enfin se relaxer. D'un côté, ça l'avait amusée et ravie ; d'un autre, ça l'avait un brin irritée. Alors comme ça, elle devait être responsable de leur sécurité en dehors des heures de bureau ? Elle avait beau avoir toutes les qualifications requises, c'était quand même un peu fort...

Elle se glissa sous les draps avec précaution et décida de répéter mentalement ses djurus, les refaisant pas à pas en s'efforçant de décomposer en détail chaque mouvement. D'habitude, la méthode était radicale : elle piquait du nez avant longtemps, mais cette nuit, rien à faire. Elle réussit à aller jusqu'au dix-huitième du côté droit, et elle était parvenue à la moitié du côté gauche quand le téléphone se mit à sonner.

Elle avait décroché avant même la fin de la première sonnerie.

« Allô ?

– Toni ? C'est maman. »

Toni sentit son ventre se nouer. Maman n'aurait jamais appelé à deux heures du matin s'il n'y avait pas quelque chose de grave, accident, maladie ou décès. « C'est papa ?

– Non, ma chérie, papa va bien. Mais j'ai peur que ce soit Mme DeBeers.

– Gourou ? Qu'est-il arrivé ?

– Elle a eu une attaque. Il y a un quart d'heure environ. »

Nouveau coup d'œil au réveil. L'instant précis de son réveil en sursaut. Coïncidence bizarre ou bien connexion télépathique avec son vieux maître, comme Gourou le disait parfois ?

« Elle est en route pour l'hôpital, poursuivit maman. Quand ça s'est produit, elle a réussi à atteindre le bouton de son alerte médicale, c'est le SAMU qui vient de nous appeler. Papa file à l'hôpital avec ton frère. J'ai pensé que tu voudrais être prévenue. »

Alex se réveilla enfin : « Toni ? »

Elle le fit taire d'un geste. « Quel hôpital, maman ?

– Sainte-Agnès.

– Merci de m'avoir prévenue. Je te rappelle un peu plus tard. »

Elle raccrocha. Alex était en train de s'asseoir : « Qui... ?

– Gourou a eu une attaque, expliqua-t-elle.

– C'est grave ?

– J'en sais rien. »

Il hocha la tête. « Je te conduis à l'aéroport. »

Elle le regarda, plissa les yeux. Voilà, juste comme ça, sans question, il avait compris ce qui se passait. « Merci, Alex. Je t'aime.

– Je sais. Moi aussi, je t'aime. J'appelle l'agence et je te trouve un vol pendant que tu t'habilles. »

Toni acquiesça, déjà levée pour aller sous la douche. Gourou était son maître depuis plus de quinze ans. Toni avait commencé à apprendre auprès d'elle l'art martial du pentchak silat alors qu'elle avait déjà largement passé l'âge de la retraite et elle allait aujourd'hui sur ses quatre-vingt-quatre ans. Même si elle était toujours solide comme un roc, ce n'était pas une gamine. *Une attaque...*

*Seigneur.*

Elle tourna la manette de la douche, attendit que l'eau chauffe. Avait-elle le droit de prendre l'avion dans son état ? Quoi qu'il en soit en tout cas, elle allait le prendre. Elle considérait Gourou comme une seconde grand-mère : il était hors de question de la laisser seule.

Alex ne dit presque rien durant le trajet jusqu'à l'aéroport, même s'il lui proposa néanmoins de l'accompagner.

« Tu ne pourras pas grand-chose pour elle, observat-elle.

– Elle, non. Mais je peux être là pour toi. »

Elle lui sourit. « Je savais que j'avais une raison de t'avoir épousé... rester à entretenir le foyer. Je t'appelle dès que j'en saurai plus. »

C'était dur d'imaginer Gourou à l'article de la mort. Elle avait tellement fait partie de la vie quotidienne de Toni entre le début de l'adolescence et la fin de sa scolarité. Tous les matins, elles s'entraînaient avant que Toni ne parte à l'école. Et tous les soirs, sitôt ses devoirs terminés, elle filait de l'autre côté de la rue chez la vieille dame, et toutes deux s'entraînaient à cet art martial indonésien pendant une heure ou deux. Gourou DeBeers faisait partie de la famille et participait à toutes les réunions et festivités : Noël, Pâques, Thanksgiving, anniversaires, mariages, diplômes... Elle avait fini par renoncer à les empester avec sa vieille pipe mais elle continuait de descendre ses deux litres de café par jour comme de manger tout ce qui lui plaisait. Et bien qu'octogénaire, Gourou était toujours capable de rosser en beauté des types, même robustes et baraqués, s'ils venaient à l'ennuyer. Elle était devenue plus frêle et plus lente mais l'esprit et l'adresse étaient restés intacts.

Toni n'était plus allée à la messe depuis longtemps – sinon lors des visites maternelles – mais elle adressa au ciel une prière muette. *Mon Dieu, gardez-nous-la en vie.*

# 9

## *QG de la Net Force, Quantico*

Michaels n'avait pas réussi à se rendormir après le départ de Toni pour New York et il se sentait un rien crevé. Par chance, vu l'activité ralentie ces derniers temps, sans doute pourrait-il rentrer plus tôt.

Son agenda prévoyait une réunion d'une partie de ses collaborateurs et quand il entra dans la salle, ses collaborateurs étaient déjà installés autour de la table de conférence. John Howard, Jay Gridley et, le nouveau promu, Julio Fernandez. Quelques mois plus tôt, Joanna, l'épouse de Julio, aurait été parmi eux, tout comme Toni.

Il regrettait leur absence à toutes deux.

« Bonjour.

– Commandant, répondirent à l'unisson Howard et Fernandez.

– Hé, chef, je pensais que c'était votre tour d'apporter les beignets ! » remarqua Jay comme Michaels s'asseyait. C'était une vieille blague : ils ne mangeaient jamais de beignets lors des réunions matinales.

« T'as renoncé au sucre en même temps qu'à la chair ? observa Fernandez.

– Très drôle, Julio. »

Michaels haussa un sourcil.

Fernandez crut bon d'expliquer : « Notre sorcier de l'informatique est en train de virer bouddhiste. Plus question pour lui de manger de la chair. » Il appuya sur le terme. « J'imagine aussi qu'il va contourner les fourmis pour ne pas les écraser, tout en psalmodiant *Aum mani padme aum.* »

Michaels secoua la tête. *Pas à dire, on s'ennuie pas, ici.*

« Très bien, alors qu'est-ce qu'on a de nouveau ? John ? »

Le général Howard attaqua avec son rapport hebdomadaire. Matériel neuf, troupes neuves, vieilles affaires. Ça tournait au ralenti. En attendant, depuis quinze jours, ils occupaient les diverses unités en les soumettant à des séries d'exercices.

Jay n'avait pas grand-chose à signaler, lui non plus. « Rien sur vos dealers, acheva-t-il. Les tuyaux des Stups étaient plutôt lacunaires et n'ont rapidement abouti qu'à des impasses. Je vais tâcher de les relancer en les personnalisant un peu, voir ce qu'il en sort. »

Michaels se tourna vers Howard. « Je vous ai fait transmettre un rapport mais au cas où vous n'auriez pas eu le temps d'y jeter un œil, nous sommes en train d'aider les Stups à traquer une nouvelle variante de stupéfiant à formule modifiée qui transforme temporairement ses utilisateurs en véritables surhommes. Et qui a parfois tendance à les faire se prendre pour des oiseaux...

– Oui, répondit l'intéressé. J'ai lu le rapport. Le Marteau de Thor.

– Encore un élément à verser au dossier... J'ai reçu hier un coup de fil d'un type de la NSA. Il a pris rendez-vous pour me voir aujourd'hui... d'ici une heure, m'a dit ma secrétaire. Il a juste précisé que c'était au sujet de cette histoire de drogue. Je suis curieux de voir de quoi il retourne.

– Comment s'appelle-t-il ? demanda Jay.

– Zachary George. »

Jay haussa les épaules, mais il tapa néanmoins le nom au clavier de son assistant. « Jamais entendu parler mais je vais quand même vérifier.

– John ?

– Moi non plus, ça ne me dit rien. Je peux toujours sonder mes contacts au Pentagone.

– Pourquoi l'Agence pour la sécurité nationale s'intéresserait-elle à un truc pareil ? demanda Michaels. La came, c'est pas vraiment dans leurs compétences officielles, pas vrai ?

– Les compétences officielles, ce n'est qu'un chiffon de papier, monsieur, observa Howard. Tout le monde les adapte au gré de ses besoins. »

Michaels sourit. Il l'avait fait lui aussi, plus d'une fois, et tous ici le savaient parfaitement.

« Je suppose que je n'ai qu'à attendre qu'il soit là pour lui demander, mais quelque part, j'ai dans l'idée qu'il ne sera pas trop disposé. Quelqu'un a une suggestion ?

– Ils auraient explosé leur budget et chercheraient à se renflouer ? proposa Jay. Ce ne serait pas la première fois qu'une agence gouvernementale fourgue de la came pour joindre les deux bouts.

– Je croyais que les bouddhistes n'étaient pas censés faire preuve de cynisme.

– Négatif, si j'en crois Saji. On peut être à peu près n'importe quoi et rester bouddhiste. Y compris cynique.

– Mais pas mangeur de chair, apparemment, observa Fernandez.

– Eh bien, en fait, si, ça aussi. Dans certaines régions, comme le Tibet, où la nourriture est rare, la viande est tolérée. Tant qu'on garde le comportement convenable.

– C'est ça, rigola Fernandez. Je te vois d'ici en train de prier, chanter et psalmodier au-dessus d'un double Whopper. Je suis sûr qu'ils apprécieraient, au Burger King.

– Visiblement, t'as jamais mis les pieds dans un Burger King de Washington, rétorqua Jay. Tu pourrais faire la danse du feu au-dessus de tes frites sans que personne bronche. »

Fernandez se remit à rire avant de se tourner vers Michaels. « Peut-être qu'un de leurs gars a plongé dans la came. Il se pourrait qu'ils aient comme un problème de sécurité intérieure. »

Howard émit un léger soupir. « Il y a encore une possibilité qui vient aussitôt à l'esprit : les applications militaires. »

Michaels le regarda.

Howard poursuivit : « Si vous avez une substance chimique qui permet à un homme de penser plus vite tout en démultipliant sa force, pour peu que vous lui mettiez une arme entre les mains et que vous l'envoyiez affronter un adversaire, cela peut avoir une certaine valeur tactique, à condition toutefois d'avoir mis en place des garde-fous.

– Les nazis n'avaient-ils pas essayé ce genre de chose ?

– Affirmatif, monsieur, et d'autres armées ont essayé quantité de trucs depuis, des amphétamines aux anabolisants. Personne n'a cependant encore réussi à trouver un produit à la fois économique et fiable, mais si c'était le cas, il aurait sans aucun doute maintes applications utiles.

– Utiliseriez-vous une telle substance, général ?

– Si elle était sûre, si elle était légale, et si elle procurait à mes gars l'avantage sur un ennemi ? En permettant de réduire les pertes humaines ? Oui, monsieur, sans hésiter une seconde.

– D'après les éléments que nous ont fournis les Stups, cette substance n'est ni sûre ni légale.

– Mais elle pourrait le devenir. La partie légale est la plus facile, si le composé fait la preuve de son utilité. Pour la sécurité, ça risque d'être plus délicat, mais c'est réalisable et bien des services seraient sans doute prêts à risquer le coup. Sans compter qu'un certain nombre de forces armées auront encore moins de scrupules que nous à tester des produits sur leurs propres hommes.

– Depuis quand l'armée américaine nourrit-elle des scrupules, mon général ? lança Jay. Rappelez-vous : "Tenez, les gars, mettez ces lunettes noires pour regarder l'explosion nucléaire. Et vous tracassez pas pour cette poussière fluorescente... si elle vous tombe dessus, vous n'aurez qu'à la brosser, aucun risque."

100

– C'était il y a longtemps, observa Howard.

– Ah ouais ? Et l'agent Orange, au Viêt-nam ? Ou les vaccins contre les gaz neurotoxiques et les armes biologiques, lors de la guerre du Golfe ? Sans parler de ces tout nouveaux défoliants améliorés et prétendument sans danger employés en Colombie ? »

Avant que Howard ait pu répondre, Michaels intervint : « Lâche-lui un peu la grappe, Jay. On n'est pas ici pour discuter du passé discutable de notre armée. Et quoi qu'elle ait pu faire, on peut difficilement venir le reprocher au général Howard, pas vrai ? »

Jay resta coi, satisfait d'avoir pu exprimer ses convictions de gauche.

« Parfait. S'il n'y a pas d'autres observations, nous avons une tonne de dossiers à examiner. »


Trois quarts d'heure plus tard, alors que Michaels était en train de s'user les yeux devant son écran à tâcher de s'habituer à ses nouvelles lunettes censées justement éviter la fatigue oculaire, on frappa à sa porte.

« Jay.

– Patron. J'ai téléchargé tout ce que j'ai pu trouver sur ce fameux George. Je ne savais pas si vous auriez le temps d'y accéder vous-même avant qu'il n'arrive.

– Merci, Jay, tu me rends un fier service. »

Dès que Jay fut reparti, Michaels éplucha le dossier qu'il avait réuni. Plutôt mince : une brève fiche signalétique sur Zachary George, date et lieu de naissance, études, famille, parcours professionnel. Il semblait que le dénommé George ait appartenu à la NSA depuis sa sortie de l'université quinze ans plus tôt, et les seules références à sa position hiérarchique étaient un numéro matricule juste un rang en dessous de celui de Michaels avant sa récente promotion.

« Monsieur ? » C'était la voix de sa secrétaire à l'interphone. Votre rendez-vous de neuf heures est ici. »

*Tiens, tiens, quand on parle du loup.* « Faites-le entrer. »

Au premier abord, le dénommé George n'était pas particulièrement impressionnant. Taille moyenne, carrure moyenne, cheveux châtains taillés court mais pas trop, teint clair, et tenue banale de petit cadre supérieur : complet gris de bonne coupe, mais sans plus pour éviter de frapper la mémoire. Souliers de cuir noir. Vous le mettiez dans une pièce avec quatre autres individus et il devenait invisible. Le voisin de palier, le type parfaitement anodin ? Même pas lui : le voisin du voisin de palier.

Michaels se leva et tendit la main : « Enchanté...

– Commandant. Ravi que vous puissiez me recevoir.

– Ma foi, nous aimons entretenir de bonnes relations avec nos collègues des autres services. L'esprit de coopération, comme on dit...

– Sauf votre respect, monsieur, tout ça, c'est de la daube. Presque tous mes collègues seraient bien trop heureux de faire des croche-pattes aux vôtres si ça pouvait leur rapporter deux points d'avancement. Et croyez-moi, c'est en gros l'ambiance que j'ai connue dans toutes les agences que j'ai pu fréquenter. »

Michaels ne put s'empêcher de sourire.

« Ne tournez pas autour du pot, mon cher. Venez-en plutôt au fait. »

George lui retourna son sourire. Quoi qu'il puisse avoir derrière la tête, ce type était intéressant.

« Asseyez-vous », dit Michaels.

L'agent de la NSA s'installa, s'appuya au dossier, croisa les jambes, cheville posée sur le genou. « Vous avez déjà deviné ce qui m'amène ici, n'est-ce pas ?

– J'ai ma petite idée. Mais si vous me l'exposiez vous-même ? »

Nouveau sourire. Il partait du côté droit de la figure pour gagner progressivement tout le visage. « Eh bien, monsieur, je ne veux pas non plus trop vous faciliter la tâche.

– Je serais ravi de débattre avec vous mais il se trouve que j'ai d'autres chats à fouetter. Et le jeu des devinettes vient assez loin dans mes priorités. Alors vous parlez ou vous partez. »

George acquiesça, comme satisfait de ce qu'il venait d'entendre. « Monsieur, vous devez savoir que certaines des caractéristiques de la drogue que nous avons évoquée pourraient être exploitées par plusieurs de nos organismes militaires.

– Figurez-vous que l'idée m'a traversé l'esprit.

– Il se trouve que mon agence dispose d'un... laboratoire, dirons-nous, engagé dans l'étude de certains palliatifs chimiques susceptibles d'être utilisés... au cours d'opérations sur le terrain.

– Vraiment ?

– Je n'ai pas le droit de vous en dire plus, désolé.

Disons simplement que nous serions enchantés d'interroger le chimiste qui a trouvé ce composé, le jour où vous le trouverez.

– Pourquoi ne pas vous adresser plutôt à la Brigade des stups ? »

George sourit. « Nous l'avons fait. Mais pour être franc, nous doutons fort qu'ils réussissent à mettre la main sur notre bonhomme.

– C'est pourtant leur spécialité, non ?

– Dans ce cas, pourquoi vous ont-ils donc appelés à la rescousse ? »

Un point pour lui, mais Michaels se garda bien de l'admettre. À la place, il rétorqua : « Et vous, pourquoi n'essayez-vous pas de traquer le dealer vous-mêmes ? Vos gars de la NSA fourrent leur nez à peu près partout, non ?

– C'est vrai. Du coup, nous avons tendance à nous disperser. De son côté, la Net Force a obtenu d'excellents résultats en quelques années à peine et, pour rester franc avec vous, vos cyberagents surpassent tous les autres. Même les nôtres. Vous devez savoir que nous avons essayé d'en... hum, recruter certains. »

Sourire de Michaels. Il savait. « Sans résultat ?

– Parlons-en, des résultats. Zéro sur toute la ligne. Votre organisation semble susciter un degré de loyauté exceptionnel.

– Nous nous efforçons de bien traiter notre personnel.

– Il semblerait... Mais la vérité, c'est que nous pensons que vous réussirez à démasquer ce dealer avant nous ou les Stups, et que nous aimerions ne pas être oubliés lorsque cela se produira. »

Michaels se carra dans son fauteuil, joignit le bout des doigts devant son visage avant de reposer presque aussitôt les mains à plat sur son bureau. Il avait lu quelque part que cette attitude trahissait un sentiment de supériorité et même s'il était convaincu d'avoir le dessus dans cette discussion, il ne voulait surtout rien lâcher. « Quand bien même ce serait le cas, à quoi cela vous servirait-il ? Cela demeure la prérogative des Stups. On leur transmet nos informations et ils procèdent à l'interpellation. Notre rôle s'arrête là. »

George hésita une seconde, puis : « Bien sûr. Loin de nous l'idée d'usurper les prérogatives officielles de la DEA. Mais un coup de main de votre part nous permettrait... disons, d'aborder les négociations avec les Stups dans une relative position de force. Je suis sûr que nous arriverons à les convaincre qu'il est dans l'intérêt supérieur de l'État de nous laisser interroger le criminel avant son incarcération, dans l'attente d'un procès forcément long et lointain. »

Michaels sourit à nouveau. George devait se douter que cette conversation était enregistrée et il ne voulait surtout pas émettre une opinion contraire à la loi, mais il n'était guère difficile de lire entre les lignes. À force de travailler à Washington, vous finissiez par développer un certain don pour la litote. Dire une chose et en signifier une autre, tout en usant de la voix et du geste pour vous assurer que votre interlocuteur avait saisi le fond de votre pensée. Les magnétophones n'enregistraient pas les indices visuels et même les bandes vidéo ne pouvaient capter les sous-entendus.

Le message implicite de George était simple : vous

nous donnez le trafiquant de drogue, on le cuisine un bon coup pour lui soutirer ce qui nous intéresse, et ensuite seulement, on le refile aux Stups.

Intéressant.

La réaction instinctive de Michaels fut de dire à ce monsieur Zachary George de retourner illico dans son terrier de la NSA s'y faire oublier vite fait. Mais il avait une certaine expérience de la survie politique dans cette ville, et aller pisser sur les bottes de quelqu'un n'était pas vraiment recommandé, surtout quand ce quelqu'un avait de l'influence. La NSA savait dans quels placards retrouver certains cadavres – quelques-uns au sens figuré, d'autres sans doute au sens propre : une confrontation directe, ça pouvait défouler sur l'instant, mais ce n'était sûrement pas le meilleur choix. Dans cette histoire, Michaels n'était pas seul, il engageait la responsabilité de son service, et ça, il ne devait jamais l'oublier. Pas toujours facile, mais à force...

« Enfin, je suppose qu'on peut vous tenir au courant, admit finalement Michaels. Par courtoisie pour un service frère. » Ce n'était pas un faux-fuyant, pas question de s'aplatir devant eux, même s'il s'efforçait de laisser cette impression : *Mais bien sûr, on est prêts à vous caresser dans le sens du poil. Qu'est-ce que vous nous refilez en échange ?*

George afficha de nouveau son sourire torve. « Nous vous en serions reconnaissants, commandant. Je suis convaincu que nous trouverons bien un moyen de vous renvoyer la balle. »

La rencontre était achevée : George avait dit ce qu'il

avait à lui dire, et il ne fallut qu'une minute encore pour échanger des politesses avant que son visiteur ne prenne congé.

Très intéressant. Donc, l'Agence pour la sécurité nationale chapeauterait une opération clandestine mettant en jeu la drogue. Pas vraiment une surprise, en fin de compte. Dans n'importe quel service de renseignements, l'essentiel des activités se déroulaient sous le manteau. Certaines étaient bien connues des spécialistes, d'autres juste évoquées, et d'autres enfouies si profondément que nul encore n'était tombé dessus. La Net Force agissait à peu près au vu et au su de tous mais sans pour autant aller jusqu'à tout déballer en public. Quant au FBI, il organisait lui aussi ses coups tordus dans l'ombre. Cela faisait partie du jeu. Pas question de coincer discrètement quelqu'un si l'on débarquait avec sirènes et gyrophares. Le dernier des flics de quartier savait qu'il fallait parfois recourir à des voitures banalisées.

Ce n'est que lorsqu'ils tomberaient sur leur dealer (s'ils y arrivaient) que Michaels déciderait d'avertir ou non la NSA. Sans doute pas. Et de toute façon, pas assez tôt pour leur laisser le temps de nuire. Si jamais la NSA récupérait le dealer à la barbe des Stups et qu'on découvre que c'était la Net Force qui l'avait balancé, il y aurait du grabuge.

Pour l'heure, c'était difficile à dire. Ils n'avaient aucun élément concret à donner.

Avant qu'il ait pu reprendre sa lecture, l'interphone se manifesta de nouveau.

« Monsieur, l'agent Brett Lee est ici. Il n'a pas

rendez-vous mais il semble... euh, absolument tenir à vous voir.

– Faites-le entrer. »

Lee arriva en trombe, rouge de colère. « Bon sang, qu'est-ce que Zach George vient foutre ici ?

– Ravi de vous voir également, monsieur Lee.

– Vous n'avez pas répondu à ma question !

– Et je n'en ai pas l'intention. Ce qui se passe dans mon bureau ne vous regarde pas. »

Lee avança d'un pas, comme s'il avait l'intention de l'agresser.

Michaels était las et sur les nerfs. Il se leva, prêt à réagir.

*Allez, vas-y, mec. Donne-moi l'occasion de te montrer ce que m'a enseigné ma chère et tendre épouse !*

Mais Lee s'immobilisa, réalisant sans doute que flanquer son poing dans la figure du patron de la Net Force risquait de nuire à son avancement.

Pas de veine. Michaels l'aurait volontiers mis KO. Ce clown n'avait aucun droit de venir ainsi lui dicter sa conduite, dans son bureau.

« George et vous, vous êtes en train de mijoter quelque chose tous les deux et je vous préviens, vous avez pas intérêt à nous tirer dans les pattes ! Mon chef appellera la vôtre, conclut-il, encore rouge de colère.

– J'espère pour eux qu'ils auront une agréable conversation, monsieur Lee. Mais pour l'instant, je suis occupé, alors si vous voulez bien m'excuser, j'ai du travail. » Et se rasseyant, il saisit son écran portatif.

Deux secondes plus tard, Brett Lee s'était éclipsé, toujours fumasse.

Décidément, ça devenait de plus en plus intéressant. Bien plus en tout cas que la lecture matinale de rapports ennuyeux.

# 10

## *Malibu*

Quand Drayne entra dans la cuisine avec juste un infime soupçon de migraine après ses (presque) deux bouteilles de champagne, il découvrit Tad affalé sur le canapé, HS.

Bien. Un de ces quatre, ce con allait bien finir par y rester, mais il était content que ça ne soit pas encore ce coup-ci. Il lui manquerait. Tad était emporté, exubérant, bref, tout le contraire de lui. Mais surtout loyal : et ça, c'était une qualité qu'on ne pouvait pas s'acheter.

Drayne ouvrit le placard au-dessus du micro-ondes et fouilla parmi son stock de vitamines jusqu'à ce qu'il ait mis la main sur l'Ibuprofène. Il fit tomber quatre comprimés dans sa paume, les avala sans eau, rangea le flacon. Il y avait là des rangées entières de flacons de vitamines, il était très branché là-dessus, mais pas question d'en prendre l'estomac vide. Il en consommait de telles quantités, sans compter les sels minéraux et autres oligoéléments, que les absorber à jeun avait tendance à lui flanquer la nausée. Sa prise matinale habituelle était d'une bonne vingtaine de comprimés, cachets, gélules et autres capsules.

Deux grammes de vitamine C, en deux cachets ; deux de vitamine E, 1 200 UI ; 120 mg d'extrait de gingko biloba ; deux comprimés d'analgésique, soit 1 000 unités de glucosamine avec 800 de chondroïtine ; deux gélules de brûle-graisse, composées pour l'essentiel de picolinate de chrome et de L-caritine ; 705 mg de ginseng, soit trois capsules ; 50 000 UI de bêta-carotène en deux gélules ; 100 mg de DHEA, soit quatre pilules ; deux gélules de baie de sabal[1] – il n'en avait pas vraiment besoin pour l'instant, mais mieux valait prendre les devants et s'éviter les problèmes de prostate, compte tenu de son intense activité sexuelle –, soit 320 mg ; cinq milligrammes de Déprenyl pour empêcher le ramollissement cérébral ; et autant de comprimés de créatinine qu'il estimait utiles en fonction de sa dépense physique lorsqu'il se programmait des séances d'haltérophilie.

Il attendait le coucher pour prendre de la mélatonine et encore deux ou trois autres bricoles. Avec une telle dose quotidienne de pilules, quatre comprimés d'Ibuprofène avalés à sec, c'était rien. Toujours est-il que jusqu'ici, ce traitement de cheval semblait lui réussir et tant que ça durerait, il avait bien l'intention de continuer. Mieux valait prévenir que guérir.

Le champagne était son unique vice – enfin, à moins de compter aussi le cul – et il ne rigolait pas avec les

---

1. Baie du chou palmiste nain, ou palmier de Floride, réputée soigner l'hyperplasie bénigne de la prostate (*N.d.T.*).

problèmes de santé. Il se nourrissait sainement, faisait régulièrement de l'exercice, et allait même jusqu'à se tartiner d'écran total. Il avait bien l'intention de profiter d'une vie longue, riche et pleine, pas comme Tad qui serait mort d'ici un an, maxi, et sans doute bien plus tôt.

Il avait bien essayé de le dissuader de se livrer à ces trips au Marteau, mais Tad était comme ça, et s'il y renonçait, il ne serait plus le même. Drayne pouvait vivre avec un Tad tournant à mi-vitesse, mais l'intéressé sûrement pas, et c'était bien là le problème.

Misty-Bunny-Buffy avait filé. En pleine nuit. Sans doute avait-elle un mari ou un petit copain à retrouver – coucher avec un producteur pour essayer de décrocher un rôle, ça ne comptait pas vraiment, surtout si vous vous arrangiez pour rentrer avant l'aube. De toute façon, il en avait fait le tour. Elle avait été super mais enfin, l'attrait de la nouveauté, elle ne l'aurait qu'une fois, et quel intérêt de retourner faire de la spéléo dans des cavités qu'il avait déjà explorées, pas vrai ? Ou alors il fallait qu'elles soient spectaculaires – et même, au bout d'un moment, on finissait par être blasé, alors à quoi bon s'acharner ? Alors qu'on pouvait toujours espérer mieux de la prochaine...

Il regarda sa montre, une de ces Seiko Kinetics qu'on n'avait pas besoin de remonter et qui marchait sans pile ; elle fonctionnait grâce à un condensateur chargé par une espèce de minuscule dynamo activée chaque fois qu'on remuait le poignet. Bref, votre toquante marchait tant que vous pouviez au moins agiter le bras, garanti à vie. Et s'il en arrivait au point de ne plus être fichu d'agiter le bras, avoir l'heure risquait d'être le cadet de ses soucis.

Pour l'instant, en tout cas, il était presque dix heures.

Soupir. Trop tard pour une séance de gym ou un jogging sur la plage. Mieux valait tout de suite prendre une douche et se mettre au turf. Il allait devoir filer dans le désert réapprovisionner son labo mobile – deux heures de trajet pour l'aller, idem au retour, même si ça roulait bien. Il pouvait toujours emporter ses vitamines, il se prendrait un petit quelque chose à bouffer plus tard. Il fallait qu'il soit de retour avant six heures du soir, il devait dîner avec le Zee-ster... encore une belle séance de rigolade en perspective. Si Tad avait été opérationnel, il l'aurait envoyé, mais il ne l'était pas, donc, pas le choix.

Enfin, au moins la météo s'annonçait-elle favorable. Une fois sorti du brouillard de pollution, il pourrait décapoter et profiter du soleil. L'avantage en Californie du Sud, c'est qu'on pouvait le faire quasiment toute l'année. D'accord, l'hiver, il pleuvait et on avait même un ou deux coups de froid, mais il lui était souvent arrivé de passer tout le mois de janvier à lézarder au soleil sur la plage. L'eau bien sûr était plus froide mais avec une combinaison de plongée, on pouvait surfer toute l'année. Même s'il n'en avait guère eu l'occasion ces derniers temps. Trop de boulot. Faudrait qu'il se rattrape ça un de ces quatre.

Il sourit. Il se demanda ce que dirait son père s'il savait combien de fric son petit Bobby avait réussi à mettre à gauche. Ou surtout comment il l'avait gagné. Le vieux en péterait une durite, à coup sûr, merde, on verrait le jet de vapeur à des kilomètres. Trente ans au

FBI, réglo comme un mètre-étalon, son vieux, un type qui avait toujours réglé ses contredanses plutôt que d'agiter sa carte de flic sous le nez des contractuelles.

Et tout ça pour quoi ? Ça l'avait mené à quoi de trimer comme un abruti, toujours service-service, hein ?

Ça l'avait mené à une retraite à Tucson, Arizona, tout seul dans son appartement avec son clebs Franklin – un terrier –, à vivre d'une pension merdique en passant son temps à râler contre le monde qui se barrait en couille. En fait, Drayne aimait bien le clébard. C'était ce que son vieux avait eu de mieux comme idée depuis la mort de maman : se prendre un clebs. Il l'avait pas depuis une semaine à la maison, qu'il lui ramenait un énorme rat mort. Un sacré morceau... vu la taille du roquet, on avait du mal à le croire capable d'un truc pareil. Drayne trouvait ça plutôt cool.

Cela faisait plus d'un an qu'il n'avait plus rendu visite à son vieux. Franklin devait aller sur ses neuf ou dix ans, quelque chose comme l'âge mûr en années de chien.

Drayne se posait souvent la question : s'il venait à savoir ce qu'il faisait, est-ce que son vieux le balancerait ? Parfois, il était presque certain que l'inspecteur principal Rickover Drayne, RD pour les intimes – une majorité de collègues –, n'hésiterait pas une seconde. D'autres fois, il était moins sûr. Peut-être que le vieux salaud avait un faible pour son fils unique. Même si Drayne n'avait jamais été fichu de le remarquer.

Pour ce qu'en savait son vieux, Bobby bossait pour une petite entreprise chimique qui fabriquait un polymère utilisé dans la fabrication de poubelles en plastique. Il gagnait correctement sa vie, juste un poil plus que son père la dernière année avant la retraite. C'était histoire de l'amener à se dire que tout le fric de la bourse d'étudiant en chimie avait servi à quelque chose. Ils avaient peut-être des divergences, mais il pouvait au moins se consoler en voyant que le fiston gagnait honnêtement sa vie avec un boulot sérieux.

Évidemment, c'était moins pour satisfaire l'ego paternel que pour s'assurer une couverture. Il était même allé jusqu'à créer la société PolyChem Products – déclarée dans le Delaware –, s'inventer de toutes pièces un petit CV dans quelques banques de données informatiques bien choisies, et veiller à ce qu'il soit inscrit dans la liste du personnel. Juste au cas où son père s'aviserait de vérifier. C'est qu'il en serait bien capable, le con. Et Drayne poussait le vice jusqu'à payer les impôts sur ce salaire bidon, plus la cotisation sociale et toutes ces conneries. Le fisc se tamponnait de ce que vous pouviez faire, tant que vous régliez vos impôts rubis sur l'ongle. Il aurait très bien pu déclarer les revenus que lui rapportait le trafic de stupéfiants en déduisant en frais leur pourcentage aux fédéraux et le ministère des Finances n'en aurait jamais touché un mot à la Brigade des stups. Ça s'était déjà vu.

Drayne entra dans la salle de bains et fit couler la douche. La méga-installation : assez grande pour quatre ou cinq, tout en faïence verte et dalles de verre, avec une douzaine de gicleurs à tous les niveaux : en haut, en bas, au milieu... Avec les jets réglés à fond, on avait l'impression d'être transpercé par des aiguilles liquides. Bon, ça consommait une masse de flotte – il avait deux ballons de trois cents litres dans le garage –

mais quand t'en ressortais, tu te sentais propre et rajeuni, pas de problème.

Il entra dans la douche et fut suffoqué par la pression.

Tad en avait encore pour une bonne vingtaine d'heures à rester HS. Au moins. Il le retrouverait avachi sur le canapé à son retour. Et qui sait, peut-être encore en vie. Et il allait sans doute passer le plus clair de la semaine dans cet état, allongé sur le canapé, ou par terre, ou, s'il arrivait jusque-là, au pieu. Se remettre du Marteau, c'était toujours une épreuve. De plus en plus dure chaque fois.

Drayne arrêta de réfléchir pour se laisser submerger par l'eau brûlante.

## *Le Bronx, New York*

Assise au chevet de Gourou, Toni regardait dormir la vieille femme. Mme DeBeers avait eu de la chance, lui avait dit le médecin. L'attaque avait été bénigne et par ailleurs, elle était dans une condition physique remarquable pour une femme de quatre-vingt-trois ans. Elle ne souffrait plus que de légers troubles affectant l'élocution et la préhension, sans véritable paralysie, et elle devait normalement se rétablir sans la moindre séquelle. Ils avaient encore des examens à faire, un traitement à lui administrer et ils allaient donc la garder encore deux jours mais en gros elle était tirée d'affaire.

Si les médecins lui avaient dit tout cela, c'était

uniquement parce que Gourou l'avait inscrite comme sa plus proche parente, même si ce n'était pas vrai.

Toni n'était pas peu soulagée. Gourou DeBeers faisait partie de son existence depuis le premier instant où elle l'avait vue, à soixante-cinq ans, rosser quatre jeunes délinquants du quartier qui avaient voulu s'en prendre à elle. Le spectacle avait estomaqué Toni qui avait décidé aussitôt qu'elle devait apprendre cette technique pour se protéger des agressions. Les hommes avaient tendance à sous-estimer la force physique des femmes, et malgré ses treize ans, Toni savait déjà qu'elle ne voulait pas se retrouver à la merci d'un homme décidé à exiger d'elle ce qu'elle n'avait pas l'intention de lui donner. L'entraînement au pentchak silat, en débutant par le style du bukti negara pour progresser jusqu'au serak, bien plus complexe, avait depuis ce moment fait partie intégrante de son existence. Toni allait encore rendre visite à son maître chaque fois qu'elle revenait à New York rendre visite à ses parents, et jamais elle ne s'était lassée de traverser la rue pour la voir.

Gourou avait beau être âgée, il était impossible de l'imaginer disparue.

« Ah, et comment va ma *tunangannya*, aujourd'hui ? »

Toni sourit. « Ma meilleure fille. » Il y avait juste un rien d'empâtement dans l'élocution, à peine perceptible. « Je vais bien, Gourou. Et vous, comment vous sentez-vous ?

– J'ai connu pire. Mieux, aussi. J'aimerais bien avoir un peu de café.

– Je doute que les docteurs vous l'autorisent... pas après une attaque.

– J'ai déjà enterré trois générations de toubibs jusqu'à présent. Je survivrai bien à celle-ci, s'ils attendent que le café me tue. Et quand bien même il me tuerait, au moins, je mourrais heureuse. »

Toni sourit à nouveau et plongea la main dans son sac. Elle en ressortit une petite bouteille Thermos en inox.

Le sourire de la vieille femme était radieux, quoique un tantinet affaissé du côté gauche. « Ah, tu es une élève attentionnée.

– C'est du moulu, avertit Toni. Je n'ai pas eu le temps de passer chez vous pour moudre celui de votre petit-neveu. Je suis passé le prendre chez Starbucks. Je suis désolée. »

Gourou haussa les épaules. « Ça fera l'affaire. Rehausse le lit. »

Toni actionna les commandes, le moteur électrique vrombit pour amener la patiente en position plus ou moins assise.

Toni versa le café dans le gobelet intégré au bouchon de la bouteille et le tendit à la vieille femme.

Gourou huma le breuvage. « Espresso ?

– Bien sûr. Leur mélange le plus corsé.

– Eh bien, même s'il est amer, il est le bienvenu. Merci, mon petit. » Gourou porta le gobelet à ses lèvres, but une petite gorgée. « Pas mauvais, pas mauvais du tout. Encore un siècle ou deux et les Américains devraient savoir préparer un mélange convenable. Enfin, c'est certainement mieux que rien. » Nouvelle gorgée, nouveau sourire. « Et comment se porte notre bébé ?

– Très bien, apparemment. La plupart du temps, il me flanque des coups de coude dans la vessie ou essaie de me retourner l'estomac à coups de pied.

– Oui, ils font tout ça. Et il est encore tout petit. Attends voir le huit ou neuvième mois, il tapera si fort qu'il fera tomber ta culotte. » Elle gloussa.

« Charmante perspective.

– Tu es embêtée parce que tu ne peux pas t'entraîner, c'est ça ? »

Toni acquiesça. Comment arrivait-elle à deviner ce qui lui trottait dans la tête ?

« J'ai eu quatre enfants, expliqua Gourou. Tous après le début de mon entraînement. Chaque fois, j'ai dû modifier ma méthode.

– Je suis en train de m'en apercevoir.

– Tu peux faire du djuru-djuru assise. Tu devras te rattraper pour tes langkas mais rien n'interdit les mouvements de la partie supérieure du corps. »

Toni acquiesça. Les variantes de silat qu'enseignait Gourou étaient divisées en deux : la partie supérieure du corps, ou djurus, et la partie inférieure, ou langkas. On les regroupait d'habitude sous le seul terme de djuru, même si techniquement, c'était un abus de langage.

« J'ai deux ou trois choses à la maison que je voudrais que tu prennes quand tu rentreras. Je les ai mises dans une grande boîte près de la porte d'entrée. »

Avant que Toni puisse protester, Gourou poursuivit : « Non, non, mon heure n'est pas encore venue et ce n'est pas pour te donner mon héritage avant mon départ. Ce sont juste des bricoles dont j'aimerais que tu profites et dont je n'ai plus l'utilité.

– Merci, Gourou.

– Je suis fière de toi, aussi bien comme élève que comme femme, mon petit. J'espère vivre assez longtemps pour câliner ton marmot. »

Toni sourit. Elle l'espérait de tout cœur, elle aussi.

# 11

## *Quantico*

La fille était jeune : vingt-deux, vingt-trois ans, vêtue d'un jean, d'un T-shirt noir et chaussée de baskets. Tout ce qu'il y a de banal. Ni le canon qui vous pousse à changer de trottoir pour la mater de plus près, ni non plus le cageot qui vous pousse là encore à changer de trottoir, mais cette fois, pour l'éviter tellement elle est moche. Non, dans la moyenne.

Elle s'approcha d'un distributeur de billets, introduisit sa carte, recula d'un pas. Apparemment, la machine était en panne. La femme sourit puis, sans crier gare, flanqua son poing dans l'écran du distributeur. Des éclats de verre brisé volèrent en tous sens, mais déjà la fille avait saisi une corbeille à papier sur le trottoir. Elle l'arracha et s'en servit pour marteler la machine, toujours sans se départir de son sourire.

Alex Michaels se carra dans son fauteuil et remarqua : « C'est pas un truc qu'on voit tous les jours.

– À vrai dire, on le voit au contraire très souvent, rétorqua Jay Gridley, si j'en crois les inspecteurs du FBI avec qui j'ai pu m'entretenir. Quoique le degré de violence soit sans commune mesure : en général, les gens crachent sur l'écran ou la caméra, tapent sur la machine du plat de la main, voire lui flanquent des coups de pied. Parfois, ils raient la vitre avec leur clé de voiture. Mais jamais personne n'a vu de client se manifester d'une manière aussi... vigoureuse.

– Et que s'est-il passé après qu'elle a niqué la caméra de vidéosurveillance ?

– Selon les témoins, la destruction s'est poursuivie jusqu'au moment où elle a vraiment paru s'énerver, à savoir quand elle a réussi à déloger la machine de son embase en répandant sur le trottoir plusieurs milliers de dollars en coupures de vingt. S'en est suivie une petite émeute entre citoyens vertueux attachés à... hum... ramasser les billets pour les restituer à la banque. »

Rire du patron. « Je te crois, tiens. Et combien en a-t-on récupéré ?

– Dans les quinze pour cent.

– Eh bien, ça prouve qu'il reste encore des gens honnêtes. Donc, nous voilà avec une nouvelle victime de la drogue qui démolit une tirette à billets. Qu'a-t-elle de si particulier, celle-ci ?

– La femme s'appelle Mary Jane Kent.

– De la famille des fabricants d'armes et de produits chimiques ?

– Oui, chef. C'est la fille du ministre de la Défense.

– Sacré nom d'une pipe...

– Et attifée comme une zonarde, constata Jay.

D'après ce que j'ai entendu dire, elle pourrait se balader en combinaison intégrale plaquée de brillants... Et en avoir encore assez pour se tapisser une cape.

– La famille a certes une assez jolie fortune. »

Jay hocha la tête. Ça, c'était une litote. La famille Kent avait commencé à s'enrichir durant la guerre d'Espagne, dans les années 30, grâce à la contrebande d'armes avec le Portugal. Ils avaient fait des profits éhontés durant la Seconde Guerre mondiale et continué depuis leur fructueuse entreprise, profitant de révolutions et de conflits frontaliers. Les héritiers mâles se relayaient en général aux postes directoriaux pour gérer la fortune avant de devenir ambassadeurs, chefs de cabinet ou sénateurs. Les femmes se consacraient aux bonnes œuvres, dirigeaient des fondations et avaient tendance à faire des mariages catastrophiques. De temps en temps, une des branches inversait les rôles, c'était la fille qui dirigeait la boîte tandis que le garçon développait une fondation.

Certes, les riches avaient eux aussi leurs problèmes, mais Jay avait du mal à plaindre une personne qui avait un demi-gazillion de dollars bien au chaud pour ses vieux jours. C'était une chose de naître pauvre et de faire fortune à la sueur de son front, une autre de naître avec une cuillère en platine logée entre les dents.

Il remarqua : « Elle a réussi à tabasser quatre des meilleurs flics de Los Angeles avant de perdre de son tonus. C'est un toubib qui se trouvait dans le coin pendant la bagarre qui a réussi à la calmer : il lui a injecté une dose de cheval de thorazine, et ça a tout juste réussi à la ralentir et encore, même pas complètement.

« La fille n'a pas dit quelle drogue elle avait prise ni où elle l'avait obtenue, mais elle était apparemment en train de faire du shopping et elle avait atteint le plafond de sa carte. C'est pour ça que le distributeur a refusé de lui donner du liquide.

– Ah », fit le patron. Il réfléchit deux secondes, puis s'enquit : « Et combien doit dépenser une fille de milliardaire pour atteindre le plafond d'une carte de crédit ?

– Tenez, regardez. »

Il tendit à Michaels une carte-mémoire sécurisée sur laquelle Michaels appliqua le pouce pour la valider. Il regarda le chiffre qui s'afficha aussitôt.

« Dieu du ciel.

– Comme vous dites. Assez pour s'acheter un yacht et ajouter une île pour lui donner un cap à mettre. J'ai eu la liste presque complète des débits enregistrés par la société de crédit. Si ça peut nous permettre de la localiser et de trouver où et comment elle a dépensé ses sous, le gars des Stups sur qui vous m'avez branché m'a dit qu'ils sont prêts à mettre sur le coup de nouveaux indics pour vérifier tout ça. Ce n'est pas grand-chose mais ce sera toujours mieux que rien. »

Michaels hocha la tête. Regarda de nouveau la carte-mémoire.

« Vous en faites pas, chef. Jay "le Jet" Gridley est sur le coup. » Il adressa au patron un salut de scout avant de filer vers son bureau.

Le persocom de Michaels pépia et l'écran affiche le numéro de Toni. Il saisit le micro-casque.

« Hé ?

– Hé !

– Comment va Gourou ?

– Bien. Le toubib dit qu'elle va s'en sortir.

– Tant mieux. Je me doute que ça a dû te soulager.

– C'est vrai. Quoi qu'il en soit, je saute dans un avion cet après-midi. Je devrais être rentrée avant toi.

– Super. Tu veux que je m'arrête prendre quelque chose pour le dîner ?

– Nân. On n'aura qu'à commander un truc au chinois dès que tu seras rentré, si ça te va.

– Si tu me promets de ne pas reprendre le menu spécial pieuvre-calmar. »

Elle rigola. « Qu'est-ce que tu veux que je te dise ! J'ai des envies de femme enceinte. Faudra que tu t'y fasses.

– Et me voir aller bouffer dans la pièce à côté, tu risques de devoir t'y faire, toi aussi, si tu continues de boulotter ces trucs gélatineux.

– À part ça, comment va le boulot ?

– Comme d'hab. On a une piste concernant cette histoire de drogue dont je t'ai parlé. Pas formidable, mais Jay est dessus. Sinon, c'est plutôt la routine. Le calme plat. Ça serait bien que tout ça bouge un peu.

– Va pas trop en demander. Tu me manques.

– Toi aussi. Tâche de rentrer vite.

– Voui. À ce soir. »

Elle raccrocha et Michaels poussa un soupir de soulagement. Pauvre Toni, avec toutes ces histoires de grossesse, si en plus sa prof de silat avait passé l'arme à gauche, trop c'était trop.

Une petite soirée tranquille à la maison avec un dîner chinois, il s'en régalait à l'avance.

« Monsieur... vous avez un appel de Richard Sharone sur la cinq. »

Michaels sortit brutalement de sa rêverie. « Qui est ce Richard Sharone et pourquoi devrais-je lui parler ?

– C'est le PDG des laboratoires Merit-Wells. »

Michaels plissa les paupières. Que pouvait lui vouloir le patron d'un des plus gros laboratoires pharmaceutiques de la planète ?

Oh-ho.

Michaels fixa le micro-casque du téléphone. Il n'était peut-être pas une lumière mais il n'était pas non plus un parfait abruti. Quel rapport la Net Force entretenait-elle avec l'industrie chimique ? Aucun, si ce n'est que les Stups leur avaient demandé un coup de main dans cette affaire de drogue mystérieuse qu'ils essayaient d'identifier. D'abord, la NSA, et maintenant le grand patron d'un labo pharmaceutique. Bigre. Le truc devait vraiment intéresser quelqu'un.

Sans doute que le prochain coup de fil viendrait de l'Agence de sécurité alimentaire.

« Ici le commandant Alex Michaels. En quoi puis-je vous être utile, monsieur Sharone ? »

Mais il avait la nette impression de connaître déjà la réponse.


## Stand de tir de la Net Force, Quantico


John Howard se tenait au bord de la ligne de tir, prêt à commencer. Il lança : « Huit mètres, agresseur unique. Go ! »

Un motard de cent trente kilos se matérialisa brusquement à huit mètres de lui dans la rue. Le motard avait l'air en rogne et tenait un démonte-pneu qu'il leva avant de charger Howard sans l'ombre d'une hésitation.

Rapide pour un mec de son gabarit, en plus.

Howard glissa la main droite sous le coupe-vent de la Net Force, écarta le pan du veston, saisit la crosse en bois verni de son arme de service, la dégaina de l'étui fait main. Il sortit le Medusa modèle 47 et le brandit en direction du motard, le bras tendu, comme pour lui flanquer un coup de poing.

L'autre était à moins de quatre mètres, trois, deux...

Howard appuya sur la détente, une fois, deux fois...

Le flingue gronda, recula sèchement.

Deux balles atteignirent le motard arrivé à un mètre vingt. Le mec s'effondra pour s'immobiliser en tas à quelques centimètres de ses souliers pur cuir impeccablement cirés.

*Un poil limite, John.*

Le motard s'évanouit, comme une lampe qu'on éteint.

Ce qui de fait était la stricte vérité. L'hologramme n'était après tout qu'une forme de lumière particulièrement cohérente. Mais les caméras pilotées par ordinateur qui enregistraient tout avaient calculé la trajectoire de ses deux balles de .357 et, ayant jugé qu'elles auraient atteint des zones vitales sur un être humain véritable, elles lui avaient attribué ce simulacre de victoire.

Howard rengaina le revolver et regarda le résultat affiché à l'écran. Il vit l'image du motard et nota les points rouges pulsants indiquant les impacts. Celui marqué numéro un était au cœur, le deux un poil plus haut et sur la droite. Avec un 357 Magnum ou du calibre 40, les neutralisations en tirant au coup par coup réussissaient dans quatre-vingt-quinze pour cent des cas avec un impact direct au corps – et il n'y avait même pas besoin d'atteindre une zone vitale. Son premier coup de feu aurait suffi, et sans doute un véritable agresseur serait-il déjà mort ou en passe de l'être.

Tuer n'était pas le but du jeu, toutefois, l'important, c'était la capacité d'immobilisation. Vous pouviez toucher quelqu'un à la jambe avec une balle de 22 long rifle, et si elle traversait une artère, elle pouvait finir par le tuer. Tout le problème était dans ce *finir par*. Vous seriez bien avancé si le type continuait de se radiner et vous massacrait avec son démonte-pneu ou sa pince-monseigneur, avant de rentrer chez lui pour crever au bout de quelques jours, quelques heures, voire quelques minutes. Ouais, bien avancé. Quand on tirait sur quelqu'un, c'était pour qu'il s'effondre sur-le-champ ; sinon, aucun intérêt. Qu'il vive ou qu'il meure, c'était un problème annexe. Il serait toujours temps de s'en préoccuper. Plus tard.

Bref, pour une immobilisation immédiate, les armes de poing, c'était nul. Relativement. Un fusil, c'était déjà mieux, et une carabine à lunette, encore mieux. Il sourit en se remémorant la vieille blague du civil qui se balade avec un pistolet. Un ami lui demande : « Pourquoi tu te trimbales avec un pistolet ? Tu t'attends à du grabuge ? » Et l'autre de répondre : « Du grabuge, non. Sinon, j'aurais pris une carabine à lunette. »

Mais d'un autre côté, c'était pas évident de planquer une carabine à lunette sous un coupe-vent en Gore-Tex. Or, la règle d'or d'un duel à l'arme à feu était...

*Allez, John. Tu vas tirer ou rester planté là à rêvasser ?*

« Remise à zéro. »

L'écran devint noir.

« Dix mètres, deux unités. Écart : trente secondes. Go. »

Cette fois, l'ordinateur de simulation lui procura deux agresseurs. Le premier ressemblait à un catcheur professionnel armé d'un grand couteau, l'autre à un deuxième ligne de football muni d'une batte de base-ball. Ils chargèrent.

Howard dégaina, tira deux fois sur le catcheur, fit pivoter le poignet et servit la pareille au deuxième ligne. La dernière des quatre cartouches du chargeur quitta le canon à peu près au moment où le footballeur arrivait à portée avec sa batte.

Les deux agresseurs s'effondrèrent.

Howard déverrouilla le barillet, pointa le canon au plafond et, de la main gauche, tira sèchement sur la tige de l'extracteur pour éjecter les douilles qui tombèrent sur le sol du stand de tir. Il sortit de la poche de son coupe-vent un chargeur rapide avec six cartouches. Recharger le Phillips & Rodgers était plus compliqué qu'avec son vieux Smith & Wesson. Chaque chambre du P & R était munie de plaques à ressorts pour permettre d'utiliser divers calibres – le revolver plaqué de Téflon noir pouvait tirer des cartouches de .380, de .38, de .38 Spécial plus des 9 mm en plus des 357 Magnum – et il fallait bien prendre soin de tirer à moitié l'extracteur pour permettre au chargeur rapide de fonctionner, et même avec cette précaution, l'arme restait plus lente à charger que le Smith.

D'un autre côté, si on n'arrivait pas à régler la question en six coups, on était plutôt mal barré.

Il réussit à introduire les six cartouches du chargeur rapide, qu'il laissa tomber par terre, puis il leur donna deux petits coups du plat de la main droite sur le culot pour s'assurer qu'elles étaient bien logées, referma le barillet et leva le flingue en le tenant à deux mains au moment où le troisième agresseur apparut.

Une fille à poil brandissant un sabre de samouraï.

Eh bien, on pouvait dire qu'ils avaient des programmeurs inventifs. Il se demanda qui la Mitraille faisait plancher sur ses scénarios. Il faudrait qu'il lui pose la question.

Étant déjà prêt au moment où la femme se matérialisa, il avait tout le temps. Il aligna le cran de mire sur son nez et tira un seul coup.

Une balle dans la tête, ça suffisait.

Coup d'œil à l'écran : trois sur trois. Pas mal pour un vieux.

La voix de la Mitraille se fit entendre dans l'interphone, parfaitement audible grâce aux écouteurs électroniques qui filtraient les bruits intenses mais laissaient passer les sons normaux. « Mon général, nous avons un groupe de jeunes Explorateurs[1] qui doivent passer dans quelques minutes. C'est OK s'ils vous regardent tirer ? »

Avant qu'il ait pu répondre, la Mitraille ajouta : « C'est parce qu'on voudrait leur montrer tout ce qu'il ne faut pas faire.

– Vous voulez que je vienne vous montrer en tête à tête comment il faut procéder, sergent ? »

La Mitraille rigola et Howard ne put retenir un sourire. Ce n'était rien moins qu'une menace en l'air. La Mitraille aurait été capable de flanquer une déculottée à Wyatt Earp, Wild Bill Hickok et John Wesley Harding réunis, main droite ou main gauche, au choix. Ce type était à l'aise avec tout ce qui ressemblait de près ou de loin à une arme à feu. Ça venait de son entraînement quotidien comme instructeur de tir à temps complet. Dommage qu'il n'ait plus envie de participer à des compétitions. Ils auraient pu le présenter au concours annuel contre les autres services. Mais il prétendait qu'il était trop vieux, alors qu'il n'avait jamais que trois ou quatre ans de plus que Howard. Du reste, ça énervait toujours ce dernier de l'entendre dire ça.

De son côté, le général s'estimait heureux quand il pouvait venir au stand trois ou quatre fois par mois. D'habitude, Julio l'accompagnait mais avec un mioche à la maison, il était pris par ses obligations paternelles, et ça mordait sur le temps d'entraînement.

---

1. Explorateurs de la Net Force : jeunes hackers et passionnés d'informatique engagés comme stagiaires dans le service. Voir la série *Net Force Young Adults*, Albin Michel (*N.d.T.*).

Julio n'allait pas tarder à découvrir à quel point un bébé pouvait changer vos priorités.

« Une bonne demi-minute pour recharger ? nota la Mitraille, faussement outré. Plus de deux secondes pour neutraliser deux nabots que vous avez vu venir au moins depuis Los Angeles ? Merde, j'aurais pu aller dîner, me payer une toile et revenir avant que vous ayez fini. Sauf votre respect, mon général, j'ai pas l'impression que vous allez menacer de sitôt les records du Cajun enragé. »

Howard se marra. Le Cajun enragé était Jerry Miculek, un tireur professionnel qui avait établi le dernier record de tir au revolver une douzaine d'années plus tôt, dans le Mississippi. Utilisant un P.38 Spécial à huit coups, il avait mis les huit balles dans le mille en une seconde pile. Il avait également tiré sur quatre cibles différentes, deux balles chacune, chaque fois dans le mille, juste en six centièmes de seconde de plus. Et avec un six-coups, il était capable de placer les six balles dans la cible, recharger et en remettre encore six en à peine plus de trois secondes. À cette aune, une demi-minute c'était effectivement une éternité.

Howard avait fait équiper son revolver de plaques de crosse conçues par Miculek, mais ça n'avait guère amélioré ses performances.

Sans oublier qu'un peu plus de soixante-cinq ans avant Miculek, le légendaire Ed McGivern avait transpercé de cinq coups une carte à jouer avec un vulgaire S & W P.38 d'ordonnance à éjection manuelle, en quatre malheureux dixièmes de seconde.

Il était exclu que Howard parvienne un jour à

approcher ces exploits, sauf à s'exercer six jours par semaine et deux fois le dimanche. Cela dit, il était largement au niveau, compte tenu de ses attributions officielles. Les tests avaient démontré qu'un tireur moyen mettait entre une seconde et une seconde et demie pour dégainer une arme de poing et faire feu. Si un adversaire armé d'un couteau ou d'un démonte-pneu se trouvait à moins de sept mètres et vous tombait sur le râble, vous n'auriez de toute façon pas le temps de lui tirer dessus. S'il était plus près et que votre arme était encore dans son étui, vous aviez intérêt à dégager ou vous préparer au corps à corps afin de le retenir assez longtemps pour pouvoir dégainer.

Évidemment, si Howard s'attendait à du grabuge, il ne manquerait pas d'emporter une carabine. Voire un pistolet-mitrailleur, si possible pointé dans la direction approximative dudit grabuge.

Mais d'un autre côté, il avait été blessé quand il ne l'attendait pas, donc il avait intérêt malgré tout à faire encore des progrès de ce côté.

« N'oubliez pas de passer faire reprogrammer votre bague en partant, mon général. »

Howard acquiesça. Toutes les armes de la Net Force étaient désormais intelligentes. Vous portiez au doigt une bague munie d'un code qu'on changeait tous les mois. Si un individu dépourvu d'une bague convena-blement codée s'emparait d'une arme de la Net Force et tentait de faire feu, celle-ci refuserait de fonctionner. Howard gardait une confiance limitée dans cette tech-nologie, mais jusqu'ici, elle n'avait connu aucun échec, en tout cas pas avec ses collègues. L'idée était bonne en théorie mais d'un autre côté, si jamais à cause de ce gadget l'un de ses gars pointait son flingue et n'arrivait pas à tirer au moment voulu, il y aurait des têtes qui tomberaient, et la sienne serait la première – à supposer que ce ne soit pas son propre flingue qui se soit bloqué, occasionnant sa mort.

« Remise à zéro. Sept mètres, un seul adversaire. »

Tant qu'à faire, autant pousser le bouchon, ce coup-ci.

« Go ! »

Il porta la main à son arme.

## 12

## *Los Angeles*

L'idée du gag vint à Bobby alors qu'il revenait du désert.

Tout ça parce que, environ un an plus tôt, il avait concocté une demi-livre d'un truc qu'il avait baptisé PR – PR comme pour Poudre à Rigoler. À l'époque, il avait un client intéressé par le truc, mais il avait dû y avoir un lézard ; résultat, il avait fourré la came dans un tiroir du mobile home et complètement oublié cette histoire. Et en allant là-bas discuter avec Ma et Pa Yeehaw – qui étaient vraiment mariés et vraiment originaires du Missouri –, il avait par hasard rouvert le tiroir, et putain de merde, le truc était toujours là : deux cent vingt-cinq grammes de poudre gris-vert, quatre mille plaques, à l'aise, s'il prenait la peine de la fourguer. Du fric facile.

La PR était un mélange de MMDA – un analogue de MDA, plus connu sous le nom d'ecstasy – et de psilocybine issue d'une culture de champignons *boeicystis* lyophilisés et rachetés à un mec en Colombie-

Britannique, avec un poil de Dexédrine. Tout le monde n'y réagissait pas pareil, bien sûr, mais chez la plupart des gens, ça les envoyait dans un trip plutôt réjouissant – et que ça rigolait, gloussait et se trémoussait, l'air radieux, bref, la super-éclate sympa. Le problème, c'est que le mélange était délicat et qu'il n'était pas évident de tomber sur le dosage exact. Celui-ci marchait plutôt bien – il avait eu l'occasion de le faire tester par Tad – mais ce ne serait pas forcément le cas du suivant. La clé du succès, c'étaient les champignons, et ils variaient selon l'origine. Le seul effet secondaire notable était que le truc tendait à vous donner soif tout en vous empêchant de pisser. Résultat, quand vous redescendiez, vous étiez bon pour passer un bout de temps aux chiottes.

Le gag allait vider tout son stock de PR mais après tout merde, si on pouvait même plus se marrer, à quoi bon ? Il avait le précurseur pour une nouvelle cuvée de Marteau, il avait déjà quinze mille dollars de commandes et pouvait sans doute en compter encore six à huit mille de plus, le temps d'être prêt à lancer la fabrication. Le fric, c'était pas un problème, il en avait à revendre.

Oui, plus il y songeait, plus l'idée lui paraissait attrayante. Bref, il avait des chances d'être en retard à son dîner avec le Zee-ster, et après ? Zee serait à côté de ses pompes, de toute façon, s'il s'était fait un trip au Marteau, hier soir. Il n'était pas en aussi mauvais état que Tad, c'était un costaud, le Zee, mais même avec des remontants, il risquait d'avoir le cul plombé, aujourd'hui. Déjà qu'il avait l'habitude d'être en retard, même quand il était à jeun...

Drayne sourit. Ouais, il allait faire ça. Il allait couper par la 405, sortir à Westwood et hop, il y serait, juste en haut de Wilshire, sans problème. Il était encore tôt pour éviter le plus gros des embouteillages. Trente, quarante minutes maxi, et il s'arrêterait au pied du bâtiment fédéral. Il y était allé bien assez souvent du temps où son vieux protégeait encore la nation.

L'immeuble abritait les locaux de la section de Los Angeles du FBI.

Ouais, sûr que ça promettait une franche partie de rigolade.

## *Malibu*

Pas encore vraiment en état de bouger, Tad réussit à s'asseoir sur le canapé pour lorgner Bobby. Il avait pas si souvent l'occasion de se dire que Bobby était plus cinglé que lui. C'en était une. Il s'exclama : « Arrête, tu déconnes ?

– Pas du tout.

– T'as claqué quatre mille dollars de Poudre à Rigoler, rien que pour le plaisir de défoncer le putain de siège du FBI à Los Angeles ?

– Ouaip.

– T'es complètement naze, Bobby.

– Et j'aurais encore donné autant pour pouvoir être une petite souris. Peut-être qu'on réussira à mettre la main sur une de leurs bandes de vidéosurveillance, un de ces quatre. Ah, voir tous ces enculés de bureaucrates coincés se marrer et se tenir par la main, en harmonie avec le grand tout cosmique...

– Putain, Bobby, arrête un peu ce cirque. Merde, ils font juste leur boulot, j'vais te dire ! C'est à ça qu'on les paie.

– Tu sais pas de quoi tu causes, Tad.

– Ouais, ouais, bon, d'accord. Comment t'as fait le coup ?

– Fastoche. Ils ont une sécurité à toute épreuve, mais j'ai répondu à une annonce pour un boulot à l'étage au-dessus de leurs bureaux. Je suis monté sur le toit, là où il y a les climatiseurs, j'ai repéré les bonnes buses, déplacé deux ou trois filtres, et hop ! voilà une atmosphère pleine de magie !

– Quatre bâtons. Pour une blague de potache.

– Tad, Tad, mon petit Tad. Laisse-moi te raconter une histoire.

– Aïe, bon Dieu, non, pas encore une de tes histoires de clébard à la con !

– La ferme, Tad ! Écoute et prends-en de la graine. Donc, t'as ce couple à Vegas, tu vois le plan, et au bout d'une longue journée de casino, ils montent se pieuter. La nana s'endort illico mais son mec y arrive pas. Alors, il se lève, se rhabille et redescend au casino avec dix dollars. Il va à la table de craps, mise tout ce qu'il a, sort un double six et gagne. Alors, il laisse son gain sur la table et gagne encore, et encore. Et encore, une quatrième fois.

« C'est une série incroyable. Il continue d'avoir la main heureuse, il n'arrête pas de sortir des doubles six, il ne peut pas perdre. En deux temps, trois mouvements, le voilà qui se retrouve à la tête de près d'un million de dollars. Et comme il se sent toujours invincible, il laisse sa mise encore une fois. S'il gagne, sa fortune est faite.

« Il sort un double as et perd tout. Alors il remonte dans sa chambre. Comme il se met au lit, sa femme se réveille. "Où t'étais ?" qu'elle lui demande.

« "Oh, je suis descendu faire quelques parties de craps", qu'il lui répond.

« "Et ça a marché ?"

« Le gars se glisse sous la couette, hausse les épaules et répond : "Bof, j'ai perdu dix dollars." »

Long silence. Puis Tad observe : « OK, marrant. Et... euh, ça prouve quoi, au juste ?

– Ça prouve que tout est bon à prendre, Tad. Ce matin, je me rappelais même plus de l'existence de la PR, alors quand je suis tombé dessus, c'était comme si je l'avais eue pour rien. J'ai tout utilisé, je me suis bien marré, ça m'a pas coûté un rond. Merde, j'ai même pas perdu dix dollars. Je suis rentré chez moi avec autant dans la poche que quand je suis parti ce matin. Excepté ce que j'ai dépensé pour mon burger au tofu, à midi.

– T'en as pris des détours pour faire ta démonstration, mec. Et je pige toujours pas comment t'arrives à bouffer cette merde au tofu.

– Ouais, enfin, bon, mais les détours, c'est la moitié du plaisir, non ? »

Tad dut opiner. « Mouais, je suppose que t'as raison. N'empêche que t'es quand même un putain d'enculé.

– Eh, qui a dit le contraire ?

– Pas moi. » Puis, après un temps : « Et comment va le Zee-ster ?

– Oh, sans doute aussi cramé que toi. Il s'est même pas pointé. Et toi, tu tiens le coup ?

– J'ai connu pire.

– Tu veux manger un morceau ?

– Nân. Pas tout de suite. Peut-être dans un jour ou deux. Je vais juste prendre deux, trois pilules.

– Gaffe, Tad, d'ici peu, plus rien à part les feuilles de tanna va réussir à te ranimer.

– Karis, la momie, avec Boris Karloff », dit Tad. Comme la moitié de la population d'Hollywood, Tad était un fan de cinéma muet. Il prisait tout particulièrement ces vieux films d'horreur en noir et blanc tournés par Universal.

« Eh bien, je constate qu'une partie de ton cerveau fonctionne encore. Je vais aller chercher du champagne. T'en veux ?

– Pour m'empoisonner le foie ? Meeerde... »

Bobby rigola : « Tu sais que tu vas me manquer, Tad. »

L'autre acquiesça. « Je sais. Mais c'était inscrit dans les cartes dès le début. Dans les cartes, mec. »

# 13

## *Hemphill, Texas*

Jay Gridley descendait une route de campagne, pas très loin de la retenue de Toledo Bend, sur la Sabine River, juste de l'autre côté de la frontière avec la Louisiane, une région où il avait eu l'occasion de se rendre étant petit. Pins à balais, poussière rouge et bourdonnement paresseux des abeilles parachevaient ce paysage estival. Quand il avait visité le coin pour de vrai, il avait aux alentours de huit ans et s'y était promené avec deux de ses cousins, Richie et Farah. Richie avait son âge, Farah la moitié. Ils avaient vu un long serpent rougeâtre se tortiller sur la route et, tout excités, Richie et lui étaient revenus au pas de course le dire à leurs parents. Et Jay n'avait pas réussi à comprendre pourquoi sa maman et tante Sally s'étaient aussitôt levées d'un bond, affolées. « Où est Sarah ?

– Hé, vous inquiétez pas, on l'a laissée surveiller le serpent, elle le laissera pas s'échapper. »

Il sourit à ce souvenir.

Juste devant lui, un vieux à cheveux blancs en

salopette et T-shirt crasseux, pieds nus, était assis à l'ombre d'un grand pin et s'occupait à tailler un bout de bois avec son canif Barlow. Jay aimait bien soigner les détails de tous ses scénarios.

« Salut.

– Salut à toi », répondit le vieux. Un long copeau se déroula sous l'extrémité de la lame du canif.

Dans le MR, Jay était en train d'interroger un serveur pour recueillir des informations qui seraient téléchargées dans la file d'attente de son ordinateur. Mais bien sûr en virtuel, c'était quand même plus marrant.

« Quoi de neuf ? demanda Jay.

– Pas grand-chose, concéda l'autre. Des bricoles... T'as entendu parler de ces gars du FBI qu'on a empoisonnés ?

– Défoncés, rectifia Jay. Pas empoisonnés. » Il sourit. Ouais, une bonne blague. Le truc à ressortir aux mecs du Bureau quand il les croiserait à la cafétéria. Les gars du FBI avaient toujours cette sale manie de charrier la Net Force sous un prétexte ou un autre, alors tout ce que Jay pouvait stocker comme munitions pour leur rendre la pareille était bienvenu, d'autant que l'incident survenu à LA n'avait blessé personne, tout au plus leur amour-propre.

« Vous auriez pas vu passer récemment un vendeur d'huile de serpent ? »

En l'occurrence, « huile de serpent » faisait référence aux mystérieuses gélules mauves que les Stups auraient tant voulu intercepter. Et pas qu'eux, apparemment.

Au cours de ses pérégrinations, Jay s'était arrêté

pour bavarder avec un certain nombre de personnages du coin, et jusqu'ici, sans grand résultat. Mais cette fois, il en alla autrement.

« Eh ben, oui, mon gars, y a un type qu'est passé y a pas longtemps, et je crois bien qu'il en avait, de ton truc. »

Jay perdit bien vite sa contenance zen décontracte. « Quoi ? Quand ça ? Par où est-il allé ? »

Le sculpteur sur bois cracha un long jet noir et gluant avant de pointer son canif. « Par là, du côté de Hemphill, si j'me souviens bien. »

*Bon Dieu, est-ce que ça pourrait être aussi facile ?*

« À pied ?

– En carriole. »

Vite, il fallait qu'il se remue s'il voulait coincer le dealer. Il balaya du regard les alentours. Il pouvait certes laisser tomber ce scénario au profit d'un autre, voire procéder à sa recherche en temps réel, par accès vocal, ou même au clavier... Non, minute, il avait encore un atout dans sa manche, une solution de repli. Il l'utilisa et, aussitôt, une mobylette apparut, posée contre un arbre. Comme ça.

« Je peux vous l'emprunter ?

– Fais comme chez toi. »

Jay se précipita vers la mob. Bon, ce n'était pas une Harley, mais c'était toujours plus rapide qu'une carriole à chevaux, et toujours mieux qu'une grosse bagnole sur ce genre de piste défoncée, même en virtuel.

Il bondit en selle et se mit à pédaler.

Tout ce plan bouddhiste contemplatif était bel et bon,

mais quand les choses commençaient à bouger, on avait intérêt à pouvoir se remuer le cul !

Le petit cyclomoteur toussa, le pot d'échappement émit une volute de fumée blanche et enfin, le moteur démarra.

Le patron serait rudement content si Jay parvenait à régler cette histoire.

### *Washington, DC*

Michaels rangeait avec Toni les cartons que leur avait confiés Gourou quand il tomba sur un petit écrin de bois verni, absolument resplendissant, malgré la couche de poussière. « Très joli », commenta-t-il en l'élevant à la lumière.

Toni, qui était en train d'empiler des boîtes à chaussures à l'autre bout de la pièce, leva les yeux. Il y en avait déjà plusieurs piles qui encombraient l'entrée, menaçant d'interdire tout accès à la chambre. « Oh, ça m'était complètement sorti de l'esprit. »

La jeune femme s'approcha de Michaels et lui prit des mains la boîte dont elle fit jouer le fermoir en laiton et souleva le couvercle avant de se tourner pour lui en révéler le contenu.

« Waouh. »

Elle ôta de l'écrin deux petits couteaux à lame incurvée, reposant dans leur logement sur un plateau garni de velours ; elle retira le plateau ainsi dégagé, révélant dessous une cache. Une gaine de cuir épais

144

était déposée sur la partie inférieure. D'aspect, on aurait dit une banane, tronçonnée au tiers inférieur puis aplatie. Elle prit l'étui pour y introduire les deux lames incurvées, côte à côte, de sorte qu'elles n'étaient séparées que par une mince lanière de cuir centrale. Les couteaux étaient entièrement métalliques et leur pommeau formait un large cercle percé en son milieu. D'un geste vif, Toni dégaina les deux lames, laissa tomber la gaine sur le tapis, réunit les mains. Quand elle les éloigna, chacune tenait un poignard, la lame courte et menaçante pointée vers l'avant, à cinq centimètres tout au plus du bord externe de ses deux auriculaires repliés, tandis que ses index étaient passés dans les anneaux d'extrémité.

« Ce sont des variantes de *kerambits*, expliqua-t-elle. Également appelés parfois *lwai ayam*. Des couteaux de combat rapproché indonésiens. »

Elle retourna la main, l'ouvrit, pour mieux lui montrer.

Il les examina de plus près. Ils étaient courts, une quinzaine de centimètres tout au plus, dont une bonne partie formée par ce manche aplati et percé d'un trou. La partie tranchante proprement dite évoquait un ergot ou une serre. L'acier arborait des motifs sinueux en boucles enchevêtrées.

« Les couteaux traditionnels sont en général plus longs et aiguisés des deux côtés. Gourou a fait confectionner ceux-ci par un maître coutelier de Keenesburg dans le Colorado. L'homme, qui s'appelle Steve Rollert, est également un expert en arts martiaux. Je crois bien qu'ils doivent avoir dix ou douze ans. Ils sont en acier damasquiné, replié et martelé pour former plusieurs centaines sinon plusieurs milliers de couches superposées. Le fil subit un traitement différent qui lui permet de rester dur et aiguisé, alors que l'âme conserve un peu plus de souplesse.

« Regarde, tu introduis l'index dans le trou pour le tenir comme ça... tu peux également le retourner et te servir de ton petit doigt, avec la lame qui ressort alors côté pouce, comme ceci. »

Elle lui fit une démonstration, puis revint à la prise initiale.

« Et leur port est parfaitement légal, j'imagine ? »

Grand sourire. « De fait, oui, dans certains États, à condition de les porter à la ceinture, bien en évidence. En revanche, presque nulle part si tu les planques.

– Ça a un petit côté coup-de-poing américain.

– Mais en bien mieux. Les lames sont extrêmement effilées, et tu peux frapper avec l'anneau sans risque pour tes doigts.

– Super. »

Elle ne remarqua pas le sarcasme ou plutôt l'ignora. « N'est-ce pas ? » Elle effectua une petite série de mouvements, fouettant l'air avec ses deux lames.

La moindre erreur et il y aurait du sang partout. Le sien ou celui de sa femme. Il recula d'un pas.

« Ils ne sont pas très longs », observa-t-il, mais dans le même temps, il n'en était pas fâché.

« Parce qu'ils sont conçus pour lacérer plutôt que poignarder. Toutes les artères périphériques importantes courent relativement près de la surface de la peau : carotides, antécubitales, fémorales, poplitées... Elles sont à portée de ces lames. Qu'on te tranche une de ces grosses artères et tu te videras de ton sang si tu ne réagis pas rapidement. Ça te tue plus vite qu'une asphyxie, et donner du sang, c'est plus difficile que de donner de l'oxygène.

– Comme c'est agréable.

– Je me souviens que ce Rollert avait en plus le sens de l'humour. Ces modèles sont des commandes spéciales mais il fabrique une version standard en acier au vanadium recouverte de Téflon noir. Il les baptise "ouvre-boîtes" et c'est du reste sous cette dénomination qu'il les commercialise. "Voyons, quel est le problème, monsieur l'agent ? Ce n'est qu'un simple ouvre-boîte, tenez, c'est même inscrit là, sur le manche." J'en ai une paire rangée je ne sais plus où. Évidemment, ils coûtent vingt fois moins. »

Elle reprit le maniement des deux poignards, gagnant peu à peu en aisance. C'était assez effrayant de voir ces trucs zébrer l'air, presque invisibles, tant elle allait vite.

« Et combien coûte la version bon marché ?

– Compte dans les cinq cents, pièce.

– Tu veux dire que ces deux petits bouts d'acier reviennent à mille dollars !

– La qualité, ça se paie. »

Michaels hocha la tête. Son épouse bien-aimée, enceinte de leur fils, était maîtresse dans l'art de la mort et de la destruction. Elle parlait de ces jouets comme d'autres femmes parlent de leur mise en plis.

« Tu peux pratiquer tes djurus en les tenant dans chaque main ; à peu de chose près, c'est pareil.

– Ouais, et me trancher le nez si je commets un faux mouvement.

– Mieux vaut le nez qu'un autre... appendice. » Elle

sourit. « Te bile pas. D'ici que tu connaisses à la perfection les dix-huit djurus, tu seras capable de manier ces poignards, voire des modèles plus longs ou un bâton, sans problème. Tu risques éventuellement de t'érafler si tu ne fais pas attention, mais tant que tu garderas la forme, ça n'arrivera pas. Le silat est basé sur l'utilisation des armes, n'oublie pas. Ne recours au combat à mains nues qu'en toute dernière extrémité. »

Elle brandit les deux petits poignards, croisant et décroisant les mains avec une vivacité qu'il trouvait bougrement dangereuse.

Mais elle était tout excitée, et après les phases de déprime qu'il lui avait connues récemment, c'était agréable à voir.

« Ce sont les premiers couteaux dont Gourou m'a montré le maniement. Dans l'usage traditionnel, ils servaient d'armes de secours. Beaucoup de femmes en portaient sur elles : il est assez facile d'en dissimuler un dans les cheveux ou dans les plis d'un sarong. Ceux-ci ont une gaine en cuir mais les modèles anciens fabriqués autrefois à Java avaient en général un fourreau de bois. On disait qu'à l'époque, certains paysans étaient capables de les tenir entre les orteils et de te hacher menu les jambes et le bas-ventre alors que t'étais encore en train de chercher à voir s'ils avaient une arme entre les mains.

– Charmant. »

Tout en parlant, elle continuait de tournoyer et trancher l'air. Elle poursuivit : « Ils les font plus longs maintenant mais les courts restent plus adaptés aux djurus. Même si les djurus sont réservés à l'entraînement et les couteaux à la pratique, tu peux fort bien effectuer les mouvements en les gardant en main... Tiens, regarde-moi. »

Elle s'arrêta, puis effectua le troisième djuru. Pas moins vite, lui sembla-t-il, que lorsqu'elle les pratiquait à mains nues. « Tu vois ? Tu peux bloquer ou frapper comme en temps normal, sauf que cela donne à tes mouvements un peu plus de... piquant.

– De piquant, oui, c'est le mot. Je serais toi, je ferais attention avec le djuru numéro deux, observa-t-il. Vu la paire de nibards que tu te paies en ce moment, tu risques de te sectionner un mamelon. »

Elle rigola avant de remettre les deux poignards dans leur petit écrin de velours. « Merci. Je me sens mieux. À présent, je vais pouvoir retourner trier mes chaussures. »

Elle lui rendit l'écrin. « Range-les à un endroit où on ne risque pas de les oublier, et je te montrerai comment t'en servir dès qu'on aura une occasion. »

Elle reprit sa corvée tandis qu'il contemplait la boîte. Enfin bon, il savait à quoi s'en tenir quand il l'avait épousée. Elle lui avait déjà sauvé la vie grâce à cet art martial, et il en savait désormais assez pour pouvoir à peu près se débrouiller tout seul. Cela faisait près d'un an qu'il s'entraînait à fond : il avait rarement manqué une séance quotidienne, Toni était là pour y veiller. Après avoir manqué se faire défoncer le crâne par un assassin déguisé en petite vieille juste armée d'une canne, Michaels pouvait difficilement faire la fine bouche devant la violence et le manque de fair-play du pentchak silat. C'était là justement son but et son intérêt. Quand on avait épuisé tous les autres moyens de défense, c'était exactement ce qu'on demandait. Un type qui vous fonçait dessus avec l'intention bien arrêtée de vous massacrer risquait d'y réfléchir à deux fois quand il vous verrait agiter ces méchantes petites griffes acérées sans vous départir d'un grand sourire dément. Aucun doute là-dessus.

*Des règles ? Dans un duel à l'arme blanche ? Mon cul !*

Il contempla l'écrin de bois en souriant avant d'aller le poser sur une étagère du séjour. Voilà qui donnerait un excellent sujet de conversation pour les dîners entre amis. Ou un excellent moyen de faire taire tout le monde, au choix.

Il ne serait pas inintéressant de voir ce qu'ils décideraient d'enseigner à leur fils quand celui-ci serait en âge de se demander à quoi rimaient les drôles de simagrées que faisaient ses parents. Alex se souvint que son père lui avait enseigné quelques rudiments de boxe quand il avait six ou sept ans, et même s'il n'avait jamais été très doué, au moins cela lui avait-il donné confiance en sa capacité à se protéger tout seul.

Dès les premières leçons de silat, il avait pu se rendre compte de l'étendue de son ignorance en la matière, mais comme il n'avait jamais eu trop souvent l'occasion de se battre, il s'en était plutôt bien tiré jusqu'ici.

Marrant quand même : dire qu'il pensait déjà apprendre à son fils à se battre, alors qu'il n'était pas encore né... Bientôt, il allait se mettre à lui acheter des gants de base-ball et un train électrique.

# 14

## *Quantico*

Michaels avait quitté le bureau directorial en proie à un malaise lancinant. Allison avait fait mine de lui réclamer un rapport sur l'évolution de l'enquête, mais il en était sûr, la directrice avait en réalité reçu ordre de lui mettre la pression. Et la pression, il la sentait à coup sûr lorsqu'elle eut achevé sa tirade. Sans franchement lui reprocher ce que l'agence avait fait ou pas jusqu'ici, elle n'en avait pas moins utilisé le terme « coopération entre services » à plusieurs reprises au cours de leur entretien. Et Michaels avait beau détester la politique politicienne, il n'était pas dupe.

Il semblait bien que dans les hautes sphères, on avait décidé d'une grande lessive, et pour son malheur, il se retrouvait sous la fenêtre de madame la directrice...

Qui plus est, c'était plutôt le calme plat en ce moment, si bien qu'on était en train d'en faire le grand problème de l'heure. Si au moins ils avaient eu à régler une grosse affaire de terrorisme électronique, de criminalité informatique à grande échelle, voire simplement de piratage dû à des hackers désœuvrés, au moins aurait-il pu esquiver, les pointer du doigt et ainsi se laver les mains de ce qu'on essayait de lui reprocher.

Seulement voilà, son personnel était excellent et s'acquittait à la perfection de ces corvées quotidiennes. Et même si le problème en question était du ressort des Stups, qu'il n'avait à peu près rien à voir avec la criminalité informatique et que la Net Force se contentait de leur filer un coup de main, s'ils ne réagissaient pas très vite, ça risquait de tourner au vinaigre.

Encore deux ou trois milliardaires à péter les plombs et les autorités chercheraient un bouc émissaire ; même si la Brigade des stups se trouvait en première ligne, ça pouvait aussi tourner au jeu de massacre, avec cette fois la Net Force dans le collimateur.

À peine avait-il réintégré ses terres qu'il découvrit un Jay Gridley souriant qui l'attendait à la porte de son bureau.

« Dis-moi que tu as de bonnes nouvelles, Jay.

– Absolument. J'ai l'impression qu'on tient une piste sérieuse concernant notre dealer.

– Vraiment ?

– Affirmatif, chef.

– Comment cela ?

– La fille du milliardaire. J'ai établi la liste de ses dépenses somptuaires. Quelqu'un s'est rappelé que chez un des commerçants, elle avait utilisé une borne informatique en libre accès pour je ne sais trop quelle transaction en ligne. J'ai passé alors au crible tous les ordinateurs candidats, récupéré l'ensemble des adresses électroniques activées à l'heure correspondant à sa présence dans la boutique, croisé les références et sélectionné quelques mots clés, au cas où elle aurait recouru à une identité bidon... c'est d'ailleurs ce qu'elle a fait.

– Allez, continue, impressionne-moi.

– J'ai lancé des robots de recherche avec une longue liste de pointeurs – pas loin de quarante mots clés, dont Thor, Marteau de Thor, et ainsi de suite. J'ai eu une touche avec un des mots de la liste, je n'ai plus eu qu'à remonter la piste.

– Et le mot clé était ?

– Mauve.

– Mauve ?

– La couleur des gélules. Tenez, voilà le mail que j'ai intercepté. »

Il en tendit à Michaels une copie imprimée. « Salut, Vendredi – j'ai ton machin mauve, quand tu passeras. »

Et c'était signé « Mercredi ».

« Sans vouloir te vexer, Jay, mais c'est un peu tiré par les cheveux. Un "machin mauve". Ça pourrait aussi bien être un jouet en peluche ou tout ce qu'on voudra. Et des jours de la semaine en guise de pseudo ? Pour-quoi s'agirait-il forcément de notre riche héritière et de son dealer ? »

Sourire de Jay. « C'est la clé, chef. Vendredi, *Friday* en anglais, vient de la divinité nordique Frigga. Mer-credi, *Wednesday* en anglais, vient de Woden qui, comme vous le savez certainement, est la façon qu'ont les Scandinaves du Sud d'orthographier Odin.

– Fascinant. Eh bien ?

– Eh bien Frigga et Odin étaient les parents de Thor. »

Michaels resta songeur quelques secondes. « Ah. La coïncidence serait en effet étonnante.

– Ouais, pour le moins. Ça ne veut pas dire non plus qu'il s'agit de notre chimiste mais je suis prêt à vous parier que ce "Mercredi" a bien un rapport avec cette drogue.

– Bon boulot, Jay.

– Je n'ai pas filé le type, j'ai pris soin de rester en retrait, mais je peux vous faire ça, en prime.

– Encore mieux.

– Cela dit, il y a du bon et du moins bon. Si je l'ai trouvé, les gens de la NSA vont le trouver eux aussi, si ce n'est pas déjà fait.

– D'où tiens-tu ça ?

– Eh bien, leur mission est d'espionner les communications à l'extérieur des États-Unis à la recherche d'indices d'activités terroristes, de complots, bref de tout ce qu'il pourrait nous être utile de savoir. Pour ce faire, ils ont établi toute une liste de mots clés qui, s'ils apparaissent au cours d'une conversation téléphonique, d'une communication radio, dans un échange de signaux télégraphiques ou de courrier électronique, ainsi de suite, vont déclencher un enregistrement automatique de la transmission. Le message enregistré est ensuite analysé par toute une batterie d'ordinateurs de la NSA et rescanné puis basculé sur un logiciel informatique qui va lire le message et lui attribuer un code prioritaire établi sur une échelle de un à dix. Tout ce qui dépasse cinq est transmis à un opérateur humain et plus le chiffre est élevé et plus c'est rapide. Bref, si vous placez à la fois les mots mission-suicide et bombe dans l'en-tête d'un courrier électronique, et ce quelle que soit la langue parmi une centaine, et que la NSA tombe dessus, quelqu'un va y jeter un œil. Dans la majorité des cas, ce n'est rien, juste des petits rigolos qui font un canular, mais parfois ça débouche sur quelque chose. Un message disant un truc du genre : "Ordre vous est donné d'abattre le président et de faire sauter Washington" a intérêt à être une réplique d'une série télévisée ou extrait d'un dialogue de techno-thriller.

– Personne ne serait stupide à ce point.

– Oh, que si. Les escrocs bas du bulbe sont légion.

– Très bien, reprit Michaels. Je savais déjà à peu près tout ça. Et alors ?

– Alors, vous croyez peut-être que la NSA confine ses investigations à l'extérieur de nos frontières ? Certes, dans les textes, la sécurité intérieure est en théorie la chasse gardée du FBI, mais tout le monde dans le métier sait à quoi s'en tenir. La NSA a les outils nécessaires à sa disposition et, de toute manière, ils auront beau jeu de démentir. Merde, s'ils sont aussi décidés que les Stups à coincer ces trafiquants, alors ils auront attribué une priorité élevée à toute commu-nication qui contient le mot Thor. Si on veut les doubler sur ce coup, on a intérêt à mettre nous aussi quelqu'un en piste, toutes affaires cessantes. On va peut-être finir par coincer le dealer, et c'est tant mieux, mais tant qu'à faire, ce serait encore mieux pour nous de nous en voir attribuer le mérite, non ?

– Certes, reconnut Michaels. Bon, tu me laisses entrer, j'ai un coup de fil à passer. Merci, Jay.

– L'info est dans votre corbeille, sous l'intitulé

"Riche héritière". Pensez à moi quand vous distribuerez les primes. »

## *Malibu*

Quand Tad émergea, il regarda sa montre. Pas si mal, qu'il s'agisse de l'heure ou de la date. Il lui était déjà arrivé, au sortir d'un trip au Marteau, de rester trois ou quatre jours quasiment dans le cirage.

Il s'était déjà réveillé deux fois pour aller pisser et se prendre des cachets avec un verre d'eau. Il croyait se souvenir d'avoir entendu Bobby se vanter d'avoir fait décoller tout le personnel de l'immeuble du FBI à Los Angeles... Peut-être avait-il rêvé. Ouais, ça semblait plus logique.

Non, pas mal du tout, si sa toquante ne déconnait pas : quarante-huit heures à peine depuis qu'il avait perdu pied. Presque un record.

N'empêche, il était perclus de crampes. L'impression d'avoir plongé du haut d'un gratte-ciel pour rebondir dans la rue comme une superballe, en s'amochant un peu plus chaque fois sur le béton. Au moindre mouvement, il se sentait transpercé par des aiguilles brûlantes ou lacéré par des lames de rasoir émoussées et glaciales. Il parvint à rouler pour se redresser en position assise, puis à se lever. Il resta planté un moment en équilibre instable avant de se diriger, à pas lents, vers la douche.

Une fois décrassé, il se sentirait un peu mieux, même

si, vu son état de départ, ça n'allait pas le mener bien haut. Mais enfin bon, c'était le prix à payer. Tu pouvais toujours râler la première fois mais ensuite, plus d'excuses : tu savais à quoi t'attendre. Tu ne pouvais t'en prendre qu'à toi-même.

Il parvint à gagner la salle de bains sans s'étaler, même s'il dut s'appuyer au mur à deux reprises. Il se déloqua, entra sous la douche, ouvrit le mitigeur à fond en répartissant la pression sur toutes les buses. Il avait intérêt : un jet concentré sur une seule l'aurait sans doute assommé.

Il avait quasiment dépensé la moitié de la réserve d'eau chaude – et c'était pas rien – quand Bobby passa la tête dans la salle de bains envahie de vapeur et hurla : « Encore en vie ? Incroyable.

– Ta gueule, lâcha machinalement Tad.

– T'es à peu près en état de bosser ?

– J'suis debout, non ? » Il coupa l'eau, sortit de la cabine, saisit une des serviettes de plage, entreprit de s'essuyer.

Bobby le détailla, secoua la tête : « T'as l'air d'une merde de chien écrasée.

– Ça fait plaisir à entendre. T'as autre chose ?

– Les affaires reprennent. J'ai une douzaine de commandes à faire livrer aujourd'hui, huit autres demain, et quatre après-demain.

– Tu m'as réservé une gélule pour la première tournée ?

– Bon Dieu, Tad, tu veux crever, c'est ça ? »

Tad ne répondit pas mais finit de se sécher. Il se contempla dans le miroir embué. Maigre comme un coucou, d'accord, mais avec le reflet adouci par la buée, il n'avait quand même pas l'air si mal.

Bobby émit un soupir théâtral. « Ouais, je t'en ai réservé une. »

Tad acquiesça, réussit à sourire. Il n'avait encore jamais fait deux virées avec Thor au cours de la même semaine. Il lui fallait toujours du temps pour récupérer, mais avec l'aide de quelques molécules chimiques, il pourrait surmonter les plaies et bosses ramassées lors du trip précédent. Elles étaient toujours là, bien sûr, mais il ne les sentait plus. Enfin, pas trop. Le hic, c'est qu'à force, il avait fini par développer une certaine assuétude à la morphine et au Demerol. Il était capable de se boulotter une poignée de comprimés dosés à cinquante milligrammes et continuer de vaquer à ses occupations comme si de rien n'était... une dose qui aurait terrassé n'importe qui en l'expédiant au pays des rêves pendant six ou sept heures. Comme analgésique, la morphine était supérieure au Demerol, et l'héroïne était encore mieux, mais évidemment, l'une et l'autre avaient leurs inconvénients : il n'était pas très fan de la seringue ou de l'injecteur à air comprimé. En revanche, l'accoutumance n'était pas vraiment son problème et il lui arrivait de recourir à la morphine ou à l'héro, mais uniquement quand il était vraiment mal, et juste pour leurs vertus analgésiques, pas pour la défonce. Certains aimaient les calmants, comme les opiacés. Tad était plutôt branché stimulants. Son truc, c'était d'être capable de se remuer, de faire des trucs. Il n'avait jamais oublié ces longs mois passés alité à cracher des glaviots ensanglantés, quand il avait eu sa tuberculose.

Il n'avait pas du tout l'intention de crever dans son pieu. Vivre vite, mourir jeune, et que le cadavre soit beau ou moche, quelle importance ? De toute façon, t'étais plus là pour entendre les compliments ou les cris d'horreur.

Le temps pressait. *T'embarques tout de suite ou tu rates le train. Quand on est mort, c'est pour longtemps, pas vrai ?*

Malgré les cachets de Demerol pris à son dernier réveil, malgré la douche, il se sentait exactement tel que décrit par Bobby : comme une merde écrasée.

Donc, un peu de blanche mexicaine était de mise, histoire d'arrondir les angles. Plus des myorelaxants, des stéroïdes pour calmer enflures et inflammations, avec un poil d'amphés afin de compenser tout ça, et il devrait être opérationnel. Et une fois qu'il aurait repiqué au Marteau ? Eh bien, tous ses soucis seraient oubliés.

*Superman n'a pas besoin d'aspirine.*

« Je suis partant, mec. Laisse-moi dix minutes. »

Bobby acquiesça. « Bon, je file terminer le mélange. »

Tad lui fit signe de dégager. Sa provision était planquée dans sa tire qu'il avait garée devant la sandwicherie. Il allait lui falloir aller la chercher, revenir, et enfin espérer se trouver une veine à peu près en bon état. Quelle merde.

Toni passa une heure à bricoler avec son kit de gravure avant de devoir renoncer. Ses chevilles gonflaient, son index et son pouce droits étaient tout engourdis à force de rester crispés sur l'étau à aiguille et elle n'y voyait plus rien à force de regarder au travers de la loupe éclairante. Le microscope binoculaire ne serait sûrement pas du luxe.

Ouais, tout comme un peu de talent artistique et surtout beaucoup d'entraînement. Perforer mille petits trous minuscules, chacun pas plus gros qu'un œil de mouche, c'était une tâche éreintante. À deux reprises, elle s'était déconcentrée et avait dérapé. Les points marqués en dehors du tracé allaient devoir être poncés et mastiqués, ce qui n'était pas une mince affaire, avait-elle eu déjà l'occasion de découvrir.

Peut-être que ce n'était pas une si bonne idée d'avoir choisi une activité aussi méticuleuse. Peut-être n'était-ce qu'une perte de temps et d'énergie.

Elle alla dans la salle de bains se laver les mains et se passer le visage à l'eau froide, puis retourna dans le séjour. Elle s'affala sur le canapé. Elle pouvait répéter la plupart de ses djurus en position assise. Pour les mouvements des pieds, ça devenait de plus en plus difficile. Et même si Gourou lui avait conseillé de ne pas se faire de souci, elle allait devoir payer la note après la naissance du bébé, et ça, ça l'inquiétait un max. Jamais elle n'avait imaginé que ça se passerait ainsi.

L'art martial indonésien avait structuré toute sa personnalité depuis qu'elle était âgée de treize ans. Elle n'avait jamais pratiqué aucun sport d'équipe, quasiment participé à aucune activité sportive ou de loisirs quand elle était lycéenne ou étudiante. Non, elle s'était entièrement consacrée à sa discipline : savoir garder son assise, être capable de concentrer son énergie pour attaquer un agresseur, quand bien même celui-ci était plus grand, plus fort, plus rapide, voire mieux entraîné. Bien sûr, elle avait poursuivi ses études, non sans succès d'ailleurs, et bien sûr, elle avait eu des amis, des amants et un boulot, mais dans sa tête, elle demeurait une guerrière avant tout.

Une guerrière avec, devait-elle bien admettre, de légers problèmes de maîtrise de soi.

*Et pas une guerrière grosse, grasse, blafarde, enceinte, avec de légers problèmes de maîtrise de soi, hmm ?*

*La ferme.*

*Graver des traits et des petits trous sur des bouts de simili-ivoire au lieu de se bagarrer. Tu parles d'une guerrière...*

Elle sentit monter les larmes mais s'essuya rageusement les yeux. Non, elle n'allait pas en plus céder à ces tempêtes émotionnelles. La faute aux hormones, c'est tout, à ces foutues putains d'hormones. Elle avait bien appris à contrôler son syndrome prémenstruel et jamais elle n'avait laissé la venue de ses règles entraver son travail ou son entraînement. Alors, elle pouvait prendre le dessus, là aussi ! C'était une question de volonté !

*Bien sûr, bien sûr, tant que tu feras gaffe aux marins*

*à jambe de bois et bandeau sur l'œil munis d'un harpon, ma grosse baleine blanche. Non mais, regardez-la souffler !*

Elle était surtout en rogne, mais les larmes se mirent pourtant à ruisseler, incontrôlables.

Le persocom pépia. Elle lorgna l'appareil. Il continua de pépier. Elle se décida à décrocher.

« Allô ?

– Salut ma puce. C'est moi. Alors, ça va ? »

Alex. Et merde. Il avait vraiment le chic pour poser les bonnes questions.

« Je déteste mon existence. »

Il ne répondit rien. Il avait pas besoin. Elle avait tant à lui dire.

# 15

## *Quantico*

« Vous me demandez de participer à une opération antidrogue ? » s'étonna Howard.

Michaels acquiesça. « Oui. Nous y avons un intérêt personnel même si, officiellement, cela relève de la Brigade des stups. Je viens d'avoir Brett Lee au persocom. Ils sont prêts à inviter un agent de liaison de la Net Force... à condition qu'il ait l'habitude du terrain. Dans l'intérêt de la coopération entre services, bien entendu.

– Dites-moi si je traduis correctement. On aurait bien besoin de s'attribuer le crédit de l'opération, c'est ça ?

– Fichtre oui. Ça s'annonce comme une rafle de grande envergure. Il semble que pas mal de monde aurait intérêt à voir ces types capturés. Et cela, jusque dans les hautes sphères du pouvoir. Le jour où les médias vont déterrer toutes les connexions de cette affaire, il n'est pas question qu'on reste sur la touche. Et rien de mieux que votre apparition dans votre bel uniforme de la Net Force en ouverture du journal télévisé pour être sûrs que personne "n'oublie" accidentellement que c'est nous qui avons localisé ce malfrat et refilé le tuyau aux Stups. »

Howard sourit. « Je constate que vous avez fait de nets progrès en matière de politique politicienne, commandant.

– Je ne suis pas certain de prendre cela pour un compliment. »

Howard haussa les épaules. « Ça fait partie du boulot. C'est la même chose dans tous les services. Dans l'armée, dès que vous dépassez le grade de commandant, la plupart de vos initiatives doivent non seulement prendre en compte la chaîne de commandement mais aussi les retombées politiques à l'intérieur comme à l'extérieur de votre unité. Ça ne facilite pas la prise de décision. Et si vous ne balisez pas le terrain pour nous, ne vous attendez pas à ce qu'un autre le fasse à votre place. En tout cas, ce ne sera sûrement pas la NSA ou les Stups.

– Je ne veux surtout pas vous forcer la main, général. Si vous y allez, ce doit être de votre plein gré.

– Ma foi, monsieur, je serais ravi d'aider nos collègues policiers à mettre hors d'état de nuire ce trafiquant de drogue. Et comme de toute façon, c'est plutôt le calme plat, ces derniers temps...

– Touchons du bois », dit Michaels, joignant le geste à la parole.


Howard venait de quitter le bureau de Michaels quand sa secrétaire lui signala un appel.

« Qui est-ce ?

– Gretta Henkel.

– Pourquoi ce nom me dit-il quelque chose ?

– C'est la patronne et l'actionnaire majoritaire de Henkel, la firme pharmaceutique allemande dont le siège est à Mannheim. »

Michaels roula des yeux. Bon Dieu, décidément, tout le monde était au courant de cette histoire de drogue. Il se pencha pour décrocher le téléphone.

La conversation fut brève et, à l'issue de celle-ci, Michaels s'appuya au dossier de son fauteuil et hocha pensivement la tête. Mme Henkel, des laboratoires Henkel, la plus grosse entreprise pharmaceutique d'Europe et la quatrième du monde, venait de lui offrir un poste.

De toute évidence, Mme Henkel cherchait un responsable pour diriger son service de sécurité informatique et qui, mieux que celui qui dirigeait le service homologue du gouvernement américain, aurait pu s'acquitter de cette tâche ? Elle lui avait confié avoir entendu dire le plus grand bien sur son compte. Serait-il prêt à discuter de la proposition en tête à tête avec elle ? Elle pouvait l'envoyer chercher par un de ses avions d'affaires pour un entretien privé au siège de Mannheim. Elle évoqua un salaire de départ environ quatre fois supérieur à son traitement actuel de fonctionnaire du gouvernement, sans oublier les stock-options et un plan de retraite susceptible de le transformer en millionnaire d'ici une vingtaine d'années. En outre, si jamais il acceptait le poste, il pourrait bien entendu amener avec lui deux ou trois de ses meilleurs collaborateurs, avec, pour eux également, une confortable augmentation de salaire.

Il était tentant d'imaginer que la proposition n'était rien de plus que ce qu'elle semblait être : la reconnaissance implicite de ses capacités à gérer une situation technique complexe. Une offre ne tenant compte que de la valeur personnelle. Une occasion exceptionnelle mais somme toute méritée.

Michaels sourit à cette idée. Il ne s'était jamais considéré comme le plus brillant du lot mais il n'était pas non plus né de la dernière pluie.

Le fond de l'affaire était bien entendu cette satanée gélule mauve après laquelle tout le monde courait avidement. Sans doute Mme Henkel avait-elle l'intention de faire passer son entreprise du quatrième au troisième rang mondial – sinon au premier. À moins qu'elle ne veuille s'approprier la gélule pour entraîner ses compatriotes dans une nouvelle guerre grâce à des hordes de soldats transformés en surhommes. Peu importait, en définitive. L'essentiel est qu'elle s'imaginait qu'il suffisait d'offrir à Michaels un pont d'or pour qu'il se précipite dans son giron – et en amenant dans ses poches la formule secrète de la drogue.

Il serait intéressant de voir si l'offre d'emploi se concrétisait au cas où il ne disposerait pas de cette information ou bien refuserait de la livrer... voire combien de temps il garderait ledit poste, si jamais il se décidait à la livrer.

Il sourit encore en s'entendant annoncer à Toni : « Salut ma puce, je suis là ! Tu ne devineras jamais. On va s'installer en Allemagne. »

Il avait donc décliné l'offre avec les regrets de circonstance et poliment remercié Mme Henkel.

Mais quoi que puissent contenir ces gélules mystérieuses, ce devait être bougrement intéressant. À coup sûr.

## *Beverly Hills, Californie*

Il aurait pu réquisitionner un jet de la Net Force, mais sa promotion au mérite jusqu'au grade de colonel d'aviation avant de prendre le commandement du bras armé du service avait permis à John Howard de garder quelques amis encore en activité sous les drapeaux. Un vieux pote de l'Air Force, lui aussi devenu officier supérieur, lui trouva un siège à l'arrière d'un chasseur biplace qui traversait le pays d'est en ouest. Ce vol d'entraînement exigeait un ravitaillement en vol, bien sûr, mais n'ayant pas eu à atterrir, Howard avait plus de deux heures d'avance sur le vol commercial de Brett Lee et dut poireauter à l'aérogare en attendant que l'agent des Stups débarque. Une victoire puérile mais qui valait la peine, ne serait-ce que pour goûter la surprise qui se peignit sur les traits de l'homme qui avait quitté Washington une heure avant le général et qui le savait fort bien.

Lee lui fournit les derniers détails alors qu'ils gagnaient en voiture Beverly Hills.

« Le suspect est un certain George Harris Zeigler, trente et un ans. » Il contempla Howard comme s'il guettait une réaction mais le nom ne disait apparemment rien à son interlocuteur.

« C'est un acteur assez connu, précisa Lee. Belle gueule, spécialisé dans les rôles de héros de films d'action, toutes les jeunes filles craquent pour lui. Elles le surnomment le Zee-ster.

– Voilà bien le nœud du problème, constata Howard. Je ne suis ni jeune, ni une fille. Et pas vraiment cinéphile.

– Quoi qu'il en soit, nous avons les mandats d'interpellation et nos équipes de surveillance l'ont localisé chez lui. Il réside dans une vaste propriété bien clôturée, à Beverly Hills.

– Évidemment.

– C'est pour ça qu'on fonce. On doit absolument y être assez vite pour récupérer des échantillons de la drogue. Il a des gardes du corps et un banal système de sécurité périmétrique. Il est peu probable que ce soit lui le chimiste : il a quitté le lycée avant de devenir comédien, mais nous avons tout lieu de croire qu'il revend ou donne la came à ses amis, surtout de sexe féminin. Cela dit, ce n'est pas pour l'argent : il se fait entre quinze et vingt millions de dollars pour chaque film où il est tête d'affiche. Alors comme ça, vous n'avez jamais entendu parler de lui ?

– Je suppose que je devrais sortir un peu plus », admit Howard.

Lee se renfrogna, puis s'efforça de sourire. Après tout, c'était son opération et c'est lui qui attribuerait sa mission à Howard. Il aurait le dernier mot. « Vous épaulerez les agents qui couvent le garage, expliqua-t-il. Au cas où M. Zeigler s'aviserait de chercher à s'échapper par là. C'est un garage à douze emplacements mais dix seulement sont occupés en ce moment par ses jouets habituels. Entre autres, un Land Cruiser, une Ferrari, une Ford Cobra, une Dodge Viper et deux vieilles Rolls.

– Super. Et combien d'agents avez-vous sur place ?

– Seize.

– Ah. Eh bien, s'ils vous filent entre les pattes, on fera de notre mieux pour l'arrêter. »

Lee s'abstint de commenter la remarque et Howard s'adossa à son siège en se tournant pour regarder défiler le paysage.

*Brumeux, aujourd'hui... Quelle surprise.*

Dès qu'ils furent parvenus à destination, un parc voisin, Howard sortit de son barda tout son équipement : son arme de poing, le Medusa, sa combinaison bleue et le gilet pare-balles avec NET FORCE inscrit sur le dos en grosses lettres jaune fluo. Il passa le harnais du revolver, enfila la combinaison et fixa les attaches du gilet. Un modèle homologué en classe un, doté de protections latérales et d'une coquille. La fine résille en soie d'araignée doublée de plaques en céramique superposées était capable d'arrêter les projectiles des armes de poing et la majorité des balles de fusil, pour peu que le tireur vise le corps et pas les jambes ou la tête. Mais il n'avait pas l'impression qu'un acteur qui se laissait surnommer le Zee-ster soit bien méchant. Les types friqués avaient plutôt tendance à se battre avec des avocats, pas des armes à feu. Et il n'avait quasiment pas la moindre chance de passer au travers d'une ribambelle d'agents des Stups armés de pistolets-mitrailleurs.

Howard avait voulu prendre sa bonne vieille mitraillette Thompson, l'antique calibre 45 que son grand-père utilisait quand il était officieusement shérif adjoint – c'était avant l'intégration raciale – mais il s'était ravisé, par peur d'en faire trop devant les caméras. Et vu l'ampleur de l'opération, les hélicos de presse n'allaient sûrement pas tarder à se radiner. John Howard l'incorruptible et sa boîte à camembert risquaient de ne pas vraiment donner l'image que désirait véhiculer la Net Force.

Lors du briefing, Howard mémorisa le plan des lieux, s'entretint avec le couple d'agents qui avaient surveillé le garage avec lui – ils s'appelaient Brown et Peterson, une grande bonne femme et un petit bonhomme. Sous ses airs soupe au lait, Lee sut avec calme et précision leur faire un état des lieux et définir les missions de chacun. Tous les agents synchronisèrent leurs montres et coiffèrent les casques-micros, réglés sur une fréquence à bande étroite. On pouvait discuter les options politiques des Stups mais ces types avaient procédé à suffisamment d'arrestations pour savoir investir efficacement une place, même bien protégée.

Ils avaient emprunté à la police locale un de ses véhicules d'intervention qui défonça les grilles d'acier du portail aussi aisément qu'un paravent chinois. Les voitures suivirent le camion, cinq en tout, et se déployèrent vers les positions définies à l'avance. Howard n'en aurait pas mis sa main au feu mais il lui sembla qu'il y avait bien plus de seize agents qui descendaient des voitures pour converger vers la maison.

Brown, Peterson et Howard descendirent à leur tour et firent mouvement vers le garage. Brown avait un passe électronique qui réussit à activer les portes télécommandées : les panneaux remontèrent en s'enroulant, tous les six.

Peterson fila se poster derrière la porte de communication entre le garage et la partie habitation, l'arme pointée en l'air, près de son oreille.

Brown se tapit derrière la voiture garée le plus près de la porte. C'était une Dodge Charger, un *muscle-car* des années 70, recouverte d'une livrée *candy-apple* rouge pailleté formée d'une vingtaine de couches de vernis amoureusement polies à la main, une à une[1].

*Ce serait un sacrilège qu'une telle peinture soit éraflée par une balle*, songea Howard.

Il jeta un coup d'œil circulaire : quelle bagnole choisirait-il s'il était vraiment pressé ? Sans doute la Cobra. Hmm, non, plutôt la Viper. Un véritable missile sur roues. Il faudrait qu'ils établissent des barrages routiers : personne ne pourrait rattraper cette bombe.

Il s'approcha de la Dodge, contempla l'habitacle du cabriolet. La planche de bord et la jante du volant avaient l'air d'être en vrai bois. *Hé là, c'était quoi, ça ?*

Posé, bien en évidence, sur le siège du passager, il découvrit un de ces sacs en plastique transparent, comme ceux qui servent à emballer les sandwiches.

---

1. *Candy-apple* : coûteuse et délicate technique de peinture automobile consistant à superposer sur un fond argenté ou doré une multitude de couches de vernis coloré qui donnent à la livrée ce brillant laqué profond évoquant une « pomme d'amour », d'où le nom. On peut y intégrer des paillettes métalliques mais ce n'est pas obligatoire (*N.d.T.*).

Et dedans, quatre grosses gélules mauves.

Howard sourit. Putain de merde !

Brown et Peterson étaient occupés de leur côté. La voix de Lee grésillait sur le canal d'ordres de son casque. Ils avaient non sans peine réussi à défoncer la porte et s'apprêtaient à investir la résidence.

Howard se pencha dans l'habitacle, récupéra le sac, l'ouvrit et le secoua pour faire tomber dans sa paume une des gélules. Il regarda de nouveau les deux agents des Stups. Il aurait aussi bien pu ne pas être là.

Il glissa la gélule dans sa poche de combinaison, referma le sac, le relança sur le siège.

Le crépitement d'une rafale en tir automatique et les cris de Lee jaillirent en même temps dans son casque : « Ripostez ! Ripostez ! »

Allons bon. Il semblait que les gardes du corps aient décidé de mériter leur salaire.

Nouvelle rafale. Le commando de la Brigade des stups était armé de MP-5 dont le claquement bien caractéristique vint se mêler à celui des autres PM. Que des armes de petit calibre, estima Howard, les détonations n'étaient pas assez fortes pour des fusils-mitrailleurs. Les gorilles du suspect devaient avoir des mitraillettes, des MAC-10, des Uzi, des trucs dans le genre. En tout cas, ce n'était pas un bruit de Heckler & Koch.

« ... tous les hommes disponibles, ils se dirigent vers la cuisine ! »

La cuisine, se remémora Howard, était directement reliée au garage par un couloir de faible longueur.

Brown et Peterson y virent le signal de passer à l'action. Peterson finit d'arracher le battant et Brown franchit le seuil, pistolet brandi. Les deux agents disparurent dans la maison, sans attendre Howard.

Ce dernier, qui n'avait pas encore dégainé son arme, envisagea les options. Si seize agents des Stups n'étaient pas fichus de neutraliser un jeune premier de cinéma et ses gardes du corps, ce n'est pas sa puissance de feu qui allait faire pencher la balance. Non, il allait rester où il était, garder la position qu'on lui avait assignée.

D'autres coups de feu retentirent à l'intérieur de l'habitation. Puis des cris, deux ou trois voix différentes.

« Merde ! »

« Putain ! »

« Ouille, ouille, ouille, je suis touché ! »

Dix secondes plus tard, un homme apparut à la porte du garage. D'un bras, il tenait plaquée devant lui une jeune femme en tenue de bonne, visiblement terrifiée. À bon droit, d'ailleurs, car de sa main libre, l'homme tenait contre la gorge de son otage un couteau à lame courte. Le type était jeune et beau.

Ce devait être le fameux Zee-ster, devina Howard.

Il dégaina son arme, leva le bras gauche pour saisir la crosse à deux mains et braqua le canon sur le preneur d'otage.

« Plus un geste, Zeigler. »

L'autre se figea.

Howard se força à se décontracter les muscles des doigts. Il était indispensable de tenir fermement le revolver pour tirer mais se crisper dessus plus d'une seconde ou deux risquait juste de lui valoir assez rapidement une crampe. Or, sait-on jamais, il pouvait fort bien devoir rester planté là un moment.

Le couteau toujours plaqué contre la gorge de son otage, Zeigler avait beau se faire tout petit, il était matériellement impossible qu'un petit bout de femme d'un mètre cinquante et quarante-cinq kilos puisse faire totalement écran à un grand gaillard d'un mètre quatre-vingts et presque un quintal. Howard avait le choix des cibles, y compris la seule susceptible d'entraîner une incapacité immédiate : une balle dans la tête.

« Lâche ton flingue ! Lâche ton flingue ou je la tue ! »

Il l'avait en ligne de mire. Pile sur l'œil gauche. À quatre mètres cinquante, soixante, impossible de le manquer. Sauf si le mec s'écartait brusquement à la dernière seconde en plaçant son otage en bouclier devant sa tête. Le risque pour la femme était modéré mais pas nul. Et ça l'obligeait à tuer la star de cinéma en lui logeant une balle en plein crâne.

*Enfin, peut-être à éviter avec une star de cinéma...*

« Bon, écoute, dit Howard, si on discutait...

– Putain, pas de discussion, merde ! Tu lâches ton arme ou je lui tranche la gorge ! »

La bonne gémit.

« Tu vas pas faire ça. Tu la tues, tu te retrouves sans protection, juste un couteau dans la main. Réfléchis un peu : elle est le seul bouclier qui te permette, toi, de rester en vie. Elle meurt, t'es mort, point final.

– Tu peux pas faire ça. Tu sais qui je suis ?

– Je ne suis pas un flic, fiston. Je suis un soldat. On m'a entraîné à tuer, pas à faire des arrestations. Je vois une goutte de sang sur cette lame, ton compte est bon.

Rien à branler de qui tu es. Dieu n'est pas du côté des mecs qui tuent des femmes innocentes, et je pense qu'Il m'a envoyé ici pour te le faire comprendre. »

Le type était au bord de la panique. « Laisse-moi filer, laisse-moi filer.

– Il y a pas crétin tatoué sur mon front. Pose ce couteau et t'auras une chance de pouvoir raconter ton histoire devant un juge. Peut-être même qu'un bon avocat réussira à te tirer d'affaire, on voit ça tous les jours. T'es milliardaire. Les mecs riches et célèbres ne vont pas sur la chaise électrique. Tu entailles la fille, je peux te garantir que tu seras mort avant elle. Fin de partie.

– Tu risques de la toucher si tu tires ! »

Howard poussa un soupir théâtral. « Laisse-moi t'expliquer deux ou trois trucs, fiston. Le flingue que j'ai dans les mains est un Phillips & Rodgers .357, Medusa modèle 47. C'est à peu près ce qu'on peut trouver de mieux fabriqué et de plus précis en matière de revolver à double action, et avec le chien ramené en mode coup par coup, comme c'est le cas en ce moment, il est d'une précision extrême. Je te transperce une pomme à vingt-cinq mètres à tous les coups, et t'es même pas au tiers de cette distance. Tu piges ? Tu songes un peu à la proportion de ta carcasse que je vois dépasser tout autour de ton otage ? »

Zeigler ne dit rien.

Howard poursuivit. « Il y a dans ce revolver six balles à pointe creuse semi-chemisées de huit grammes. Si je tire et que je fais mouche rien qu'une seule fois – et tu peux y parier ta chemise, fils – la balle va t'arriver dessus à quelque chose comme quatre cents mètres-seconde. Ça veut dire plus vite que le bruit de la détonation. Ce projectile supersonique va en gros doubler de volume sous l'impact et te faire un gros trou dans la couenne si même il ne la transperce pas de part en part. D'après les statistiques de tirs effectués avec ce calibre et ce type précis de munition, tu as quatre-vingt-seize virgule quatre chances sur cent d'être projeté à terre et de ne plus avoir d'autre souci immédiat que d'essayer de respirer. Et sans doute pas pour bien longtemps. »

Zeigler avala sa salive.

« Alors, voilà le marché. Je me tape complètement que tu sortes d'ici sur tes deux guibolles ou que les gars des Stups doivent évacuer ton cadavre ; pour moi, c'est du pareil au même. Mais si tu me forces à tirer, ce flingue va faire un putain de raffut dans ce garage, et je risque d'avoir les oreilles qui sifflent pendant un jour ou deux, parce que j'ai pas pensé à mettre mes boules Quies avant d'entrer ici. Alors, j'aime autant pas m'abîmer les tympans plus que nécessaire.

« Bref, si tu me forces à tirer, je risque d'être sacrément en rogne. Et je risque de continuer à faire feu. Tu me suis ? Tu poses cette lame tout de suite ou je te troue la couenne et quand tu seras à terre, je t'en loge deux autres dans la peau pour m'avoir niqué les oreilles. Tu te laisses gentiment arrêter, ta carrière a encore une chance d'y survivre. Tu lâches pas ce couteau, c'est toi qui survis pas... Pas plus compliqué. À toi de choisir. Soit c'est le couteau qui tombe par terre, soit c'est toi. »

Quelqu'un avait dû les écouter à la radio parce que

Howard entendit : « Ne l'abattez pas ! Ne l'abattez pas ! On arrive ! »

D'un coup de langue contre la joue, Howard bascula l'interrupteur. Il ne pouvait pas couper le micro mais au moins fit-il taire les écouteurs. Il n'avait pas besoin d'être distrait.

Il inspira à fond, souffla un peu, retint le reste de son souffle, se préparant à faire feu. On ne devait jamais bluffer dans une situation telle que celle-ci. Il glissa le doigt sous le pontet, contre la queue de détente. Pas besoin d'appuyer fort – un peu moins de trois livres de pression, un joli petit coup sec, aussi net que la rupture d'une stalactite de glace.

« Non ! Non ! Me tuez pas ! Je vous en supplie ! »

La main gauche de Zeigler s'écarta, libérant la jeune femme, pour se tendre en direction de Howard.

« Bon, écoutez, on pourrait s'arranger ! Je... je vous file le nom de mon fournisseur ! C'est ce que vous voulez, non ? »

La lame du couteau s'éloigna du cou de l'otage. Zeigler n'avait pas encore lâché le couteau mais il était sur le point de le faire. Sa main était déjà moins crispée sur le manche et il avait reculé d'un demi-pas derrière sa prisonnière.

Howard poussa un nouveau soupir, un peu plus détendu celui-ci. Il remercia le ciel. Comme s'il avait besoin de ça, deux ou trois millions de gamines hystériques le haïssant pour avoir tué leur idole. Il s'était évité lui aussi une balle au moment où ce couteau était tombé...

Et puis soudain, quelqu'un apparut à la porte du

garage, puis se rua à l'intérieur et fit feu à deux reprises sur le suspect qu'il atteignit en pleine poitrine.

Zeigler s'effondra. La bonne hurla et, tombant à terre, courut à quatre pattes se mettre à l'abri derrière la voiture de sport.

D'instinct, Howard pivota vers le tireur, le revolver pointé.

C'était Brett Lee.

L'agent Lee redressa aussitôt son arme vers le plafond, l'autre main levée, la paume ouverte. « Du calme, du calme !

– Putain mais pourquoi est-ce que vous avez tiré, bougre d'imbécile ! » Il avait lâché son arme.

« Désolé. Mais il semblait sur le point de blesser son otage.

– Je croyais que vous le vouliez vivant ! »

Lee ne rajouta rien. Il rangea son arme.

Howard hocha la tête, puis alla constater les dégâts. Une balle dans le cœur, l'autre en haut du torse, le mec serait passé de vie à trépas avant qu'on ait eu le temps de l'évacuer en ambulance. Et merde.

Howard se releva, remit le revolver dans son étui, puis aida l'otage à se relever. « Tout est fini, m'dame. Vous n'avez plus rien à craindre. » Il fusilla Lee du regard. Sacré nom de Dieu.

Il entendit le claquement des hélicoptères qui approchaient et pesta dans sa barbe. Il allait ôter vite fait son gilet pare-balles. Pas question de voir NET FORCE apparaître au journal télévisé après ce fiasco.

Le commandant Michaels serait à coup sûr de son avis.

D'autres agents des Stups jaillirent à leur tour de la

maison, pour investir le garage, brandissant leurs flingues en tous sens.

*Le bec enfariné et avec trois métros de retard.*

*Quel gâchis.*

*Putain de merde.*

# 16

## QG de la Net Force, Quantico

« En résumé, notre seule piste pour remonter au dealer est en train de refroidir sur une table à la morgue sous le doux soleil de LA ?

– Oui, monsieur, confirma John Howard. Au désespoir apparemment de toutes les adolescentes du pays.

– Putain de merde, fit Michaels.

– C'est exactement mon sentiment. J'ai dans l'idée que le sieur Lee va devoir fournir de sérieuses explications à ses supérieurs de la Brigade des stups. »

Michaels hocha la tête. John Howard et Jay Gridley le regardaient l'un et l'autre comme s'ils attendaient de lui quelque perle de sagesse, or, il n'avait rien de ce côté-là. Il nota : « Enfin, on peut toujours se dire que nos informations ont aidé les Stups à prendre les devants sur la NSA.

– L'inverse eût peut-être été préférable, observa Jay. Personnellement, j'aimais assez les films du Zee-ster. Il avait un certain charme. »

Que Michaels eût partagé la première remarque de

Jay n'était guère une consolation. Et même s'il avait eu l'occasion de voir le comédien dans un ou deux films et que celui-ci ne lui avait pas laissé de souvenir impérissable, les faits restaient têtus, et descendre un type alors qu'il avait les mains en l'air, c'était pas le truc à faire. Surtout quand le type était riche et célèbre.

Il nota : « Enfin, si vous donnez un couteau à des mecs et qu'ils se coupent avec, c'est leur problème. La directrice ne peut pas nous rendre responsables des conneries des Stups. Du reste, où est le lien avec la NSA ? Une sordide histoire de rivalité ?

– Pas que je sache, dit Jay. Enfin, pas plus qu'entre n'importe quel autre service. Genre CIA-FBI... On vous refile le ballon, quand vous êtes bien placé, vous ne faites pas de passe, vous tirez, même si on joue tous dans la même équipe.

– Pas de querelle personnelle ? L'inspecteur Lee et M. George auraient fréquenté deux écoles rivales ? L'un aurait-il couché avec la copine de l'autre ? »

Air surpris de Jay. « Hmm. J'y avais pas pensé.

– Ça n'a peut-être rien à voir avec la situation, mais je te suggère malgré tout de creuser un peu de ce côté, voir ce que ça donne. D'après mon souvenir de nos précédentes réunions, ça n'a jamais eu l'air d'être le grand amour entre eux et j'aimerais mieux éviter que la Net Force se retrouve éclaboussée par les retombées, si jamais ces deux zigues devaient continuer de se balancer de la boue l'un sur l'autre. »

Jay opina. « Bonne idée, chef. Je vais le faire.

– Même si c'est d'abord leur problème, on ne peut pas simplement s'en laver les mains. Il faut qu'on continue à les aider dans leurs recherches, or ce qui nous reste, c'est une star de ciné refroidie, et une piste idem.

– Pas complètement », rectifia Howard. Il sourit, révélant sa denture éclatante dans son visage chocolat. « Vous oubliez les gélules récupérées. Manque de bol, elles étaient presque au bout de leur durée de vie ; notre vedette de ciné avait apparemment les moyens d'acheter ces trucs et de les oublier jusqu'à ce qu'ils soient périmés ; le temps que les Stups les portent au labo, l'analyse n'a révélé qu'une poudre inerte.

– Ce qui nous fait une belle jambe, c'est ça ? dit Michaels.

– Eh bien, sans doute, chef. Mais vous remarquerez que les rapports indiquent la présence de trois gélules, or ce n'est pas exact. »

Michaels haussa un sourcil, curieux d'entendre la suite.

Howard tendit la main et lâcha sur son bureau une gélule mauve.

Sourire de Jay. « Ouah, mon général ! Vous en avez piqué une ?

– Détourné, rectifia Howard. Elle ne nous sera pas plus efficace que celles de la DEA mais je me suis dit que ce qu'ils pouvaient apprendre avec quatre, ils pouvaient le faire aussi bien avec trois. »

Michaels saisit la gélule et l'examina, sceptique. « Ça paie pourtant pas de mine, ce petit truc.

– Les diamants aussi sont tout petits, patron, idem pour les puces-mémoires ou les puces-logiciels.

– Enfin bon, ça tombe bien, on a justement un ami au labo du FBI qui serait ravi de pouvoir mettre la main sur ce truc, poursuivit Michaels. Au moins comme ça, on en saura toujours autant que les Stups sur ce qu'il y a dedans – pour ce que ça vaut. Qui sait, peut-être une herbe rare pour la bouillabaisse qu'on sert uniquement dans certains bouges de Marseille.

– Pardon ?

– Désolé, général, c'est extrait d'une vieille série d'espionnage. Toujours est-il que les gars du FBI ont une base de données gigantesque, des archives qui remontent à loin, et surtout des techniciens de laboratoire sans rivaux sur la place. Peut-être pourront-ils découvrir quelque chose. Je vais leur filer le truc, on verra bien. Bon travail en tout cas.

– Merci, monsieur.

– Et j'ai été ravi de ne pas vous voir apparaître aux infos.

– C'est bien ce que je me suis dit », confirma Howard.

Howard et Jay repartis, Michaels mit la gélule dans une boîte de trombones vide qu'il glissa dans sa poche. La valeur des indices était sujette à caution, compte tenu surtout des circonstances de leur collecte, mais ce qu'il cherchait pour l'instant, c'était des informations. Tout ce beau bordel restait le bébé des Stups, et plus vite il parviendrait à tirer la Net Force de ce guêpier, mieux ce serait.

Il passerait au labo bavarder avec l'adjoint du chef de section, un type qu'il avait connu du temps où il était dans le service actif. Ils devraient trouver une solution.

« Ne prends pas de Marteau », avertit Bobby.

Tad, chez qui le dernier petit shoot d'héroïne finissait de faire effet, fronça les sourcils. Il sentait revenir sa migraine. « Pourquoi ça ?

– Parce que j'ai besoin que tu sois lucide. »

Sourire en coin de l'intéressé.

« Enfin, bon, *relativement* lucide. On a des problèmes.

– On est riches et beaux, qu'est-ce que tu veux de plus ? »

Bobby sourit, mais pas longtemps. « Le Zee-ster est mort.

– Impossible ! protesta Tad. Je viens de le voir. Je lui ai refilé les gélules de ton dernier lot. Il avait l'air de péter la forme. Il peut pas être mort.

– J'ai un contact chez les flics qui m'a dit que son corps est dans un grand tiroir à la nouvelle morgue du comté et que les toubibs sont en train de tirer au sort celui qui aura le droit de le couper en rondelles. Ton gars, faut en parler au passé.

– Putaaiiin, trop dur ! Je l'aimais bien, ce mec. Il savait se marrer. Qu'est-ce qu'il a fait ? Il a plié un de ses bolides autour d'un arbre ? Il conduisait comme un manche.

– Il s'est pris deux balles dans le cœur d'un type des Stups, lors d'une descente chez lui.

– Wouah, tu déconnes !

– Non. Sturm et Drang ont ouvert le feu quand les Stups ont forcé leur porte. Paraît qu'à présent les murs de la baraque sont troués comme une passoire. Les deux gardes du corps sont pas non plus beaux à voir mais Sturm devrait pouvoir s'en tirer. Drang est toujours sur le billard, ils pensent pas qu'il survive, mais si c'est le cas, il vaudra pas mieux qu'un gros steak haché... il s'est pris deux pruneaux dans la cafetière.

– Merde.

– Ouais, c'est bien malheureux, tout ça, mais arrête de gémir et pense un peu à ce que ça veut dire. Pourquoi les fédéraux en auraient après le Zee-ster ? C'est un consommateur, pas un fourgue.

– Il en distribue autour de lui, observa Tad. Je veux dire, il en refilait. Ils ont pu choper une de ses relations qui l'aura balancé.

– Peu importe. Mais ça la fout mal pour nous. On fait partie de ses relations, nous aussi. Quelqu'un pourrait s'être souvenu de notre existence.

– De moi, tu veux dire. Toi, tu ressembles à dix mille autres surfeurs blonds. Moi, je détonne un brin. »

Bobby écarta l'objection d'un geste. « Le problème, c'est qu'on s'est laissé un peu trop voir en sa compagnie, sous prétexte que c'était une star de ciné, le mec cool et tout. Si jamais il avait les gélules sur lui quand ils l'ont rayé de la carte, ils vont éplucher son emploi du temps au microscope... tous les gens qu'il a vus, tous les endroits où il est allé. Un type comme lui ne peut pas se balader incognito dans cette ville à moins d'avoir un sac sur la tête, et Zeigler a jamais été du genre à planquer son joli minois. Les flics et les fédéraux vont user leurs grolles à suivre toutes ses traces une à une. Quelqu'un va éplucher tous les coins en vue où notre Zee-ster aimait bien se montrer. »

Tad acquiesça.

« Bon, alors voilà ce que je veux que tu fasses. Tu te creuses la cervelle et t'essaies de retrouver toutes les occasions où t'as vu le Zee en public, tous les endroits qui pouvaient avoir une caméra de vidéosurveillance allumée. Vas-y avant que les flics ou les fédéraux se radinent, récupère les bandes ou efface-les, je m'en fous, mais démerde-toi.

– Ouais, c'est jouable...

– Il n'est jamais venu ici et chaque fois que j'ai réglé la note au café ou au resto, j'ai payé en liquide, donc ils n'ont aucune trace électronique pour me repérer. Je t'ai établi la liste de tous les endroits où je suis allé seul avec lui, ou en ta compagnie. Ajoutes-y la tienne. Pour ce qui est de ses fréquentations habituelles, ces blaireaux nous connaissent pas assez bien pour nous balancer aux flics – de toute façon, ils sont en général trop défoncés pour savoir qui ils sont eux-mêmes, alors nous... Mais les caméras vidéo c'est une autre histoire. Si on est enregistrés quelque part sur une bande, une carte, un disque dur ou un DVD, on est mal. Si ces traces sont effacées, on est blancs comme neige. »

Tad acquiesça derechef. « Ouais, pigé. Y a pas des masses d'endroits où on peut nous avoir filmés.

– On peut pas faire grand-chose pour les touristes qui nous auront pris en photo avec Zeigler quand on était à Disneyland, sur la plage ou je ne sais où, mais il y a peu de chances que les fédéraux les retrouvent eux non plus. Je pense qu'on risque rien de ce côté.

– Je me demande quand même comment ils ont eu l'idée de s'en prendre à lui.

– Il a fait le con. Il aimait bien se vanter d'être capable de se taper cinq filles à la fois quand il était sous le Marteau, et comme t'as dit, il refilait de la dope autour de lui comme si c'était du chewing-gum. Peu importe comment ils l'ont trouvé. L'important, c'est qu'ils ne nous trouvent pas.

– Cent pour cent d'accord. » Tad n'avait aucune envie de passer derrière les barreaux le peu de temps qui lui restait à vivre. Il aimerait sans doute mieux avaler son bulletin de naissance avant que ça lui arrive.

« Bref, nous voilà en vacances pour les deux mois qui viennent, poursuivit Bobby. Plus de fabrication, plus de livraisons, on se retrouve au chômage technique. Peut-être qu'il nous reste plus qu'à filer à Hawaii, lézarder sur les plages de sable noir en matant les jolies filles. »

Tad acquiesça distraitement. « Ouais. » En fait, il était en train de se dire qu'il avait toujours la gélule de Marteau dans sa poche, la dernière qu'avait préparée Bobby, et qu'il lui restait encore quelques heures d'activité. S'il ne l'utilisait pas, elle serait bonne à jeter et Bobby n'allait pas en préparer de nouvelles tant qu'il ne se croirait pas de nouveau en sécurité.

Et il ne lui restait peut-être qu'un ou deux mois à vivre, qui sait.

Est-ce qu'il devait la prendre ? Bobby et lui n'avaient pas été vus souvent en public avec le Zee-ster. Dans une demi-douzaine d'endroits, tout au plus, ces deux derniers mois, et la plupart des lieux publics ne conservaient pas leurs enregistrements vidéo plus d'un jour ou deux, une semaine maxi, avant de réenregistrer sur les anciens.

En jouant serré, il pouvait aller vérifier les deux ou trois premiers, se prendre la dope, puis terminer sa tournée avant que le Marteau ne lui déboule dessus plein pot. Et même alors, il serait capable de garder un minimum de contrôle de soi pour régler cette histoire de sécurité, il en était certain. Enfin, encore au moins deux petites heures.

Bon, d'accord, il y avait un risque, mais merde, après tout, il n'avait plus grand-chose à perdre.

Il y avait bien une autre possibilité, un truc qu'il n'avait encore jamais osé tenter mais qu'il se gardait en réserve, au cas où Bobby aurait un pépin avant lui. Il pouvait laisser tomber la capsule, régler cette histoire de vidéosurveillance, et filer vers les îles avec Bobby. Puis, au bout d'une semaine ou deux, trouver un prétexte pour le quitter quelques jours. Lui raconter qu'il partait camper près des Lacs sacrés ou n'importe quelle autre connerie – Bobby détestait le camping – et en réalité sauter dans un avion pour Los Angeles.

Ça faisait un bail qu'il zonait avec Bobby. Même s'il n'avait pas ses connaissances en chimie, il en connaissait quand même un rayon, question drogues. Depuis le temps qu'ils s'occupaient du Marteau, il avait réussi à se trouver auprès de Bobby à un moment ou un autre de chaque étape de l'élaboration et du mélange des ingrédients qui entraient dans la formule de la drogue. Et il avait beau ignorer la plupart du temps à quoi correspondaient toutes ces poudres, il savait en revanche où les trouver et dans quelle proportion les utiliser.

N'étant pas un génie comme Bobby, il était incapable de fabriquer la came en partant de zéro. Mais de même qu'il n'était pas donné à tout le monde d'écrire une symphonie comme Mozart en partant de zéro, quantité de gens étaient capables de l'interpréter pourvu qu'ils disposent de la partition. Tad connaissait la méthodologie de Bobby : il l'avait observée, mémorisée, et il pouvait à tout le moins la reproduire. Ma et Pa détenaient tous les ingrédients du Marteau de Thor, là-bas dans leur mobile home, tous bien classés avec soin dans leurs petites fioles. Il pouvait leur rendre une petite visite. Les deux vieux ne tiqueraient pas : ce ne serait pas la première fois qu'il irait chercher les matières premières pour Bobby.

Évidemment, si l'ami Bobby s'en apercevait, il allait se foutre en rogne, donc, Tad allait peut-être devoir éliminer Ma et Pa, puis cramer le mobile home. En espérant que Bobby y voie l'action d'une bande rivale ou des flics. Mais d'un autre côté, Tad serait plus là ce jour-là. Le gouffre d'où il devait ressortir après chacun de ses trips se creusait toujours plus. Un de ces quatre, il allait toucher le fond et ne serait plus foutu de rejoindre la surface. Ça, ça lui pendait au nez.

Il avait pas intérêt à l'oublier.

« Tu comptes rester toute la journée assis à bayer aux corneilles ?

– Hein ? Oh, ouais, j'y vais. J'ai... euh, juste besoin de me requinquer un brin, et ce sera bon.

– Parfait. Arrange-toi comme tu veux mais va pas te

faire coincer bêtement pour excès de vitesse ou je ne sais quoi. Tâche de faire gaffe, d'accord ?

– Ouais, ouais, t'inquiète !

– Mais si, Tad. Il faut que je m'inquiète. Pour deux. »

Tad fila direction la salle de bains... et une nouvelle giclée de blanche mexicaine. Tout en marchant, il tâta dans sa poche pour s'assurer que la gélule était toujours bien là. Tant qu'il faisait pas le con, quel risque y avait-il à la prendre ? Ce serait un crime de laisser gâcher de la bonne marchandise.

Et puis même s'il la prenait, il pourrait toujours revenir à LA d'ici deux ou trois semaines. Et à supposer qu'il saute la dernière étape en omettant d'ajouter le catalyseur d'autodestruction, les gélules ne seraient peut-être pas aussi efficaces, mais d'un autre côté, elles se conserveraient indéfiniment. Il pourrait s'en enfiler une par jour jusqu'à ce qu'elles le rétament, et on avait connu pire moyen de tirer sa révérence.

Il se sourit dans la glace du lavabo.

On aurait dit un crâne grimaçant.


Drayne s'en voulait à mort. Merde, il était quand même pas assez con pour se lier avec ses clients. Non. C'est qu'il en avait connu, des dealers, à force ; il avait accédé à des tas de fichiers du FBI, grâce à son père, sans jamais que le vieux s'en doute, bien sûr, et il en connaissait déjà un bout avant même d'avoir fourgué sa première pilule.

Le bon côté du truc, c'était le fric facile et les frissons. Les plus malins se ramassaient des fortunes et, en prime, ils faisaient passer tous les flics pour un ramassis de crétins. Un tas de biftons, de grosses sensations, l'ivresse de la victoire, et tous ces jolis billets verts pour alimenter la machine.

Il y avait un côté négatif, évidemment. Les blaireaux pouvaient se faire tuer par un rival. Ou dévaliser, voire liquider par un client. Ou se faire serrer par les fédéraux et se choper vingt ans de placard. Voire coincer par les ploucs du coin. C'étaient pas les pièges qui manquaient dans le business, et tu pouvais pas aller pleurer à la maison poulaga si quelqu'un te pointait un flingue sous le nez et venait te piquer ta marchandise ou ton fric.

Le problème quand t'étais dealer depuis déjà un bail et que tu déménageais pas sans arrêt, c'est que tu finissais tôt ou tard par te faire coincer. Dans quatre-vingt-dix-neuf virgule quatre-vingt-dix-neuf pour cent des cas, ceux qui restaient dans le business plus de quelques années sans changer de secteur se faisaient épingler. Un coup, c'était un fourgue qui les balançait, un autre, c'était leur ex ou leur petite amie, et parfois même les flics qui les trouvaient tout seuls.

Une fois ramassée la grosse galette, il y en a qui pétaient les plombs. Ils se mettaient à acheter des jouets coûteux et voyants, ils en venaient à croire que la fortune les rendait invincibles. Mais c'était comme pour Zeigler : le fric ça valait peau de balle quand les pruneaux se mettaient à voler. Les biftons, tu pouvais pas les emporter dans l'autre monde.

C'est pour ça que Drayne l'avait toujours jouée en sourdine. Pas de yacht, et des tires que pouvait se louer la moitié de Los Angeles. Pas de gardes du corps pleins de muscles avec de grosses bosses sous leur veston, au risque que les braves gens se demandent qui t'étais pour avoir besoin de gorilles. Un minimum de risque pour la vente, la livraison, le recrutement de nouveaux clients. Jamais plus de stocks chez soi que le strict nécessaire. Nul ne connaissait son activité en dehors de trois personnes : Tad et les deux vieux qui conduisaient le mobile home. Ce n'est pas Tad qui le balancerait, quant à Ma et Pa Yeehaw, c'étaient des criminels endurcis et décidés à vendre chèrement leur peau avant de se faire prendre. Et dans le cas contraire, il les ferait libérer sous caution et disparaître avant que les fédéraux aient pigé de quoi il retourne.

Ce n'étaient pas des garanties en béton, mais il avait malgré tout redoublé de prudence. Jusqu'à ce qu'il se laisse connement attirer par le clinquant des milieux du cinéma, à cause de Zeigler. Et même alors, il avait pris soin de se tenir en retrait lors de ses fêtes, et puis merde, c'était quand même le pied de voir toutes les portes s'ouvrir devant soi, de voir les nanas se battre pour s'approcher d'eux, de se la jouer célébrité par procuration.

Il n'avait jamais imaginé une seule seconde que Zeigler pourrait être la cible d'une descente de police. Les fédéraux n'avaient pas pour habitude d'aller défoncer la porte des milliardaires célèbres ; ça ne se faisait pas, point barre.

Eh bien maintenant, c'était fait. Et même s'ils n'avaient probablement rien à craindre, se planquer et se rendre invisibles jusqu'à ce que toute cette histoire se tasse était la marche à suivre. Inutile de tenter le diable. Il avait encore la main. Les fédéraux étaient peut-être des besogneux, mais ils étaient comme la tortue : ils pouvaient profiter que le lièvre faisait un somme pour lui tomber sur le râble. Drayne n'avait aucunement l'intention de leur laisser cette chance, ça, sûrement pas, merci.

Un mois ou deux à Hawaii pendant l'arrière-saison ? Merde, on avait connu pire. Et le pire, valait mieux éviter.

Sitôt que Tad aurait fait le ménage, ils sauteraient dans un avion, cap sur les palmiers et les îles. À leur retour, toute cette histoire sentirait le réchauffé.

*Le réchauffé.*

# 17

## *Washington, DC*

Toni était incapable de tenir en place, elle devenait claustro, il fallait qu'elle prenne l'air de temps en temps, ou elle allait devenir cinglée. D'accord, le gynéco lui avait dit de rester à la maison et de limiter au minimum ses activités. Parce que, avait-il ajouté, si elle avait encore des problèmes de crampes ou d'hémorragies, et si elle tenait à garder ce bébé, elle serait bonne pour finir sa grossesse au lit.

La mère de Toni avait bien entendu chaudement approuvé les conseils du gynécologue. Certes, elle-même n'avait pas le moins du monde ralenti son activité pendant ses grossesses, mais expliquait-elle, c'était différent. Elle, elle avait une santé de cheval, sans compter que tous ces exercices de combat que pratiquait sa fille ne devaient pas faire du bien au petit.

Toni n'avait pas vraiment envie ou besoin d'aller où que ce soit ; quitte à se résigner à faire du lèche-vitrine au centre commercial – mais tout, plutôt que de se retrouver un jour de plus seule assise dans son coin, alors qu'Alex était dehors à bosser.

Le travail lui manquait plus qu'elle ne l'aurait imaginé, et ce n'était pas du tout pareil de bidouiller vaguement en surfant sur le Net. Il n'y avait pas d'interaction avec des gens réels, si bien léchés que soient les scénarios virtuels. D'accord, les tout nouveaux générateurs ultrasoniques Odogiciel procuraient des sensations olfactives hyperréalistes ; le programme haptique de dernière génération conçu par SensAbile Technologies vous permettait de ressentir la pression comme le toucher et, bien entendu, les interfaces visuelles s'amélioraient de jour en jour, mais les différences entre virtuel – même les meilleures sims – et réalité se chiffraient toujours en années-lumière ; il restait encore un sacré chemin à parcourir.

Sur un coup de tête, Toni décida d'appeler Joanna Winthrop.

« Hé, Toni ? Comment se passe cette grossesse ?

– Horrible. Je me sens comme une vache bouffie. »

Rire de Joanna au bout du fil. « Je te comprends et crois bien que je compatis. Julio avait beau me répéter que j'étais superbe, je savais bien qu'on aurait pu me mettre au zoo à côté des hippopotames sans que personne remarque de différence.

– Alex ne comprend pas. Je sais bien que je me lamente, mais je ne peux pas m'en empêcher, et dès que je commence, il file se réfugier au garage. La vieille bagnole sur laquelle il travaille est bien partie pour être le chef-d'œuvre absolu des restaurations de modèle classique. J'ai l'impression qu'il reste au bureau faire des heures sup rien que pour éviter d'être dans mes jambes.

– Tu m'étonnes. »

Soupir de Toni. « À part ça, comment va ton bébé ?

– Le jeune envoyé du diable ?

– Quoi ? »

Joanna rigola. « Il est super. C'est comme ça qu'on l'appelle quand on n'arrive pas à savoir pourquoi il pleure.

– Et ça arrive souvent ?

– Pas tant que ça. Mais de temps en temps, il nous prend de court. Il n'a pas faim, ses couches sont propres, il n'a pas mal au ventre, il n'a pas l'air fatigué, il est trop jeune pour faire ses dents. Jusqu'ici, son petit manège à piles réussit à le distraire, et si ça ne marche pas, on le met dans son siège de voiture et on part en balade ; la plupart du temps, ça le calme. Ou alors, mon mec sort le promener. Au bout de cinq ou six kilomètres, en général ça va mieux, à ce que dit Julio.

– Mon Dieu, se lamenta Toni. Qu'est-ce que j'ai pas fait ! »

Joanna repartit à rire. « Je plaisante, mon chou. Il est adorable, je ne regrette absolument rien. Et toi, blague à part, comment ça se passe ? »

Toni lui expliqua son plan gravure sur ivoire et son impression d'être cloîtrée.

« Et si tu passais à la maison, là ? Le petit roupille, il en a encore pour deux bonnes heures, et ça me ferait vachement plaisir de te revoir. Je m'ennuie des copains du boulot.

– Moi aussi, avoua Toni. T'es sûre que ça te dérange pas ?

– Bien sûr, c't' idée ! Je suis une jeune maman et ça risque de durer encore un bout de temps. Si on ne peut pas s'entraider, je vois pas qui pourra le faire. »

Toni se sentit brusquement soulagée d'un grand poids.

« Merci mille fois, Joanna. J'arrive tout de suite. »


Le téléphone « professionnel » de Bobby se mit à tinter alors qu'il était en train de chercher sa valise au garage. Il fronça les sourcils. Seul un petit nombre de personnes avait son numéro, censé être la ligne directe de son « bureau ».

Il retourna dans la cuisine, se rendit au combiné et pressa la touche d'identification d'appel.

Rien : le correspondant voulait rester anonyme. Une erreur ? Il appuya sur la touche ampli.

« Division polymères. Drayne à l'appareil.

– Salut, Robert ! »

Nom de Dieu. « P'pa ?

– Comment vas-tu ? » dit son père. D'une voix usée.

« Moi ? Impec. Euh, et toi ? Tout baigne ?

– Je vais bien.

– Et le toutou ?

– Lui aussi. »

Long silence.

« Alors, euh... qu'est-ce qui se passe, p'pa ?

– J'ai de mauvaises nouvelles, j'en ai peur. Tu te souviens de Carlton, le fils de tante Edwina ? »

*Le fils de tante Edwina. Tout lui, ça. Il aurait pas pu dire simplement « ton cousin » ?*

« Ouais, bien sûr.

– Eh bien, il a eu un accident de bateau, hier. Il est mort ce matin à l'hôpital.

– Quoi ? Carême est mort ? » *Ah ben merde.*

« Je t'ai dit combien de fois de ne pas l'appeler comme ça, Robert ! »

Drayne hocha la tête. Se rappeler un truc pareil. C'était son père tout craché. Et en faire tout un plat, alors que l'autre était mort.

Carlton Post avait traîné ce surnom du plus loin que Drayne se souvienne. Le gamin était de trois ans son cadet et chaque fois que ses oncle et tante leur rendaient visite – Edwina, la sœur de son père, avait cinq ans de moins que lui –, ils traînaient leurs quatre mioches. Carême était le seul garçon et presque chaque fois, Drayne ne pouvait s'empêcher de le regarder. Il ne savait pas qui l'avait le premier affublé de ce sobriquet, « Face de Carême » ; c'était Irene, la plus grande de ses trois cousines, qui le lui avait donné un jour qu'ils jouaient ensemble au docteur. Ça venait de sa façon de dévisager les gens. C'était un petit brun maigrichon qui pouvait rester à vous regarder de biais, sans ciller, pendant une éternité.

« Que s'est-il passé ? » demanda Drayne. Il n'avait pas vraiment connu Carême, mais apprendre sa disparition le laissait curieusement désemparé.

« Il faisait du ski nautique sur le lac Meade. Il semblerait qu'il soit tombé et qu'un autre canot lui soit passé dessus. Le choc l'a d'abord assommé, puis il s'est fait labourer par l'hélice. Il avait déjà perdu beaucoup de sang lorsqu'ils l'ont repêché, et il souffrait d'un important traumatisme crânien. »

Son père lui relatait l'information comme s'il lui parlait du temps : sans excitation ni chagrin, sur un ton détaché, presque monotone. Tombé, assommé, labouré. Toujours le même agent fédéral objectif et froid.

« Oh, mon Dieu. Mais c'est épouvantable. Ça a dû être un choc terrible pour tante Edwina.

– Elle est bien sûr totalement bouleversée. »

Carême était mort. C'était dur à imaginer. Le gamin avait grandi, il avait fréquenté l'université, où il avait connu une fille qu'il avait épousée ; il avait décroché une licence d'histoire puis était devenu prof de lycée dans une ville de la banlieue de Salt Lake City. Lui et sa femme – comment s'appelait-elle, déjà ? Ah oui, Brenda – devaient être les deux seuls du coin à ne pas être mormons. Ils avaient divorcé au bout de deux ans et Carême était resté là-bas. Cela devait bien faire cinq ou six Noëls que Drayne n'avait pas revu son cousin. Finalement, il s'était révélé un type tout à fait normal. Et même plutôt sympa.

« Les obsèques auront lieu après-demain, à l'église d'Edwina, à Newport Beach. Je vais y monter en voiture. »

Edwina et son mari Patrick étaient presbytériens. Pas vraiment des marrants.

Son père débarquait à Los Angeles. Et merde. Tant pis pour son projet de filer à Hawaii. Il hasarda : « Euh... t'as prévu un point de chute ?

– Non. Je logerai chez Edwina ou dans un hôtel à proximité. Elle a besoin d'être entourée par la famille.

La cérémonie a lieu le matin à dix heures. Tu penses pouvoir te libérer pour y assister ? »

C'était typique de son père. S'il avait encore fait partie du FBI, il se serait soucié de ce genre de détail. Il aurait bien entendu pris sa journée mais cette absence obligée l'aurait mis dans tous ses états. Le service, c'était sa raison de vivre.

Drayne répondit : « Bien sûr, aucun problème, je peux m'absenter.

– Je serai chez Patrick et Edwina à neuf heures, puis nous irons ensemble en voiture à l'église. Tu peux me rejoindre là-bas ou alors chez eux. Tu te rappelles le chemin ? »

Cela faisait longtemps qu'il n'y était plus retourné. « Elle habite toujours dans cette maison au-dessus de la route du bord de mer ?

– Oui.

– Je trouverai bien.

– Parfait. Alors, on se retrouve là-bas. Au revoir, Robert. »

Drayne coupa l'ampli, puis la communication. C'était bien son vieux. Rien que les faits bruts – qui, quoi, où, quand – point final. Pas l'ombre d'une émotion dans la voix pour annoncer que l'unique fils de sa sœur, son neveu, venait de mourir ; juste ces mots : « Ton cousin est mort. Nous allons l'enterrer. On se retrouve là-bas. Au revoir. »

*Putain de merde.*

Drayne soupira. Enfin, bon, ça allait quelque peu bouleverser ses plans mais Carême était son cousin. C'était la famille. Il ne pouvait pas ne pas y aller, surtout s'il était appelé à revoir le reste de la smala.

La circulation était impossible à cette heure de la journée ; il allait devoir se lever aux aurores pour être sur l'autoroute à sept heures au plus tard. Voire six et demie. Ça la foutait mal de se retrouver coincé dans les embouteillages un jour d'enterrement.

Merde. D'abord Zeigler, ensuite Carême. Jamais deux sans trois. Il espérait juste que le troisième ne serait pas Tad.

Ou lui...

### Décembre 1991
### Cafétéria du lycée Stonewall Jackson
### Cool Springs, Géorgie

Jay Gridley faisait la queue à la cafétéria. La femme de service derrière le comptoir versa une grosse louche de purée dans son plateau compartimenté en Mélamine bleue, puis, retournant son ustensile, creusa une fontaine dans la couche de patates écrasées, avant de replonger sa louche dans une casserole remplie d'une épaisse mixture grasse et brune, tout en lançant d'une traite : « Jvouzenmedsu ? »

Que Jay traduisit mentalement par : « Voulez-vous de la sauce avec votre purée ? »

Le temps qu'il fasse le point, la serveuse avait répandu sa colle tiède sur tout le plateau, noyant les haricots verts, le steak haché et jusqu'au petit réceptacle encore vide où Jay avait prévu de disposer une part de tarte aux cerises. Tant pis pour la tarte.

« Euh... volontiers », répondit-il, un peu tard.

Elle lui rendit le plateau par-dessous la vitre de protection inclinée.

C'était l'établissement où M. Brett Lee, de la Brigade des stups, avait suivi ses études secondaires, pour y décrocher son bac à dix-sept ans, troisième de sa classe en 1991, avant d'intégrer l'université technique de Géorgie où il avait obtenu sa maîtrise de criminologie. Il était entré à la Brigade des stups l'année même de son diplôme, ce qui lui faisait donc pas loin de treize ans dans le service.

Dans la réalité, Jay aurait épluché les archives annuelles de l'établissement, interrogé enseignants et anciens camarades de classe, téléchargé photos et bulletins de notes, bref, se serait efforcé de reconstituer le parcours scolaire du dénommé Lee. En virtuel, il avait bâti un scénario qui lui permettait de parcourir directement le lycée – ou plutôt la représentation qu'il se faisait d'un établissement baptisé d'un nom d'un héros sudiste de la guerre de Sécession –, ce qui lui permettait d'engranger l'information d'une manière bien plus attrayante.

Lee avait été un élève apprécié ; il avait eu de bonnes notes et s'était par ailleurs révélé excellent athlète puisqu'il avait même appartenu à l'équipe scolaire de demi-fond.

Jay était remonté jusqu'à la période du lycée parce qu'il n'avait pas réussi à découvrir la moindre relation entre Brett Lee et Zachary George, que ce soit dans leur parcours professionnel ou leur cursus universitaire. Les deux hommes avaient presque le même âge : trente-sept ans pour George, trente-six pour Lee. Lee était né et avait grandi en Géorgie, et George dans le Vermont. Quand Lee fréquentait le Georgia Tech, George était inscrit à l'université de New York. Leurs chemins ne semblaient pas s'être croisés avant que tous deux n'entrent au service du gouvernement fédéral, et s'il ne restait aucune trace de leur première rencontre dans ce cadre, il semblait patent qu'une certaine friction s'était manifestée entre eux après quelques années passées dans la fonction publique.

Jay disposait de tous ces éléments : les deux hommes ne s'aimaient pas, peut-être leur querelle s'était-elle envenimée – mais la cause initiale du conflit demeurait non élucidée. Il pouvait transmettre à Michaels les indices dont il disposait mais cela ne leur apprendrait rien qu'ils ne sachent déjà.

Attablé avec quatre gars et deux filles de l'équipe d'athlétisme, le jeune Lee plongea une frite dans le ketchup et la mangea tandis que Jay allait s'installer à une table vide, idéalement placée juste derrière le petit groupe.

Idéalement, mon œil : c'est lui qui avait prévu cette disposition tout exprès.

La conversation n'était guère éclairante. Elle tournait autour des préoccupations d'adolescents : musique, films, qui sortait avec qui, les profs qu'ils ne pouvaient pas encadrer, la routine. Et tout ça dans un jargon affreusement daté. Vingt ans ! C'était nul. Lee avait à peu près l'âge de Jay et si lui-même s'était exprimé de cette manière, il aurait fait figure de vrai bouffon. Le blême complet. Méchamment grave. Le connard fini. Toutes expressions que les garçons interchangeaient allégrement, au gré des besoins :

« Ouais, ben ce bouffon d'Austin est un vrai connard, dit un des adolescents. Il m'a refilé un C moins au partiel du trimestre sous prétexte que j'avais pas utilisé l'encre de la bonne couleur.

– Austin est méchamment grave, c'est clair », renchérit un autre garçon.

Une des filles, une jolie blonde décolorée en T-shirt gris fermé par des épingles à nourrice, remarqua : « Ouais, n'empêche qu'il est trop bien. »

Sa copine, une brune aux cheveux taillés court, quasiment en brosse, coupa : « Ouais, pas de veine qu'il soit gay.

– Gay, ce blême ? s'exclama un des garçons. Meeerde, il est pas gay. J'l'ai vu en cours se payer une belle trique alors qu'il matait sous la jupe de Sissy Lou... Mais celle-là, faut dire aussi, avec sa manie de toujours s'asseoir les genoux écartés. T'es juste jalouse, ma fille, parce qu'il daigne pas te regarder. Mais peut-être que si tu portais une jupe au lieu de ton éternel jean...

– Je me demande si Jessie a une seule jupe dans sa garde-robe, remarqua le troisième larron en flanquant une bourrade à Miss Tête-en-Brosse. Mais je me suis laissé dire qu'elle a un string noir. »

Jessie lui flanqua une claque. « Ça m'étonnerait que tu le découvres un jour, pauvre gland.

– Ouais, c'est clair », conclut Miss Épingles-à-nourrice, dédaigneuse.

Jay avait l'impression qu'il aurait pu mourir d'ennui. Ou pis, éclater de rire à s'en étrangler avec son verre de lait.

Brett Lee repartit à l'attaque : « Il est pas pédé, il

est juste futé, c'est tout. Il a quand même réussi à nous obtenir ces places aux finales nationales du concours d'éloquence à Washington.

– Ouais, il a sans doute dû faire une pipe pour y arriver, observa Miss Épingles-à-nourrice.

– Moi, je vous dis qu'il est pas pédé, insista le deuxième garçon.

– Merde, Hayworth, peut-être que c'est toi qu'il matait et pas Sissy quand il a eu la gaule, observa Jessie.

– Mon cul, oui, gronda Hayworth.

– Ouais, c'est clair », commenta Miss Épingles-à-nourrice.

Jay hocha la tête. Ah, là, là, il sentait qu'il allait en apprendre des choses ici, bon sang.

« Alors comme ça, dit Jessie en s'adressant à Brett, c'est vrai que tu vas assister à ce truc d'éloquence ?

– Ouais. Va y avoir des candidats de tout le pays.

– Surtout des Yankees, objecta Hayworth. Et des Yankees pédés, en plus.

– Ben moi j'y vais, dit Lee. Je vais pas passer le reste de mes jours à Ploucville. Je vais rencontrer des gens, me faire des relations, décrocher un boulot où je pourrai me faire un max de thune et prendre ma retraite quand j'aurai quarante balais.

– Mon cul, oui, dit Hayworth.

– C'est clair », conclut Miss Épingles-à-nourrice.

Jay hocha de nouveau la tête. Il avait eu sa dose.

Puis, alors qu'il s'apprêtait à partir, une idée lui vint.

Peut-être que Zachary George s'était lui aussi intéressé à l'expression orale, quand il était lycéen ?

Hmm. Eh bien, il pouvait toujours faire une petite virée au lycée de Montpelier, histoire de confirmer. Un jeu d'enfant quand on s'appelait Jay « le Jet » Gridley, maître de l'espace et du temps virtuels.

# 18

## *Washington, DC*

Michaels entra dans la boutique à l'enseigne de Columbia Scientific, sans grande illusion, compte tenu de l'étroitesse de la devanture. Grave erreur, découvrit-il bien vite.

Le magasin ne payait peut-être pas de mine mais l'espace s'évasait sitôt franchi le seuil. Sans avoir la taille d'un « Nature et Découvertes », il était néanmoins plus vaste que ne le laissait présumer la vitrine.

Il y avait des rayons entiers d'articles et d'instruments ; ça allait des générateurs de Van de Graaff aux kits de dissection en passant par les coffrets de petit chimiste et les télescopes.

Bon sang, il aurait pu y passer sa vie.

« Puis-je vous renseigner, monsieur ? »

Michaels se retourna et découvrit une femme aux allures d'archétype de grand-mère de série télévisée qui le regardait en souriant. Elle était petite, mince, cheveux gris serrés en chignon, des demi-lunettes de lecture pendues à leur cordon autour du cou, et un châle blanc sur les épaules. Sa robe en pilou traînait presque par terre. Elle avait l'air d'avoir la soixantaine bien tassée.

« Oui, m'dame. Je cherche une loupe binoculaire.

– Ah oui, travée neuf. Quelle distance vous faut-il entre l'objet et la lentille ? »

Michaels n'en savait fichtre rien. « Je sais pas.

– Peut-être que si vous me disiez pour quel usage... ?

– Eh bien, c'est pour ma femme. Comme elle est enceinte et doit rester à la maison, elle s'est mise à la gravure sur ivoire. »

Sourire épanoui de Mère-Grand. « Félicitations ! C'est votre premier enfant ?

– Oui. » Enfin, son premier avec Toni. Et le dernier également, d'après cette dernière.

« Si vous voulez bien me suivre. »

Ce qu'il fit et, de fait, ils arrivèrent à la travée neuf avec son rayon d'instruments optiques que, pour la plupart, Alex aurait été bien en peine de nommer. En tout cas, aucun n'avait l'air bon marché.

Mère-Grand observa : « Votre épouse aura besoin d'un instrument d'une distance focale au moins égale à la longueur de son outil de gravure... soit vingt, vingt-deux centimètres. Ce modèle-ci lui procurera trente centimètres, ce qui devrait convenir. C'est un Witchey modèle III, et il est fourni avec des oculaires de grossissement 20 et 30. Largement plus que ce qui lui est nécessaire, mais si vous placez dessus une bonnette de 0,3 – là, comme ceci – cela lui donnera un grossissement de trois et six, ce qui devrait suffire pour ce travail. Par mesure de précaution, nous pouvons ajouter une seconde bonnette qui élargira les possibilités à cinq et dix fois. »

Michaels acquiesça, sans vraiment saisir de quoi elle parlait.

« Nous pourrions utiliser un bras articulé mais je pense qu'une simple monture verticale fera l'affaire. » Elle jeta un coup d'œil circulaire avant de se pencher vers lui d'un air de conspirateur. « Mon patron serait ravi que je vous vende un éclairage annulaire à fibre optique pour illuminer le champ sans ombre, mais franchement, vous pouvez très bien vous contenter d'une simple lampe d'architecte munie d'une ampoule de cent watts et faire une économie de trois cents dollars. »

Michaels plissa les paupières. « Euh, je vous remercie. »

Elle lui adressa un sourire parfait, tout plein rempli de petites fossettes et de rides. « Le modèle de base est à huit cents dollars et les deux bonnettes sont normalement vendues cent dollars pièce mais je peux vous faire un rabais. Disons, neuf cent cinquante en tout ? Et je vous rajoute une lampe d'architecte, à prix cassé. »

Michaels poussa un soupir avant d'acquiescer. Le profit tiré de la revente de la Miata restaurée avait été déjà pas mal entamé après la lune de miel et l'achat de la Chevrolet, mais il lui restait encore aux alentours de mille dollars. Toni désirait cet instrument mais elle ne voulait pas l'acheter de son côté, et pour être franc, il se sentait coupable de ne pas mieux la soutenir pendant sa grossesse. C'était son fils qu'elle portait, après tout, et le moins qu'il puisse faire était bien de rendre un peu plus supportable son inactivité forcée.

« Je le prends », dit-il enfin.

Mère-Grand lui décocha un nouveau sourire épanoui.

« Excellent. Si vous voulez bien me suivre, je vais vous conduire à la caisse. »

Michaels la suivit jusqu'à l'entrée du magasin. Alors qu'ils s'y rendaient, deux gamins croisèrent leur route, passant en courant dans l'allée transversale. Une seconde après, ils entendirent un choc, des cris, puis un bruit de verre brisé.

Colère de Mère-Grand : « Bordel de merde ! Bande de petits saligauds ! Il est interdit de courir ici ! » Et de piquer aussitôt un sprint à leurs trousses. La longue robe se retroussa juste assez sur ses chevilles pour que Michaels note que Mère-Grand était chaussée de Nike SpringGels rouge fluo, des modèles de coureur professionnel qui allaient chercher dans les deux cents dollars la paire.

Il ne put retenir un sourire. Encore une preuve qu'on ne devait jamais se fier aux apparences.


## Quantico


John Howard, en short et T-shirt et chaussé de ses vieilles baskets, était en train de suer sang et eau sur le parcours de cross près du QG de la Net Force. Il reconnut au passage plusieurs officiers du corps des marines, quelques gars du FBI et là, juste devant la barre fixe, le lieutenant Julio Fernandez soi-même.

Julio aperçut Howard mais il continua de faire ses tractions, les paumes en avant, les mains légèrement plus écartées que les épaules.

Howard s'arrêta pour l'observer. Il compta jusqu'à huit avant que Julio n'achève sa série et lâche la barre pour se pencher en avant tout en se massant un biceps.

« T'en as fait combien ?

– Douze. »

Howard haussa un sourcil.

« Ouais, ouais, je sais, j'en faisais quinze, d'habitude, et même vingt, les bons jours. Mais je n'ai pas pu venir m'entraîner aussi souvent que j'aurais dû.

– Ah, les joies de la vie de famille, observa Howard.

– Affirmatif, chef. Je ne l'échangerais pour rien au monde mais ça modifie pas mal d'habitudes... avant que je connaisse Joanna, si je me réveillais en pleine nuit et si l'envie m'en prenait, je pouvais toujours m'habiller et me rendre au gymnase ou bien filer courir trois bornes. À présent, quand je m'éveille en pleine nuit, c'est pour entendre un bébé chialer. Changer une couche pleine de caca jaunâtre et gluant à trois heures du matin, ça n'a jamais été dans mon plan de vol. Je ne crois pas avoir dormi plus de deux heures d'affilée depuis trois mois... Comment avez-vous fait, vous, John, pour survivre à un minuscule marmot ? »

Howard rigola. « J'ai arrêté l'entraînement. J'ai arrêté de sortir boire un verre avec mes gars après le dîner parce que je m'endormais dans mon fauteuil devant la télé. Il faudra que tu changes tes priorités.

– Ouais, bien reçu. Je vois ça d'ici : je vais finir comme un vieux général adipeux de ma connaissance, trop raide et trop crevé pour se traîner du canapé au lit. Rien que d'y penser, c'est pitoyable...

– Un vieux général adipeux ? Vous voulez faire la course avec moi, lieutenant, pour voir si je suis vraiment aussi vieux et gras ? Je devrais peut-être même vous accorder un handicap. Dix secondes ? Une minute ?

– Mon cul, chef, sauf votre respect. Je tiens peut-être pas la forme olympique, mais je causais rapport à un plongeur-commando de vingt-cinq ans, pas à un homme de votre âge.

– Je ne suis pas un homme de mon âge, Julio. Je me sens mieux de jour en jour.

– Vous avez un chrono ? »

Howard sourit. « Il se trouve que oui. » Il sortit de sous sa chemise la montre qu'il gardait pendue par un vieux lacet passé autour du cou.

« Démarrez-le. Je vous retrouve au bout du parcours. Le temps que vous arriviez, je me serai sans doute lavé, douché, et reposé pour rattraper mon retard de sommeil.

– Allez-y, lieutenant. Les aiguilles tournent. Mais faites attention à votre cœur. »

Julio sourit et démarra.


Sur le chemin du retour, Michaels entendit son virgil jouer quelques mesures des *Préludes* de Liszt. D'après Jay Gridley, cet extrait avait inspiré le thème musical annonçant l'arrivée de l'empereur Ming dans les vieux films de la série *Flash Gordon* tournée dans les années 30. Le héros était joué par Buster Crabbe, le champion de natation. Quand il était môme, Jay avait eu l'occasion de visiter l'ancienne maison de ce dernier. À l'en croire, il y avait dans le jardin une piscine absolument gi-gan-tesque...

C'était Susie. Il vit son image apparaître, minuscule, à l'écran, et il activa aussitôt sa minicam pour qu'elle puisse le voir à son tour.

« Hé, 'lut, Daddy-ho !

– Daddy-ho ? Où est passé Papitou ?

– Wouah, c'est te-e-e-ellement daté. T'as vraiment fréquenté le lycée avec les dinosaures, hein ?

– Exact. Même que tous les matins je devais me carrer quinze bornes de piste préhistorique dans la chaleur tropicale au milieu des sables bitumineux. Tu connais pas ton bonheur, fillette.

– C'est ce que dit m'man.

– Alors, comment vas-tu ?

– Bien.

– Et tout se passe bien avec... euh... Byron ?

– Ouaip. C'est un mec bien, c'est vrai. »

Michaels sentit son estomac se serrer. Il avait bien cru perdre contact avec sa fille après cette horrible brouille avec Megan mais pour une raison quelconque, son ex-épouse s'était calmée. Les voies du ciel étaient impénétrables.

« Je suis ravi de l'apprendre. » Bon sang, ce que les mots avaient eu du mal à sortir de sa bouche.

« Il a eu une engueulade terrible avec m'man au sujet de ton droit de visite. »

Michaels sentit la moutarde lui monter au nez, au

213

point de lui couper la respiration et lui brouiller la vue. *Quel salopard !*

« Il a pas apprécié l'idée, hein ? » réussit-il à dire, avec un sourire feint. C'est qu'elle pouvait le voir, après tout.

« Oh non, Daddy-oh, c'est m'man qui appréciait pas. Byron lui a dit que c'était pas juste d'empêcher un père de voir sa fille. Il s'est obstiné jusqu'à ce qu'elle cède. »

Michaels sentit sa colère se muer en surprise. « Vraiment ?

– Ouais, il te porte pas vraiment dans son cœur depuis que t'as insulté m'man et que lui, tu l'as envoyé au tapis, mais il essaie d'être équitable. Vous êtes différents, c'est tout. Tu sais, je m'ennuie de toi, p'pa. »

Comme toujours, il sentit son cœur se briser. « Moi aussi. Tu diras merci à Byron de ma part, d'accord ? »

Il hésita quelques secondes, se demandant s'il devait lui dire qu'elle allait bientôt avoir un petit frère. Enfin, demi-frère. Puis il décida qu'il valait mieux qu'elle l'entende de sa bouche.

« J'ai une nouvelle à t'annoncer. Savais-tu que tu allais avoir un petit frère dans quelques mois ?

– M'man te l'a dit ? Elle m'avait demandé de garder le secret. Mais c'est pas un frère, c'est une sœur. »

Pendant un instant, il ne saisit pas ce qu'elle voulait dire, comme s'il comprenait le sens des mots mais pas celui de la phrase. Ce qu'elle lui racontait ne tenait pas debout.

Puis il fit le point :

*Megan était enceinte !*

« Daddy-oh, où t'étais parti ?

« – Quoi ? Oh, désolé, ma puce... je suis en voiture... j'ai dû... euh... déboîter.

– C'est hyper-cool, non ? Une petite sœur. Presque aucune de mes copines n'a de frère ou de sœur aussi petits. Chellie a un frère de deux ans, et Marlene une frangine qui doit en avoir un, mais aucune n'a de maman enceinte.

– Ouais, hyper-cool. Félicitations. »

Les paroles de Susie venaient de faire resurgir toute une vague de choses auxquelles il préférait ne pas songer. Il aimait Toni, et elle l'aimait comme jamais Megan ne l'avait aimé. Il avait fini par tirer un trait sur son ancienne femme. Enfin presque. Il lui restait toujours ce reste d'interrogations sur les routes qu'ils n'avaient pas prises, même si celles empruntées les dernières années avaient été particulièrement mauvaises. Mais c'était la mère de Susie, et ils avaient quand même connu de bons moments. Et même des moments merveilleux, au début.

À présent qu'elle portait le bébé d'un autre homme, sa vieille jalousie cherchait à darder sa tête de vipère et, un bref instant, il faillit y céder.

Non, ce serpent était mort.

Cela dit, qu'avait-il au juste révélé à Susie concernant son demi-frère ? Devait-il lui avouer quoi que ce soit ? Il n'avait pas la moindre envie d'entrer en compétition avec Megan pour garder l'affection de sa fille, même s'il ne voulait pas la perdre non plus.

Mais d'un autre côté, s'il voulait continuer à faire partie de la vie de Susie, Toni devrait y entrer elle aussi, tout comme leur enfant à naître.

Tôt ou tard, Megan allait apprendre la nouvelle ;

d'une manière ou de l'autre, c'était inéluctable et il préférait que Susie l'entende de sa bouche.

« Eh bien, p'tit bout, j'ai dans l'idée que tu vas te sentir super-hyper-cool...

– Hein ? »

Il sourit devant l'appareil.

# 19

## *Santa Monica*

Le Safari Bar & Grill était le premier sur la liste de Tad. Un troquet pas nouveau mais pas très connu, non loin de l'université municipale de Santa Monica. La bouffe était bonne, les boissons servies généreusement, et l'endroit était assez éloigné des grandes artères pour que les habitués aient pu le préserver de l'afflux des touristes.

Tad s'approcha du gérant adjoint et lui servit l'histoire bidon qu'il avait préparée.

« Dis, vieux, j'ai un petit problème que tu pourras peut-être m'aider à résoudre... »

L'autre, un Noir, la trentaine, le sourire passablement édenté, en short et chemise kaki, répondit : « C'est quoi le problème, mon frère ?

– Bon, ben voilà : il y a quelque temps, comme mon frère et sa femme s'entendaient pas trop bien, je... euh... suis sorti avec elle pour, enfin tu vois, tâcher d'aplanir les choses. On est venus déjeuner ici ensemble à plusieurs reprises.

– Hon-hon, et alors ?

– Eh bien, de fil en aiguille, ma belle-sœur et moi, enfin, on a... bon... eh bien, sauté le pas, si tu vois ce que je veux dire...

– Tu sautes ta belle-sœur ? C'est pas bien, ça, mon frère. Je veux pas imaginer l'ambiance des repas de famille.

– Ouais, ouais, je sais. Enfin, ce qui est fait est fait. Du reste, depuis, ils ont réglé leur problème et ils se sont rabibochés. Mais mon frangin, c'est le genre jaloux, et il suspecte que pendant leur brouille, sa nana aurait pu... commettre des écarts de conduite.

– Il a pas tort, non ? »

Tad regarda la pointe de ses santiags. « Ouais, et ça me fait chier un max, tu vois ? Mais il a juste que des soupçons, il se doute de rien, et merde, surtout pas que c'est moi. Le problème, c'est que c'est un malabar plutôt méchant, et qu'il bosse dans la police, alors si jamais il se met à fouiner et découvre que sa femme et moi, on est sortis ensemble, je suis foutu.

– Je veux bien te croire.

– Alors, voilà, comme je t'ai expliqué, on est venus ici deux ou trois fois, boire un coup et rigoler un peu, alors, s'il se pointe ici et qu'il arrive à mettre la main sur tes bandes de vidéosurveillance, je risque d'être dans la merde... »

Sourire du gérant. « Te bile pas, mon gars. Si t'es venu il y a plus d'une semaine, ton frangin trouvera que dalle : on enregistre par tranches de trois jours. Si dans l'intervalle personne n'a braqué la boîte ou déclenché une rixe susceptible d'intéresser les flics, on efface le disque et on recommence. On ne garde aucune archive. »

Tad sourit. « Hé, mec, ça c'est une bonne nouvelle. » Il sortit de sa poche deux coupures de vingt dollars pliées qu'il glissa dans sa paume. Quand ils échangèrent une poignée de main, le gérant sentit les billets et hocha la tête avec un sourire : « Pas de problème, mon frère. Mais tâche d'être plus prudent à l'avenir, d'ac ? Si tu fais pas gaffe, cette nana te perdra. »

Après le Safari, Tad trimbala la grosse Dodge dans le dédale des rues jusqu'à deux autres restaurants distants de quelques kilomètres à peine, où il leur servit la même histoire.

Au Sable & Soleil, ce fut en gros le même plan, excepté le délai : ils ne conservaient les enregistrements que vingt-quatre heures. Aucun risque, donc.

Au pub irlandais, ils avaient bien des caméras, mais elles étaient juste reliées à deux moniteurs de surveillance, ni bande ni disque.

Tad sentait revenir son optimisme. Plus que trois rades à visiter et le truc serait réglé. Si les autres étaient aussi faciles, il allait pouvoir s'envoyer vite fait sa gélule de Marteau et se faire son trip.

Mais comme de juste, rien que pour faire foirer son plan, l'hôtel Berger situé sur la colline qui dominait l'océan posait un peu plus de problèmes. Des tas de gens riches et célèbres fréquentaient l'établissement pour leurs cinq-à-sept, et le bar était un endroit sombre, calme et discret. Or quand vous receviez dans vos murs des célébrités fortunées, la plus élémentaire précaution était d'investir un peu plus dans la sécurité pour éviter à vos hôtes en vue et pleins aux as de s'y faire dévaliser. C'était mauvais pour les affaires.

Bref, au Berger, ils conservaient leurs enregistrements un an, archivés sur mini-SDVD, des mini-disques numériques à haute densité. Pas question d'enregistrer de la vidéo plein écran en vingt-quatre images-seconde, le système se contentait de prendre des images à intervalles réguliers. Cela interdisait toute animation fluide mais cela permettait en revanche d'accroître considérablement la durée de stockage. Et l'intervalle de prise de vue était tel qu'il était impossible de traverser le hall sans être photographié. Une seule image révélant les visages était suffisante.

Tad débita son histoire de belle-sœur au gérant adjoint de la turne, un jeune type qui avait l'air de sortir de l'école hôtelière, et il eut droit à toute sa commisération mais sans plus.

Le type, un blond lavasse aux yeux verts et au teint pâle, costard noir et cravate, lui expliqua : « Je suis désolé, monsieur, nous nous interdisons de montrer à quiconque les enregistrements de sécurité de l'établissement.

– Même aux flics ?

– Ah, évidemment, nous coopérons avec la police pour les enquêtes criminelles.

– Donc, si mon frère se pointe et qu'il vous met sous le nez son insigne, il récupère le mini-disque ? Et ma belle-sœur et moi, on se retrouve bannis de la famille ? Sans compter que mon frangin risque de me passer à tabac et peut-être de me casser un bras ou deux ?

– Je... croyez que je vous aiderais volontiers, si je pouvais...

– Écoutez, si je savais la date exacte où on est venus, est-ce que vous pourriez pas sortir le disque correspondant à cette période et, euh, je ne sais pas, moi, faire une erreur d'archivage ? Un accident peut toujours arriver, non ? Je dirais que ça doit bien remonter à un mois. S'il s'était produit quoi que ce soit de louche ce jour-là, les flics seraient déjà venus y jeter un œil, pas vrai ? »

Le jeune type hésitait.

Tad décida de sortir l'artillerie lourde. « Allez, mec. J'ai fait une grosse bourde, mais c'est terminé. Personne n'en a souffert et, tant que ça ne s'ébruitera pas, ça continuera comme ça. J'aime bien mon frangin. Vraiment. Ce qu'il ignore peut pas lui nuire. Idem pour moi. Mettez-vous à ma place. »

L'autre aurait bien voulu l'aider, mais il continuait de tergiverser.

Tad le pressa : « Allez, un bon geste... jamais personne ne le saura. Vous pouvez être sûr que c'est pas moi qui le dirai, et puis, c'est pas comme si vous faisiez quoi que ce soit de criminel. Et c'est super-important pour moi d'éviter que mon frère l'apprenne. Écoutez, je viens juste de vendre ma bagnole, j'ai assez pour régler l'acompte sur une neuve, et il me restera encore mille dollars. Vous me passez le disque, je vous les file. Dans l'affaire, tout le monde y gagne. Mon frère ne saura pas que j'ai déconné, sa femme et lui vivront heureux jusqu'à la fin de leurs jours, et si jamais quelqu'un veut récupérer l'archive – ce qui est plus qu'improbable – il pensera qu'elle s'est perdue. Putain, vous pourriez même mettre un disque vierge à la place, et comme ça, on croira à une panne... et encore, à condition qu'on s'avise de vérifier. Allez, soyez sympa avec moi... s'il vous plaît. »

Tout ce qu'il avait raconté se tenait plus ou moins. Et l'essentiel restait que jamais personne n'en saurait rien, quand bien même quelqu'un chercherait à savoir. Sans compter que mille dollars en liquide, net d'impôts, ça devait dépasser ce que ce jeunot touchait en une semaine. Une semaine de paie, et même plus, contre un truc qui ne manquerait à personne ? Si ce n'était pas tentant...

Le gamin s'humecta les lèvres. « C'était quoi, la date, au juste ? »

Tad demeura impassible malgré son envie de sourire. Quel crétin !

Quand Tad réintégra la Dodge et démarra, il avait le SDVD, une minuscule galette argentée guère plus grande qu'une pièce d'un demi-dollar. Il le brisa en deux, recassa les morceaux et les fourra dans le cendrier. Il s'alluma une clope avec un Bic jetable, puis allongea la flamme et la braqua sur les fragments de plastique. Ils se mirent à grésiller sans brûler, et au bout d'une minute, ils avaient fondu. La fumée grasse sortant du cendrier empuantissait l'habitacle, quelque chose de bien, et il dut descendre les deux vitres pour l'évacuer.

Et hop, affaire réglée.

Encore deux endroits à visiter sur la liste de Bobby, et aucun ne pourrait être aussi chiant que l'hôtel. Le premier était un cinéma que le Zee-ster louait pour présenter son dernier film en privé à une centaine d'amis proches, l'autre une salle de gym où Bobby et l'acteur avaient à deux reprises eu l'occasion de s'entraîner ensemble. Sans doute aucun des deux établissements n'était-il équipé de caméras de sécurité mais même dans le cas contraire, entre l'histoire de la belle-sœur et le paquet de biftons qui lestait sa poche, il voyait mal quel pourrait être le problème. Tous les gens étaient prêts à vous aider si votre histoire tenait debout, et s'ils étaient un peu réticents, une bonne grosse liasse verte était idéale pour arrondir les angles. Tout homme avait son prix : il suffisait de le trouver.

Bref, Tad ne voyait aucune raison de ne pas se prendre le Marteau.

Il avala la grosse gélule mauve, la fit passer avec une gorgée d'eau en bouteille, et mit le cap sur le ciné.

### *Avril 1992*
### *Washington, DC*

Il y avait foule dans la salle de bal de l'hôtel, surtout des adolescents bien habillés avec, çà et là, quelques enseignants et membres de l'administration. Jay traversa le scénario vieux de vingt-quatre ans, cherchant du regard les étudiants alors qu'ils regagnaient leur siège.

C'était l'un des quarts de finale de la session dont le sujet, cette année, était : « Dilemme : l'existence d'une menace directe contre la sécurité de l'État doit-elle prendre le pas sur l'habeas corpus ? »

*Mon Dieu, voilà qui s'annonce passionnant.*

Les recherches de Jay lui avaient permis d'apprendre que les équipes en compétition se voyaient attribuer leur sujet au début de l'année, sujet unique pour tout le pays. Les équipes – deux de chaque côté – devaient être capables de défendre les deux aspects d'une thèse ; la raison en était qu'en général elles ignoraient jusqu'au dernier moment quelle partie elles allaient représenter. Le présent sujet, qui pour Jay se résumait en gros à « La fin justifie les moyens », se voulait propre à embrasser la problématique de la protection juridique dite habeas corpus en droit anglo-saxon. Le terme était un abrégé de la locution latine *habeas corpus ad subjiciendum*. Il venait d'apprendre que cela signifiait concrètement « Que tu puisses disposer de ton corps pour le soumettre à l'action de la loi » ou quelque chose d'approchant. En clair, on n'avait pas le droit de vous jeter en prison sans procédure juridique valable. Si vous étiez soupçonné d'un crime, vous deviez auparavant être arrêté et mis en examen. Vous deviez avoir accès à un avocat, avant de vous voir signifier les charges retenues contre vous, inculpé et enfin traduit en justice. Les autorités ne pouvaient simplement vous incarcérer et vous laisser moisir derrière les barreaux sans un motif valable. À ce titre, l'habeas corpus était la pierre angulaire de l'édifice juridique américain et britannique.

Pour Jay, un tel débat était synonyme d'ennui profond – à peu près aussi excitant que regarder pousser l'herbe en se tapant un bol de porridge froid – mais l'assistance semblait manifestement électrisée.

S'il se trouvait ici, c'est parce que l'agent des Stups

Brett Lee et son collègue de la NSA Zachary George, alors adolescents, avaient l'un et l'autre assisté à cette conférence. Il aurait pu s'agir d'une coïncidence – les étudiants inscrits se comptaient par centaines, une équipe pour les petits États mais plusieurs pour les plus grands – mais d'un autre côté, il se pouvait que leur première confrontation ait eu lieu ici.

Ça se tenait, estima Jay. Se retrouver l'un et l'autre dans les deux camps adverses d'un débat signifiait que l'un des deux était gagnant et l'autre perdant ; il était envisageable que la discussion se soit envenimée au point de susciter une querelle de personnes.

Cependant, une simple consultation des archives lui révéla que Lee et George ne s'étaient pas retrouvés dans deux équipes opposées. En fait, aucune de leur équipe n'avait accédé à la finale : la Géorgie s'était fait éliminer dès le premier tour. L'équipe du Vermont était certes parvenue jusqu'aux quarts de finale où elle avait défendu la thèse affirmative contre une équipe du Nebraska, devant laquelle elle s'était inclinée. Qui plus est, Géorgie et Vermont n'étaient même pas logés au même étage de l'hôtel.

Le scénario de Jay était basé sur de vieilles bandes d'actualité, les archives de l'hôtel ainsi que les photos et les vidéos d'amateurs prises par les étudiants et les professeurs, sans oublier les enregistrements institutionnels réalisés par l'organisation qui avaient été montés et commercialisés. Internet était encore balbutiant au tout début des années 90 mais il existait quelques pages web sur le sujet dans les archives de la Toile, ainsi que sur certains serveurs BBS, des serveurs de données installés sur les ordinateurs individuels d'amateurs passionnés. Jay avait lancé sur la piste tous ses robots de recherche et de corrélation, en les rapatriant sous la forme d'un programme visuel tel-écrit tel-écran affichable sur un banal PC existant à l'époque. Non sans y avoir ajouté néanmoins quelques petites options, bien entendu.

Et c'est ainsi qu'il se retrouvait parmi les Nebraskans et les Vermontois – Vermontains ? Vermifuges ? – prêts à en découdre.

Zachary George était le leader du duo formé avec lui, et c'était à lui de prendre la parole pour ouvrir la présente session.

Il se leva, définit le sujet, puis attaqua l'introduction de sa thèse.

« En temps de guerre ou de catastrophe nationale, le pays dans son entier doit alors prendre le pas sur les individus. Même si notre nation est fondée sur la liberté individuelle de tous ses citoyens, on conçoit aisément que la destruction de la structure nationale puisse entraîner la disparition de la liberté pour chacun.

« Si un homme a un cancer au doigt, n'est-il pas plus sage de l'amputer que de laisser le mal se répandre et le détruire ? Un seul doigt vaut-il l'existence d'un homme ? Non, bien sûr que non. De la même manière, si l'existence de la nation est menacée, on ne peut permettre à un seul ou à un petit groupe d'individus de causer une telle destruction. Comme l'a dit il y a deux mille ans le grand général romain Iphicrates, "les exigences de la majorité doivent transcender les exigences de quelques-uns". »

Ça alors. Jay était convaincu que la citation venait de Monsieur Spock, le fameux Vulcain, dans un des films tirés de la série *Star Trek* pendant les années 80 ou 90.

George poursuivit dans cette veine, mais Jay était occupé à scruter la salle pour tenter d'y repérer Lee. Ce ne fut pas bien long. Le jeune Brett Lee, qui ressemblait fort au personnage du scénario précédent de Jay, situé à Stonewall Jackson High, était assis au troisième rang. Il observait George avec attention, incliné vers l'avant, visiblement pendu à ses lèvres.

Jay se leva pour se déplacer afin de mieux observer Lee.

George poursuivait son récitatif : « ... et Platon n'a-t-il pas dit : "Rien de ce qui est bassement humain n'a d'importance" ? Comment, dans ce cas, la suspension des libertés pour un homme, voire un petit groupe d'hommes, pourrait-elle se comparer à la liberté de millions d'autres ? »

Jay s'approcha suffisamment pour détailler le visage de l'autre garçon.

Hmm. Son expression n'évoquait certainement en rien celle d'un adversaire dédaigneux et méprisant. Tout au contraire, on avait l'impression de contempler un fidèle écoutant le sermon de son prédicateur favori. Ou d'un jeune homme buvant les paroles de sa bien-aimée. Ces deux-là auraient-ils pu être des amis qu'une brouille ultérieure aurait séparés ?

Voilà qui exigeait à coup sûr de creuser la question, estima Jay.

Mais tout scénario avait ses limites. Tandis que l'exposé se déroulait, toutes les tentatives de Jay pour en savoir plus se heurtèrent aux faits concrets – ou plutôt à leur absence. En virtuel comme dans la réalité, si un événement s'avérait inexistant, toute spéculation à son sujet n'était rien de plus : une spéculation. Le programme pouvait certes autoriser Jay à créer tout ce qu'il voulait dans la réalité virtuelle, cela n'impliquait pas forcément qu'il en était allé de même dans le monde concret.

Malgré tous ses efforts, Jay ne réussit pas à réunir les deux garçons au cours de la conférence, en dehors de cet exposé lors des quarts de finale. Certes, il était probable que l'un et l'autre aient assisté en spectateurs aux demi-finales ainsi qu'à la finale. Les équipes du Vermont et de Géorgie étaient en effet restées jusqu'à l'issue de la compétition ; les archives en témoignaient. Lee et George s'étaient presque à coup sûr trouvés dans le public, et il n'était pas inconcevable qu'ils aient pu se rencontrer avant ou après les séances.

Il y avait bien quelques indices de la présence des deux garçons après les quarts de finale, mais rien ne permettait de les rapprocher plus que ce qu'avait envisagé Jay dans son scénario.

Mais avec des si, on pouvait imaginer bien des choses.

Malgré tout, Jay gardait l'intime conviction qu'il y avait là quelque chose d'enfoui, qu'il lui fallait découvrir.

Restait à savoir comment...

# 20

## *Washington, DC*

Dès que Toni entra dans la cuisine, elle découvrit le microscope. Il trônait sur la table, un ruban rouge scotché dessus.

Elle était abasourdie. Ébahie.

« Alex ! Où es-tu ? »

Au bout d'un moment, il fit enfin son entrée, tout sourires.

« Tu n'aurais pas dû... » Elle indiqua l'appareil.

« Mais si, j'aurais dû. J'ai quelque peu négligé mes devoirs conjugaux, ces derniers temps.

– Je n'avais pas remarqué.

– Non, pas ces devoirs-là. Ceux... euh, d'un futur père.

– C'est un appareil magnifique, dit-elle en caressant du doigt la monture. Mais c'est au-dessus de nos moyens.

– Mais non. Il me restait assez sur le compte après la revente de la voiture. Et tu le mérites.

– C'était une envie, pas un besoin, observa-t-elle.

– Si, si, si. Tu en avais besoin. Je l'ai bien vu. »

Elle sourit et se rendit compte aussitôt que ça ne lui était plus arrivé depuis un bout de temps. « Merci, mon amour.

– Quoi, tu ne vas pas m'obliger à le rendre ? »

Elle rit et comprit qu'il avait dit cela pour la faire rire.

« J'ai pris deux lentilles additionnelles censées t'aider à mieux voir ce que tu fais, ajouta-t-il. Ça devrait te permettre d'avoir une trentaine de centimètres entre l'objectif et la platine de travail. J'espère que ce sera suffisant.

– Tout à fait. Mon étau à vis ne fait pas plus de dix-neuf centimètres de long.

– Ouais, le mien aussi », dit-il en agitant les sourcils à la manière de Groucho Marx.

Nouveau rire.

« Tiens, je devrais t'en acheter un tous les jours. Allez, va monter tout ça, voir comment ça marche.

– Plus tard, j'ai une autre idée en tête.

– Que pourrait-il y avoir de plus important ? » Il en avait déjà l'eau à la bouche.

« Viens par ici, que je te montre. »

Cette fois, ce fut à son tour de rire. Et même si elle était enceinte, ils étaient toujours jeunes mariés, non ?

Toni se dirigea vers la chambre, Alex juste derrière elle. À dix-neuf centimètres maxi, estima-t-elle.


Plongé dans le cyberespace, Jay travaillait sur un scénario qui exigeait de traquer une grosse créature patibulaire avec une meute de chiens, quand une voix désincarnée susurra : « Chéri, je suis là ! »

Il décrocha aussitôt de RV, plissa les paupières et découvrit Saji.

Saji, complètement nue.

« Waouh !

– Bien sûr, maintenant tu me remarques. Ça fait quand même une demi-heure que je suis rentrée. Si j'étais un voleur, j'aurais pu tout ratisser, toi compris, sans que tu t'aperçoives de rien.

– Euh...

– Et qu'est-ce qui se passe, petit bouc ? Tu as avalé ta langue ? Ou tu donnes ta langue au chat ?

– Hmm, quand tu veux ! » sourit-il.


John Howard et sa femme Nadine s'apprêtaient à prendre une douche ensemble, ce dont ils n'avaient guère eu l'occasion ces dix ou douze dernières années avec un fils sous leur toit. Mais à présent qu'il était au Canada, autant en profiter, non ?

« Je suis grosse et moche, dit Nadine. Je me demande pourquoi tu veux encore de moi.

– Ma foi, t'es quand même bonne cuisinière », concéda-t-il.

Elle lui lança sa chaussure mais il l'avait sentie venir, aussi parvint-il à l'esquiver.

« Bien sûr, tu vises mal, en plus. »

Elle saisit son autre chaussure.

Le téléphone se mit à sonner.

« Laissons le robot répondre, suggéra-t-il.

– Venant d'un homme de devoir comme toi ? Ça pourrait être ton fils. »

Nadine décrocha le téléphone. L'appareil de la salle de bains était une copie d'antiquité à cadran, dépourvue d'écran d'affichage. « Allô ? Oh, eh c'est toi, mon lapin ! »

*Ouaip. Tyrone.*

Howard avait des sentiments mitigés. Certes, il était content d'avoir des nouvelles de son fils. Mais il l'aurait été plus encore si le garçon n'avait à ce point manqué d'à-propos. Une demi-heure plus tôt ou plus tard, c'eût été parfait. Les couples sans enfants ignoraient ce que pouvait devenait la vie sexuelle lorsque les charmants bambins devenaient assez grands pour trottiner dans le couloir et ouvrir toute grande la porte de la chambre, à la recherche de papa et maman.

« Ouais, mon biquet, il est là. Je te le passe. »

Howard prit l'appareil. Hélas pour lui, il cessa de prêter attention à Nadine dès qu'il eut son fils au bout du fil. Funeste erreur.

La seconde chaussure l'atteignit en plein dans les fesses.

« Hé, ouille !

– P'pa ?

– Rien, fiston. Juste ta mère qui se croit maligne. »


## Santa Monica


Le Marteau déboula sur Tad après qu'il eut quitté le cinéma. Comme il l'avait prévu, il n'y avait aucune caméra de surveillance dans la salle même. Il y en avait une intégrée au distributeur de billets installé dans le hall, mais ni lui ni le Bobby n'avaient utilisé la machine le jour où le Zee-ster avait organisé sa projection privée. Inutile : c'était Zeigler qui invitait.

Le temps pour Tad de rejoindre la salle de gymnastique, les effets du composé chimique se faisaient déjà sentir. Le pic était venu plus vite que d'habitude. Peut-être parce que son dernier trip ne remontait pas à si loin et qu'il était encore lessivé, à moins que ça ait un rapport avec l'autre dope qu'il s'était prise pour tenir debout. Quoi qu'il en soit, Thor avait débarqué, l'invitant à se joindre à lui pour une nuit de bringue et de bagarre, et Tad avait le plus grand mal à se maîtriser.

Le gymnase de Steve était un établissement haut de gamme, situé non loin de l'autoroute, qui recevait les clients sérieux. Tad poussa la porte et reçut aussitôt en plein visage un courant d'air conditionné glacial – le froid lui déclencha presque un orgasme.

Pousser de la fonte n'avait jamais été son truc. Quand il était môme, ses poumons étaient en trop mauvais état pour lui permettre le moindre exercice physique. Entre les bronchites à répétition et les crises d'asthme qui devaient plus tard ouvrir la voie à la tuberculose, sans compter sa carrure naturellement chétive, il n'avait pas vraiment de dispositions pour la musculation, aussi n'avait-il même pas essayé.

Sous l'influence du Marteau, sans doute pourrait-il surmonter ce handicap, saisir une de ces grosses haltères et la faire tournoyer comme une vulgaire canne de majorette, mais à quoi bon ? Il n'avait pas l'intention d'épater qui que ce soit.

« Puis-je vous aider ? » résonna une voix grave sur sa droite.

Il se retourna et découvrit une nana digne d'être la frangine de l'Incroyable Hulk : elle était grande, mastoc, moche, et aurait eu besoin d'un bon rasage. Mais elle avait des nibards – visiblement gonflés – et son collant rouge moulant révélait une absence de service trois pièces. À l'évidence une femme, enfin, plus ou moins.

Tad sourit, titillé par une brusque et bien agréable bouffée d'hormones. « Steve est dans le coin ? »

D'après Bobby, Steve était le propriétaire de la salle de gym. Ex-Monsieur Amérique, Monsieur Univers et tutti quanti, il n'était certes plus de première jeunesse mais conservait une carrure de rhinocéros recouvert de plaques de muscles gonflés aux anabolisants. Avec son mètre quatre-vingt-dix pour cent vingt kilos – même s'il avait dû en perdre une quinzaine depuis l'époque des concours – Steve demeurait taillé comme une armoire à glace, avec des biceps gros comme des cuisses. Même sans être bâti comme ces culturistes qui venaient soulever des montagnes de fonte, Bobby imposait malgré tout le respect dès qu'il ôtait sa chemise – et il restait en bien meilleure forme que la plupart des célébrités qui mettaient un point d'honneur à se montrer dans son établissement. Des gars comme le Zee-ster, qui avaient leur entraîneur personnel comme d'autres avaient une brosse à dents, se pointaient de temps en temps, faire quelques exercices, suer un bon coup, puis se faire prendre en photo par leurs agents publicitaires dans une pose virile.

Quoi qu'il en soit, Bobby lui avait dit d'aller parler

à Steve qui serait toujours ravi d'aider un ami de Bobby. C'est que Bobby mettait ici pas mal de fric, entre la location de la salle pour ses séances privées, l'achat de T-shirts, de vitamines et de toutes ces saloperies.

L'Amazone lui répondit : « Il est avec un client, en ce moment. Mais peut-être que je peux vous aider ? » Dans le même temps, sa mine devant cette tronche d'épouvantail tout en noir exprimait avec éloquence qu'elle ne voyait pas vraiment par quel bout le prendre, et que Dieu lui-même serait bien en peine de secourir un tel échalas à cou de poulet.

Tad sourit. Son esprit tournait à cent à l'heure, capable d'établir des connexions et de tirer des conclusions qui transcendaient largement ses facultés habituelles. Le Marteau vous procurait la force physique de Superman mais aussi les capacités intellectuelles de Lex Luthor. Et ce n'était pas qu'une impression subjective : il avait déjà réalisé des trucs qui l'avaient convaincu que cette augmentation de la puissance de traitement était bel et bien réelle.

Il répondit : « Nân. Affaire perso.

– Il risque d'en avoir pour une heure, avertit la femme. Vous pouvez attendre si vous voulez. »

D'habitude, Tad en aurait pris son parti. Une heure, c'était rien quand il était dans son état normal. Enfin, plus ou moins normal. Mais quand la dope de Thor te martelait le crâne, glander une heure alors que t'étais sur des charbons ardents, c'était quasiment impossible.

Une autre bouffée d'adrénaline submergea Tad, lui déclenchant aussitôt une érection, une trique immédiate, le genre cran d'arrêt, boïng !

Il lorgna la culturiste. Il lui rendait sans doute quinze ou vingt kilos, facile, et même si elle n'était décidément pas son type, c'était une nana et il l'avait sous la main. Il lança : « Tu veux baiser ? Je parie que je peux te mettre sur les genoux en une heure. »

L'autre éclata de rire, un grondement sourd et grave qui montait en résonnant de son bas-ventre. « Wouah, arrête, tu me fais marrer. Toi et moi ! Ha ! »

Tad sourit, aimable.

« Même si j'étais branchée mecs, ce qui n'est pas le cas, tu serais certainement le dernier que j'irais choisir, tête de piaf. Je prendrais déjà un type au moins capable de me soulever du sol, et tu m'as pas l'air d'être fichu de ramasser une canette de bière vide sans un coup de main. »

Tad ne se départit pas de son sourire. D'un pas, il fut sur elle, la saisit et la tint, ébahie, dans ses bras, comme un bébé.

« Tu veux dire comme ça ? Alors, j'ai passé le test, d'ac ? »

Sur quoi, la maintenant juste au creux du seul bras gauche, il tendit la main droite, agrippa le collant entre les seins et le déchira de haut en bas jusqu'au pubis. Le tissu s'ouvrit comme un mouchoir en papier, révélant la nudité qu'il cachait.

La nana n'avait pas encore fait le point, trop abasourdie sans doute par ce qu'il venait de faire – et par le simple fait qu'il en eût été capable : elle resta simplement bouche bée.

« Jolis nibards, commenta-t-il. T'as dû y mettre du blé ? »

Il introduisit la main entre ses jambes, et la surprise

236

qu'elle put éprouver se dissipa suffisamment pour qu'elle se mette à crier et le frapper en même temps.

Tad ignora les coups de poing qui rebondissaient sur sa pommette pour entreprendre l'exploration de la région que sa main venait de découvrir. La fille commença à battre des jambes et donner de la voix et malgré le Marteau, il avait toutes les peines du monde à la maîtriser.

C'est alors que débarqua la cavalerie, en la personne d'un trio de mecs qui, à eux trois, devaient bien peser autant qu'une petite bagnole.

« Hé ! Putain, qu'est-ce que tu fabriques ? lança un des gars. Repose Belinda tout de suite, connard !

– Z'avez une installation de vidéosurveillance dans cette turne ? demanda Tad.

– Un peu qu'on en a une, espèce de dingue !

– Où qu'elle est ?

– Charlie, appelle les flics. Et aussi une ambulance pour ce cinglé ! dit le premier mec.

– Toi, tu dois être Steve, pas vrai ?

– C'est exact, tête de nœud, et t'es mort. Repose-la par terre ! »

Tad sourit, hilare. Comme il lui arrivait parfois quand il s'excitait, les drogues contenues dans le Marteau se mettaient à agir plein pot, grondant en lui comme une tornade. « Tiens... » Et il balança la nana sur les trois mecs. Charlie s'était écarté pour aller téléphoner mais Belinda heurta Steve et son néandertalien de pote avec assez de violence pour les renverser. Les trois se retrouvèrent à terre.

Tad sauta sur Charlie, le saisit sous les aisselles et le souleva jusqu'à ce que ses pieds décollent du sol.

Le Charlie devait bien faire ses cent cinquante, cent soixante kilos, un beau brin de gars. « C'est par où, votre PC de sécurité ? »

Suspendu comme une vulgaire poupée de chiffon, Charlie réussit à bredouiller : « L-l-l-là... ! »

Il pointa le doigt.

Comme Steve avait entre-temps presque réussi à se relever, Tad pivota pour lui balancer Charlie. La collision des deux pièces de bœuf fut assez brutale.

Tad fonça vers la porte anonyme mais ne perdit pas de temps à utiliser la poignée et la défonça d'un coup d'épaule. Il découvrit un moniteur vidéo relié à un ordinateur dont le lecteur de disque haute densité était en train de tourner.

Tad embrassa du regard la pièce. Pas de disquettes ou de CD, pas de disques amovibles rangés sur les rayons. Il s'approcha et put constater que l'installation de sécurité était conforme à ces piètres apparences : un système bas de gamme à cycle court qui se contentait de réenregistrer à l'infini sur le même dispositif de stockage.

Il prit le boîtier de l'ordinateur, le fracassa par terre et le piétina. Le disque jaillit des débris du lecteur. Il le ramassa, le cassa en deux et glissa les pièces dans sa poche revolver. On ne savait jamais ce qu'on pouvait récupérer même à partir d'un support de sauvegarde dans cet état.

*Et voilà, affaire réglée.*

Il se dirigea vers la porte.

Trop con pour se rendre compte qu'il ne faisait pas le poids, Steve voulut s'interposer, brandissant une barre d'acier. Même dépourvue de poids, elle devait bien faire ses huit kilos, et elle lui aurait sans peine brisé un membre si elle avait fait mouche.

Tad esquiva, plongea, et la barre lui passa au-dessus de la tête en sifflant pour aller se fracasser contre le mur en défonçant le placage en fausse pierre. La force de l'impact était telle que la barre alla se ficher dans la paroi.

Tad expédia le genou dans les reins de Steve et le grand gaillard s'affala comme si ses jambes s'étaient soudain volatilisées.

Tad quitta le bâtiment sans autre obstacle.

Il s'approcha de la voiture.

Personne ne s'était lancé à ses trousses. Valait mieux, du reste. Il avait pris son pied à démolir les gens dans la salle, et s'ils étaient venus le chercher après ça, il aurait bien été obligé de leur faire ce plaisir.

Mais à présent que c'était terminé, il pouvait enfin se relaxer et se laisser gentiment entraîner par le Marteau.

Ouais, il était bien parti pour une sérieuse nuit de bringue, il le sentait.

*Allez, Thor, on s'arrache !*

# 21

## *Newport Beach*

L'Église presbytérienne de Newport Beach (Californie) n'était sans doute pas aussi prétentieuse que, mettons, le Crystal Palace, mais néanmoins bien dans le style LA : suffisamment tape-à-l'œil pour avoir l'air de tout sauf d'une église n'importe où ailleurs. D'un point de vue philosophique, les grenouilles de presbytère tendaient à professer des opinions conservatrices en matière de politique, de société et bien entendu de religion. Les membres de cette congrégation avaient toutefois des idées très progressistes en ce qui concernait la conversion des infidèles, et ils ne rataient pas une occasion d'infiltrer l'établissement de la moindre mission à l'étranger. Une vieille blague en cours chez les fidèles était que les presbytériens auraient proposé de financer entièrement la Croix-Rouge et CARE, si ces ONG leur avaient permis d'ajouter un prédicateur lyophilisé à chaque envoi de sang ou de vivres. Ils étaient en majorité républicains, avait pu constater Drayne du temps où il fréquentait encore l'église, et qui plus est, des républicains blancs et âgés. Sa famille appartenait à la congrégation depuis l'époque où le grand-père Drayne, alors diacre de son église dans leur ville natale d'Atlanta, était venu s'installer ici, quatre-vingts ans plus tôt.

Les synodes étaient différents mais la Californie et la Géorgie n'étaient après tout pas si éloignées pour ce qui était des fondements de la liturgie.

L'édifice proprement dit était abondamment vitré, ce qui lui donnait un aspect aéré et spacieux, et le bloc climatiseur qui rugissait au fond de la nef pour rafraîchir l'assemblée des fidèles avait la taille d'une fourgonnette de livraison. Drayne s'était toujours dit que si les baptistes brandissent la menace des feux de l'enfer, c'était parce que, dans ces églises du Sud dépourvues d'air conditionné, les fidèles pouvaient sans peine se figurer le concept. Dans une église presbytérienne, si jamais la clim tombait en rade durant une légère vague de chaleur printanière, les services religieux étaient aussitôt annulés de peur de voir les fidèles tomber comme des mouches, victimes d'une insolation.

Les lieux manquaient à coup sûr de cette pénombre qu'on associe d'habitude à une cérémonie funèbre, et la majeure partie de l'assistance n'était même pas vêtue de noir. On aurait plutôt dit une nuée de perruches, avec cette débauche de couleurs pastel. Mais il s'était attendu à quoi ? Après tout, on était à Los Angeles.

Le père de Drayne avait été lui aussi diacre à une époque, même si ses déplacements en mission pour le FBI y avaient mis un terme, mais d'après ce qu'il en savait, son vieux avait toujours continué d'assister aux offices de dimanche, là-bas, dans l'Arizona. S'il n'était pas un vrai croyant, au moins en avait-il toutes les apparences.

Drayne de son côté s'était toujours efforcé de couper à la corvée dominicale, chaque fois que son père avait le dos tourné, et il n'était plus retourné dans une église sinon pour un ou deux mariages depuis son départ du domicile familial pour aller à l'université. Oh, et puis aussi la fois où il avait conclu cette grosse vente avec un type convaincu qu'une église catholique à Berkeley serait un endroit sûr pour dealer de la came. Tout faux, le mec. Il s'était fait alpaguer après un banal accrochage alors qu'il sortait du parking.

Drayne avait réussi à se trouver un costume sombre, une chemise blanche et une cravate unie qui devaient bien avoir cinq ou six ans – et encore quasiment neufs –, convaincu que s'il avait le malheur de débarquer en T-shirt et en short, son père dégainerait et l'abattrait sur place. Même s'il était à la retraite, le vieux avait toujours un flingue sur lui quand il sortait, une habitude. Il continuerait de protéger la république même quand il serait aveugle en fauteuil roulant.

Il avait beau approcher les soixante-dix berges, le vieux paraissait toujours en forme. Il avait les cheveux blancs et sa peau, restée pâle presque toute sa vie, avait pris désormais une teinte rougeaude qui aurait presque pu passer pour du bronzage, maintenant qu'il passait pas mal de temps dehors, au soleil de l'Arizona. Drayne savait quant à lui qu'il était le portrait craché de son père, en plus jeune. Leur ressemblance avait toujours été frappante, même s'il avait longtemps refusé de l'admettre. Et puis un jour, il s'était vu dans

242

la glace d'un lavabo alors qu'il se lavait les mains et, surprise ! c'était le visage de son père qui le contemplait. À supposer qu'il vive aussi longtemps que son vieux, c'est à cela qu'il ressemblerait quand il aurait son âge.

Drôle d'impression.

Son père l'attendait devant l'église, l'œil sur sa montre. Il portait un de ses complets noirs – il devait bien en avoir une douzaine, noirs ou gris, dans sa garde-robe –, et comme il n'avait pas pris un gramme depuis sa retraite, il lui allait toujours. Mieux en tout cas que celui qu'avait mis son fils.

« Robert...

– P'pa.

– Entrons. On s'assiéra près d'Edwina. »

Des gens continuaient d'entrer. Le service ne devait pas commencer avant une vingtaine de minutes. Drayne avait deviné que son père serait en avance et qu'il s'attendrait à ce qu'il en soit de même pour toute la famille, aussi avait-il pris ses précautions.

Drayne présenta ses condoléances à son oncle, sa tante et ses cousines. Irene, la fille qui lui avait montré son trilili quand il lui avait montré le sien lorsqu'ils avaient neuf ans, avait bien grandi : c'était une belle femme, même si elle était aujourd'hui affublée d'un mari plus trois gosses, et qu'elle trahissait une légère tendance à l'embonpoint. Sheila, la deuxième, qui portait des lunettes cerclées d'écaille et une robe noire à manches longues, était aussi un rien enveloppée. Mais Maggie, la cadette qui était à l'époque une petite maigrichonne à grosses lunettes, était désormais une superbe rousse de vingt-cinq ans qui, à ce qu'on disait, enseignait l'aérobic quelque part dans la Vallée, et semblait en tout cas aussi fine et tendue qu'une corde de violon.

« Hé, Maggie ! Je croyais que t'avais des lunettes. Et t'as pas l'air de porter des lentilles de contact. Tu t'es fait opérer au laser ?

– Non, j'ai adopté le NightMove. On met ces lentilles rigides quand on se couche, et quand on se réveille, on peut se passer de verres ou de lentilles toute la journée.

– Sans blague ?

– Véridique. Ça s'appelle l'Ortho-K. Ça existait depuis un bout de temps mais ils ont enfin réussi à pas mal améliorer le système. Tu peux tenir seize, dix-huit heures et dans mon cas, j'ai dix sur dix pour chaque œil sans lunettes.

– Super ! Dis, je suis désolé pour ce pauvre Carême.

– Merci. C'est un tel choc. Je n'arrive toujours pas à croire qu'il soit mort. » Elle se pencha pour l'embrasser au coin des lèvres.

Pas de doute, une cousine qu'il valait le coup d'embrasser, la Maggie. Si ce n'avait pas été les obsèques de son frère, il se la serait volontiers envoyée, même au risque de faire hurler toute la famille. Merde, il n'allait pas l'épouser ou avoir des mômes, alors, quelle importance s'ils étaient cousins ? Il avait bien vu comment elle le regardait, c'est pas elle qui dirait non.

Son père intervint : « Comment ça va, le boulot, Robert ? »

Il quitta ces agréables rêveries pour revenir sur terre. « Très bien. Je devrais avoir une promotion. Ils pensent me nommer à la tête des polymères. Ça devrait me faire encore dix mille de plus par an.

– Félicitations.

– Comment ça se passe du côté de l'Arizona ? Et le chien ?

– Bien. Le chien va bien. »

Avec ça, ils avaient fait en gros le tour des sujets qu'ils abordaient d'habitude. Mais coincé ici à attendre un pasteur qui n'avait dans le meilleur des cas sans doute pas vu Carême depuis dix ans, ce qui ne l'empêcherait pas de dire à quel point il avait été un merveilleux garçon aux yeux du Seigneur et autres fadaises, Drayne ne put s'empêcher de titiller un brin son vieux père. « Dis donc, t'as entendu parler de ce qui est arrivé au siège à Los Angeles ? » Inutile de préciser quel siège au juste, ç'avait été de tout temps le terme consacré dans la famille.

« J'ai entendu. »

Drayne eut envie de sourire mais, bien entendu, ce n'était ni le lieu ni le moment.

« On aurait dit une de tes blagues », poursuivit son vieux.

L'espace d'une seconde, Drayne éprouva une terreur glacée. « Quoi ?

– J'ai pas oublié l'incident du cours d'anglais, tu sais. » Le ton était ferme, désapprobateur.

Il éprouva un brusque soulagement, en même temps qu'un sentiment d'irritation. *Sacré nom de Dieu ! Le vieux n'avait toujours pas encaissé le truc ?* Drayne, pour sa part, n'y avait plus songé depuis des années.

Une broutille. Il avait fabriqué une petite bombe puante avec une simple allumette de cuisine et un banal stylo-bille. Le genre de bêtise que faisaient tous les mômes. Il suffisait d'extraire la cartouche, d'introduire l'allumette à la place, de fixer au ressort une pince à cheveux, puis de revisser le tout. La pince à cheveux sortait à la place de la pointe et il n'y avait plus qu'à tirer dessus et la lâcher pour qu'elle percute l'embout de l'allumette en y mettant le feu. Faute de pouvoir s'échapper, la flamme parcourait le corps du stylo en faisant fondre le plastique bon marché. Le résultat était une brève bouffée de fumée particulièrement nauséabonde ; pas plus compliqué.

Drayne avait alors quatorze ans, il était en quatrième, quand il avait profité de ce que la prof d'anglais avait le dos tourné pour lâcher une de ses bombes puantes dans la corbeille à papier à côté de son bureau. Poilade générale dans la classe, devant ces épaisses volutes puantes dégorgées par la poubelle, mais un petit lèche-cul l'avait vu faire et avait cafté. Résultat des courses : deux jours d'exclusion pour méditer sur la gravité de son crime, sans compter que le vieux lui avait fait tâter du cuir de son ceinturon sitôt qu'il l'avait appris. Et depuis, il n'avait jamais manqué de le lui rappeler.

« Je n'ai plus quatorze ans, p'pa. C'était il y a bien longtemps.

– Je n'ai pas dit que c'est toi qui l'as fait. J'ai dit que ça ressemblait à ces blagues puériles dont tu étais coutumier. »

Drayne ne dit rien mais ça l'emmerdait malgré tout que son vieux continue de lui ressortir ces histoires datant de Mathusalem. Même s'il était bel et bien

246

l'auteur du canular, ça n'aurait pas dû être la première idée à venir à l'esprit de son père.

« Il n'y a pas eu de mal, pas vrai ? » dit finalement Drayne.

Son père avait dû prévoir le coup. Il répondit du tac au tac : « Mais ça aurait pu. Les gens qu'on expose à leur insu à des substances chimiques courent toujours des risques. Quelqu'un aurait pu être blessé. Et si un agent ou un membre du personnel avait été allergique à la drogue ? Ou soumis à un traitement qui aurait entraîné une intoxication ? S'il était au même moment survenu une alerte exigeant une réaction rapide ? Je ne sais pas moi, un incendie, un braquage de banque, un rapt, et qu'ils n'aient pas été en mesure de réagir convenablement ? L'idiot qui a cru malin de lancer une attaque chimique contre un bureau de la police fédérale n'a pas dû beaucoup réfléchir à tout ça, je t'en fiche mon billet. C'était un acte criminel irresponsable, et ce type va se faire choper et punir. J'espère bien qu'ils le boucleront et qu'ils perdront la clé. »

Drayne serra les dents. Autant laisser couler... *T'espérais quoi ? Que le vieux exprime son admiration pour l'habileté de ce coup monté ? Allez, Bobby, tu le connais, non. Ce n'est sûrement pas le moment de la ramener.*

Mais c'était plus fort que lui. Il répliqua : « Pas si sûr. D'après les rapports, il semblerait qu'ils n'aient aucune piste. Peut-être que le gars était trop malin pour eux. »

Le vieux se tourna alors pour regarder son fils, en plissant les yeux comme s'il venait de voir une crotte de chien tomber dans la sébile de la quête. « S'il avait été si malin que ça, il aurait évité d'agresser des agents du FBI. Ils le retrouveront, crois-moi. » Il marqua un temps. « Est-ce que tu admirerais ce criminel, Robert ? Est-ce que c'est ce que tu es en train de me dire ? Tu n'as donc rien appris ? »

Drayne rougit mais il comprit enfin qu'il était temps de se le tenir pour dit. Il hocha la tête.

*Ouais, p'pa, j'ai appris. Des tas de choses. Bien plus que ce que tu pourras jamais savoir.*

Sur ces entrefaites, le pasteur arriva – un vieux bonhomme qui avait l'air d'être centenaire – et il fut temps de revenir aux choses sérieuses : les obsèques de Carême.

## Malibu

Tad était encore sur pied, quoique pas loin de l'effondrement, et il regardait les poulettes et les étalons faire leur jogging sur la plage. La brume matinale s'était presque entièrement dissipée aux alentours de dix heures, révélant le bleu éclatant jusqu'ici caché derrière le rideau gris.

Putain, il était cassé. À mesure que les effets du Marteau se dissipaient et que la drogue relâchait son emprise, il sentait une immense et profonde lassitude l'envahir. Ce coup-ci, ça n'allait pas être évident de remonter la pente, il le savait. Le mieux était encore de se prendre une mégachiée de calmants et de roupiller le plus longtemps possible, vingt-quatre, trente-six heures, histoire de mettre son organisme au repos forcé. Deux suppos de Phénobarbital à action prolongée, du Triavil, avec peut-être quelques cachets de Valium, en guise de myorelaxant. De la Butazoladine pour les articulations, du Décadron comme anti-inflammatoire, de la Vicodine plus une petite giclée d'héro pour la douleur, du Zantac pour l'estomac, et peut-être même quelques gouttes d'Haldol, tant qu'à faire.

Au retour de l'enterrement de son cousin, Bobby risquait de ne pas être très content quand il apprendrait que Tad avait saccagé la salle de gym. Sans doute qu'ils feraient mieux d'éviter de se montrer ensemble pendant un bout de temps, au cas où ce brave Steve la Gonflette tomberait sur eux par hasard. Tad ne pensait pas que les habitués de la salle fussent au courant de ses relations étroites avec Bobby – il était à peu près sûr que non mais, d'un autre côté, il pouvait parier qu'ils n'allaient pas l'oublier de sitôt après ce qui s'était passé la veille.

On allait sans doute en causer dans les journaux et à la télé, mais Bobby n'était pas un accro des infos, en dehors des bulletins de la radio quand il était au volant, aussi restait-il encore une chance qu'il ne l'apprenne pas avant que Tad ait l'occasion de lui annoncer la chose, en l'arrangeant à sa façon.

Il réussit à sourire, malgré les crampes au visage dues à la drogue pendant une bonne partie de la nuit. L'arranger, ben voyons... Pas facile d'arranger le fait qu'on s'était livré à un saccage en règle avant de massacrer quelques pèlerins sous prétexte qu'on avait un soudain coup de chaud aux burnes ?

Seule consolation : il n'y avait aucune trace enregistrée de la présence du Zee-ster avec Bobby dans les parages, Tad au moins en était sûr. Et c'était l'essentiel. Peut-être que Bobby avait raison. Peut-être qu'ils auraient intérêt à sauter dans un avion pour filer vers les îles se détendre quelques semaines, puis revenir quand tout cette histoire se serait tassée. Dans l'état où il se sentait en ce moment, l'idée de brandir à nouveau le Marteau n'avait rien de spécialement affriolant. Car même s'il arrivait à récupérer, il savait que l'envie reviendrait vite. C'était toujours comme ça.

Se retrouver à nouveau capable de rééditer ses exploits de la veille, quand il s'était transformé en version masculine de l'Olive de Popeye ? Là, c'était peut-être pousser le bouchon un peu loin.

Sitôt ressorti de la salle de gym, il avait perdu tout attrait pour la chose, mais il était monté malgré tout en voiture jusqu'à la colline de Hollywood, avait sauté la barrière pour escalader le H jusque tout en haut. Juché sur son perchoir, il avait contemplé la ville à ses pieds, puis il était redescendu et s'était rendu au parc Griffith où il s'était baladé pendant des heures, à profiter tranquillement de la verdure. Il n'était rentré que bien après le retour de Bobby, ce qui n'était pas un mal, vu qu'il n'aurait sans doute pas pu s'empêcher de lui narrer ses exploits, tant il se sentait alors invincible.

*Non, mieux vaut qu'il l'apprenne d'ici deux, trois jours, quand j'aurai retrouvé mes esprits et que toute cette histoire ne sera plus que du passé. Bobby pourra toujours aller faire sa gym dans une autre salle sélect, ce n'est pas ce qui manque à LA.*

« Bon, s'rait temps de sortir la trousse de premiers secours, mon p'tit Tad, se dit-il tout haut. Et de te préparer à une longue sieste. »

# 22

## *Quantico*

Michaels introduisit deux pièces d'un dollar dans le distributeur de sodas et pressa le bouton marqué Coke. La monnaie dégringola en cliquetant dans la coupelle tandis que la bouteille en plastique atterrissait dans le déversoir inférieur. Il avait quasiment renoncé au breuvage pétillant et sucré mais il lui arrivait encore de se faire douce violence. Son père avait toujours adoré le truc ; il en buvait trois ou quatre par jour.

Cela fit remonter en lui d'agréables souvenirs d'enfance.

Il récupéra la bouteille, recueillit la monnaie, la réintroduisit dans la fente en y ajoutant un autre dollar, puis regarda Jay Gridley.

« Club soda », dit ce dernier.

Michaels pressa le bouton. Plus de trois dollars pour deux sodas. Quel racket.

« Bref, tu n'arrives pas à sortir quoi que ce soit sur nos deux duettistes, en dehors du fait qu'ils auraient assisté tous les deux à la même conférence il y a une vingtaine d'années, quand ils étaient ados ? »

Jay prit sa bouteille, la décapsula, but une gorgée au goulot. « Nân, confirma-t-il. Je sais qu'il doit y avoir un truc, mais je suis pas encore arrivé à le trouver.

– Enfin, ne va pas non plus t'obnubiler là-dessus. De toute façon, ça ne doit pas avoir grande importance. Mieux vaut que tu concentres tes efforts sur cette histoire de drogue. Dès qu'on aura trouvé ce qu'ils veulent, ils nous lâcheront la grappe. Des pistes, de ce côté ?

– Rien de bien concret. La résidence de feu Zeigler grouille de flics et de gars des Stups. Il fallait bien qu'il sorte sa drogue de quelque part, et ils s'imaginent que s'ils remontent suffisamment loin la piste, ils pourraient tomber sur quelque chose.

– Et pas toi ? » Michaels but une gorgée de Coca. OK, c'était pas bon pour ce qu'il avait, mais parfois, on avait intérêt à se lâcher un peu la bride. Il ne fumait pas, ne buvait que très épisodiquement une bière ou un verre de vin. Il mangeait équilibré, faisait de l'exercice tous les jours. Une bouteille de Coke de temps en temps, ça ne devrait pas être la mort.

*C'est ce qu'on dit toujours.*

Jay s'expliqua : « Peut-être, mais je ne parierais pas dessus. Un type dans son genre, grosse vedette de cinéma, je le vois mal se risquer à jouer au golf avec son dealer. Je serais bougrement surpris qu'on le trouve dans son carnet d'adresses sous la rubrique fournisseur de came. »

Michaels haussa les épaules. « Alors, comment vat-on le coincer ? On attend qu'un autre mec pète les plombs pour le filer ?

– On n'aura pas besoin d'attendre, observa Jay. Il semblerait qu'un type soit entré dans une salle de gym de Santa Monica, hier soir, et qu'il l'ait proprement mise à sac. Il a envoyé valser comme un rien plusieurs malabars quand ils ont voulu l'empêcher de grimper dans la culotte de la secrétaire de l'établissement, elle aussi plutôt bien bâtie, semble-t-il. Résultat : des portes défoncées, des trous dans les murs, enfin, vous voyez le topo.

– La police l'a eu ?

– Négatif. Il a réussi à filer. On a son signalement – le genre beatnik, d'après les témoignages – ainsi que le portrait-robot établi par les flics. »

Jay sourit, imité par le patron. Tous les portraits-robots de la police avaient pour caractéristique d'être quasi identiques sans ressembler vraiment aux suspects qu'ils étaient censés représenter. Passez la bobine d'un saint homme à la moulinette d'un kit d'identification, vous aviez le portrait craché d'un voyou.

« D'après les rapports, une fois passée sa crise, le type est allé dans la cabine où se trouvait l'installation de vidéosurveillance, il a bousillé le système d'enregistrement et s'est barré en emportant le disque dur. »

Michaels pesa durant une seconde ou deux cette dernière information. « Donc, il n'était pas défoncé au point d'oublier de couvrir ses arrières.

– Possible. Ou peut-être y avait-il sur le disque un truc qu'il cherchait, même si cela n'avait rien à voir avec lui. D'après leurs dépositions, tous les témoins jurent leurs grands dieux qu'ils auraient reconnu le type s'il avait déjà fréquenté leur salle. Un mec bâti comme un cure-dents, c'est le genre de détail que remarque un culturiste. Qu'un tel gringalet soit l'auteur de pareil saccage est d'autant plus incroyable. Les autres en sont restés sans voix. Ça doit encore être un coup de notre copine la gélule mauve... ou alors c'est une mégacoïncidence.

– Bon, et ça nous mène où, tout ça ?

– Eh bien, nous savons déjà que trois des clients du dealer vivent à Los Angeles ou dans les environs. La riche héritière, feu la star de cinéma, et le beatnik bien vivant. J'ai dans l'idée que notre sujet doit apprécier l'existence au soleil. La durée de vie de cette drogue est très courte, vingt-quatre heures à peu près, et dans ce bref laps de temps, il faudrait que notre gars approvisionne le Zee-ster, puis qu'il refile la came à la fille et enfin que celle-ci ait le temps de l'utiliser ? Moi, je pense que le type qui fournit le Zee-ster ne doit pas être bien loin. Les livraisons par FedEx ou même par coursier sont limitées par la vitesse des moyens de transport. Plus il est éloigné de sa clientèle, plus se réduit leur fenêtre d'utilisation de sa came. »

Michaels acquiesça. « OK. Donc, simple hypothèse, il est possible qu'il vive à un jet de pierre de la Californie méridionale. En quoi cela nous avance-t-il ?

– Ça réduit bougrement le champ d'investigation. Je peux commencer à voir du côté des industries chimiques, des laboratoires pharmaceutiques, des dépôts de médicaments, éplucher la liste des trafiquants de drogue répertoriés, et ainsi de suite. Et peut-être que les flics vont réussir à trouver quelque chose du côté des déplacements de feu M. Zeigler.

– C'est une piste qui en vaut bien une autre », concéda Michaels.

Jay but à nouveau une grande lampée de soda. « Du nouveau sur la drogue proprement dite ? Qu'est-ce qu'elle a donné, cette gélule ? »

Michaels plissa le front. Et merde ! Il l'avait fourrée dans sa poche de pantalon et complètement oubliée. Et le falzar en question était en tas par terre dans sa penderie. Pourvu que Toni ne l'ait pas déjà mis à la machine.

L'idée le fit sourire. Le seul moyen que Toni fasse sa lessive était de le lui demander explicitement, or il s'en était bien gardé jusqu'ici. Le pantalon devait donc toujours être au même endroit quand il rentrerait. Elle ne l'avait pas épousée pour être sa bonne, comme il l'avait découvert assez vite. Du reste, il ne l'avait pas escompté.

« Patron ?

– Rien... je veux dire, rien du côté de la gélule. Je n'ai pas encore eu l'occasion de passer au labo. »

Ce fut au tour de Jay de hausser les épaules. « J'ai récupéré le rapport initial des Stups sur les ingrédients qu'ils ont réussi à identifier. Ça me servira de point de départ. Si le type est malin, il achètera ses matières premières en les réglant en liquide, et si possible loin de chez lui, mais on ne sait jamais. Parfois, c'est justement sur ce genre de petits détails qu'on se fait piéger. Rappelez-vous Morrison, le gars du réseau HAARP[1]. »

---

1. Voir *Net Force 4, Point de rupture*, Albin Michel, 2002, et Le Livre de Poche n° 37081 (*N.d.T.*).

Michaels acquiesça. Comment aurait-il pu oublier ?
« Ouais, je me rappelle.

– Il avait tout bien calculé mais il est tombé pour un détail aussi simple qu'un veilleur de nuit. Comme les gars du Watergate.

– Eh bien, vois ce que tu peux faire, Jay. Et tiens-moi au courant.

– Sans problème, patron. »

Michaels regarda sa montre. Bientôt midi. Peut-être qu'il pourrait descendre en salle de gym pour une petite séance d'entraînement. Ça lui permettrait de faire une pause en arrivant à la maison sans que Toni lui saute dessus pour l'obliger à pratiquer ses exercices de silat toutes affaires cessantes. Avec elle, l'entraînement était certes plus rigoureux mais s'il avait déjà effectué sa dose quotidienne de djurus, au moins lui ficherait-elle la paix.

## Newport Beach

Drayne revint des obsèques passablement déprimé.

Le service religieux s'était révélé foncièrement soporifique, comme prévu. Le vieux pasteur, quand bien même il se souvenait de Carême – ce qui était douteux – n'avait pu sortir que des généralités et des platitudes, et tant qu'à faire, il invita l'assistance à se manifester pour le salut de son âme. Ni Edwina ni Pat ne purent se résoudre à se lever pour dire un mot, quant aux sœurs et à l'ex-épouse de Carême, elles réussirent à narrer quelques détails personnels aussi touchants que surprenants. Ainsi Drayne n'avait-il jamais su que son cousin possédait une collection de cartes Star Wars ou qu'il entraînait une équipe junior de football dans l'Utah.

La procession jusqu'au cimetière et la cérémonie d'inhumation dans le caveau de famille ne furent pas plus réjouissantes. Elles provoquèrent chez Drayne une brusque sensation de déjà-vu. Un autre enterrement, auquel il avait assisté alors qu'il avait dix ou onze ans, lui revint en mémoire, un événement qu'il avait totalement occulté. Un gamin, d'un an son cadet, qui vivait de l'autre côté de la rue, un peu plus bas – Rowland, il s'appelait –, avait été tué dans un horrible accident. Le père de Rowlie travaillait à l'époque sur un petit aérodrome privé. Rowlie et ses deux frères avaient accompagné leur père un samedi à son travail. Les garçons avaient joué à chat dans les hangars et tout autour. En courant, Rowlie était passé devant un petit avion qui s'apprêtait à décoller pour gagner la piste d'envol. Il avait été heurté par l'hélice et tué sur le coup. On avait pris soin de sceller le cercueil parce que le garçon avait été quasiment décapité et haché menu ; enfin, c'est ce que Drayne avait entendu dire.

Merde. Il n'avait vraiment pas besoin de ce genre de souvenir macabre, pas au moment où l'on portait en terre son cousin Carême.

Il ne devait pas y avoir de veillée funèbre à proprement parler, même si la famille et les amis furent conviés à passer chez Pat et Edwina, et Drayne ne put bien sûr pas y couper. Que pouviez-vous raconter en de telles circonstances ? Tout le monde est là, à boire

258

du café ou du thé, et chacun d'évoquer le défunt comme s'il s'était juste absenté pour un voyage.

Drayne s'éclipsa le plus vite possible. Son vieux était très affairé, s'assurant que tout était bien en ordre, et puis, ils n'avaient pas grand-chose à se dire, lui et son vieux papa. Le paternel n'avait jamais tenu en haute estime son unique rejeton, il ne semblait guère s'intéresser à ce qu'il faisait et n'était jamais totalement satisfait de ses résultats. Que Drayne ramène à la maison un bulletin scolaire avec 5 A et un B, son père ne lui disait pas : « Hé, beau travail ! Félicitations ! », non, il râlait : « Pourquoi ce B ? Tu dois t'appliquer plus. »

Un jour, il devait avoir douze ans, il était en visite chez sa grand-mère, là-haut dans la Vallée. Il avait déniché un tas de vieux albums de photos et s'était mis à fouiller dedans. En dessous, il avait trouvé une pile de bulletins scolaires de son père. Ce fils de pute avait été premier de la classe dans toutes les matières. Il avait été major de sa terminale au lycée avant d'entrer à l'université puis en fac de droit, pour intégrer ensuite le FBI. Bon Dieu, Drayne ne pouvait même pas reprocher au vieux salopard d'exiger de lui des résultats supérieurs aux siens.

Bon, d'accord, Drayne avait toujours été un crack en chimie. C'était son élément naturel. Et il était assez malin pour avoir de bonnes notes dans les autres matières, sans même prendre la peine d'ouvrir un livre la plupart du temps. C'est qu'il ne voyait pas franchement l'intérêt de se casser le cul à apprendre des trucs débiles du genre : « Tippicanoe and Tyler Too[1] ! » quand ils ne lui seraient d'aucune utilité dans la vie. Qu'est-ce qu'on en avait à fiche des gérondifs et des fautes de syntaxe, de l'Antiquité grecque ou des nouveaux noms des pays d'Afrique ? Drayne voulait être chimiste, il allait faire fortune avec les trucs qui le branchaient, rien à secouer de tout le reste.

Non, ils n'étaient pas vraiment sur la même longueur d'onde, son vieux et lui, du plus loin qu'il se souvienne. Il n'empêche qu'il ressentait comme une envie perverse de lui prouver sa compétence. Ce qui n'était pas évident quand votre domaine d'excellence s'avérait la préparation et la vente de substances illicites, et que votre paternel était un pilier de la loi et de l'ordre dont la tâche était de mettre à l'ombre les types dans votre genre.

Le trajet du retour en voiture jusqu'à Malibu s'effectua sous un soleil radieux. Le brouillard s'était dissipé depuis belle lurette et le trafic était relativement fluide. Mais ni la météo ni les conditions de circulation ne réussirent à lui remonter le moral.

Il n'avait pas vu Tad la veille au soir ou ce matin, et il soupçonnait que c'était parce que cet imbécile s'était fait un nouveau trip au Marteau, nonobstant ses mises en garde. Le Marteau était son seul et unique

---

1. Slogan du candidat républicain William Henry Harrison lors de sa campagne de 1841 – la première du reste dans l'histoire des États-Unis. Le cri faisait référence à sa victoire lors de la bataille de Tippicanoe lors de la guerre de 1812 et à son association avec John Tyler comme vice-président – lequel devait rapidement lui succéder à sa mort, survenue en effet un mois à peine après sa prestation de serment (*N.d.T.*).

intérêt dans la vie. Tad était devenu un véritable camé professionnel, il était capable de mitonner ses mixtures chimiques au gré de ses besoins avec un talent inégalé, et pour lui, Thor était le meilleur des compagnons de virée, le complice qu'il avait cherché toute sa vie. Et Thor était également celui qui causerait sa mort.

Mais encore une fois, à sa façon, Tad était un type relativement fiable. S'il s'était enfilé la gélule pour péter les plombs, c'était sans doute après avoir fini le boulot que Drayne lui avait demandé d'effectuer. Il était rare que Tad revienne à la maison sans s'être acquitté de sa tâche et, même dans ces cas, c'était à cause d'un élément extérieur indépendant de sa volonté.

Drayne n'aurait trop su dire pourquoi Tad revêtait une telle importance à ses yeux. Ils s'étaient rencontrés par hasard sur le terrain, et quelque chose chez ce grand échalas en noir avait fait tilter Drayne. Rien de sexuel là-dedans – l'un et l'autre étaient hétéros, même si Tad avait tendance à préférer la came aux minettes –, ce n'était pas non plus la brillance de ses reparties ou l'éclat de son intellect qui l'avait attiré. Mais c'était un type loyal et il était sincèrement convaincu que Drayne était un génie. Et surtout, il faisait son boulot. Si son ambition ultime était de disparaître dans une flambée de gloire dionysiaque, c'était son droit le plus strict. Tad était à peu près le seul véritable ami qu'ait jamais eu Drayne. Fabriquer et fourguer des substances illicites n'était pas une activité propre à vous aider à nouer des relations étroites avec les honnêtes gens. Le jour où Tad casserait sa pipe, cela ferait un gros trou dans la liste de ceux sur qui Drayne pouvait compter.

Bien sûr, il avait désormais amassé un assez joli pactole et, pour peu qu'il sache le placer convenablement, il devrait pouvoir vivre des intérêts jusqu'à la fin de ses jours. Encore un an et quelques à fourguer ses doses à mille plaques l'unité, et l'affaire serait dans le sac. Il pourrait alors songer à prendre sa retraite et peut-être s'introduire dans un milieu plus relevé, se faire des relations convaincues qu'il avait fait fortune dans la nouvelle économie, ou après un coup fumant en Bourse. Bref, pouvoir enfin vivre à découvert, dans la légalité, sans toujours devoir regarder derrière soi.

Ça le fit sourire. Ouais, c'était une option. Non ?

Ah ouais ? Pas une molécule de chance dans une supernova. Parce que son truc, ce n'était pas seulement l'argent, c'était le jeu. Le jeu. L'aptitude à faire ce qu'il faisait, à le faire surtout mieux que quiconque, et à s'en tirer. Merde, s'il l'avait voulu, il aurait pu apporter ses formules aux labos pharmaceutiques installés, et ils se seraient tous battus à qui lui verserait le plus gros paquet de billets. Une bonne partie des composés que Drayne avait découverts ou synthétisés faisaient partie des produits sur lesquels les géants de l'industrie pharmaceutique planchaient en vain depuis des lustres. Un patient atteint d'atrophie musculaire, alité à vie et condamné au dépérissement progressif ? À combien estimerait-il la possibilité de retrouver, même temporairement, un minimum de mobilité ? Un type incapable de bander et chez qui le Viagra n'avait aucun effet ? Combien donnerait-il pour avoir une érection plus raide qu'une trique ? Un étudiant sur le point de passer un concours ? Que dirait-il de se gagner même juste pour deux heures une quinzaine de points de QI ? Or les trucs que manipulait Drayne avaient ces vertus et bien d'autres encore.

Il y a beau temps qu'il aurait pu travailler pour toutes ces boîtes. Il aurait pu leur apporter juste ce qu'il voulait bien mettre sur la table et elles lui auraient baisé les pieds et signé un chèque en blanc pour le retenir. Mais voilà, il n'y avait aucun vrai défi à être honnête.

Juste comme son père.

Il poussa un soupir. Il avait assez de jugeote pour savoir qu'il était un rien déclaveté quand on abordait ces questions. C'est qu'il avait quand même lu quelques bouquins de psychologie, il était au courant des histoires d'Œdipe et de toutes ces conneries. Mais voilà, on ne se refaisait pas. Quel qu'ait été son itinéraire pour en arriver là, c'était le sien, et il allait le suivre jusqu'au bout, au diable les raisons.

Bon Dieu, ce qu'il pouvait se sentir tendu, bandé comme un ressort. Peut-être qu'il devrait faire un détour par la salle de gym avant de rentrer, pour décompresser un peu, en poussant de la fonte. Il se sentirait tout de suite mieux. Une bonne séance d'haltères était le remède à quantité de maux – tension, stress –, ça vous radoucissait un bonhomme presque aussi bien que du champagne.

Ouais. C'est peut-être ce qu'il allait faire. Ce serait relaxant.

## 23

### *Malibu*

Drayne n'arrivait plus à se souvenir de la dernière fois où il s'était senti dans une telle rage. Il martelait le volant de la Mercedes à le fendiller, et il aurait voulu que ce soit le crâne de Tad.

*Nom de Dieu de bordel de Dieu.*

Quand il arriva chez lui, néanmoins, il s'était quelque peu calmé. Il se sentait presque détaché, fataliste, vis-à-vis des événements lorsqu'il entra dans le garage et coupa le moteur. Il avait toujours su que c'était une possibilité à envisager, même s'il n'avait jamais cru qu'elle se réaliserait un jour. Il était trop malin pour se faire piéger par les besogneux ; il leur avait laissé de sacrés indices et ces branques n'avaient même pas été fichus de les exploiter. Sauf que Tad n'avait pas assuré. Et ce coup-ci, il avait vraiment mis les pieds dans le plat.

Tad était raide sur le canapé, et même le broc d'eau glacé lui avait tout juste fait ouvrir un œil. Il marmonna quelque chose.

Drayne se mit à lui flanquer des baffes. À la longue, il finit par avoir la main engourdie, mais Tad réussit à se réveiller, plus ou moins.

« Hein, quoi ?

– Espèce d'idiot ! Est-ce que t'as la moindre idée du bordel que t'as foutu, hein ?

– Quoi donc ?

– La salle de gym ! T'as saccagé la salle de gym ! J'y suis passé pour m'entraîner et tout le monde ne parlait que de ça ! Même si je ne t'y avais pas envoyé, j'aurais eu aucun mal à te reconnaître, d'après leurs descriptions. Bougre d'abruti ! »

Groggy, Tad se releva en position assise. Il se frictionna le visage. « Hé, mais j'suis tout mouillé !

– T'as au moins ça de bon. Bordel de merde, Tad !

– J'pige rien, Bobby. Je t'ai récupéré le disque du lecteur de leur bécane, mission accomplie, on est blancs comme neige, personne n'a d'indice pour nous relier à Zeigler. Il n'y a plus aucune preuve.

– Tu vois vraiment pas, hein ? » Drayne se laissa pesamment choir dans le canapé à côté de son partenaire. L'espace d'un instant, il se sentit désolé pour Tad. Il n'arrivait toujours pas à se mettre dans le crâne que la majorité des gens n'avaient pas sa puissance d'entraînement quand il s'agissait de faire tourner leur moulinette à neurones. « Manifestement, t'avais pas encore eu droit au coup de fouet côté QI au moment où t'as décidé de sauter la frangine de Monsieur Muscle. Fais un peu marcher ta petite cervelle. »

Tad secoua la tête, toujours largué.

« Écoute, je sais que t'es crevé et défoncé, et en temps normal, je te laisse le temps de roupiller pour te requinquer, mais voilà, il se trouve justement que le temps, c'est notre problème. T'as fait une bourde.

– Je vois vraiment pas. Ils savent pas qui je suis. Impossible.

– OK. Alors, laisse-moi t'expliquer. » Il regarda Tad : comparé à lui, un gisant aurait eu l'air pétant de santé, et il se rendit compte qu'il avait intérêt à y aller mollo s'il voulait que l'autre suive. Il laissa retomber sa colère d'un cran. « Je vais te raconter une histoire. Reste assis bien tranquille et écoute-moi attentivement, d'accord ? »

Tad opina.

« Quand j'étais en primaire, on avait des cours d'activité artistique répartis en deux groupes. Trois mois de musique, puis de peinture et de poésie dans la première section, trois de dessin, d'atelier et de travaux manuels dans la seconde.

« Bref, le premier jour, je me pointe en classe de musique et cette brave vieille Mme Greentree, qui devait bien avoir cent cinquante ans, nous fait tous asseoir puis nous demande : "Quel est le langage universel ?" Et bien entendu, on n'avait aucune idée de la réponse. Alors elle dit : "La musique. La musique est le langage universel. Les notes sont les mêmes, qu'on soit en Allemagne, en France ou en Amérique."

« OK, vu, on avait tous pigé. La musique est le langage universel.

« Or, un peu plus tard, ce même jour, nous voilà tous au cours du deuxième groupe, qui se trouvait consacré au dessin. Il était enseigné par le maître. En ce temps-là, tous les instituteurs de l'école étaient indifféremment appelés maîtres.

« Bref, on est donc tous assis en classe et le maître dit : "Très bien, quel est le langage universel ?"

« Moi, voulant faire mon malin et désireux d'impressionner, je lève aussitôt la main et le maître, en souriant, me donne la parole : "Ouais ?

« – La musique, m'sieur, que je lui dis. La musique est le langage universel !"

« Et le maître qui manque de s'étrangler de rire. "La musique ? Ha ! ha ! ha ! Mais la musique n'est pas le langage universel, mon pauvre ami, c'est le dessin, le langage universel ! Imagine que t'es en Chine, que tu tombes sur un Chinois et que tu veuilles lui demander où sont les toilettes, tu vas faire quoi ? Tu vas peut-être lui chanter : "Oh, monsieur le Chinois, je vous en prie, dites-moi où sont les wa-wa, la-la-la... ?"

« "Bon Dieu, sors ta tête de ton cul, fiston ! Tu lui fais un dessin ! Un des-sin ! La musique ! Pfff, elle est bien bonne !"

« Deux ans plus tard, la même question revint en cours de maths et, devine quoi ! Je me suis abstenu de lever la main et d'ouvrir ma grande gueule. La même chose s'est reproduite par la suite quand il s'est agi d'initiation à l'informatique. Musique, dessin, mathématiques, numération binaire, tous ces langages sont à un titre ou à un autre considérés comme universels. »

Drayne se tut pour considérer Tad qui hocha la tête.

« OK, et où tu veux en venir ?

– Le contexte, voilà où je veux en venir, Tad. Le contex-te. » Il articulait lentement, comme s'il s'adressait à un gamin attardé. « Il n'y a pas que ce qu'on dit ou ce qu'on fait : le lieu, le moment où on le fait sont d'une importance cruciale. »

Tad fronça les sourcils et Drayne vit sans peine qu'il n'avait toujours pas saisi.

« Bon. Laisse-moi te raconter une autre histoire.

– Merde, Bobby, OK, j'ai compris que t'es en rogne...

– La ferme, Tad. Il était une fois un type qui était videur dans un bar topless. Un soir, ses potes et lui vont à un concert de hard-rock, tu vois le genre, un public de fans purs et durs, des hystériques qui gueulent dans la fosse, la moitié d'entre eux défoncés ou pintés à la bière. Et au beau milieu du concert, une nana juchée sur les épaules de son copain décide d'enlever son T-shirt et de s'exhiber devant le groupe ou le public, va savoir.

– Ouais, j'ai déjà vu ça deux, trois fois, observa Tad, essayant toujours de le suivre.

— Ouais. Et la nana de mon copain videur aussi, rien de bien méchant. D'habitude, c'est en effet comme ça que ça se passe, la fille agite ses loloches, puis redescend son T-shirt, emballé c'est pesé, tout le monde est content, point final. Mais cette fois, alors qu'elle s'agitait, les seins à l'air, voilà que son petit copain lève les bras et se met à les peloter. Et elle, au lieu d'écarter ses mains d'une tape, elle se met à rigoler et le laisse faire... cinq secondes après, elle se retrouve arrachée à son perchoir et emportée dans les airs par trente ou quarante hardeux en délire qui la pelotent au passage. Ambiance meute enragée, on sent que ça risque de dégénérer d'un moment à l'autre. Mon pote le videur se retrouve coincé, incapable d'intervenir et la cohue est telle que c'est pareil pour les gars de la sécurité. La fille disparaît.

« Par chance, à part qu'elle s'est payé une séance de slamming et de pelotage forcé, ça n'est pas allé plus loin. Au bout d'un moment, ils la laissent redescendre à terre, elle récupère ses fringues, les tétons pas mal endoloris, l'incident est clos.

« Alors, selon toi, à qui la faute si elle s'est fait tripoter ?

– La sienne. Elle aurait dû garder son T-shirt.

– C'est ça, et les gens devraient pas se pinter, se camer ou fréquenter les concerts de hard-rock, et on devrait toujours regarder des deux côtés avant de traverser la rue. Non, c'est son copain qui a tout déclenché, et la fille, qui aurait pu arrêter les dégâts, n'a fait que mettre de l'huile sur le feu. Tu vois, sitôt qu'il lui a posé les mains sur les nichons, elle aurait dû lui flanquer une beigne. Le message sous-jacent quand une nana s'exhibe dans une telle situation c'est : on regarde mais on touche pas. Quand son petit copain a enfreint la règle implicite, les autres en ont déduit qu'une nana qui fait ça en public, qui est prête à se laisser peloter aux yeux de tous, eh bien, elle ne devrait pas voir d'objection à ce que d'autres fassent pareil, alors, ils s'en sont pas privés.

– C'était pas vrai.

– Non, ça l'était pas. Mais compte tenu des circonstances et vu l'environnement, soit une bande de métalleux défoncés et haletants, on peut comprendre que ça dégénère, et encore, ça aurait pu être pire. Il y a le monde tel qu'il devrait être, et le monde tel qu'il est en réalité. Ça peut te défriser, mais si tu veux pas voir le monde réel, c'est à tes risques et périls.

– Et là, t'es en train de me dire que j'ai merdé alors

même que je me suis débarrassé des preuves. Et que ça risque de dégénérer ?

– Tout juste. Bon, voyons si tu suis toujours : la police et les fédéraux vont se douter à coup sûr que t'étais sous l'emprise du Marteau, parce que rien sinon ne peut expliquer qu'un gringalet dans ton genre puisse envoyer au tapis une bande de culturistes anabolisés comme tu l'as fait. Sans compter un élément essentiel : la descente des flics chez Zeigler, et ça ils risquent pas de l'avoir oubliée. Ils auront pas besoin de fouiner beaucoup pour découvrir que le Zee-ster fréquentait la salle de Steve, et paf ! une petite lumière va s'allumer dans leur tête et ils vont se dire : "Hmm... Une grande star de ciné déclenche une fusillade avec les gars des Stups, qui découvrent alors chez lui cette drogue qui vous métamorphose en Superman. Là-dessus, presque aussitôt après, voilà un type qui saccage la salle de gym où la grande star de ciné venait s'entraîner, visiblement sous l'emprise de cette même drogue miracle. Si c'est pas une putain de coïncidence !" Alors, quelqu'un, que ce soit au FBI ou chez les flics locaux, quelqu'un va fatalement se poser la grande question : pourquoi ? Pourquoi ce mec – je parle de toi – pourquoi ce mec est-il venu piquer le disque d'enregistrement des caméras de vidéosurveillance ? Vu qu'en dehors de peloter Brunehilde et de tabasser deux ou trois culturistes, c'est tout ce que t'as fait. Et nos flics vont se dire : "Hé, peut-être bien qu'il y a quelque chose sur ce disque que ce gars veut pas qu'on voie. Qu'est-ce que ça pourrait bien être ?" Alors quelqu'un va encore avancer d'un pas et faire une supposition, puisqu'ils savent déjà que le Zee-ster allait s'entraîner là-bas : "Hmm. Peut-être que notre grande star de ciné y était avec quelqu'un qui ne veut surtout pas être vu ?"

– Mais l'enregistrement a disparu... », commença Tad.

Drayne le coupa, mais sa voix restait calme : « Certes. Mais pas les gens qui bossent là-bas. Je connais Steve, le proprio, et il est bien capable de se remémorer les deux ou trois fois où Zeigler et moi, on est venus ou repartis ensemble. Et si Steve, Tom, Dick, Harry ou qui tu voudras s'en souvient, alors fatalement, mon nom va surgir dans une conversation avec les flics ou les fédéraux. Et même si Steve ne s'en souvenait pas, les flics mettront la main sur une liste des adhérents du club de gym et chercheront à établir un rapport. Ça, c'est le B-A BA du métier que j'ai appris sur les genoux de mon papa : quand t'as rien à te mettre sous la dent, tu vé-ri-fies tout. Alors tôt ou tard, ils vont envoyer un de leurs gars causer aux types inscrits sur cette liste, un contrôle de routine, et un de ces quatre, tu vas entendre quelqu'un frapper à notre porte. Or il se trouve que je me suis fabriqué une chouette couverture professionnelle, que je me suis évidemment bien gardé d'indiquer sur la fiche d'inscription en salle de gym, un faux boulot bardé de toutes les preuves et de tous les justificatifs électroniques voulus... donc, il est possible que même s'ils creusent un peu de ce côté, l'alibi tienne le coup, mais voilà... c'est quoi, ce putain de boulot, je te demande, Tad ?

– Oh, meeeerde...

– Ben voilà, merde, t'as tout compris. Je suis chimiste. Et tu vois, j'ai comme dans l'idée que ça va faire tilt. Des substances illicites et un chimiste ?

Oh-oh. T'as des millions de manipulateurs d'éprou-vette sur cette foutue planète, mais à ton avis, on est combien à s'entraîner dans la même salle de gym que le macchab' tombé pour usage de stupéfiants ? Même le plus con des flics pourrait pas manquer ça.

« Les fédéraux moulinent peut-être pas très vite, mais ils moulinent fin. Ce sont des besogneux, mais ça, c'est ce qu'ils savent faire le mieux, et s'ils en arrivent jusque-là, on est cuits. Même si cette maison est aussi propre qu'une salle blanche chez un fondeur de puces électroniques. S'ils arrivent à prouver quoi que ce soit, ils sauront qui je suis, et là, ça risque de nous mettre de gros bâtons dans les roues. J'oserai même plus aller pisser sans craindre d'être maté par une caméra étanche planquée dans la cuvette des chiottes. »

Tad secoua la tête. « J'suis désolé, mec. »

Drayne l'imita. « Je sais, Tad, je sais. Mais ce qui est fait est fait. Il faut voir à présent s'il y a moyen de limiter les dégâts.

– Comment, à ton avis ? »

Drayne le regarda. « Tu connais ce type, au Texas, du côté d'Austin ?

– Le programmeur qui nous prend deux gélules toutes les trois semaines, pour lui et sa nana ?

– Ouais, celui-là. J'ai vu un papier sur lui dans *Time*. Paraît que ce serait un génie, le genre à te bidouiller un ordinateur qui fait le beau et qui aboie comme un chien, si ça lui chante. Il a débuté en piratant des systèmes de sécurité, pour le plaisir.

– Ouais, et alors ?

– Alors, on lui propose un marché. Il nous rend service, et on lui fournit ce qui le branche, gratos.

– Ce mec est plus riche que Midas ; le fric, c'est pas un problème pour lui.

– Mais je sais comment sont les génies, objecta Drayne. Surtout les génies hors-la-loi. Il le fera pour qu'on soit en dette envers lui, et surtout pour se prouver qu'il a gardé toutes ses capacités d'antan. Il pourra pas s'empêcher de reprendre ses bonnes vieilles habitudes, retrouver le plaisir de s'encanailler.

– Et qu'est-ce qu'il peut bien faire pour nous aider ?

– Il va nous rendre invisibles. Contacte-le.

– Tout de suite ?

– Tout de suite. »

Plus il y pensait, plus il trouvait l'idée bonne. Ça pouvait marcher. S'ils agissaient assez vite, ça *devait* marcher.

## 24

## *Bagdad, Irak*

La sueur ruisselait sur le visage de John Howard.

Dans la chaleur du combat, les couches alternées de polypropylène et de soie d'araignée de l'Intellicombi n'évacuaient pas assez vite la transpiration pour vous maintenir au sec. Et même si leur poids était supportable, les plaques en céramique n'amélioraient pas la situation.

Même par une nuit tiède comme en ce moment, le bandeau en tissu-éponge du casque devenait rapidement trempé, vous obligeant à plisser les paupières pour empêcher la sueur de vous dégouliner dans les yeux. Et pas question de relever la visière pour laisser passer un peu d'air, puisque l'affichage tête haute serait alors désactivé, tout comme les détecteurs visuels de septième génération intégrés au plastique blindé.

Seule consolation, la nuit n'était plus un refuge pour les nuisibles. Les intensificateurs de lumière dernier cri équipant les lunettes de visée étaient assez puissants pour révéler la moindre source lumineuse, et l'ordinateur intégré à la combi affichait les images en fausses couleurs pour leur ôter cet aspect verdâtre et délavé. La vitesse de réaction de l'écran anti-éblouissement avait été améliorée pour que, même si un connard vous balançait une grenade au magnésium ou une assourdissante, le filtre s'active en moins d'un centième de seconde, ce qui vous éviterait de vous prendre dans les mirettes cet éclat d'arc électrique entraînant une cécité immédiate. Même s'il n'y avait pas que des avantages.

« Tu peux filer, Abdul, mais tu peux pas te planquer », grommela Howard.

Dans son oreillette, il entendit la voix du sergent Pike : « Mon général ?

– Faites pas attention », répondit Howard. Il assura sa prise sur la mitraillette. Son talisman avait une poignée-pistolet avancée et un chargeur rotatif de cinquante projectiles, il pesait une tonne et il fallait un brin d'entraînement pour le manier convenablement, surtout quand on avait l'habitude de la position coude droit levé, main gauche sous le garde-main, enseignée dans l'infanterie pour le tir au fusil du temps où Howard avait fait ses classes. Ce qui remontait à un bail.

« Mon général, je repère neuf intrus qui arrivent par cette ruelle sur la gauche. »

L'afficheur tête haute de Howard lui confirma l'information. « Bien reçu, sergent. Ça nous en fait deux chacun, et un de rab. On se réveille là-dedans et on fait gaffe à tenir son champ de tir. »

Les trois autres hommes ne dirent rien. Ils savaient ce qu'ils étaient censés faire.

Howard enclencha le sélecteur en tir automatique et leva le canon à ailettes équipé de son compensateur Cutts par-dessus le rebord du fût de pétrole qu'il avait choisi pour se planquer. Le vieux fût rouillé était apparemment rempli d'un mélange de brique et de fragments de béton, de sorte qu'il servait d'abri et pas seulement de cachette. Si jamais l'ennemi le repérait et concentrait ses tirs sur lui, au moins serait-il protégé.

Le premier des neuf soldats apparut à l'entrée du passage. Il s'immobilisa et leva la main pour faire signe aux autres d'arrêter. Il inspecta les alentours, ne vit ni Howard ni ses trois hommes et, d'un nouveau geste, ordonna au reste de la troupe d'avancer.

Howard effleura une commande intégrée au casque et coupa l'amplificateur optique. La scène lumineuse comme en plein jour fut aussitôt plongée dans la pénombre mais il restait encore assez de lumière ambiante pour distinguer la silhouette des fantassins ennemis. Il plissa les paupières afin d'assombrir encore la scène et forcer ses pupilles à s'agrandir un peu plus.

Quand le neuvième soldat apparut, un des quatre hommes de Howard balança une torche au magnésium de cinq secondes. Une lumière d'un blanc actinique éclata, projetant de longues ombres découpées derrière les soldats ahuris.

Howard attendit un bref instant, puis rouvrit grand les yeux.

Ses hommes se mirent à tirer à l'arme automatique et les soldats ennemis ripostèrent, en poussant de grands cris.

Howard aligna ses deux cibles désignées et leur balança à chacune une rafale de trois balles.

Dans la lumière mourante des torches, les neuf types s'effondrèrent comme des quilles dans une salle de bowling. Le silence retomba. Les cinq secondes de combustion terminées, l'obscurité revint, plus noire qu'auparavant. Même s'il avait pris soin d'utiliser des munitions de .45 à poudre à éclat réduit, les images rémanentes de ses coups de feu diminuaient son acuité visuelle. Howard effleura le bouton et l'amplificateur fit renaître le jour en pleine nuit. Les signatures thermiques des soldats abattus ne révélaient aucun mouvement. Bien. Embuscade parfaitement réussie.

« Fin de la sim », lança Howard.

La scène de rue de Bagdad s'évanouit et John Howard ôta le casque de réalité virtuelle avant de s'adosser à son fauteuil de bureau. L'exercice était destiné à l'entraînement avec les amplificateurs de vision et il s'était déroulé comme prévu. L'aptitude à voir dans une obscurité presque totale était fort pratique mais elle avait ses inconvénients. À cause des filtres électroniques automatiques intégrés aux viseurs, tout scénario qui incluait des séquences aléatoires et répétées de tir en rafale rendait en définitive ces dispositifs inutilisables, tout comme du reste les protections auditives actives.

Un seul éclair lumineux intense déclenchait l'action des filtres afin de réduire l'intensité lumineuse à un niveau sûr, avant de revenir à la normale. C'était parfait dans le cas d'une explosion. En revanche, quand les flashes orangés émis par les cache-flammes se multipliaient autour de vous, les filtres s'activaient et se désactivaient sans interruption, faisant alterner lumière et obscurité à une telle vitesse que c'en devenait déroutant. Vous aviez un peu l'impression d'être cerné par une flopée de stroboscopes réglés sur des fréquences différentes. Les premières simulations avaient montré que la précision de tir des fantassins soumis à de telles contraintes chutait vertigineusement.

On avait donc employé des tactiques diverses pour remédier au problème.

Au début, les chercheurs avaient tenté de contourner la difficulté en réglant l'inertie des filtres de viseur à cinq ou dix secondes. Malheureusement, cela rendait la scène trop sombre pour y voir quoi que ce soit en dehors des flashes des canons, eux-mêmes très atténués... dans ces conditions, on finissait par tirer à l'aveuglette.

Ils avaient essayé d'y remédier en élevant le seuil de gain pour empêcher le déclenchement intempestif des écrans mais, avec les amplificateurs de lumière, une simple allumette craquée dans le noir suffisait à provoquer une cécité temporaire.

Ingénieurs et scientifiques s'étaient gratté la tête avant de se replonger dans leurs programmes de conception assistée par ordinateur.

En définitive, et comme souvent, il revint aux hommes de terrain de trouver une solution. Utiliser les viseurs électroniques pour chercher et localiser l'ennemi, puis repasser ensuite à la bonne vieille méthode semblait en fin de compte la meilleure technique. Du moins fonctionnait-elle avec les simulations en virtuel ou les exercices sur le terrain. Ce qu'elle donnerait en situation réelle, voilà qui restait à vérifier, pour ses unités en tout cas.

Howard soupira. Il avait fait tourner des dizaines de

scénarios de jeux de guerre au cours des semaines écoulées mais on ne pouvait pas non plus y passer sa vie. Lorsqu'il commandait le bras armé de la Net Force, il avait connu des périodes de creux, mais jamais autant que ces derniers temps. Il savait qu'il aurait dû s'en réjouir, se dire que la paix valait toujours mieux que la guerre, et certes il s'en félicitait mais, quelque part, rester à ne rien faire d'autre que compter métaphoriquement des trombones, c'était lassant.

Évidemment, il y avait moins de risques de se faire descendre en restant assis à ne rien faire, et il est vrai que l'idée l'avait également effleuré, depuis quelque temps.

## Washington, DC

Toni essayait de pratiquer ses djurus, assise sur le canapé, en ne faisant travailler que la partie supérieure du corps, selon les conseils de Gourou. Ouais, c'était encore dans ses possibilités et ouais, c'était toujours mieux que rien, mais c'était aussi comme de prendre une douche avec un imper. On ne sentait pas vraiment l'eau.

Elle se leva, repoussa la table basse, s'assit par terre et fit quelques étirements, rien de violent, juste de quoi s'assouplir un peu le dos et les hanches. Le gynéco ne le lui avait pas interdit, il lui fallait juste éviter les exercices violents, n'est-ce pas ?

L'élastique de son pantalon en stretch lui rentra dans

le ventre quand elle se pencha pour toucher ses orteils. Putain, ce qu'elle avait horreur d'être grosse !

Au bout de cinq minutes d'assouplissements, elle se sentit déjà mieux. Bien, elle pouvait donc effectuer quelques djurus assortis des mouvements de pied, les langkas, à condition d'y aller mollo. Pas de mouvements brusques, pas d'efforts intenses, normalement, ça ne devrait pas être plus stressant que la marche, si elle prenait ses précautions.

Elle fit donc dix minutes d'exercices, lentement, sans forcer, juste les huit premiers djurus. Elle sauta les postures exigeant de s'accroupir, la cinq et la sept.

Et puis, comme de juste, elle fut prise d'une envie de pisser, ce qui devait bien lui arriver maintenant cinq fois par heure.

Quand elle eut terminé, elle se releva et au moment de quitter les w-c, elle regarda machinalement dans la cuvette.

Le fond était rouge de sang, comme le papier qu'elle venait d'y jeter.

Une terreur glacée l'étreignit.

Elle se précipita pour appeler le toubib.


## *Austin, Texas*


Tad était au volant de la voiture de location. Bobby, à côté de lui, lui indiquait l'itinéraire.

« Très bien, tu restes sur la 35, direction sud, jusqu'à ce qu'on ait traversé le lac machin-truc, et là, tu cherches un panneau indiquant "École d'État pour jeunes sourds du Texas". Il faut qu'on trouve le grand parc Stacy – gaffe, pas le petit, qui est juste devant –, puis Sunset Lane, et là tu tourneras dans cette... foutue saloperie de merde chinetoque ! »

Cette dernière sortie fut accompagnée d'une grande claque sur le boîtier GPS intégré à la planche de bord.

« Quoi ?

– Cette connerie a planté, la carte vient de disparaître ! » Bobby martela de nouveau l'appareil défaillant. « Allez !

– Je vois toujours pas pourquoi on a besoin de s'y rendre en personne, remarqua Tad. On aurait pu lui téléphoner ou lui demander ça par mail.

– Non, on n'aurait pas pu. Les fédéraux peuvent intercepter les conversations au téléphone ou le courrier électronique, même cryptés. Ils en étaient déjà capables plusieurs années avant que le grand public s'en aperçoive. En outre, ce gars veut une police d'assurance : il veut voir nos tronches. Il connaît les noms et il peut s'en servir, mais on pourrait changer nos identités.

– On pourrait aussi changer de visage. »

Bobby frappa derechef le GPS. « Ah, pas trop tôt. La carte est revenue. » Il regarda Tad. « Ouais, on pourrait, et il le sait aussi. Mais le truc, c'est qu'il veut nous voir débarquer la queue entre les jambes et le chapeau à la main. Pour pouvoir nous éblouir avec sa science, et nous forcer à lui vouer une reconnaissance éternelle. C'est une histoire d'ego. Sans compter que tant qu'on est dans le business, il nous tient de toute façon, peu importe notre nom ou notre apparence. On a l'exclusivité du marché sur le Marteau de Thor, je te signale. Si quelqu'un en fourgue, ça peut être que nous, quel que soit le nom qu'on se donne.

– Ouais, et je dois dire que de ce côté, ça pourrait bien être bonnet blanc et blanc bonnet, mec. Même si ça marche, on fera jamais que troquer un problème contre un autre.

– Je ne pense pas, rétorqua Bobby.

– Ah, voilà le lac, intervint Tad, droit devant.

– OK, guette le panonceau de l'école, ça devrait être juste après le pont.

– Je guette. Bon, mais revenons-en à ma question. Ce gars aura une monnaie d'échange si jamais il se fait serrer par les flics. Tu crois pas qu'il risque de nous balancer s'il s'agit de sauver sa peau ?

– Quelle idée ! Moi-même, je le balancerais sans l'ombre d'une hésitation, si ça devait m'arriver.

– Bon Dieu, Bobby...

– Allons, Tad, essaie de voir un peu plus loin que le bout de ton nez. Le chrono tourne à la maison poulaga. Ce sorcier de l'informatique est capable de s'introduire dans l'ordinateur de la salle de gym et dans les fichiers de la police pour en faire disparaître mon nom. S'il y parvient avant qu'ils m'aient trouvé, on est sauvés.

– Ouais, à condition que les flics n'aient pas tout bêtement le fichier sur papier.

– Ils ne l'ont pas. Steve m'a garanti qu'ils ont transféré directement ses fichiers d'adhérents par modem. Plus personne n'utilise de copie papier pour ce genre de truc. J'ai même pas rempli de paperasse quand je me suis inscrit là-bas, j'ai tout fait au clavier.

– Donc, la menace immédiate, celle des flics, est

éliminée. Monsieur l'as de l'informatique reste un problème potentiel, mais ça, c'est à longue échéance. Il va pas filer aussitôt nous dénoncer chez les flics, pas s'il veut que Thor tout-puissant l'aide à continuer de se choper des ampoules sur la queue à force de tringler sa copine. Tu vois ce que je veux dire ?

– Ouais, mais... »

Bobby le coupa. « T'as entendu parler du Rasoir d'Occam ?

– Non. Tu vas encore me bassiner avec une de tes histoires à la con, c'est ça ? »

Bobby rigola. « Non. Ça définit une façon de considérer les problèmes. Une règle qui dit en gros : inutile de se compliquer la tâche quand on peut faire simple. Le truc simple dans notre situation, c'est que tant que les flics ignorent mon existence, ils ne risquent pas de venir me chercher.

– OK, ça je vois bien. T'essaies de gagner du temps, pour échapper à la menace immédiate. Mais il te reste toujours la menace potentielle.

– Eh bien, si tu laisses les choses en l'état, c'est sûr. Mais vois-tu, notre informaticien pourrait avoir comme qui dirait... un accident. Il pourrait glisser dans sa baignoire et se fracasser le crâne, ou se faire écraser par un bus à un passage clouté, ou, je ne sais pas, moi, faire une réaction allergique aux fruits de mer, et hop, plus de bonhomme. Il y a certaines substances chimiques qui peuvent te tuer un mec en provoquant exactement les mêmes symptômes qu'un choc anaphylactique. Et ce genre d'incident se produit tous les jours, pas vrai ? Les flics enquêteraient, mais si c'était un accident, ça n'irait pas plus loin, d'accord ? » Bobby sourit, de ce sourire tout en dents qui révélait qu'il s'amusait un max.

Tad avait fini par piger. Il acquiesça. « Oh. Ah ouais, je vois ce que tu veux dire.

– Eh bien, tout espoir n'est pas perdu, mon brave Tad.... hep, là, voilà le panonceau, quitte l'autoroute à la prochaine sortie ! »

Tad acquiesça. Bobby gardait presque toujours un coup d'avance sur les autres, même quand la situation tournait au vinaigre. Vous le jetiez par la fenêtre, et il réussissait toujours à retomber sur ses pieds. Ouais, il maîtrisait toujours. C'était rassurant à savoir.

## 25

## *Washington, DC*

Jay était assis en *seiza* et tentait, comme dans l'histoire du marchand de hot-dogs et du maître zen, de faire un avec tout.

Il avait quelques petits problèmes pour y arriver. Primo, se tenir assis sur les talons, c'était bougrement inconfortable. Peut-être pas au Japon, où tout le monde était habitué à le faire, mais en Amérique, ce n'était pas comme ça qu'on s'asseyait normalement, pas plus du reste que les jambes nouées en position du lotus, ou même simplement par terre... en tout cas, pas sans un coussin ou un oreiller glissé sous les fesses.

Secundo, alors qu'il était censé se concentrer sur son souffle, en se contentant de sentir l'air entrer et sortir sans chercher à le contrôler ou compter ses inspirations ou quoi que ce soit, il n'arrivait quasiment pas à se détacher. Dès qu'il prenait conscience de sa respiration, il n'arrêtait pas d'essayer de la ralentir, la maîtriser, ainsi de suite, et c'était tout faux. Et compter, c'était chez lui un réflexe. Si bien qu'il devait faire un effort conscient pour ne pas compter, et là aussi, il avait tout faux. Ne pas compter et ne pas penser à ne pas compter.

Et tertio, vous étiez censé ne penser à rien du tout, et si une pensée vous venait, vous étiez censé la chasser gentiment pour ne vous consacrer qu'à la respiration. Les pensées étaient des produits du cerveau simien, lui avait dit Saji, et il convenait de les faire taire pour atteindre à la paix et à l'harmonie avec son moi intérieur.

Ouais, eh bien dans son cas personnel, le cerveau ressemblait plutôt à une troupe entière de singes hurlant en délire, gambadant dans les arbres, et faire taire cette meute jacassante, c'était pas évident.

Il avait mal au genou. Cette dernière inhalation s'acheva par un soupir. Les pensées concernant le travail, le dîner, Saji et la stupidité d'être assis là juste à respirer, roulaient dans sa tête comme une marée d'équinoxe. Vouloir les arrêter était aussi futile que d'agiter les bras sur la plage pour ordonner à l'océan de se tenir immobile.

*Ressaisis-toi, Jay. Des millions de gens font ça tous les jours !*

Qui aurait dit que la méditation était un exercice aussi difficile ? Rester assis sans rien faire était plus dur que tout ce qu'il avait jamais fait ou, dans son cas, évité de faire.

Dans le fond de sa tête, le taraudant, il y avait un truc concernant le boulot, un petit machin qui voletait comme un papillon, et qu'il était incapable d'épingler. Un truc à propos de cette histoire de drogue, de ces deux gars des Stups et de la NSA, les agents Lee et George...

Non. Arrière. Tu verras ça plus tard. Pour l'instant, contente-toi d'être...

Lee et George. On ne savait pas grand-chose d'eux. Presque le même âge, l'un et l'autre des bosseurs, l'un et l'autre résidant dans le district fédéral. L'un et l'autre mariés et divorcés presque aussitôt, et sans relation connue pour l'instant. Fort ressemblants...

*Cesse de penser, Jay. Tu es censé méditer !*

*Oh, ouais. D'accord. Inspire. Expire. Inspire...*

L'ex-épouse de Lee était originaire de Floride ; elle était aujourd'hui avocate à Atlanta, où elle enseignait également le droit dans une université. Lee et elle s'étaient rencontrés en fac de droit. Jay avait enquêté sur elle et tout en étant appréciée comme enseignante, elle n'en était pas moins considérée comme une sorte de gauchiste. Elle était membre de l'association des enseignantes lesbiennes, ou un truc dans le genre, en tout cas très branchée féministe. Le divorce s'était réglé à l'amiable, sans torts mutuels, c'est du moins ce qu'on pouvait en déduire des archives officielles ou des entretiens. Il n'empêche, ça avait dû faire bizarre pour Lee. Vous divorcez, et juste après, votre ex retourne sa veste question préférences sexuelles. C'est le truc à vous faire douter de vos capacités viriles.

L'ex de George faisait dans le courtage en Bourse. Diplômée de droit, elle n'avait pas de cabinet mais travaillait pour une des grosses compagnies financières de Wall Street, chez qui elle gagnait assez bien sa vie pour être propriétaire d'un appart à deux millions de dollars dominant Central Park. Elle vivait seule et n'avait toujours pas de relation suivie cinq ans après le divorce. Elle ne semblait pas non plus faire beaucoup de rencontres, d'après ce que Jay avait pu découvrir sur son compte. Comme Lee avec son ancienne épouse, George semblait s'entendre parfaitement avec son ex.

Que voilà des gens fort civilisés...

*Tu penses encore, Jay, gaffe !*

*OK, OK !* Inspire, expire, inspire...

N'empêche, il y avait de quoi s'interroger, malgré tout... comment se faisait-il qu'une femme assez riche pour s'offrir un appartement aussi luxueux n'ait pas des prétendants qui faisaient la queue à sa porte ? Une belle fille, cheveux courts, bâtie comme une danseuse...

Enfin, ça n'avait pas vraiment d'importance...

*Expire, inspire, expire...*

L'idée suivante qui dégringola de l'arbre à singes pour lui babiller à l'oreille était si surprenante que Jay ouvrit brusquement les yeux et s'exclama : « Oh, merde ! »

Assise par terre dans la même posture en face de lui, Saji fut arrachée à sa méditation personnelle : « Hein ? Quoi ? Il y a le feu ?

– Non, non, c'est juste qu'une pensée m'est venue...

– T'en fais pas, c'est une phase normale...

– Non, je veux dire une idée. Sur l'affaire de drogue !

– Laisse couler, tu la retrouveras.

– Non. Il faut que je me mette à l'ordinateur, tout de suite !

– Jay, ce n'est pas comme ça qu'on médite.

– Je sais, je sais, mais il faut que je vérifie mon idée ! »

Soupir de Saji. « Très bien. Fais ce que tu dois faire. » Elle referma les yeux et reprit sa méditation. Jay était déjà debout et sortait précipitamment de la chambre pour retrouver son terminal.


Michaels prit sa journée pour rester auprès de Toni. Elle était encore couchée, dormant profondément, et il avait prévu de la laisser dormir le plus longtemps possible. La légère hémorragie de la veille n'était pas signe d'une quelconque anomalie fœtale, leur avait assuré le toubib, mais Michaels s'était malgré tout fait un sang d'encre. Le temps pour lui d'arriver à la clinique, Toni avait déjà subi les examens, une prise de sang, et le médecin avait pris à part son époux pour lui parler.

Le toubib, un grand Noir sexagénaire aux cheveux gris frisottés, portant le nom improbable de Florid, n'y alla pas par quatre chemins : « Écoutez, monsieur Michaels, si votre femme ne se tient pas tranquille, assise, les pieds relevés, sans rien faire pendant les quatre mois à venir, il y a un risque certain d'accouchement prématuré, voire de fausse-couche.

– Seigneur. Est-ce que vous le lui avez dit ?

– Bien entendu. Elle est encore relativement jeune et en bonne santé, le bébé semble bien se porter, mais elle souffre d'une très légère hypertension. En temps normal, elle est à 12/7, mais aujourd'hui, elle est montée à 15/8,5. Techniquement, ce n'est pas encore une tension jugée critique mais nous surveillons toujours ce paramètre, surtout chez une primipare... je veux dire, lors d'une première grossesse.

– Pourquoi cela ?

– Il y a toujours un risque de pré-éclampsie dans cinq cas sur cent. En général, le risque est bénin en soi et ne porte pas à conséquence, mais il arrive que cela débouche sur ce qu'on appelle dans notre jargon une *abruptio placentae*, à savoir le décollement spontané du placenta de la paroi utérine, rupture qui n'est jamais d'un bon pronostic. En général, cet accident se produit durant le troisième trimestre, parfois seulement à l'accouchement, et dans ce cas, nous pouvons intervenir mais cela complique toujours les choses.

« Ce qui est plus grave, c'est que la prééclampsic peut dégénérer en éclampsie, à savoir une toxémie grave qui, bien que fort rare, entraîne convulsions, coma et peut déboucher sur une issue fatale. »

*Une issue fatale.*

Michaels déglutit. Cette fois, son inquiétude redoubla.

« Et c'est ce qui est en train d'arriver à Toni ?

– Sans doute pas. Il n'y a aucune trace d'albumine dans ses urines, l'œdème des membres inférieurs reste limité, et en général, on résout la question en les maintenant en position élevée, mais deux précautions valent mieux qu'une.

– Toni est la femme la plus résistante, la plus forte que je connaisse, elle est dans une forme parfaite... »

Sourire du docteur Florid. « Certes, je suis sûr qu'elle est capable de plier des barres d'acier à mains nues. En temps normal, la grossesse ne pose aucun problème médical, les femmes peuvent continuer de vaquer à leurs affaires et de poursuivre toutes les activités antérieures qu'elles pratiquaient avant de tomber enceintes. La plupart. Mais voyez-vous, la plomberie intérieure ne fonctionne pas de la même manière que les muscles striés. Vous aurez beau déployer tous les efforts de volonté, vous ne pourrez pas renforcer la rigidité de la paroi utérine. Celle de Toni est fragile ; c'est sans doute héréditaire. Cela dit, elle peut tout à fait donner naissance à son bébé sans autre problème, mais je serais bien plus rassuré si elle se calmait un peu. Vous devez essayer de lui faire comprendre qu'il est primordial pour elle de se reposer. Une fois le bébé venu au monde et à supposer qu'elle en ait encore le temps, elle pourra toujours sauter de liane en liane comme Sheena, la Reine de la Jungle, et aller tabasser les lions et les rhinocéros, ça m'est égal, mais pour l'instant, j'insiste : pas d'exercice exténuant. Je ne veux plus la voir soulever de lourdes charges, faire du jogging, du cheval ou des flexions intenses, et je ne veux surtout plus la voir continuer à pratiquer ces mouvements de danse martiale dont elle semble incapable de se passer. Elle peut rester couchée. Elle peut rester assise sur une chaise ou dans un canapé, elle a le droit d'aller à la cuisine prendre ses vitamines, mais c'est à peu près tout. »

Michaels acquiesça. « Je comprends.

– S'il devait y avoir un autre épisode hémorragique au cours du second trimestre, je la confinerais au lit pour une durée indéterminée. Je sais que ça ne lui plairait pas. »

Michaels ne put que sourire. « Ça, docteur, vous pouvez en être sûr. »

Il avait bien une autre question ; il ouvrit la bouche, mais estima qu'il était sans doute égoïste de la poser.

Le toubib lut dans ses pensées : « Les relations sexuelles sont autorisées, à condition que vous vous absteniez de la prendre pour un trampoline. »

Michaels rougit, embarrassé.

Rire du médecin. « Écoutez, je sais que tout cela peut vous paraître effrayant, mais vous devez garder à l'esprit qu'en médecine, on envisage toujours le pire. Il y a toutes les chances que rien de grave n'arrive à votre femme ou à votre futur enfant. Mais nous sommes tenus de vous avertir des risques, si faibles soient-ils. Nous devons assurer nos arrières.

– Pour éviter d'être poursuivis, nota Michaels, narquois.

– Bon sang, mon vieux, j'aurais beau fournir à mes patients et leurs familles des films, des enregistrements, des archives, des piles de documents et de diplômes et leur faire signer une décharge attestant qu'ils ont bien tout compris et s'engagent à ne pas s'adresser à un avocat même pour lui dire bonjour, ça ne m'empêcherait pas de me retrouver au tribunal si jamais quelque chose tournait mal. On se retrouve systématiquement poursuivi dès que quelque chose tourne mal.

– Ce doit être pénible.

– Prendre dans ses mains des bébés compense largement. Le regard dans les yeux d'une jeune maman quand elle découvre son enfant pour la première fois, ça n'a pas de prix. Tant que mon assurance et mes mains tiendront le coup, je continuerai à faire ce boulot. »

Il gratifia Michaels d'une tape sur l'épaule. « Si vous voulez mon avis personnel, cette grossesse va très bien se dérouler, si votre femme se décide à lâcher un peu la bride.

– Merci beaucoup, docteur, dit Michaels. Sincèrement. »

Maintenant, alors que Toni dormait et que Michaels tournait en rond comme un ours en cage dans l'appartement, il en venait à espérer que le docteur avait prédit juste. Toni voulait ce bébé, tout autant que lui. Il allait devenir le centre de leur nouvelle vie de famille et de couple, et ce serait une catastrophe s'ils devaient le perdre.

Dans le séjour, il tomba sur l'écrin contenant les deux poignards kerambits. Il les sortit, en prit un dans chaque main, les soupesa, se mit à les manier. Ça faisait bizarre de jouer avec des couteaux tout en songeant à un nouveau-né.

Enfin, peut-être pas tant que ça, compte tenu de ses parents.

Il maniait les lames avec lenteur et prudence. Cela ne ferait sans doute rien pour réduire le stress de Toni s'il s'ouvrait accidentellement le poignet. Sans parler de sa santé personnelle. Malgré tout, les lames courtes lui semblaient familières, leur prise confortable, et les mouvements du djuru ne semblaient pas devoir occasionner de risque particulier. Pas du moins au rythme lent et prudent adopté. Un faux mouvement un peu trop précipité risquait toutefois de démentir cette belle assurance.

Il rangea les couteaux et retourna dans la chambre sur la pointe des pieds s'assurer que Toni allait toujours bien.

# 26

## *Au-dessus du Nouveau-Mexique*

Durant le vol de retour, Drayne se sentait plutôt bien. L'as de l'informatique s'était montré à la hauteur de sa réputation. La police de Californie du Sud et le club de gym de Steve ne conservaient désormais plus la moindre trace du dénommé Robert Drayne dans leurs archives. Mieux, le sorcier du clavier avait réussi à s'assurer que les flics n'avaient même pas réussi à localiser l'emplacement où se trouvait stocké son nom et lancer quelqu'un enquêter dessus avant qu'il ne se volatilise comme par magie. Le fichier n'avait pas non plus été imprimé. La liste avait été en outre renumérotée, et à moins de savoir qu'un nom en avait été effacé, et qui plus est, de savoir où et surtout comment chercher, il était parfaitement impossible de déceler l'altération. Et même, cela n'aurait pas permis de savoir qui avait disparu.

Encore une fois, Drayne avait une veine de cocu. Tout ce que ça lui avait coûté, c'était une promesse de fourniture gratis de la dope aussi longtemps que le gars vivrait. Donné, même s'il devait y être de sa poche.

Drayne sourit à l'hôtesse qui parcourait la travée des premières classes en demandant aux passagers s'ils désiraient du champagne – cadeau de la compagnie. Sans doute du Korbel, un des meilleurs domaines californiens achetés par les Français. Pas mauvais si l'on ignorait les vraies grandes marques, mais quant à Drayne, il n'en aurait pas voulu même pour astiquer les pare-chocs de sa voiture. L'hôtesse était malgré tout à croquer, elle ne portait pas d'alliance, et le vol de Dallas-Fort Worth à l'aéroport de Los Angeles encore long. Il pouvait toujours lier conversation, qui sait obtenir son numéro. *Dites donc, vous n'avez jamais envisagé une carrière au cinéma ? Vous avez une plastique superbe...*

L'hôtesse s'arrêta pour parler à une femme en qui Drayne crut reconnaître une personnalité politique de LA, conseillère municipale ou peut-être porte-parole de la mairie. Il consulta sa montre.

À l'heure qu'il était, Tad devait régaler leur prodige de l'informatique dans un excellent petit restaurant italien discret, réputé pour la fraîcheur de ses produits. Le prétexte du dîner était de mettre au point la livraison d'une douzaine de gélules du Marteau en guise de premier versement pour un contrat de fourniture à vie. L'informaticien, maniaque de la bouffe saine, n'avait cessé de leur vanter l'endroit. La salade qui accompagnait les viandes était exclusivement composée de légumes sauvages, de champignons et d'herbes aromatiques locales, et elle était à tomber par terre, leur avait-il assuré.

Drayne avait souri, regretttant d'avoir à regagner Los Angeles et rater cela mais – veine ! – Tad adorait la salade.

La dernière fois que ledit Tad avait mangé de la salade où toute autre denrée vaguement saine remontait sans doute à une vingtaine d'années, facile. Il suffisait de le voir pour s'en assurer. Mais un type aussi imbu de lui-même que le sorcier de l'informatique était capable de passer devant l'évidence sans ciller. Les gens ne voyaient que ce qu'ils voulaient bien voir.

Bref, le mec avait choisi lui-même sa sortie et il avait même eu l'obligeance de leur tenir la porte.

Si tout se déroulait comme prévu, à l'instant précis où l'informaticien s'apprêterait à plonger le nez dans son délice du jardin, il allait recevoir un coup de fil. Tad avait programmé le numéro sur son persocom et le truc ne réclamait qu'une discrète pression sur une touche. Profitant de la distraction du petit génie, Tad comptait glisser dans sa salade deux ou trois lamelles de champignons dont les variétés n'étaient pas indiquées sur la carte. Ceux-là poussaient à l'état sauvage dans des endroits aussi chauds et moites qu'Austin à cette période de l'année, ils n'étaient guère difficiles à trouver quand on avait l'œil, et une fois tranchés, ils étaient virtuellement identiques à de banals champignons de couche.

La première variété de ces cryptogames bien particuliers contenait des doses importantes d'anatoxines et de phallotoxines ; l'une et l'autre étaient susceptibles d'être fatales prises isolément et, réunies, elles entraînaient presque à tout coup la destruction des fonctions hépatique et rénale, entraînant la mort en moins d'une semaine dans quatre-vingts pour cent des cas.

La seconde variété était bourrée de la toxine *gyromita* qui, quoique moins redoutable que les autres, s'attaquait elle aussi aux reins et au foie, mais également au système circulatoire, entraînant dans les cas extrêmes une défaillance cardiaque.

La plupart des intoxications de ce type étaient rares aux États-Unis parce que la toxine était partiellement détruite par la cuisson. En revanche, l'ingestion de champignons frais et craquants dans une salade avait un impact redoutable.

Monsieur le petit génie de l'informatique apprécierait son repas. Tad et lui se sépareraient dans les meilleurs termes. Et puis au bout de vingt-quatre ou quarante-huit heures, le petit génie serait brusquement victime de symptômes évoquant une grippe : fièvre, nausée, vomissement, diarrhée, crampes. Son toubib se méprendrait sans doute sur les symptômes au début, mais même sans cela, le seul moyen d'assurer la survie de la victime était une greffe de foie et peut-être de reins et, même dans ce cas, une défaillance cardiaque était toujours à redouter.

Aucune garantie, certes, mais huit chances sur dix de clamser, c'était déjà pas si mal. Et même s'il s'en tirait, il lui faudrait du temps pour se rétablir, avec un traitement immunosuppresseur s'ils arrivaient à lui trouver un nouveau foie, et dans ce cas plus question pour lui de jouer avec son métabolisme s'il tenait à rester en vie. Et s'il arrivait à tenir jusque-là ? Eh bien, ils pourraient toujours lui rendre une autre petite visite.

S'il mourait, ce serait dû à un empoisonnement

aux champignons, une terrible tragédie, un accident imprévisible. Pas bon pour la réputation du restaurant et son assureur, mais enfin, c'était la vie, après tout. On ne faisait pas d'omelettes sans casser des œufs.

L'hôtesse s'approcha. « Un verre de champagne, monsieur ?

– Volontiers, merci. Écoutez, mademoiselle, je ne voudrais pas vous paraître entreprenant, mais je suis producteur de cinéma. Avez-vous déjà envisagé de tourner ? »

Il lui tendit sa carte professionnelle et sourit.

Elle prit la carte, l'examina, et lui rendit son sourire. « L'idée m'a traversé l'esprit. J'étais premier rôle dans la troupe de théâtre au lycée. »

Décidément, la vie était chouette.


*Putain de vie*, se dit Toni. Personne ne l'avait prévenue de ce qui pourrait arriver durant la grossesse, personne ne lui avait dit qu'elle en serait réduite à l'activité physique d'une limace. L'horreur.

Alex était resté pour s'occuper d'elle mais elle l'avait fait partir. Il était bien gentil, mais elle risquait de ne pas être une compagnie agréable, et elle ne voulait pas qu'il la prenne pour une emmerdeuse patentée. Mieux valait qu'il la voie sourire et à tout le moins faire mine d'être heureuse une fois de temps en temps.

« T'es sûre ? avait-il demandé, revenant pour la troisième fois à la charge.

– Oui. Certaine. File. »

Et c'est ce qu'il avait fait, et ça l'avait mise en rogne en même temps. Oui, elle lui avait dit de partir, oui elle avait insisté, mais en réalité, elle ne le désirait pas vraiment. Pourquoi n'était-il pas fichu de s'en rendre compte ? Comment pouvait-il... enfin, la prendre ainsi au mot sans sourciller ? Pourquoi les hommes étaient-ils aussi stupides ?

Oui, bon, d'accord, elle savait que c'était illogique, mais on ne se refaisait pas.

Maintenant qu'Alex était parti, elle se sentait comme une âme en peine. Le docteur lui avait fait comprendre sans détour qu'elle devait désormais se cantonner à une activité réduite, et comme elle n'avait jamais pu vivre sans se dépenser, cela s'annonçait insupportable. Si elle n'avait plus le droit de bouger, merde, autant directement prendre racine et se transformer en plante verte. Non, vraiment, elle détestait ça.

Elle ne se sentait pas d'humeur à se mettre à la gravure. Pas non plus d'humeur à regarder la télé, écouter un disque ou bouquiner. Non, ce qui lui faisait envie, c'était de courir huit mille mètres pour s'éclaircir les idées. Ou faire une demi-heure d'étirements puis son entraînement de silat. Enfin, tout ce qui vous faisait transpirer et brûler des toxines.

Mais à quoi bon ressasser tout ça ? Cela ne pouvait que la rendre un peu plus malheureuse. Si tant est que ce fût possible.

D'autres femmes avaient surmonté l'épreuve. Alors, si d'autres l'avaient fait, pourquoi pas elle, ne cessait-elle de se dire pour se consoler. Maigre consolation.

La maison était propre comme un sou neuf. Elle avait passé bien trop de temps ces derniers jours à faire le ménage, épousseter les meubles, passer l'aspirateur, ranger les rayonnages. On aurait pu manger par terre – à condition d'avoir le droit de se pencher...

Elle retourna dans la chambre. Le lit était fait. La salle de bains, nickel. Rien à faire.

Le plancher de la penderie d'Alex, près de son porte-chaussures, était encombré de vêtements à envoyer au nettoyage. Tiens, elle pourrait faire ça. Surprendre Alex, vu qu'elle lui avait suffisamment affirmé ne pas vouloir s'acquitter de ses tâches ménagères.

Elle ramassa un veston et un pantalon, un blouson de sport, deux chemises de soie, quelques cravates. Le panier à linge sale était au garage : Alex notait en général quand il était plein et il le mettait dans le coffre, profitant de ce qu'il se rendait au boulot pour, au passage, le déposer au pressing tenu par une famille de Coréens.

Tout en commençant à déposer les vêtements dans le panier d'osier, elle se mit machinalement à vider les poches comme toujours avant la lessive. L'habitude d'avoir grandi dans une famille pleine de frères... Les garçons avaient la manie de laisser tout un tas de trucs dans leurs poches, et le cliquetis d'une poignée de pièces dans le lave-linge ou la séchante avait de quoi vous rendre cinglé, sans compter les éraflures à l'intérieur du tambour. Les stylos à encre pouvaient vous ruiner une lessive de blanc et ça n'avait rien de drôle non plus d'ôter une à une les bouloches d'un mouchoir en papier consciencieusement lavé, déchiqueté puis séché, venues se coller sur une pile de chemises sombres.

Dans la poche revolver du pantalon, Toni trouva une boîte à trombones avec, à l'intérieur, la gélule.

Elle la reconnut à la description d'Alex – vu sa taille et sa couleur mauve – et sa présence dans sa poche ne laissa pas de l'intriguer. Mais peut-être était-ce important. Elle crut se souvenir que le produit était doté d'une sorte d'inhibiteur chimique qui l'inactivait au bout de vingt-quatre heures environ. Et Alex n'avait pas porté ce costume la veille, lui semblait-il.

Elle saisit le téléphone posé sur l'établi, tout en continuant d'examiner la gélule. Elle la posa près de la plaque d'ivoire qu'elle était en train de graver tandis que le persocom d'Alex se mettait à sonner.

« Hé, ma puce ? Que se passe-t-il ? Tu vas bien ?

– Ouais, très bien, t'inquiète pas. J'étais en train de trier ton linge sale à donner au nettoyage...

– Tu faisais quoi ?

– N'aie pas l'air si interloqué.

– Pardon. Continue...

– Quoi qu'il en soit, j'ai trouvé cette gélule mauve dans ta poche.

– Ah, merde. J'arrête pas d'oublier ce truc. Je devais passer la déposer au labo du FBI pour qu'un de leurs chimistes l'examine. C'est celle que John a récupérée lors de la descente dont je t'ai parlé...

– Je peux le faire pour toi, la donner au labo.

– Non, tu ne peux pas. Tu n'es pas censée conduire, aurais-tu oublié ? Mets-la-moi de côté, je ferai ça demain.

– Très bien.

– Euh... et merci de m'avoir appelé.

– T'es déjà au boulot ?

– J'y suis presque.

– À plus. »

Quand elle eut raccroché, Toni regarda dans le vide. Il était à souhaiter que leur futur bébé valût toute cette peine. Il avait intérêt.

Elle se remit à errer dans la maison. Tout d'un coup, elle se sentit lasse. Peut-être ferait-elle mieux de s'étendre, faire une petite sieste. Oui, ça serait aussi bien. De toute façon, elle ne pouvait pas faire grand-chose d'autre.

Jay secoua la tête, il se sentait stupide. Il avait eu le truc sous le nez depuis le début et n'avait pas été fichu de le remarquer. À force de regarder de trop près, le rapport lui avait échappé.

Toutes ces simagrées de contemplation du nombril avaient peut-être leur intérêt à long terme – apprendre à faire le vide dans ses pensées, se relaxer l'esprit –, n'empêche que le vieux Jay Gridley n'aurait jamais laissé filer un truc pareil.

Peut-être que la relaxation mentale n'était pas une si bonne idée dans l'activité qu'il exerçait.

Il récapitula les données. Récupérer l'élément essentiel lui prit du temps, mais finalement il y arriva. Ça ne prouvait rien, bien entendu, mais c'était à coup sûr un indice d'un poids susceptible de faire sérieusement pencher la balance.

Il fallait absolument qu'il le transmette au patron, histoire d'avoir son avis, mais il aurait parié que ça signifiait quelque chose d'important. Il tendit la main vers le persocom pour l'appeler puis décida qu'il vaudrait sans doute mieux éviter d'utiliser le téléphone ou le Net. Tous les appareils de communication de la Net

Force – en particulier les virgils – étaient cryptés, leurs signaux transformés en séquences binaires complexes censées rester indéchiffrables au commun des mortels. Mais leur petit incident survenu récemment au Royaume-Uni avec cet ordinateur quantique avait toutefois guéri Jay de sa confiance aveugle dans les codes binaires. Et compte tenu de leurs adversaires actuels, un face à face demeurait sans doute préférable.

« Il faut que j'aille au QG, lança Jay à Saji en gagnant la porte.

– À une heure pareille ? » Elle ouvrit les yeux et le dévisagea, toujours assise dans sa posture méditative.

« C'est important. Je t'aime. À tout à l'heure.

– Sois prudent au volant. »

Il réfléchit à sa découverte pendant tout le trajet jusqu'au siège de la Net Force. Le patron n'allait pas manquer d'être surpris par un tel rebondissement.

# 27

## *Aéroport international de Dallas-Fort Worth*

Avachi dans un siège de la zone d'embarquement, Tad attendait son vol de correspondance pour Los Angeles. Même gavé d'antalgiques et bourré jusqu'aux yeux d'amphés et d'anabolisants, c'est tout juste s'il arrivait à tenir debout. Tous ses muscles, toutes ses articulations, tout son corps n'étaient qu'un nœud douloureux, une pulsation sourde et grinçante qui résonnait en lui à chaque battement de cœur. Même la meilleure dope ne parvenait qu'à atténuer le mal, bien loin de le supprimer. Il se sentait si las qu'il avait du mal à y voir clair et il avait l'impression que s'il avait le malheur d'éternuer, sa tête allait se détacher. Mais au moins avait-il réparé sa connerie même si, bon d'accord, ça l'avait contraint à refroidir l'autre pauvre gland. Mais enfin, ce coup-ci, Bobby ne serait plus en rogne après lui. Ça le faisait chier de décevoir Bobby qui avait bien souvent rattrapé ses conneries sans le foutre dehors à coups de pompes dans le cul. Ouais, son seul vrai pote,

Bobby, Tad le savait bien, et la seule personne sur terre à s'occuper un peu de lui. Des gars comme ça, on pouvait pas les laisser tomber, merde.

Une punkette gothique, dix-huit ou dix-neuf balais, débarqua en se laissant choir dans l'un des sièges de la rangée d'en face, d'où elle se mit à le lorgner. Elle portait un T-shirt noir déchiré sous une ruine de blouson de cuir noir aux manches décousues, pantalon de survêt noir idem et tennis roses. Ses cheveux courts étaient teints en mauve, et elle exhibait trois piercings, au nez, à la lèvre et au sourcil, et neuf clous dans le lobe de chaque oreille. Tad aurait été surpris qu'elle n'arbore pas d'autres anneaux d'or ou d'acier accrochés au nombril, aux mamelons et à la vulve. Elle le gratifia d'un sourire torve – et ouais, on avait droit aussi au bouton sur la langue – et il réussit à retrousser la lèvre en manière de réponse. Sans doute voyait-elle en lui une âme sœur, et merde, c'était pas faux. Certains des kids qui se fringuaient komak étaient juste des frimeurs, d'autres des nihilistes, d'autres encore de vrais anarchistes. On pouvait en général le cerner au bout de trente secondes de conversation mais pour l'heure, il était pas même foutu de mobiliser l'énergie nécessaire à lui faire signe de s'approcher, pour voir. Pas grave, d'ailleurs : il était pas vraiment en condition de se glisser avec elle aux chiottes pour sniffer une ligne de coke, fumer un joint ou baiser un coup, selon ce qui la branchait. Du reste, il se sentait plutôt attiré par le même genre de nana que Bobby : les minettes baraquées et siliconées qui mettaient autant d'énergie à faire des pipes qu'à faire des pompes. Même si ces derniers temps il n'avait plus eu grand intérêt pour la

chose. Enfin, si l'on exceptait la spectaculaire paren-
thèse en salle de gym avec Wonder Woman.

L'hôtesse se manifesta et lança des borborygmes
dans les haut-parleurs. Tad n'avait pas la moindre idée
de ce qu'elle avait dit mais les passagers commencèrent
à se lever, mettre leur sac à l'épaule ou tirer derrière
eux leur valise au bout d'une petite laisse, comme des
chiens Samsonite réticents à se promener et qu'il fallait
traîner de force. Tad quant à lui voyageait sans bagages.
S'il avait besoin de fringues propres, il les achetait sur
place et jetait les anciennes : liquette, falzar, sous-vêts,
chaussettes, la totale. Un truc appris quand il zonait
dans les rues de Phoenix, mille ans plus tôt. Si tu dois
voyager, autant ne pas t'encombrer. Si t'as rien sur toi,
personne peut rien te piquer. Tu risques pas d'oublier
quoi que ce soit, et si tu dois te tirer vite fait, tu peux
le faire sans te retourner. Il avait juste sur lui le reçu
de son billet électronique, un portefeuille avec quelque
chose comme cinq cents sacs, deux cartes de crédit, et
sa carte d'identité. Voilà à quoi se résumait son bagage,
le tout zippé dans une poche revolver. À moins qu'un
type lui découpe son falzar pour le tirer, il ne risquait
pas de les perdre. Et puis même ? Rien à secouer, en
fin de compte. On pouvait toujours se retrouver un
portefeuille, des cartes, du fric. C'était pas vraiment
important.

La gothique se leva et se coula derrière lui alors qu'il
se dirigeait vers l'hôtesse chargée de récupérer les
cartes d'embarquement. Elle lui glissa : « J'ai de la
coke. Si tu veux te faire une ligne, rejoins-moi aux
toilettes quand tu me verras y aller. »

Tad lui servit son sourire mi-figue mi-raisin. « Cool. »

Mais il doutait de la voir à ce moment-là. Il voyageait en première et il aurait parié qu'elle était en classe touriste, à moins qu'elle joue à s'encanailler, et il en doutait. De toute façon, il avait sa provision personnelle dont il connaissait la pureté. La came vendue dans la rue était toujours à risque. Enfin, peut-être que s'il se sentait un peu mieux tout à l'heure, il la partagerait avec elle. Histoire de voir ce qu'elle pouvait lui faire de beau avec sa langue cloutée.

Son plan était de se pieuter sitôt rentré à Malibu et de roupiller une semaine. Peut-être qu'alors il aurait suffisamment récupéré pour se reprendre un coup de Marteau. Maintenant que tout baignait de nouveau avec Bobby, ils n'auraient plus besoin de filer à Hawaii ou même de ralentir le business. La vie était redevenue normale, si tant est qu'on puisse la qualifier ainsi, et il pourrait reprendre sa descente aux Enfers dès qu'il en serait capable.

## Quantico

Jay sautait presque sur place tant il avait hâte de partager la nouvelle.

Michaels sourit et l'invita à s'asseoir. Jay se dirigea vers le fauteuil mais sans s'y installer.

« OK, alors dis-moi. Tu l'as coincé, notre dealer ? »

Jay fronça les sourcils, comme si c'était bien la

dernière idée qu'il ait eu en tête. « Quoi ? Oh, non. Si on tournait un film, ce serait l'intrigue principale. Moi, ce que j'ai réussi à résoudre, c'est l'intrigue secondaire. Enfin, en partie.

– Tu veux bien me réexpliquer tout ça ?

– OK, OK, bon, j'étais polarisé sur Lee, le gars des Stups, et George, l'agent de la NSA. Rien, aucun rapport entre eux. Mais quand j'ai élargi la recherche, je suis tombé sur Lynn Davis Lee et Jackie McNally George.

– Qui sont... ?

– Leurs ex-épouses. Lee et George ont tous les deux rencontré leurs femmes en fac de droit, ils se sont mariés, puis se sont séparés deux ans plus tard. Divorce.

– Moi aussi, je suis divorcé, Jay. De même qu'environ cinquante pour cent des individus qui se sont mariés ces vingt dernières années. »

Le jeune homme sourit. « Ouais, mais Lynn Davis et Jackie McNally partageaient la même chambre sur le campus.

– Vraiment ? Drôle de coïncidence, en effet.

– N'est-ce pas ? Et encore, il y a mieux : Lynn Davis – elle a repris son nom de jeune fille après la séparation – est avocate et enseignante à temps partiel à Atlanta. D'après les informations que j'ai pu recueillir, elle... hum... préfère la compagnie des femmes à celle des hommes.

– Quel scandale ! Et alors ?

– Idem pour Jackie McNally. Elle reste très discrète là-dessus, mais il semble bien qu'elle soit lesbienne elle aussi. »

Michaels réfléchit quelques instants. « Hmmm.

– Ouais, vous voyez où je veux en venir ? Ça ne vous semble pas, eh bien, bizarre, que deux types épousent puis divorcent de deux copines de fac, lesquelles se révèlent toutes les deux être lesbiennes ?

– Ça n'est pas flatteur pour les talents amoureux des deux gars, mais ça ne prouve rien non plus, n'est-ce pas ?

– Non, c'est vrai. Mais si Mlles Davis et McNally avaient eu les mêmes penchants sexuels avant le mariage ? Or, d'après ce que je sais, tel était bien le cas. »

Michaels rumina cela quelques instants. « Ah, fit-il, commençant à saisir.

– Ça devient logique, poursuivit Jay. Il y a des tas d'endroits où – en dehors des simples questions légales – être gay demeure un problème. Les agences fédérales n'ont pas le droit de pratiquer de discrimination selon ces critères, mais vous savez comment ça se passe. Révéler votre homosexualité, c'est vous placer délibérément une épée de Damoclès au-dessus de la tête. »

Michaels acquiesça. C'était vrai, qu'on le veuille ou non, surtout au sein des services de renseignements. La théorie voulait qu'un agent ouvertement homosexuel ne soit pas un problème, mais qu'un individu qui dissimulerait ses penchants pouvait être l'objet de chantage, si il ou elle tenait à ne pas se dévoiler. Il commençait à deviner où Jay voulait en venir mais il ne dit rien, se contentant, d'un signe, de l'inviter à poursuivre.

« Bref, considérez ce scénario : Lee et George sont...

eh bien, disons, homos. Ils savent que cela risque de bloquer leur avancement dans quantité de services fédéraux. Et des lesbiennes se retrouvent confrontées au même problème.

– Donc, tu penses que nous aurions affaire à deux mariages blancs entre gays et lesbiennes afin de procurer à chacun un passé hétéro irréprochable ?

– Ce ne serait pas la première fois, confirma Jay. Prouver qu'on a eu un conjoint préviendrait tout risque de racontar, surtout si l'on prend garde par la suite à se montrer discret. Sauf que maintenant, Lee et George, qui ne sont peut-être plus aussi proches que naguère, n'ont plus du tout l'air de s'apprécier mutuellement. Ça pourrait expliquer pas mal de choses. »

Michaels acquiesça derechef. « Ça pourrait. T'as fait du bon boulot, Jay. Merci. »

Après que son jeune collaborateur fut reparti, Michaels réfléchit encore au problème, puis il saisit le persocom. Il voulait parler à John Howard. Une horrible idée venait de lui venir à l'esprit, et même s'il espérait que les choses n'en arriveraient pas à ce point, il devait s'en assurer.


Howard regarda Michaels et acquiesça. Il était métaphoriquement en train de faire des cocottes en papier quand le commandant l'avait appelé et tout prétexte pour se remuer le cul était le bienvenu.

« Pas le moindre doute pour vous ? demanda Michaels.

– Non, monsieur. Lee a froidement assassiné ce type.

Zeigler s'apprêtait visiblement à lâcher son couteau. Il avait commencé à s'écarter de son otage et quand Lee a ouvert le feu, il n'était pas à plus de huit mètres. Sans compter que le micro de mon talkie était encore allumé. Lee a parfaitement entendu Zeigler dire qu'il se rendait. Non, monsieur. Ce type est agent des Stups depuis des années, il a participé à des dizaines de descentes, dont plusieurs se sont soldées par des fusillades des deux côtés, j'ai examiné son dossier. Quand il a appuyé sur la détente, il ne pouvait pas ne pas savoir que la situation était maîtrisée.

– OK, supposons un instant qu'il n'ait pas agi par accident sous l'emprise de la panique et qu'il ait bel et bien refroidi notre homme dans une intention délibérée. Cela pose aussitôt une grosse question, pas vrai ?

– Affirmatif, monsieur. Pourquoi aurait-il fait une chose pareille ?

– Vous avez des théories à me suggérer ?

– J'y ai réfléchi. À supposer qu'il n'y avait pas de haine personnelle entre les deux hommes, la seule raison qui me vienne à l'esprit est qu'il ne voulait pas que Zeigler balance son dealer.

– Ça ne tient pas debout, objecta Michaels, alors que tout le propos de cette descente était justement de lui secouer les prunes assez fort pour l'amener à nous livrer son dealer.

– Oui, monsieur. Et le fait est que Zeigler était pris de panique et qu'il était sur le point de se mettre à table quand Lee lui a balancé deux balles dans la peau. »

On pouvait dire ce qu'on voulait du patron, il pigeait vite.

« Or qui, à part Lee, pouvait l'entendre ? Vous.

– Oui, monsieur. Moi. Et la femme de chambre. »

Michaels hocha la tête. « J'aime pas ça du tout, John. Toute cette histoire sent vraiment mauvais.

– Je ne vous le fais pas dire. »

Le patron joignit le bout des doigts et se carra contre le dossier de son siège. « Si Lee avait été seul sur les lieux, il aurait pu prétendre qu'il avait abattu Zeigler pour sauver la bonne.

– Qui ne parle pas trois mots d'anglais et qui était de toute façon tellement terrifiée qu'elle ne savait plus le pourquoi du comment, ajouta Howard. Aucun témoin digne de ce nom d'un côté ou de l'autre.

– Donc, quand les Stups vont passer au compte rendu de mission ou ce qui en tient lieu chez eux, tout ce que vous pourrez dire ne pourra que se retourner contre Lee. Il devait bien se douter que ses actes allaient lui coûter gros.

– C'est à supposer, en effet, monsieur. Et s'ils me croient, cela devrait même lui coûter sa place. S'il était sous mes ordres, je le foutrais dehors et je dirais au représentant du ministère public de le coincer au bas mot pour meurtre, éventuellement avec préméditation.

– Il devait bien s'en douter, et malgré tout, il n'hésite pas à étendre un type devant témoins.

– Peut-être s'imagine-t-il capable de créer un rideau de fumée suffisamment épais pour passer au travers.

– Je ne voudrais pas vous sous-estimer, John. Vous êtes le commandant militaire de la Net Force, vous êtes général. Vous ne manquez pas de moyens pour braquer le projecteur sur lui.

– Certes, monsieur. Ce qui nous ramène à la question initiale. Pourquoi avoir fait une chose pareille ? Qu'avait-il à y gagner d'assez important pour y risquer son boulot ?

– Je l'ignore. Mais je suis convaincu que nous avons tout intérêt à le trouver.

– Affirmatif, monsieur, vous avez tout à fait raison.

– Il reste encore une hypothèse que nous devons également envisager, John.

– Oui ?

– Peut-être qu'au contraire, Lee aime son boulot au point qu'il serait justement prêt à tout pour le garder. » Il haussa un sourcil.

Hé, maman Howard n'avait pas non plus élevé un imbécile. Howard remarqua : « C'est un peu tiré par les cheveux, vous ne trouvez pas ?

– Il a refroidi une star de ciné mondialement connue sous les yeux d'un témoin qui, dans le meilleur des cas, peut le faire virer et, dans la pire des hypothèses, inculper de meurtre avec préméditation. Peut-être que s'il arrivait quelque chose audit témoin, cela lui retirerait une épine du pied. »

Howard acquiesça. « Je vois où vous voulez en venir. Je penserai à vérifier l'état de mes freins avant de prendre le volant.

– Et de vous assurer qu'il n'y a pas un fil suspect branché sur la clé de contact, John. Je n'aimerais pas avoir à désigner un nouveau commandant militaire.

– Oui, monsieur, je ne voudrais pas non plus avoir à vous causer cette peine. »

Les deux hommes se sourirent.

Mais quand Howard ressortit, il réfléchit à la mise en garde de Michaels. Lee semblait enclin à péter facilement les plombs. Et il n'avait pas du tout envie de se retrouver dans les parages à ce moment-là.

# 28

## *Los Angeles*

Drayne n'était pas du genre à rééditer la même erreur, surtout lorsqu'elle était susceptible, en théorie, de lui coûter la liberté. Dès qu'il eut atterri à Los Angeles, et alors qu'il était encore en voiture, il passa un coup de fil à une agence immobilière choisie au hasard dans l'annuaire. Parce que le nom lui plaisait bien.

« Silverman Immobilier, répondit une voix féminine. Shawanda Silverman à l'appareil. »

*Shawanda Silverman. Quel genre de mariage mixte pouvait produire un nom aussi somptueux ?* Ça le faisait craquer.

« Oui, m'dame, je me présente, Lazlo Mead, je dois venir habiter ici, dans la région de Los Angeles, pendant environ un an, dans le cadre de la réalisation d'un projet que je viens juste d'attaquer.

– Voui, monsieur Mead ?

– Ce que je voudrais louer, c'est une résidence de quatre ou cinq pièces, pas très loin de tout, mais dans un coin sympa quand même, relativement au calme, dans l'un des canyons, par exemple...

316

– Je peux sûrement vous trouver cela. Quel... euh... quelle fourchette de prix envisageons-nous ?

– Ma foi, c'est la boîte qui paie – je travaille dans la maintenance et les pièces détachées d'avion – aussi, peut-être pourriez-vous me trouver quelque chose pour un loyer mensuel... dans les huit à dix mille dollars ? »

Il crut entendre cliqueter la caisse enregistreuse dans la voix de son interlocutrice : « Aucun problème, répondit-elle un peu trop vite. Je peux vous établir une liste de quelques maisons et nous conviendrons d'un rendez-vous pour aller les visiter.

– Eh bien, c'est justement le hic. Je suis assez pressé, et surchargé de boulot. Quelqu'un m'a donné votre nom en m'assurant que vous aviez déjà effectué ce genre de transactions, aussi je me suis dit que vous pourriez peut-être, n'est-ce pas, nous choisir la résidence qui nous conviendrait, à mon épouse et moi, et vous charger de finaliser la transaction. Je vous enverrai un virement, bien entendu, le premier mois de loyer, plus deux mois de caution, les frais d'agence, de nettoyage, d'assurance, je ne sais pas moi... disons, quarante mille dollars – en apposant ma signature électronique sur tous les documents officiels indispensables. Nous pourrons toujours nous voir par la suite. Plus tôt j'aurai quitté l'hôtel pour me retrouver sous un vrai toit, plus vite je serai satisfait.

– Je vous comprends parfaitement, monsieur Mead. Je suis certaine de pouvoir vous trouver une maison qui vous conviendra. Avez-vous des préférences en ce qui concerne le mobilier, la proximité de groupes scolaires, ce genre de choses ?

« – Ma foi, mon épouse aime le mobilier contemporain, donc autant lui faire plaisir. Alors, évitons le style pionnier ou les meubles rustiques. Nous n'avons pas d'enfants, donc la question de l'école ne se pose pas.

– Je vais voir ce que je peux faire. Je vous mailerai des photos, si vous voulez.

– Ce serait parfait. » Il lui donna une de ses multiples adresses de reroutage de courrier électronique. Sans doute avait-elle déjà vérifié l'identité du numéro de la ligne standard qu'il utilisait tout exprès pour ce genre de transactions, celle établie au nom de Projects SA. Une raison sociale qui pouvait signifier tout et n'importe quoi. Il lui donna son numéro, comme si de rien n'était. Elle lui promit de le rappeler dès qu'elle aurait trouvé quelque chose. Il nota son adresse électronique et promit d'effectuer le transfert de fonds dès potron-minet.

Dès qu'il eut raccroché, il se sentit déjà beaucoup plus détendu. D'ici un jour ou deux, il aurait une planque, de sorte que si jamais il devait abandonner en catastrophe la maison de Malibu, il aurait une position de repli où filer le temps de se retourner. Il avait par ailleurs une solide chambre forte boulonnée au sol en béton de l'entrepôt d'un garde-meubles installé tout au bout de Ventura Boulevard ; et justement, dès ce soir, il comptait y transférer la majeure partie du liquide qu'il avait dans la maison sur la plage. Et peut-être aussi quelques-unes de ses meilleures bouteilles de champagne. Il avait pris soin de s'assurer que la chambre forte, qui faisait quand même deux mètres quarante sur trois, soit climatisée. Avec l'argent au frais et un endroit où se planquer au cas où, le plus gros était fait.

Lazlo Mead allait également entrer pour de bon dans l'existence. Drayne disposait d'un superbe logiciel (illégal) et de stocks de cartes vierges pour se confectionner de faux papiers d'identité. Deux heures de boulot, une bonne imprimante laser couleur, quelques filigranes et hologrammes, et hop ! M. Lazlo Mead aurait un permis de conduire de... tiens, l'Iowa... une carte de Sécurité sociale, peut-être une carte de bibliothèque, et deux cartes de crédit à l'aspect irréprochable, même si elles n'avaient aucune validité. Le programme se chargerait également de lui imprimer quelques photos de parents et d'une épouse imaginaires, s'il le voulait.

Voilà qui réglerait le problème de fond. Lorsque Tad rentrerait à la maison, il pourrait se charger du reste, à savoir engager le personnel. Quelques gardes du corps armés leur permettraient de gagner du temps pour s'éclipser si jamais ils avaient de la visite, surtout si Drayne leur racontait ce qu'il fallait. « Quelqu'un vous crie "Police !", c'est des bobards. Ce sont des mecs qui essaient de nous dévaliser. »

Tad connaissait pas mal de types qui ne cherchaient pas à savoir si leur employeur était trafiquant d'armes ou de drogue, pourvu qu'on les paie. Et des gars prêts à faire le coup de feu avec les flics quoi qu'il advienne, pourvu qu'on y mette le prix.

Peut-être qu'il devrait se prendre un flingue, lui aussi. Il n'en avait guère eu l'usage jusque-là, mais après ce qui était arrivé au Zee-ster, l'idée lui avait traversé l'esprit. Il n'avait aucun entraînement, mais on n'avait pas non plus besoin d'être ingénieur en balistique, hein ? N'importe quel tringleur camé de Los Angeles Est était capable de se servir d'un flingue, alors ça ne devait pas être tellement sorcier. Tu braques, t'appuies sur la détente, et pan ! Tu le brandis, et c'est comme une baguette magique : les gens se redressent et se mettent à t'écouter. Ouais, un truc à l'air cool, un de ces flingues en inox, comme ceux des héros de films d'aventures, avec la crosse en nacre et tout le toutim.

Bon d'accord, tout ce bazar allait faire un sérieux trou dans sa caisse, quarante plaques pour la baraque, sans doute cinquante ou soixante de mieux pour cinq gorilles, et c'était qu'un début. Mais c'était obligé. Il avait été un peu trop négligent, jusqu'ici, mais c'était terminé. Cette histoire avait tiré la sonnette d'alarme et il ne voulait plus se laisser prendre par surprise. Il s'était bien marré, d'accord, mais quand vos clients commençaient à se faire griller par les fédéraux, le jeu commençait à devenir un poil trop sérieux à son goût. Il n'avait jamais vraiment cru qu'il pourrait se faire serrer, et l'idée de passer vingt ans dans une prison fédérale à tâcher d'esquiver les avances d'un compagnon de cellule patibulaire et obsédé ne l'attirait absolument pas. Donc, il fallait bien qu'il raque. Et gros. Mais l'argent restait la partie la plus facile. S'il savait passer le mot, il pouvait placer cinquante à soixante doses de Marteau par semaine, à l'aise. Deux, trois mois à ce train-là, même une semaine sur deux, et il aurait vite fait de couvrir ses dépenses, largement. Disons, se mettre à gauche un petit demi-million les premiers mois, et ensuite se prendre un petit break ?

Fallait savoir sauter le pas le moment venu. Il s'en

était fallu de justesse avec le Zee-ster. C'était pas passé loin. Terminé, plus question de fricoter avec les clients. Il était plus malin que la moyenne, il le savait, et il savait aussi qu'il voyait mieux venir, mais quand on devait agir dans la précipitation, on avait intérêt à marcher sur des œufs. Ce n'étaient pas les pièges qui manquaient.

Le numéro du « bureau » se mit à sonner. Il regarda l'appareil et fronça les sourcils. Aucune identification d'appel affichée sur l'écran. Pas normal, ça.

« Division polymères. Drayne.

– Robert. C'est ton père. »

Bon Dieu. Le vieux le croyait-il donc incapable de reconnaître sa putain de voix après toutes ces années ? « Hé, p'pa ! Quoi de neuf ?

– Je m'en vais de chez ta tante pour retourner demain dans l'Arizona. Je me suis dit qu'on pourrait prendre le petit déjeuner ensemble avant mon départ. »

Drayne eut soudain froid dans le dos. Son père qui voulait le voir ? C'était plus que bizarre. « Bien sûr. Je connais un ou deux bistrots du côté de chez Edwina qui sont très sympas.

– Donne-moi le nom et je demanderai le chemin à ta tante.

– D'accord.

– Rendez-vous à sept heures », dit son père. Ce n'était pas une question.

« Sept heures pile », confirma Drayne. Ce qui, lorsqu'il s'agissait de son père, était redondant. Il lui donna le nom d'un excellent bistrot tout près de la route du bord de mer.

Drayne avait encore les sourcils froncés quand il raccrocha.

Enfin bon. Son père quittait la ville et il risquait de s'écouler un an ou deux avant leur prochaine rencontre. Un petit déjeuner ensemble, ce n'était pas le diable. Sauf que son père ne le lui avait pas proposé une seule fois en l'espace de combien ? Dix ans ?

*Peut-être qu'il veut juste me demander de veiller sur Edwina*, chercha-t-il à se convaincre. *Ou peut-être qu'il a senti la main collante de la mort l'effleurer alors qu'il était à l'église, et qu'il tient à me faire part de ses dernières volontés.*

L'idée le fit soudain rire. *Merde, ça serait un comble.*

## *Washington, DC*

Après un après-midi presque entièrement consacré à dormir, Toni se sentait déjà mieux. Elle écouta Alex lui narrer sa journée. Au moins semblait-il juger qu'elle avait le cerveau suffisamment éveillé pour lui demander son avis sur la question. Mais bien sûr, ayant été longtemps son adjointe, elle connaissait la musique.

« Et donc, voilà ce que nous avons recueilli sur nos deux amis des Stups et de la NSA, conclut-il. Qu'est-ce que t'en penses ? »

Elle réfléchit à ce qu'il venait de lui apprendre. « Ma foi, tu connais aussi bien que moi les motifs classiques d'un crime : la passion, le frisson, la vengeance, la psychose, l'appât du gain. Voyons les choses en face,

Lee n'avait aucune raison particulière de vouloir la mort de Zeigler pour assouvir une vengeance personnelle, à moins peut-être de vraiment détester ses films. Je ne pense pas qu'il ait été si mauvais acteur. D'après ce que tu as dit, Lee ne semble pas non plus attiré par le risque ou manifester des tendances psychotiques. Alors qu'a-t-il à y gagner personnellement ?

– D'emblée, je ne vois pas, admit-il. Tuer une vedette de cinéma n'est pas le meilleur moyen de se faire de l'argent ou des amis.

– Tu te souviens de ces coups de fil te proposant de travailler pour ces entreprises pharmaceutiques ? »

Il gloussa. « Ça, ouais.

– Eh bien, d'après ce que tu m'as expliqué, il semblerait que cette drogue intéresse pas mal de monde. Ce sont des sommes énormes qui seraient en jeu. Alors, peut-être que quelqu'un a convaincu M. Lee qu'il pourrait se ramasser le jackpot s'il mettait la main sur le dealer et le livrait – lui ou sa formule – à qui de droit. Comme il ne voulait pas voir la Net Force le coiffer au poteau, il n'était pas question pour lui de laisser John apprendre le nom du dealer, d'accord ? »

Il la dévisagea. « Waouh !

– S'il te plaît, évite de prendre cet air surpris, Alex Michaels. J'ai encore l'esprit qui fonctionne de temps en temps, quand mes hormones ne me mettent pas la tête à l'envers.

– C'est toi qui l'as dit, pas moi », sourit-il.

Elle fit semblant de se mettre en rogne mais ne put tenir bien longtemps. Elle lui adressa un sourire.

« Quoi qu'il en soit, c'est une bonne théorie. Peut-être que Jay pourra établir un rapport, trouver la trace d'un contact quelconque...

— Ces gars doivent s'y entendre pour couvrir leurs traces, objecta-t-elle, surtout s'ils ont des années de pratique, comme l'estime Jay.

— Malgré tout, ça vaut le coup d'essayer... Même si c'est un coup d'épée dans l'eau et qu'on ne peut pas coincer notre dealer.

— Tu le coinceras. Je te fais confiance.

— T'es bien la seule.

— Il t'en faut combien d'autres ? »

Il sourit de nouveau. « Ben, m'dame, je crois vraiment qu'une seule, ça me fait un compte rond. »

# 29

## *Quantico*

Howard était las de se jouer des scénarios, plus las encore de rester planté à ne rien faire. Ça le démangeait de se bouger un peu, et il en était venu à envisager de lancer une série d'exercices sur le terrain, juste pour nettoyer les toiles d'araignée amassées dans son cerveau ; même s'il n'y avait rien à se mettre sous la dent jusqu'ici, ça allait bien finir par venir. Enfin, il espérait.

« J'adore voir un homme en plein travail. »

Howard leva les yeux pour découvrir Julio, qui le regardait sur le seuil. « Lieutenant Fernandez, qu'est-ce qui vous amène ici ?

– Je crois que ce sont mes bottes taille 45, chef.

– Et quel est l'objet de cette visite ?

– Eh bien, de bonnes nouvelles, mon général.

– Dans ce cas, entrez, je vous en prie. Je serais ravi d'en avoir. Bonnes ou mauvaises, qu'importe, ça me changera toujours les idées.

– Je pense que vous allez apprécier celle-ci. »

Howard lorgna l'étui noir mat que tenait Julio. Quatre-vingt-dix centimètres sur quarante-cinq, environ. « Vous avez toute mon attention, lieutenant.

– Mon général, j'imagine que vous vous souvenez du concours interarmes de tir à mille mètres organisé à Camp Perry tous les ans en novembre ?

– Oh ça, je m'en souviens, effectivement. C'est celui où les tireurs d'élite de la Net Force décrochent immanquablement la dernière place... derrière l'infanterie de marine, l'armée de terre, et même les gars de la Navy, hmm ?

– Seulement parce que vous n'avez pas ordonné à la Mitraille de concourir. Il les ratiboiserait. Et on a quand même déjà battu les marins. Une fois, observa Julio.

– Ouais, parce que leur tireur avait perdu accidentellement son casque et s'était fait claquer un tympan, c'est pour ça.

– N'empêche qu'on les a battus. Tous les moyens sont bons. »

D'un signe de tête, Howard indiqua l'étui : « Une arme secrète ?

– Eh bien, une arme, oui, mais pas si secrète que ça. Juste nouvelle. Jetez-y un coup d'œil. »

Julio déposa l'étui sur la vieille table à cartes posée de l'autre côté du bureau de Howard, fit sauter les verrous, releva le couvercle.

Le général s'approcha pour examiner le contenu. « Eh bien, c'est un fusil. Apparemment, un BMG cinq-zéro à culasse mobile...

– Exact, mais pas n'importe quel cinq-zéro. Celui-ci est un prototype, l'un des deux seuls fabriqués, du prochain modèle XM-109A Wild Runner de chez EDM Arms, dessiné par Bill Ritchie en personne. Troisième génération. »

Julio sortit de l'étui l'ensemble fût et boîte de culasse.

« Cette boîte de culasse est coulée dans un acier inox de nuance PH 17-4, à traitement thermique amélioré. Une résistance accrue, un poids allégé, des tolérances d'ajustage à tomber par terre, et une fois le fût ajustable entièrement rétracté, à peine cinquante centimètres de long. Le fût est équipé d'un amortisseur antirecul en composite de fibre de carbone et le couvre-culasse est flanqué d'un chouette protecteur en biogel.

– Et faut que t'ailles rechercher les morceaux de ton épaule une fois que t'as tiré ?

– Négatif, mon général, le recul est à peu près équivalent à celui d'un bon gros calibre 12. Bien entendu, vous vous retrouverez propulsé de trente centimètres si vous tirez accroupi et il est vivement conseillé de tirer en position allongée derrière, et sûrement pas debout, d'une seule main...

– Je veux bien le croire.

– Croyez-en mon expérience, chef. Vous noterez également le bipied type M-14 et la lunette de visée, qui n'est autre qu'une US Optics réglable à zoom $3,8 \times 22$, une combinaison optique parfaite, réglée pour une distance de tir de mille mètres. Et là, vous avez un chouette petit viseur à point rouge, automatiquement réglé pour compenser la parallaxe, qui vous rajoute des capacités de tir à courte portée. En l'occurrence, entre trois et quatre cents mètres. Suffit d'aligner le point lumineux sur la cible, et c'est là que vous logez votre balle, à plus ou moins cinq centimètres.

– À cette distance, on a plus vite fait de le lancer que de tirer...

– Le nouveau modèle que vous avez ici utilise un chargeur de cinq cartouches, comme les anciens, et il dispose d'une détente réglable comme les Remington, réglée d'origine sur trois livres. La munition est la MK 211 standard de calibre 50 comme projectile tactique mais évidemment, pour Camp Perry, le chargement manuel avec des munitions de compétition est de règle. » Julio brandit une boîte de cartouches. « Comme celles-ci. »

Il ouvrit le bipied puis posa la boîte de culasse et le fût sur la table. Il retourna vers l'étui et revint muni du canon.

« Le canon est un 28 pouces en graphite à cannelures, de chez K & P Gun, avec un frein de bouche vissable à quatre-vingts orifices, dont les trous sont disposés à trente degrés. On fixe le canon à la boîte de culasse en procédant ainsi... avec un écrou genre Uzi et un cliquet autobloquant, comme ceci. »

Julio introduisit le canon dans le boîtier de culasse et le fixa. Le tout en un rien de temps.

« Poids total, seize kilos. Vous introduisez un chargeur plein, et hop, prêt à vous faire entendre...

– Très chouette, en effet.

– Le modèle XN 107 original était destiné à l'armée de terre, en particulier les forces d'intervention des commandos, ainsi que les équipes de déminage des artificiers du génie. Et en théorie l'infanterie, même si les fantassins n'en ont pas eu des masses. Les commandos l'emploient contre des cibles tendres ou semi-rigides jusqu'à une distance de dix-sept cents mètres ; quant aux démineurs, ils l'utilisent pour faire sauter à distance les charges explosives.

– C'est effectivement un très beau jouet. Et il coûte combien ?

– Ces trucs-là valent la peau des fesses. La liste d'attente est d'un kilomètre, et comment voulez-vous estimer une qualité pareille ? » Il caressa d'une main le canon. « Des comme ça, il y en a en tout et pour tout deux exemplaires au monde.

– Eh bien, on va essayer malgré tout. Alors, combien ?

– Ma foi, avec notre remise, un chouia au-dessus de cinq mille dollars pièce.

– Mouais, c'est en effet plutôt raisonnable... » Puis, connaissant bien Julio après toutes ces années passées ensemble, il ajouta : « Un chouia, dites-vous... De quel ordre, votre chouia ?

– Disons trois mille et quelques, concéda Julio avec le sourire.

– Quoi ? Pour huit mille dollars, ce truc a intérêt à vous faire aussi le café, lieutenant !

– Ça, je ne peux pas vous l'assurer, mon général. Mais EDM Arms garantit une précision d'une minute d'angle à mille mètres, sans réglage préalable. »

Howard haussa un sourcil : « Une minute d'angle ? Garanti ?

– C'est comme je vous le dis. Je me disais bien que ça devrait éveiller votre attention. Et encore, c'est juste pour satisfaire leurs conseillers juridiques. EDM a des résultats contrôlés par huissier de séries de cinq balles à mille mètres dans une demi-minute d'angle. Ils disent qu'ils ont réussi aussi bien avec deux groupes à dix-sept cents mètres, et même un poil plus loin. »

Howard considéra de nouveau l'arme. « Dieu du ciel. C'est plus un flingue, c'est une agrafeuse.

– Affirmatif, chef. Et Bowens, notre nouvelle recrue venue de l'armée, a réussi ce genre de performance avec l'arme que vous avez devant vous, pas plus tard qu'hier. Dégommer un groupe de cibles pas plus larges que des assiettes à seize cents mètres. J'ai même eu du mal à le lui arracher des mains pour venir vous le montrer. »

Howard sourit.

« Alors, dans un mois d'ici, le petit bout de Garde nationale de la Net Force va pouvoir flanquer la pâtée à la Navy, aux marines et à l'armée de terre.

– À condition que l'un d'eux n'ait pas mis la main sur l'autre exemplaire », observa Howard.

Le sourire de Julio s'élargit encore.

Howard le dévisagea, les yeux ronds : « Me dites pas...

– Eh bien, si, affirmatif, mon général. Je l'ai fait. Je me suis dit : si jamais quelque chose cassait sur cet exemplaire-ci... c'est hautement improbable, je sais, compte tenu de la qualité exceptionnelle, mais enfin, si jamais quelque chose devait casser, on ne voudrait pas rester démunis, n'est-ce pas ? »

Howard secoua la tête. « Il va falloir que je triture le budget pour faire passer ça.

– Je ne vois pas les choses ainsi. Si on s'y prend bien, on peut se rembourser sur les paris. Je peux en prendre sur nous à trois contre un, facile. Je serais pas

330

surpris, même, qu'on n'en ressorte pas avec un peu de gratte. »

Les deux hommes se sourirent.

« Quoi qu'il en soit, j'ai pensé que vous auriez envie de sortir l'essayer au stand de tir. Enfin, si vous n'êtes pas trop occupé... » Il regarda alentour.

« Vous avez raté votre vocation, lieutenant. Vous auriez dû être comédien.

– Affirmatif, mon général. Je crois en effet que j'aurais pu faire une brillante carrière. »

Howard reporta son regard sur l'arme. Pourquoi pas, après tout ? Il n'avait guère mieux à faire.

« Vous m'accompagnez ?

– Négatif, chef. Je suis de corvée de couches, d'ici... (il regarda sa montre)... quarante-six minutes. Mieux vaut pas que je tarde. »

Howard étouffa un rire. « Non, je comprends. Ça fait un bail que je n'ai plus connu moi-même ce genre de corvée, mais on n'en soulignera jamais trop l'importance.

– Et si on a pour épouse le lieutenant Joanna Winthrop Fernandez, on a foutrement intérêt à le souligner en rouge, plusieurs fois, et en très gros, renchérit Julio. Vous voulez que je vous montre comment on le démonte ? Ou comment on le charge ?

– Je pense que je pourrai me débrouiller tout seul, merci.

– Amusez-vous bien.

– Oh, vous aussi.

– Ouais, c'est ça... »

Howard considéra l'arme après le départ de Julio. Eh bien, pourquoi pas ? Après tout, il était le chef du bras armé de la Net Force, il était censé savoir comment fonctionnait la quincaillerie, pas vrai ? Ça faisait partie de l'entraînement. Il pouvait justifier l'exercice.

Sans compter que faire des trous dans une cible à mille mètres, c'était quand même autre chose que de rester assis à se tourner les pouces.

## *Queue de poêle du Texas* [1], *au nord d'Amarillo*

Jay Gridley épluchait la piste, traquant des signes. C'était un exercice que Saji lui avait enseigné alors qu'il se remettait de son attaque cérébrale consécutive à une agression électronique en virtuel. Chercher des traces, pister des indices.

Une branche cassée ici, un brin d'herbe abandonné là, les indices étaient manifestes, pour peu qu'on sache regarder.

Dans le monde réel, il cherchait la trace de signatures électroniques, qu'il s'agisse d'adresses Internet, de numéros de téléphone ou de connexions satellitaires globales, mais ici, en virtuel, il était sur la piste d'un bandit à pied, un certain Hans, trafiquant de drogue à la triste réputation.

La chaleur était torride et Jay marqua une pause pour

_____

1. Région étroite, ainsi nommée à cause de sa forme évocatrice sur les cartes de géographie (*N.d.T.*).

boire une gorgée d'eau tiède à sa gourde dont la toile était mouillée, pour profiter du léger refroidissement provoqué par l'évaporation. Sympa, même s'il n'avait pas prévu de partager le scénario avec quiconque. C'était le genre de petit détail qui tue. N'importe quel bouffon pouvait installer sur sa bécane un logiciel visuel ou tactile du commerce et se balader en RV. Un vrai pro avait de tout autres exigences.

Il ôta son chapeau de planteur à large bord, essuya son front en sueur avec un bandana rouge, recoiffa le chapeau, remit le foulard dans sa poche.

Et soudain, là, juste devant, il avisa quelque chose. Ou plutôt, avisa son absence. Il s'accroupit pour examiner de plus près le sol brûlant, à quelques centimètres devant lui. Il n'y avait pas vraiment de trace mais la terre desséchée était trop lisse. Une vraie moquette, qui lui indiquait la direction.

Jay poursuivit son chemin. Un peu plus bas, une légère déclivité abritait un maigre bosquet de cotonniers et d'arbres évoquant des saules. De l'eau, une mare, peut-être la résurgence d'un cours d'eau souterrain. L'humidité de l'air était presque palpable.

Et de fait, il y avait bien un petit torrent, guère plus d'un mètre cinquante de large, dont l'eau limpide coulait en bouillonnant sur un lit de roches. Le cours d'eau s'éloignait, sinuait, et Jay y entra pour le suivre. Un homme désireux de brouiller sa piste ne manquerait pas de suivre son cours jusqu'à ce qu'il ait regagné une zone de terrain suffisamment rocheuse pour lui permettre de ressortir sans laisser de traces.

Tout en progressant avec lenteur, Jay apprécia le frais contact de l'eau autour de ses chevilles. À huit cents mètres en aval, il marqua une pause. Là, sur sa droite, il avisa six ou sept gros rochers qui dépassaient et menaient à une plage de gravier. C'est à partir de là qu'il devait quitter le torrent, s'il voulait reprendre sa direction initiale.

Il lui fallut encore cent mètres pour remarquer quelque chose. Une autre zone de poussière aplanie, trop lisse. Pas la moindre trace de rides dues au vent ou d'impacts de gouttes d'eau, bref, aucun signe naturel pouvant justifier cet aplanissement. Jay sourit. Hans le malfrat était passé par ici ; il en était sûr.

Levant les yeux, Jay vit au loin un petit village. Qu'il ait un aspect germanique détonnait quelque peu dans ce coin du Texas, mais c'était toujours bien de mélanger de temps en temps les scénarios. Ça évitait de s'enfoncer dans une impasse.

Il aurait parié un sac de diamants contre une merde de chien que le gars Hans était dans ce village, peinard, convaincu que personne ne pourrait venir l'y dénicher.

Pourquoi ces crétins n'avaient-ils toujours pas réussi à se mettre dans la tête qu'on n'échappait pas aussi aisément à Jay « le Jet » Gridley, le cow-boy solitaire ?

Il se mit à presser le pas. Il n'avait plus besoin d'indices, désormais, il savait où trouver Hans. Tout ce qui lui restait à faire, c'était de l'identifier. Une fois sûr de son coup, la partie serait terminée.

## 30

### *Washington, DC*

Toni se sentait en pleine forme. Alex et elle avaient passé une nuit formidable et à son réveil, ce matin, elle se sentait à la fois reposée et détendue. Et puis avoir été capable de l'aider à résoudre l'affaire sur laquelle il bossait, ce n'était pas rien non plus. Pendant un moment, elle avait cessé de se sentir totalement inutile. Elle n'avait donc pas perdu tout son mordant. Après tout, c'était peut-être bon signe.

Après qu'Alex fut reparti au boulot, elle se sentit d'humeur créative. Elle décida donc de se consacrer un petit moment à son ouvrage de gravure.

Installée à l'établi, elle alluma la lampe d'architecte, réunit son outillage, et elle s'apprêtait à commencer quand elle avisa la gélule mauve, restée à l'endroit où elle l'avait oubliée.

Elle la saisit, l'examina et décida que, tant pis, puisqu'elle l'avait sous la main...

Elle la plaça sur l'établi, dans son champ de travail, et braqua dessus la lampe. Puis elle ajusta la loupe binoculaire...

Ah. Déjà, une découverte majeure : il s'agissait d'une gélule de gélatine mauve contenant une sorte de poudre de couleur pâle. *Eh bien bravo, bon début, ça, Sherlock.*

Peut-être que le contenu était plus intéressant. Si elle l'ouvrait délicatement...

« Merde ! » s'exclama-t-elle quand la poudre d'un vague rose bubble-gum se répandit sur tout l'établi. Elle lâcha les deux moitiés de la gélule et s'empara d'un petit pinceau qui lui servait à épousseter l'ivoire. Elle rassembla en petit tas la poudre rose, puis fit glisser le tout sur une feuille de papier. *Et voilà.*

Alors qu'elle prenait la plus grosse moitié de la gélule désormais vide pour y reverser la poudre, elle remarqua comme une étrange bande colorée, juste à l'intérieur du rebord. Hmm. Qu'était-ce donc ?

Elle plaça la demi-gélule sous la loupe binoculaire, sans parvenir à distinguer de quoi il s'agissait. On aurait presque dit une sorte de motif. Ah ça, elle voulait en avoir le cœur net. Elle reposa la gélule, retira la bonnette et régla le grossissement à 10. *Bon, voyons ça d'un peu plus près.*

Bon Dieu ! C'était quoi, ce truc ? Elle orienta la lampe, puis la demi-gélule, dans un sens, dans l'autre, jusqu'à ce que les ombres lui permettent d'identifier le tracé.

Gravé dans la gélatine, il y avait un alignement de mots, minuscules. « Salut, les fédés ! Voulez me trouver ? Demandez voir aux petits-enfants d'Annette et Frankie, ils sauront où ! Salutations, Thor. »

Elle se précipita vers le téléphone posé au bout de

l'établi. Il fallait qu'elle appelle Alex. Pour lui annoncer la nouvelle.

## *Newport Beach*

Le restaurant – Claudia's Grill – était situé à une rue de la route du bord de mer, légèrement en surplomb, ce qui lui offrait une belle vue sur l'océan. Drayne gara sa Mercedes sur le parking, confia les clés au groom et reçut en échange un jeton, puis il gagna l'établissement. Il était sept heures moins trois et la salle était déjà presque pleine. L'endroit était réputé pour la qualité de ses petits déjeuners et le site, superbe.

Son père était installé, seul, dans une stalle et contemplait derrière la baie vitrée le Pacifique dont les eaux viraient déjà du gris au bleu à mesure que le soleil commençait à dissiper les brumes matinales.

« Salut, p'pa.

– Robert. »

Drayne se coula sur la banquette. « Que se passet-il ?

– Commandons d'abord. »

La serveuse arriva. Drayne prit des œufs pochés, des saucisses de volaille à la compote de pommes et des crêpes au blé complet ; son père, du pain de mie grillé, des corn-flakes et du déca.

Sitôt la serveuse repartie mettre en route la commande, son père se racla la gorge : « Je suis content que ta mère ne soit plus de ce monde pour voir comment tu as tourné. »

Drayne dévisagea son père comme s'il venait de lui pousser des crocs et s'apprêtait à gronder comme un loup-garou.

« Quoi ?

– Tu me prends vraiment pour un imbécile, Robert ? Il ne t'est jamais venu à l'esprit qu'au bout de trente années de Bureau, je ne suis pas du genre à gober n'importe quoi ?

– Mais bon sang, de quoi est-ce que tu parles ?

– De PolyChem Products », dit son père.

Drayne sentit son estomac se nouer, comme s'il venait de dégringoler de la crête d'une déferlante. « Et alors ? »

Son père prit un air écœuré. « Alors rien, justement. C'est une enveloppe vide, une société-écran. Les archives bancaires, l'inscription au registre du commerce, les relevés d'activité, tout ça c'est bidon. Tu croyais que si jamais j'y jetais un œil, je n'aurais pas l'idée de creuser plus loin, n'est-ce pas ? Poly-Chem Products, c'est toi. Point final. »

Drayne se sentit soudain à court de mots. Il avait froid, comme s'il venait de plonger tête la première dans un réfrigérateur. S'il s'était attendu à un coup pareil...

Le vieux détourna les yeux pour contempler à nouveau l'océan. Il reprit : « J'ai des amis, mon garçon, des gens qui sont en dette envers moi. Je sais où tu habites, je sais que tu vis bien, mais je sais aussi que tu n'as aucune source de revenus visible. Ce qui veut dire que tu te livres à des activités illégales ou contraires aux bonnes mœurs. Sans doute les deux. Et d'après l'admiration que tu as manifestée envers le criminel qui a lancé récemment cette agression contre les agents et le personnel au siège local, j'en déduis que cela doit avoir un rapport avec la drogue.

– P'pa... »

Son père se retourna vers lui, leva la main pour lui intimer le silence, et en cet instant, il était redevenu l'agent fédéral en mission Rickover Brayne d'antan, œil d'acier et mine farouche, l'un des plus inflexibles protecteurs de l'État. « Ne dis surtout rien. Je ne veux pas en entendre parler. Je ne veux surtout rien savoir. Tu es un adulte ; tu es assez grand pour faire tes choix. J'espérais mieux de toi, c'est tout. »

Drayne perdit toute patience : « C'est ça, tu t'attendais à ce que je me transforme en putain de robot dépourvu de sentiments destiné à suivre la même voie que toi ? » Il fut surpris lui-même de l'animosité soudaine dans sa voix. « Tu voulais que je devienne ta copie conforme, un grand boy-scout fidèle, loyal, amical, obéissant, gentiment inséré dans les rouages du système, et qui y serait resté, tout sourire, jusqu'à usure complète, exactement comme toi. Tu ne m'as pas demandé une seule fois ce que je voulais faire quand je serais grand, tu ne t'es pas soucié un seul instant de mes idées ou mes opinions sur quoi que ce soit. »

Le vieillard le regarda en plissant les yeux. « Je voulais ce qu'il y aurait de mieux pour toi...

– Pour toi, tu veux dire ! Ce que tu estimais que je devrais être ! Regarde les choses en face, papa, tu as toujours été trop occupé à sauver le pays des forces du mal pour te soucier de ce que je faisais, pourvu que je continue à ramener de bonnes notes, bien ranger ma chambre, et ne pas rester dans tes jambes.

– *Robert*...

– Sacré bordel de merde, écoute-toi ! Tout le monde m'appelle Bobby sauf toi ! Je t'ai demandé cent fois de faire pareil ! Tu n'écoutes pas. Tu n'écoutes jamais. »

Aucun des deux ne dit rien durant un long moment. Finalement, Drayne reprit la parole : « Alors, qu'est-ce que tu comptes faire ? Me balancer à tes copains qui te doivent un service ? Leur demander d'enquêter sur moi ? »

Le vieux secoua la tête. « Non.

– Non ? Pourquoi ? Parce que je suis ton fils et que tu m'aimes ? Ou parce que tu ne veux pas que tes vieux potes du FBI apprennent que ton propre fils puisse être devenu autre chose qu'un individu éminemment respectable ? »

Le vieux n'eut pas à répondre, le retour de la serveuse lui offrant un répit. Drayne n'avait jamais eu si peu faim de sa vie, mais tout comme son père, il lui adressa un sourire.

Quand elle fut repartie, son père observa : « Tu peux penser ce que tu veux. Tu... tu es un garçon brillant, fils. Bien plus intelligent que moi. Je l'ai toujours su. Tu aurais pu te lancer dans une activité légale et faire fortune. Devenir quelqu'un d'important.

– Et qu'est-ce qui te fait penser que je n'y arriverai pas ?

– Oh, certes, tu pourrais. Mais je ne pense pas que tu le veuilles. Tu as toujours cherché d'abord et avant tout à prendre le contre-pied de ce que je disais, ce n'est pas vrai ? »

*Et je continue.* Drayne était assez malin pour s'en rendre compte. Mais comme il ne voulait surtout pas laisser le vieux partir sur une victoire, si dérisoire fût-elle, il répondit : « Non. Tout ce que je voulais, c'était attirer ton attention. En bien ou en mal, n'importe quoi plutôt que de l'indifférence. C'est la seule chose dont tu m'as gratifié, p'pa : l'indifférence. Et voilà que tu te décides enfin à remarquer que j'existe, mais c'est pour venir me casser les couilles. Merci bien, merde. Tu veux me balancer pour être devenu criminel, grand bien te fasse. Vas-y. Je m'en fous. »

*Et si tu me balances effectivement, j'aurai gagné.*

Drayne se leva, jeta sur la table un billet de cinquante et dit : « Je n'ai pas faim. Mais bon appétit. Profites-en : la route est longue jusqu'en Arizona. Tu feras une caresse au chien de ma part. »

Drayne tourna les talons et s'éloigna à grands pas. Une sortie théâtrale, mais il en avait commis de pires. Que le vieux salopard en prenne de la graine.

Une fois de retour dans sa voiture, il se rendit compte à quel point l'incident l'avait ébranlé. Même après toutes ces années à masquer et recouvrir la cicatrice, il sentait toujours, à un niveau profond, qu'il demeurait sensible à l'opinion de son vieux. C'était pour lui une découverte incroyable.

Tad n'arrivait pas à dormir. Il s'était envoyé assez de trucs pour plonger en catalepsie un stade entier de supporters en délire, mais non, son esprit refusait de se calmer.

Il avait pris une douche chaude. Il avait tenté de faire le vide dans sa tête. Il s'était relevé pour avaler un nouveau cachet de Phénobarbital et alors qu'il était défoncé au point d'être quasiment incapable de bouger, il ne parvenait toujours pas à trouver le sommeil, alors qu'il ne demandait que ça. Que ça.

Bobby lui avait parlé de leur nouveau plan de bataille, de la planque, du transfert de fonds, et de son projet d'engager quelques gorilles pour les accompagner. Tad avait évacué tout ça d'un haussement d'épaules. Tout ce que voulait Bobby, pas de problème. Tad avait passé deux-trois coups de fil. Certains gars devaient passer voir Bobby un peu plus tard, des porte-flingues sans état d'âme sur ceux qu'ils refroidissaient, pourvu qu'on les paie bien. Ça ne devrait pas les encombrer, ils avaient cinq chambres de libres, de l'espace à revendre. Bobby pensait qu'ils pourraient placer un des mecs en vigie, pour surveiller la route, scanner les fréquences de la police, ce genre de conneries. Quelqu'un se pointait, ils pourraient descendre par la plage avant que les visiteurs n'arrivent à leur porte, filer jusqu'au parking où sa bagnole était déjà parquée, prête à démarrer. Ils pourraient éventuellement laisser une autre tire garée dans la direction opposée, au garage de la pension de famille, en glissant la pièce au proprio. Peut-être même avoir un jet-ski ou un bateau quelconque, pour se tirer par la mer. Voire piéger le portail avec une bombe à retardement, ce n'était pas le choix qui manquait.

Bobby avait l'habitude d'entrer dans ce genre de détails et quand il s'y mettait, il envisageait toutes les possibilités.

Tad n'avait pas l'impression néanmoins qu'on en arriverait jusque-là, mais cette dernière histoire avait quand même flanqué une certaine trouille à Bobby, alors finalement, c'était aussi bien.

Tad sortit sur le balcon, s'affala dans la chaise longue capitonnée, alluma une cigarette et souffla la fumée vers l'océan. Le vent la lui ramena dans la gueule et ça le fit sourire. Des minettes en string passaient au petit trot, des mecs bronzés comme au brou de noix, tous accaparés par leur existence nulle. Tad les salua de la main, certains répondirent. Quels cons.

Un hélicoptère filait dans le ciel, à quelques centaines de mètres d'altitude, sans doute à la recherche de surfeurs en détresse emportés par le jusant. Bienvenue en terre promise, les mecs. Le soleil, la mer, les *beautiful people*, et même des maîtres nageurs en hélico pour s'assurer que vous ne vous aventurez pas trop loin du paradis, par mégarde.

Tad finit sa clope, écrasa le mégot sur le bras du fauteuil, puis l'expédia vers la flotte d'une pichenette. Voilà ce que sa vie était devenue : il y avait le Marteau, et puis dans l'intervalle, l'attente d'une occasion de saisir le Marteau ; point barre.

Hormis la phase d'attente, c'était OK.

Il se laissa retomber dans la chaise longue et regarda les mouettes tournoyer à la recherche des courants au-dessus de la plage, et plonger et rouler, planant parfois, presque immobiles face aux bourrasques de vent. Autant de motifs et de figures compliqués.

Ce furent les acrobaties des mouettes qui finalement parvinrent à l'endormir.

# 31

## *QG de la Net Force, Quantico*

« Ça te dit quelque chose ? » demanda Michaels.

Jay hocha la tête. « Négatif, pas d'emblée, mais j'ai lâché dessus mes robots traqueurs. Je devrais récupérer une première liste d'occurrences d'un moment à l'autre. »

Howard entra dans la salle de conférences. « Désolé, je suis en retard. J'ai dû me garer dans le parking protégé. J'ai dans le coffre de ma voiture de fonction certains... matériels en cours d'examen que je n'ai pas eu le temps de restituer. Et j'aimerais mieux éviter qu'on me les pique.

– Pas de problème. Vous avez entendu parler de Frankie et Annette ?

– Non, monsieur. »

Michaels fit glisser vers lui une feuille imprimée. Howard la saisit, l'examina. Il secoua la tête. « Et ça vient d'où ? »

Non sans une certaine fierté, Michaels lui expliqua comment Toni avait découvert le message caché à l'intérieur même de la gélule.

« Dites à Toni que c'est du bon boulot, renchérit Jay. Il n'y avait pas un mot dessus dans le rapport des Stups. Quelqu'un chez eux aurait-il retenu l'information ?

– C'est ce que je me suis dit, concéda Michaels. J'ai demandé à la directrice de tirer quelques ficelles et elle a réussi à obtenir l'original du rapport de la DEA. Ils ont passé au peigne fin les gélules qu'ils ont récupérées. Aucune ne porte inscrite cette petite énigme à tiroir.

– On pense que la DEA pourrait nous cacher quelque chose », insista Howard.

Michaels acquiesça et le mit rapidement au fait des dernières découvertes de Jay.

« Et il y a encore la cerise sur le gâteau, ajouta ce dernier quand Michaels eut fini. J'ai l'enregistrement d'une téléconférence entre Hans Brocken et notre Brett Lee des Stups, qui remonte à trois mois. Or, Herr Brocken est le chef de la sécurité des laboratoires pharmaceutiques Brocken, à Berlin.

– Quelle négligence, nota Michaels.

– J'ai quand même dû pas mal chercher. C'est pas le genre de truc sur lequel on tombe par hasard. Ils ont fait de sacrés efforts pour le dissimuler.

– Vous croyez vraiment que Lee serait associé à un labo pharmaceutique ? reprit Howard. Pour chercher à leur fourguer la formule de ce produit ?

– Ça se tient plus ou moins, non ? observa Michaels. Rappelez-vous, nous avons déjà évoqué ses motifs d'éliminer notre vedette de l'écran.

– Et vous pensez que Lee serait en même temps en cheville avec la NSA ?

– Uniquement avec un de leurs agents. Inutile

d'arroser toute l'agence, répondit Michaels. Il semble que Lee et George auraient eu une relation qu'ils préfèrent ne pas ébruiter, même si cela reste une preuve indirecte.

– Je vais bien finir par trouver quelque chose de plus concret, dit Jay. Oups, ça me fait penser... » Il pianota sur son ordinateur portatif. « OK, voilà ce que mon robot Sherlock trouve comme réponse à ma requête. »

Jay regarda l'écran plat, le front plissé.

« Tu veux bien nous mettre dans la confidence, Jay ?

– Hein ? Oh, pardon... » Il tapa une touche.

Le synthétiseur vocal de l'appareil se mit à lire d'une voix féminine, rauque et sexy : « Frankie Avalon et Annette Funicello, deux idoles yéyé de la fin des années 50 et du début des années 60, ont fait leur première apparition dans le film de série B *Beach Party*, produit par American International Pictures en 1963, avec au générique Robert Cummings, Dorothy Malone et Harvey Lembeck, et pour la partie musicale, Dick Dale et les Del-Tones, ainsi que Brian Wilson et les Beach Boys. Ce film inaugurait un nouveau genre, celui des *Beach Movies*, chastes histoires d'adolescents attardés et de surfeurs en vacances sur la plage, qui devaient connaître un grand succès les deux années suivantes.

« Avalon et Funicello continuèrent à tourner dans plusieurs films de cette veine, dont une reprise tardive, *Back to the Beach*, tourné par Paramount en 1987, au générique de laquelle on trouvait également Lori Loughlin, Tommy Hinkley et Connie Stevens. »

La voix électronique se tut et les trois hommes se regardèrent.

Michaels rompit finalement le silence : « Des vedettes de films pour ados datant d'un demi-siècle ? Bravo. Qui sont leurs petits-enfants ? »

Jay secoua la tête. « C'est justement ce que je suis en train de vérifier mais il ne semble pas qu'ils aient eu des relations hors écran qui auraient pu engendrer une progéniture. L'un et l'autre étaient mariés séparément.

– Ne pas avoir d'enfants ensemble, ça rend plutôt difficile l'existence de petits-enfants, non ? observa Howard.

– Peut-être ne s'agit-il pas de véritables petits-enfants, mais de ceux de leurs personnages au cinéma ? » hasarda Michaels.

Jay se remit à pianoter. Quelques secondes passèrent.

« Nân, rien qui colle. Plus personne n'a réalisé de Beach Movie avec les comédiens qui jouaient leurs propres enfants dans la suite tournée en 87.

– À moins qu'il faille prendre le message au sens métaphorique ? » suggéra Howard.

Jay le regarda.

Le général s'expliqua : « Quelqu'un aurait-il tourné un film analogue récemment ? Avec pour ainsi dire les petits-enfants sur celluloïd des originaux ? »

Jay sourit. « Eh bien, il y a longtemps que les films ne sont plus en celluloïd, mais c'est une excellente idée, général. Attendez voir... OK, nous y voilà, à l'entrée Beach Movies, je tombe sur plusieurs occurrences.... hmm.... ah. Je crois que j'ai trouvé ! »

Quelques secondes passèrent, durant lesquelles Jay se mit à lire dans son coin.

« Mon petit Jay ?

– Oups, pardon, chef. »

La voix synthétique du portable reprit : « *Surf Daze*, hommage aux Surf Movies du début des années 60, Fox Pictures, 2004, avec Larry Wright, Mae Jean Kent et George Harris Zeigler. Situé à Malibu en 1965, *Surf Daze* narre les aventures de...

– Stop ! » s'écria Michaels.

Jay mit sur pause. « Quoi ? »

Howard le coiffa au poteau. Il s'exclama : « George Harris Zeigler ! »

Jay acquiesça. « Oh, vu. Le Zee-ster.

– Le *regretté* Zee-ster, rectifia Michaels.

– Ça remonte à, hum, sept ans, observa Jay. Avant que sa carrière n'explose. Il devait avoir, quoi ? vingt-quatre, vingt-cinq ans. Le problème, c'est que là où il est, je doute qu'il puisse nous fournir des renseignements utiles.

– La coïncidence est trop grosse. Ce trafiquant de drogue est en train de se foutre de nous. Il faut absolument qu'on parle au reste des acteurs.

– Vous allez repasser le tuyau au FBI ? »

Michaels inspira un grand coup, expira. « Non. Je pense qu'on aurait peut-être intérêt à mener notre propre enquête de notre côté.

– Ce n'est pas dans nos attributions, observa Howard.

– On est en train de nager dans des eaux passablement troubles, rétorqua Michaels. Compte tenu des capacités des Stups et de la NSA, je ne suis pas franchement certain de la fiabilité de l'un ou l'autre service. Bien sûr, les gars du FBI sont nos collègues et ils nous adorent – en théorie, du moins – mais on ne va pas couvrir les fuites venant de leur part. Pas question de jouer la cinquième roue du carrosse sur ce coup, pas vrai ?

– Vous n'avez pas besoin de me convaincre, commandant, dit Howard, souriant. Je commence à m'encroûter moi, dans mon bureau. La descente avec les Stups était le truc le plus intéressant qui me soit arrivé en trois mois. Je suis partant.

– Moi de même, dit Jay.

– J'avais pensé qu'après ta dernière mésaventure sur le terrain, tu aurais préféré t'abstenir, nota Michaels.

– J'étais seul à ce moment-là, dit Jay, et face à un pro du trafic d'armes. Entre le général et vous, je me sens assez en sécurité pour aller interroger une vedette de cinéma mignonne à croquer. Est-ce que vous avez vu Mae Jean dans *Scream, Baby, Scream* ?

– J'avoue que j'ai dû le rater, celui-là, concéda Michaels.

– Moi aussi, renchérit Howard.

– Eh bien, je vais vous dire, elle a des poumons à réveiller un mort – auditivement et, hum, visuellement. Une des plus grandes hurleuses de l'écran, à égalité avec Jamie Lee. Et ai-je mentionné qu'elle était à tomber par terre ?

– J'avais cru comprendre que tu étais casé, mon petit Jay ?

– C'est vrai, patron, mais en tout bien tout honneur. Je peux regarder, non ? »

Howard et Michaels échangèrent un grand sourire.

Howard redescendit prendre sa voiture de service et retourna chez lui. Il ne voulait pas perdre de temps à restituer le fusil tout de suite, mais l'arme serait en sécurité à son domicile ; plus même que dans le parking public de Quantico. Comme ils n'étaient pas censés tout laisser tomber pour filer en mission dans la minute qui venait, il aurait tout le temps de préparer son sac et de dire au revoir à Nadine.

Ils devaient prendre un vol commercial : le commandant Michaels ne voulait pas attirer l'attention en réquisitionnant un des appareils de la Net Force. Qui plus est, ils devaient voler incognito, avec des billets sans réservation, ce qui leur éviterait de devoir s'inscrire sur la liste des passagers jusqu'au tout dernier moment avant l'embarquement – et de toute façon, ce serait sous des noms d'emprunt.

Étant donné qu'il revenait à peine de la côte Ouest, ce ne serait pas une aussi grande sensation pour lui que pour Jay Gridley. Malgré tout, c'était toujours une occasion de voir du pays, et au point où il en était, tout valait mieux que rester un jour de plus à brasser du vent.

Il se dirigea vers l'autoroute pour regagner la capitale.

En temps normal, l'itinéraire consistait à filer tout droit jusqu'à la 95 puis une fois entré dans le district, à emprunter le périphérique pour rejoindre le nord de la ville où il résidait.

Mais au bout de trois kilomètres, il remarqua qu'il était filé.

Quantité d'usagers empruntaient ce tronçon d'autoroute, et avec les dizaines de voitures et de camions qui roulaient dans la même direction, impossible d'être sûr, mais il avait repéré la voiture à un moment où il déboîtait pour doubler. Un peu plus loin, alors qu'il se rabattait sur la file de droite, l'autre fit de même.

La belle affaire. Pas de quoi en tirer une conclusion. Mais il avait suivi la formation à la surveillance dispensée par la Net Force lors de son admission dans le service, et une remarque d'un des agents du FBI qui assuraient le cours lui était toujours restée en tête : « Si vous vous croyez suivi, c'est facile à vérifier, et ça ne coûte rien. Si vous vous êtes trompé, vous risquez juste de vous trouver un peu bête. Mais si vous avez raison, cela peut vous éviter d'être sérieusement dans la merde. »

Peut-être faisait-il preuve d'un excès de précaution, mais en tant que militaire de carrière, Howard avait appris qu'être prêt n'était pas synonyme d'être parano. Et comme l'avait dit l'instructeur, vérifier ne coûtait rien.

Il y avait une petite route nationale qui obliquait au nord-est vers Manassas, un peu plus loin, et Howard s'engagea sur la bretelle de sortie. Si la voiture derrière lui – apparemment une Neon blanche – poursuivait sa route, il n'aurait qu'à reprendre l'autoroute à la bretelle d'accès suivante et continuer jusque chez lui.

À six voitures d'écart, la Neon prit la rampe de sortie et se retrouva deux cents mètres derrière lui.

*Bien, bien, bien.*

Ça ne prouvait encore rien. Deux ou trois fois, il avait entendu le gars du FBI leur dire que ça pouvait toujours être une coïncidence. « Réfléchissez un peu. Qu'arriverait-il si l'un de vos voisins, rentrant chez lui, se trouvait derrière vous sur l'autoroute ? Il tournerait aux mêmes carrefours que vous, n'est-ce pas ? Tout ceci pourrait être parfaitement anodin. Ne sautez jamais à une conclusion avant d'avoir une certitude. »

Et il existait plusieurs méthodes simples, se souvint-il, pour avoir cette certitude.

Il se mit à rouler à un train de sénateur sur la nationale, qui était étroite mais pittoresque, s'éloignant des banlieues pour retrouver un paysage plus bucolique. Il y avait une intersection juste devant, qui desservait apparemment le bassin d'Occoquan sur la gauche. *Parfait, va pour la gauche.*

Il roula peut-être quatre cents mètres, sans voir la Neon blanche tourner sur la petite route derrière lui.

D'accord, donc, il était parano. Il allait bien trouver un endroit pour faire demi-tour et rentrer peinard chez lui. Il se sentait soulagé.

Il y avait une petite station-service avec une supérette, huit cents mètres devant, et Howard s'y arrêta. Il alla aux toilettes, acheta un paquet de chips, une canette de soda et revint à sa voiture. Le principe, lui avait expliqué l'instructeur, était de ne pas laisser ceux qui vous filaient se douter que vous étiez au courant de leur présence. Mieux valait garder l'avantage de son côté.

Il reprit la route et continua dans la même direction, avec l'idée qu'il finirait bien par retomber sur une nationale, voire sur l'autoroute.

À cinq cents mètres de la supérette, il avisa soudain la Neon blanche dans son rétro. Elle était loin derrière, sept ou huit cents mètres, mais il était à peu près certain qu'il s'agissait bien du même véhicule.

*Hmm*. Sa conviction était quasiment faite, mais deux ou trois petits tests de plus rendraient la poursuite intéressante.

Il effectua une série de détours à chaque nouvelle intersection : droite, gauche, droite, droite, parcourant plusieurs kilomètres avant de se retrouver sur une charmante petite route de campagne – et complètement paumé. Il allait devoir recourir au GPS pour retrouver son chemin. Il n'avait aucune idée de l'endroit où il était.

À la longue, il déboucha sur une autre route qui menait, s'il fallait en croire le panonceau, au champ de bataille de Manassas, haut lieu historique de la guerre de Sécession. Les deux grandes batailles qui avaient eu lieu ici avaient été baptisées, se remémora-t-il, du nom de la petite rivière qui traversait la région, Bull Run.

Il arriva à plusieurs reprises que la Neon disparaisse entièrement, parfois pendant deux ou trois minutes, et Howard finit par se dire que son poursuivant avait un don peu commun pour deviner à chaque fois le bon itinéraire.

Puis l'idée lui vint que son véhicule pouvait bien avoir été muni d'un mouchard quelconque et que l'autre n'avait qu'à se contenter de suivre le signal.

Bigre, il aurait dû y songer plus tôt.

Et après une demi-douzaine de changements de route au hasard, il acquit la certitude que la Neon le filait bel et bien. La question à présent était de savoir qui le suivait, et pourquoi.

Il aurait certes pu alerter la police de la route pour que quelques flics baraqués se chargent d'arrêter la voiture et de poser poliment quelques questions à son chauffeur. Bien sûr, si ce dernier se révélait être Lee, il aurait intérêt à taire l'incident aux autorités de Virginie ; mieux valait laver son linge sale en famille. Ou il aurait pu mobiliser un commando armé de la Net Force pour maîtriser le chauffeur, mais à vrai dire, il pouvait aussi très bien régler lui-même ses petites affaires. Il avait sur lui son arme de service et jusqu'ici, il n'y avait aucune raison de faire appel à la cavalerie, surtout si tout cela devait s'avérer une vaste coïncidence. Un usager aussi perdu que lui, qui espérait retrouver sa route en le suivant à la trace.

*Mouais, c'est ça.*

Il gardait en tête ce que Michaels avait dit au sujet de l'agent Brett Lee. Après cette fusillade à Los Angeles, le témoignage de Howard pouvait fort bien lui valoir son poste, voire l'amener devant une cour pénale. Et comme de surcroît le type semblait mêlé à un trafic illégal, il ne serait sans doute pas mécontent de voir Howard expédier sa voiture contre un arbre et ne pas survivre à l'accident.

Bien sûr, il y avait de la marge entre filer quelqu'un en voiture et se livrer à un meurtre prémédité, et il restait toujours la possibilité que tout cela n'ait aucun rapport. Peut-être s'agissait-il de quelqu'un d'autre. Un individu qu'il aurait irrité et complètement oublié ou qui le filait pour des raisons entièrement différentes.

Toujours est-il qu'il avait besoin d'en avoir le cœur net : coincer celui qui le suivait, quel qu'il soit, et s'expliquer avec lui entre quatre-z-yeux.

Ici, en pleine cambrousse, entre les prés, les arbres et les champs, ce ne devrait pas être bien sorcier de trouver un endroit propice.

Il se mit à chercher.

## 32

## *Malibu*

Drayne ne fut pas surpris quand Shawanda Silverman le recontacta moins de vingt-quatre heures après. Elle avait trouvé une maison superbe, entièrement équipée, et dès qu'il voudrait bien passer y jeter un coup d'œil, elle se libérerait.

Les temps devaient être durs en ce moment dans l'immobilier.

Il nota l'adresse et les renseignements, ajoutant qu'il passerait prendre les clés le plus tôt possible. Toutes les formalités légales avaient été réglées par Internet, les signatures électroniques et les transferts de fonds depuis une de ses adresses bidon. C'était une affaire conclue.

Il ne comptait pas s'y rendre en personne, bien sûr, il n'avait pas envie qu'elle puisse se rappeler ses traits. En temps normal, il aurait envoyé Tad, mais Tad était encore HS sur le balcon. Drayne avait jeté sur lui une couverture à la tombée de la nuit, puis ouvert au-dessus de lui un parasol pour le protéger du soleil le lendemain. Ce vieux Tad pouvait fort bien ne pas bouger d'un jour ou deux, si tant est qu'il doive bouger encore.

Par chance, les gardes du corps s'étaient pointés, et si deux des quatre ne semblaient pas avoir l'esprit très affûté, les deux derniers paraissaient plutôt malins. Tous avaient des armes de poing, ainsi que deux fusils à pompe dans un grand étui, et tous se prétendaient experts en tel ou tel art martial oriental. Le plus grand de la troupe faisait dans les un mètre quatre-vingt-dix pour cent dix kilos, facile, avec une tronche qui avait pris pas mal de gnons. L'un des deux plus doués s'appelait Adam : un grand blond délavé tout en muscles, pas loin de la trentaine, qui semblait avoir pas mal pratiqué le surf à une époque.

Drayne décida de l'envoyer au rendez-vous avec Mlle Silverman pour récupérer les clés de la nouvelle maison.

« Tu t'appelles Lazlo Mead, M-E-A-D, et tu bosses pour Projects SA, indiqua-t-il à Adam. Si elle fait une remarque concernant ton timbre de voix, tu lui diras que t'étais enroué quand tu l'as eue au téléphone.

– Ça ne sera pas un problème », lui assura Adam. Il inspira, souffla un peu, puis dit : « Hé, bonjour, Miz Silverman. Je me présente : Lazlo Mead. »

Drayne avait suffisamment entendu sa propre voix enregistrée pour reconnaître que l'imitation d'Adam était parfaite. « Putain, c'est excellent...

– Je fais quelques doublures, de temps en temps, confirma Adam. Hélas, ça ne paie pas très bien... Pas encore, en tout cas. »

Une fois Adam parti, Drayne réfléchit au problème

des gardes du corps. Il n'avait pas l'intention de leur révéler où se trouvait la planque, au cas où il y aurait du grabuge et qu'ils doivent rester ici pendant que lui décamperait. Adam était assez futé pour deviner le plan, et s'il y tenait, il pourrait sans trop de peine soutirer l'adresse à Silverman. Après tout, il allait être Lazlo, n'est-ce pas ? Voilà qui risquait de poser un problème. Donc, si la situation dégénérait, il faudrait qu'il s'assure soit qu'Adam ne lui fasse pas de coup en douce, soit qu'il ne soit plus en mesure de raconter à quiconque ce qu'il pouvait savoir de l'existence de la planque.

Peut-être qu'il était temps de prendre ce flingue, se dit Drayne.

Enfin, au moins avait-il mis les choses en branle, son assurance était en place, et il se sentait considérablement mieux.

Il avait déjà prévenu ses clients que le Marteau allait être disponible avec un délai de neutralisation désormais porté à quarante-huit heures. En l'espace de quelques minutes, il avait vingt commandes, et une heure après, vingt-cinq de plus. Ça faisait quarante-cinq doses de drogue, plus une pour Tad, si ce dernier avait rouvert l'œil d'ici là. Et comme Tad était pour l'instant HS, il allait devoir se charger lui-même des livraisons. Mais ce n'était pas un problème, il n'allait recourir exclusivement qu'à des adresses électroniques redirigées et des livraisons par FedEx, fini le risque de rencontres en tête à tête genre Zee-ster. Tout ce qu'il lui fallait désormais, c'étaient les matières premières.

Avec les gardes du corps, il n'avait pas envie de démarrer sur les chapeaux de roues, aussi décida-t-il d'aller tout seul au mobile home faire sa mixture le moment venu. Inutile de se faire accompagner : leur rôle était avant tout de protéger son domaine et, éventuellement, sa retraite si jamais il devait fuir. Personne ne risquait de le reconnaître au fin fond du désert où devait avoir lieu le rendez-vous avec le mobile home.

Il sourit. Ouaip, sa petite entreprise était bien repartie. Hormis cette connerie avec son vieux. Enfin. Il pourrait toujours régler ça plus tard. Inventer une histoire propre à le faire culpabiliser à mort, par exemple lui révéler qu'il était un espion ou un flic en mission secrète, un plan de ce genre. Ouais. Ne serait-ce pas un bel exemple de justice immanente ? Arriver à persuader son père qu'il servait le pays, alors qu'il l'accusait de se livrer à des activités illégales et contraires aux bonnes mœurs ? Ouais, il y aurait de quoi se marrer.

Pour l'instant, il était peut-être temps de faire sauter un bouchon et de se payer un peu de champ'. Et, peut-être aussi de demander à un de ses nouveaux gorilles de l'initier vite fait au maniement des armes.

## *Washington, DC*

« Tu me laisses ici pour aller où ça ? s'exclama Toni.

– Hé, t'as découvert l'indice, dit Alex. Il faut qu'on suive la piste.

– C'est vraiment à nous de le faire ? La Net Force

n'est pas chargée de ce genre d'opérations sur le terrain. C'est un boulot pour le FBI, ça.

– Ouais, eh bien, je ne sais pas jusqu'à quel point on peut encore se fier à eux. Si les soupçons de Jay sont exacts, nous avons là deux gars qui sont capables d'obtenir des informations normalement inaccessibles. La NSA a des oreilles qui traînent partout.

– Allons donc, tu ne vas pas me dire qu'il n'y a pas un moyen de trouver la parade ? Tu ne pourrais pas transmettre l'info de la main à la main à quelqu'un de la boîte pour leur demander de la vérifier, sans avoir à risquer de l'exposer à des oreilles indiscrètes ? »

Tout en continuant de faire ses bagages, fourrant à présent sa trousse de toilette dans le sac de voyage, Alex répondit : « Si je savais à qui me fier, bien entendu. La directrice nous a à l'œil. Si jamais ça tourne au vinaigre, et même si ce n'est pas de notre faute, tu sais très bien sur qui ça retombera. Pour elle, c'est plus facile de faire porter le chapeau à la Net Force que de balayer devant sa porte. Ou pis, de porter des accusations contre un service frère sans avoir des preuves en béton. Tu n'es pas née de la dernière pluie, tu connais la chanson.

– Tout ça me fait surtout l'effet de prétextes, objecta-t-elle. Une bonne excuse pour quitter le bureau. Et filer d'ici. »

Il cessa de ranger ses affaires pour la regarder.

« Je suis grosse, lunatique, blafarde et enceinte. Et je suis en train de te rendre cinglé. »

Il s'approcha pour la prendre par les épaules. « Non. Tu portes notre enfant et je t'aime. Tu es la plus belle femme du monde, plus belle que jamais.

– Tu dis ça juste pour me consoler.

– Ma foi, oui », concéda-t-il. Mais avec un sourire. Elle le lui rendit. « T'es un fils de pute.

– Raconte ça à maman. Elle ne me l'a jamais dit et je suis sûr que mon père aurait été surpris de l'apprendre.

– Et un fils de pute qui se croit malin, en plus. » Mais elle souriait quand même.

« J'ai rendez-vous avec Jay et John Howard à l'aérogare dans trois heures. On a le temps de prendre une douche et de se faire des adieux dans les formes, non ?

– Un fils de pute qui se croit malin et en plus obsédé. »

Il rit, et elle aussi.


La région de Manassas présentait, comme presque tout le nord de la Virginie, une succession de collines couvertes de banlieues résidentielles et de petits centres commerciaux reliés par un lacis de routes toutes encombrées aux heures de pointe. Il restait toutefois encore des zones où pins et chênes faisaient de la résistance, ainsi que quelques vieilles demeures ceintes de murs de pierre et battues par les vents.

Howard conduisait depuis bientôt une demi-heure quand il avisa enfin une route de campagne déserte et bordée d'arbres, suffisamment étroite pour son plan. Il s'y engagea et roula jusqu'à ce qu'il ait sept ou huit cents mètres d'avance sur la Neon, puis il vira sur la droite pour se garer dans le court chemin de terre accédant à la barrière d'un pâturage délimité par une clôture en barbelé. Il coupa le contact. Pas un bâtiment à proximité, juste quelques vaches pie et brunes qui broutaient l'herbe, placides.

Il avait prévu de descendre, de traverser le pré à vaches pour entrer dans le petit bois visible en face, puis, à travers bois, de revenir derrière la Neon qui, s'imaginait-il, n'allait pas manquer de s'arrêter pour voir ce qu'il manigançait. Une fois passé derrière son poursuivant, il s'approcherait de lui à pas de loup, le revolver à la main, et lui demanderait qui il était et ce qu'il lui voulait. Un plan simple, mais qui devait marcher.

Trois ou quatre cents mètres derrière lui, la Neon ralentit sur la route, vira pour se placer de biais, la portière du passager tournée vers lui, et s'immobilisa.

Howard attendit quelques secondes puis descendit de voiture.

Il n'avait pas encore fermé la portière quand il entendit deux crépitements successifs tandis que les vitres côté passager et chauffeur explosaient, suivies par le bruit d'un coup de feu. La balle ne l'avait manqué que de cinq centimètres.

*Merde !*

Il fit deux pas pour aller se planquer, accroupi, derrière le pneu avant gauche. Sortit son revolver. Le moteur était encore sa meilleure protection et l'épaisse jante en acier de la roue dévierait sans doute un projectile tiré plus bas.

Nouveau coup de feu, nouvel impact qui transperça les deux portières de part en part – et lui avec, s'il s'était encore trouvé au volant.

C'était mal barré.

Pas d'autre cachette aux alentours. Il y avait cinquante mètres en terrain découvert pour traverser le pré jusqu'à la ligne des arbres et chercher à traverser la route de l'autre côté serait tout aussi stupide : on pourrait aisément le tirer comme un lapin. Et son flingue, tout en étant une arme excellente, n'allait guère le servir à quatre cents mètres de distance, sauf à espérer voir le ciel intercéder en sa faveur.

Il risqua un bref coup d'œil.

Un nouveau coup de feu résonna au-dessus du pré et, cette fois, la balle transperça l'aile au-dessus du pneu avant mais fut arrêtée par le carter du moteur. Dans un fracas épouvantable.

Si le type approchait, il garderait encore l'avantage pendant trois cents, trois cent cinquante mètres, et s'il se décidait à le contourner, il serait vraiment dans la merde...

Il pouvait appeler des renforts, mais jamais ils n'arriveraient à temps. Putain, qu'est-ce qu'il allait bien pouvoir faire ?

La mémoire vous joue de drôles de tours. Jusqu'à cet instant précis, il avait complètement oublié ce qu'il avait dans le coffre. Quand ça lui revint, il éprouva une soudaine bouffée d'espoir.

Toujours accroupi, il fonça vers l'arrière de la voiture.

Un nouveau projectile toucha celle-ci au beau milieu de la carrosserie et dut être intercepté par un montant de portière car il n'arriva pas jusqu'à son côté.

Michaels se déplaça jusqu'à l'arrière. Il avait ses clés et le couvercle de la malle était actionné par la commande centralisée électronique. Il inspira un grand coup, posa le canon de son revolver en appui sur la tôle, visa la Neon et tira trois coups de feu en succession rapide.

Dans le même temps, il actionna l'ouverture du coffre, plongea sous le couvercle encore en train de s'ouvrir et saisit l'étui rigide rangé à l'intérieur. Il le ressortit vivement et se laissa retomber derrière le pneu.

Le tireur réussit alors un coup de maître : la balle atteignit le pneu arrière droit, traversa la ceinture radiale en acier, puis le pneu gauche, qu'elle traversa également en faisant un trou dans l'angle de l'étui rigide, manquant arracher celui-ci de la main de Howard.

La voiture s'affaissa sur ses jantes. S'il voulait repartir avec, c'était fichu.

Il déverrouilla le couvercle et répandit au sol les pièces détachées du BMG calibre 50. La balle n'avait pas fait de dégâts. Il posa son revolver et, avec une hâte démultipliée par l'adrénaline, assembla le fusil en un temps record. Il mit le chargeur équipé des cinq cartouches destinées à la compétition, en fit monter une dans la culasse, puis alluma le viseur à point rouge intégré à la lunette. Il se souvint qu'il était réglé pour une distance de trois cents mètres, donc il allait devoir légèrement rectifier le tir. Ou peut-être pas. Sur les premières centaines de mètres de son parcours, la trajectoire de la balle devait être à peu près tendue.

Le moment était venu de faire une supposition. L'adversaire devait utiliser une arme à gros gibier ou un fusil de précision à lunette, du 30-6, voire un 308, quelque chose comme ça, et dans tous les cas, ce devait être un modèle à culasse mobile. Donc il allait être obligé d'actionner celle-ci manuellement après chaque coup pour recharger, ce qui voulait dire que Howard avait une demi, peut-être trois quarts de seconde entre deux coups de feu.

Pas des masses de temps pour ajuster son tir. Et si jamais l'autre avait un semi-automatique, ce serait pire encore. Mais bon, il n'avait pas le choix.

Howard empoigna le lourd fusil. Il passa la tête au-dessus de l'aile arrière, resta ainsi durant ce qui lui parut une éternité – une seconde peut-être – puis il rentra de nouveau la tête dans les épaules.

Le coup partit, toucha le coffre, le traversa, mais manqua Howard d'une bonne quinzaine de centimètres.

Ce dernier se leva aussitôt d'un bond, plaqua le bipied sur le couvercle du coffre qui se referma brusquement, et plaça le point rouge au milieu de la carrosserie de la Neon. Il pressa la détente, un poil trop vite, et le recul faillit le flanquer par terre. La détonation était aussi forte que celle d'une bombe ; elle l'assourdit. Tout en s'empressant de reprendre position, il chargea une autre cartouche, la douille vide s'éjectant, fumante, sur la droite.

Voilà qui allait lui donner matière à réfléchir, à ce fils de pute ! *C'est déjà plus aussi marrant quand la victime peut riposter, hein ?*

Howard regarda dans le viseur. Avec le zoom au maxi, il pouvait distinguer le trou de l'impact à l'endroit où la carrosserie de la Neon s'était enfoncée en formant un cratère ; la peinture s'était écaillée tout autour sur la surface d'une main. Mais il ne vit pas trace du tireur. Si le type avait un minimum de cervelle, c'était lui désormais qui avait dû se planquer derrière le pneu avant, protégé par le bloc moteur. Quand le calibre 50 parlait, on croyait entendre tonner l'ire divine, et l'assassin avait dû se rendre compte que la chance venait brusquement de tourner en faveur de sa victime.

Howard avait encore les oreilles qui carillonnaient et n'arrivait à entendre rien d'autre. En baissant les yeux, il avisa les tampons protecteurs livrés avec l'arme et prit le risque de perdre la seconde nécessaire à les récupérer. Il se les enfonça dans les oreilles.

Pas trace du tireur.

Parfait. *Voyons voir si ça te plaît d'être le gibier, connard.*

Il plaça le point rouge au sommet du pneu avant et pressa la détente, plus doucement, cette fois-ci.

La balle toucha la carrosserie quelques centimètres plus haut et dut pénétrer dans le compartiment moteur : de la vapeur jaillit de sous le capot, venue soit du radiateur, soit du liquide de refroidissement de la clim. Il était prêt à parier en tout cas que l'autre bagnole était désormais aussi immobilisée que la sienne.

Bien, il était temps à présent d'appeler la cavalerie. Il sortit son virgil et pianota à toute vitesse la combinaison du signal d'urgence.

« Mon général ? » dit une voix.

Howard sourit. *Cette fois, t'es coincé, connard.*

« Ne quittez pas une seconde. » Il tira une troisième fois sur la Neon. Ce coup-ci, en atteignant le pneu avant. La carrosserie s'affaissa.

« Je veux un hélicoptère, avec un commando de tireurs d'élite prêts à intervenir en urgence à vingt mètres à l'est de la position GPS de mon virgil, dans quinze minutes maxi. Ceci n'est pas un exercice.

– Bien reçu, mon général.

– Voici la situation... »

Mais quand l'hélico venu de Quantico avec une douzaine des meilleurs éléments de la Net Force se posa et que le commando se dispersa en éventail pour encercler l'épave de la Neon, le tireur demeura introuvable. La voiture était garée bien plus près du rideau d'arbres que celle du général et l'assassin en puissance avait réussi d'une manière ou de l'autre à s'éclipser sans que celui-ci l'ait remarqué.

*Et merde !*

# 33

## *Washington, DC*

Jay quitta des yeux son écran plat pour regarder le patron et le général. « C'était une voiture volée », leur annonça-t-il.

Ils étaient à l'aérogare, dans un des salons réservés aux personnalités auxquels le patron avait accès, pour attendre le vol de Los Angeles. Si John Howard avait été ébranlé par cette tentative d'assassinat dans la cambrousse où Stonewall Jackson avait jadis acquis sa célébrité, il n'en laissait en tout cas rien paraître.

Mais en tant qu'agent fédéral dans l'exercice de ses fonctions, il emportait une arme à bord de l'avion, et ce, sur l'insistance du patron. Quant à Michaels et Jay, ils avaient sur eux leur taser à air comprimé, même si le jeune homme ne s'était servi du sien que lors des sessions semestrielles d'entraînement obligatoires – et la dernière remontait à plus de quatre mois. Il ne se faisait aucune illusion sur ses talents de tireur, même avec cette arme d'immobilisation non létale qui équipait la plupart des personnels de la Net Force en dehors de sa section armée.

« Une voiture volée. Pas vraiment une surprise, nota Howard. C'eût été trop beau qu'il ait utilisé son véhicule personnel. J'imagine que les rats de laboratoire n'ont pas réussi à trouver la moindre empreinte digitale ou trace d'ADN pour établir une corrélation ?

– Non, pas encore, monsieur, confirma Jay.

– Là non plus, rien de surprenant, dit Michaels. Pas si le conducteur est bien celui à qui l'on pense. Est-on parvenu à localiser Lee ?

– C'est déjà un peu plus coton, admit Jay. On ne pouvait pas demander comme ça au FBI de le traquer et l'arrêter, sans nous dévoiler illico. D'après un contact officieux que nous sommes parvenus à établir au sein de la Brigade des stups, M. Lee avait pris sa journée pour convenance personnelle. Il était dans le Maryland pour rendre visite à sa grand-mère paternelle, pensionnaire d'une maison de retraite de la banlieue de Baltimore. Les fichiers accessibles en ligne de la Maison des Sœurs de Sainte-Marie indiquent que M. Lee s'est en effet présenté à l'hospice une heure avant l'agression contre le général Howard et qu'il en est reparti dix minutes après la fin de celle-ci. Toutefois, personne ne s'est encore rendu sur place pour en avoir confirmation auprès du personnel.

– Dans quelle mesure pourrait-on falsifier aisément les registres d'entrée et de sortie d'un tel établissement ? demanda Howard.

– Je pourrais vous le faire les deux mains ligotées dans le dos et avec un rhume si carabiné que l'accès vocal ne distinguerait qu'un mot sur douze », répondit Jay avant d'ajouter : « Et les yeux bandés tout en dormant.

– Si dur que ça, hein ?

– Merde, patron, même vous, vous pourriez y arriver.

– Bon, d'accord, donc nous envoyons un enquêteur vérifier si Lee est bel et bien allé rendre visite à sa vieille mémé.

– Auquel cas, il serait impossible qu'il soit notre tireur, dit Jay.

– Vérifions d'abord avant de sauter le pas.

– Je serais fort étonné qu'on trouve une infirmière ou un employé qui se souvienne d'avoir vu Lee aujourd'hui, dit Howard.

– Pas d'autres indices relevés sur place par les experts ? demanda Michaels.

– Pas de quoi fouetter un chat en tout cas, dit Jay. Aucune douille au sol, pas de sang, pas de cheveux, pas de pochette d'allumettes abandonnée, de papiers ou de cartes routières révélant l'itinéraire pour nous rendre chez l'auteur du forfait. Les empreintes de semelles sont celles d'une marque de baskets bon marché très répandue. Les fibres de tissu recueillies à l'endroit où le tireur s'est agenouillé appartiennent à du coton gris clair, sans doute un pantalon de survêtement.

– Et les vêtements, comme les chaussures et sans doute les gants, doivent se trouver à l'heure qu'il est au fond d'une poubelle ou réduits en cendres, termina Michaels.

– C'était un pro, conclut Howard. Si je n'avais pas eu ce canon portatif, je crois bien qu'il m'aurait descendu.

– Vous en avez parlé à votre femme ? » demanda Michaels.

Howard le regarda. « Et vous, vous l'auriez fait ? »

Le patron eut l'air mal à l'aise. « Peut-être. Toni était agent de la Net Force, elle sait comment ça se passe, parfois. Bien sûr, elle est enceinte et je n'aurais pas voulu l'inquiéter alors que tout était fini.

– On n'a pas appelé la police, les médias ne sont au courant de rien, on garde ça pour nous, indiqua Howard. Je ne voulais pas non plus inquiéter ma femme. Je lui en parlerai plus tard. Une fois que nous aurons capturé le salopard qui a fait le coup. »

Jay ne dit rien. Lui, il en aurait parlé à Saji, mais elle était bouddhiste, et les bouddhistes étaient très branchés monde réel et tout le tremblement.

Il regarda autour de lui. En théorie, ils n'étaient pas censés faire ce truc, puisque cela sortait de leur domaine de compétence. Sans compter qu'ils n'auraient pas dû prendre tous les trois le même vol. Si jamais leur avion s'écrasait, la Net Force se retrouverait sans commandant, sans chef militaire et sans responsable de la traque informatique. Pas terrible. La patronne du service risquait de piquer une colère noire. Mais d'un autre côté, se dit Jay, ça ne lui ferait ni chaud ni froid, vu qu'il serait mort. Tant pis pour elle.

Jay n'avait pas peur de prendre l'avion, ça ne l'avait jamais tracassé. Il y en avait bien qui tombaient de temps en temps, c'était affreux, mais enfin, c'était comme d'être touché par la foudre. Ce qui devait arriver arrivait. Sinon quoi ? Passer sa vie claquemuré chez soi ?

Il se faisait une joie de visiter Hollywood. En dehors des visites virtuelles, il n'y était allé qu'une seule fois pour de vrai, quand il était lycéen, avec ses camarades, à l'occasion d'un concours national d'informatique. Ils avaient fini deuxièmes et ils auraient dû gagner si l'un des idiots de son équipe ne s'était pas planté dans la rédaction d'un programme du niveau d'un élève de CM1. Vu le temps qu'il passait à concevoir des scénarios en réalité virtuelle, Jay avait l'impression qu'il se sentirait comme un poisson dans l'eau parmi les réalisateurs hollywoodiens.

Quand ils se poseraient là-bas, ce serait le milieu de la nuit, et ils fileraient aussitôt à l'hôtel mais il ne faisait aucun doute que la journée du lendemain allait être radieuse et ensoleillée.

Il alluma son ordi, cliqua sur la touche du modem sans fil et se reconnecta par liaison codée au système informatique de la Net Force. Il avait dans son sac de voyage son attirail de RV, mais il n'aimait pas surfer en virtuel dans un lieu public : il y avait trop de monde, sans parler du risque toujours possible qu'un type profite de votre immersion et de votre état de privation sensorielle pour vous piquer vos bagages. Il ne risquait sans doute pas grand-chose ici dans le salon VIP, mais inutile de prendre de mauvaises habitudes. Résultat, il allait devoir en passer par la bonne vieille méthode bien chiante, pianotage et commandes vocales, la plaie, mais bon, pas le choix.


## Banning, Californie


Drayne avait mis la clim du mobile home à fond et le vieux couple Yeehaw avait décroché la petite voiture qu'ils traînaient accrochée derrière pour se rendre en ville faire la tournée des bars ou des magasins, pendant qu'il restait à préparer un nouveau lot de came. Pour l'ultime phase de préparation – l'ajout du catalyseur – il préférait toutefois attendre d'être revenu à LA. Il était temps en effet pour lui de visiter sa nouvelle planque, et là au moins, personne ne viendrait mater par-dessus son épaule pendant qu'il procéderait au mélange final. Une fois le chrono déclenché, il enverrait un des gorilles déposer les paquets chez FedEx, et hop, affaire réglée, encore quarante-cinq plaques virées sur le compte électronique numéroté. La vie n'était-elle pas belle ?

Il sourit. *Tiens, je me demande ce que font ces deux pauvres vieux, en ce moment.*


## Beverly Hills


Mae Jean Kent était une femme impressionnante, nota Michaels. Hyper-sexy, et même si elle avait des pare-chocs naturels au calibre généreux, ils étaient certainement augmentés d'une paire de butoirs complémentaires – bonnet D, à vue de nez. Toni s'était bien entendu empressée de lui dire que c'était pas du vrai, n'empêche...

Elle était superbe, blonde, bronzée, élancée, portait un top échancré, un cycliste moulant et des sandales. Elle arborait également d'énormes lunettes noires. Elle était convenue de les retrouver dans un restaurant du coin – apparemment l'endroit incontournable pour les rendez-vous de personnalités, et de fait, elle ne cessait de saluer les gens qui passaient devant la table en terrasse où elle s'était installée avec Michaels, Jay et John.

« Hé, Muffy ! Hé, salut, Brad ! Excusez-moi, Alex, que disiez-vous, déjà ?

– Mademoiselle Kent...

– Oh, je vous en prie, appelez-moi MJ, comme tout le monde ! »

Michaels estima qu'elle devait avoir la trentaine, à en juger à ses mains, mais elle se comportait plutôt comme si elle avait dix-huit ans. Cela faisait partie du jeunisme ambiant, qui vous expédiait à l'hospice passé les vingt-cinq balais.

« MJ. Eh bien, vous me parliez de ce film...

– Oh, ce fut un tournage épouvantable ! Déjà, Todd – je parle de Todd Atchinson, le réalisateur – était en pleine crise, il avait épuisé son stock de Paxil et il n'était plus à prendre avec des pincettes. C'est bien simple : il n'arrêtait pas de gueuler sur tout le monde. C'est à ce moment que Larry – Larry White – a eu une engueulade horrible avec son petit ami – il est gay, franchement, quel gâchis, un mec si beau, non ? Quoi qu'il en soit, Larry était tellement déprimé qu'il était juste capable de traîner à se lamenter comme un vieux cocker. Et là-dessus, George – vous savez, ça m'a fait un tel choc, oui vraiment un tel choc d'apprendre sa mort, mais il faut dire aussi c'était un camé grave, grave de chez grave – George n'arrêtait pas d'avoir, eh bien, d'avoir la trique, il n'y a pas d'autre mot, chaque fois qu'on avait une scène ensemble, et ils devaient faire super-gaffe au cadrage parce que sous son maillot de bain, il y avait, vous voyez, une bosse en permanence ! » Elle gloussa, inspira à fond, ce qui eut pour résultat d'exhiber un peu plus les résultats d'une opération de chirurgie plastique assurément coûteuse.

Michaels aurait voulu que Toni soit là pour constater à quel point cette fille était inintéressante et creuse, malgré sa plastique et ses efforts pathétiques pour se donner ce qu'elle croyait être un air chic et raffiné.

Michaels jeta un coup d'œil vers Howard, qui gardait un visage flegmatique, sans lui être pour autant d'un grand secours. Jay semblait pour sa part absolument fasciné par les oscillations alternatives des nichons de MJ, bien mal contenus par le minuscule top échancré.

« Vous vient-il à l'esprit un élément quelconque susceptible d'évoquer pour vous le nom de Marteau de Thor ? »

Elle se tourna pour saluer de la main un individu qui passait entre les tables. « Hé, Tom chéri ! Comment vas-tu ? » Et de faire la moue pour envoyer un baiser audit Tom chéri.

Michaels surprit l'ombre d'un sourire sur les traits de Howard, mais quand il l'examina de plus près, le sourire s'évanouit.

« MJ ?

– Quoi ? Oh, non, je n'ai pas le moindre souvenir d'un quelconque marteau de corps.

– Où a eu lieu le tournage ? » intervint soudain Jay. Apparemment, sa transe mammaire n'était pas aussi profonde que l'avait cru Michaels.

« Où ?

– Oui. À quel endroit ? »

Elle leva les yeux au ciel, comme si elle s'attendait à voir la réponse inscrite sous le grand parasol qui abritait leur table. Puis elle regarda Jay et lui servit son sourire plein pot. « Malibu, fit-elle. Sur la plage. »

Michaels, qui avait saisi l'esprit de la question de Jay, embraya aussitôt : « Rien d'inhabituel concernant le lieu du tournage ?

– Inhabituel ? Non, je ne crois pas. C'était une sorte de plage privée, Todd connaissait certains des propriétaires qui avaient leur résidence tout à côté, ils nous ont donc réservé spontanément la zone pour le tournage. Des flopées de touristes venaient tous les jours et demandaient des autographes entre les prises. J'ai une foule de fans.

– J'ai entendu un critique dire que votre prestation dans *Scream, Baby, Scream* était de tout premier ordre », intervint Howard. Il sourit.

Coup d'œil de Michaels à son officier. Il avait la bouche en cœur.

« Vraiment ? J'ai fait de mon mieux pour m'y donner à fond, mais le scénario, voyez-vous, posait quantité de problèmes. Les dialoguistes sont tout simplement incapables de se mettre dans la peau des comédiens. Ce sont tous des écrivaillons. »

*Ouais, sans doute qu'ils utilisent un peu trop de termes compliqués*, songea Michaels. *Tous ces mots de trois ou quatre syllabes, ça doit être d'un pénible.*

*T'es pas juste, Alex. On est à Hollywood, souviens-toi. Ce n'est pas de sa faute si ça se passe comme ça.*

« Eh bien, merci en tout cas de nous avoir consacré du temps, MJ, dit-il. Vous nous avez été d'un grand secours.

– Hé, c'est quand vous voulez. Je suis ravie de coopérer avec le gouvernement dans la mesure de mes moyens. De votre côté, si jamais vous avez l'occasion de toucher un mot aux services fiscaux, dites-leur de me lâcher un peu avec leur redressement, d'accord ? » Nouveau sourire Colgate, grande inspiration, avant de pivoter pour un nouveau signe de la main. « Hé, Barry ? Comment va ? »

Alors qu'ils attendaient que l'employé du parking amène leur voiture de location, Howard observa : « Eh bien, on peut dire que ça nous a vachement aidés, non ?

– Et quand avez-vous vu *Scream, Baby, Scream*, John ? rétorqua Michaels. Vous vous l'êtes programmé sur le câble cette nuit ?

– C'était juste histoire de relancer la conversation. D'ailleurs, je n'ai jamais dit que je l'ai vu, j'ai dit "J'ai entendu un critique dire". Il s'agit en l'occurrence de notre spécialiste maison. Je ne faisais que prendre au mot notre ami Gridley.

– Eh bien, j'imagine qu'on devrait tenter le coup auprès de Larry, observa Michaels. En espérant que son petit ami et lui se seront rabibochés depuis leur dernier tournage.

– Ou auprès de Todd, suggéra Howard. Peut-être qu'il aura refait le plein de Paxil.

– Peut-être qu'on n'aura pas besoin », indiqua Jay.

Les deux hommes se tournèrent vers lui.

« L'inscription à l'intérieur de la gélule disait que les petits-enfants sauraient où le trouver. Je pense que MJ pourrait bien nous avoir fourni la réponse.

– La plage de Malibu, dirent en chœur Howard et Michaels.

– Un gros bonnet de la drogue aurait tout à fait les moyens de vivre là-bas.

– Ça fait quand même une bonne longueur de côte, nota Howard. Des centaines de résidences...

– Mais les tournages réalisés en zone urbanisée exigent quantité d'autorisations. Je peux accéder aux archives municipales et découvrir où l'on a tourné un film de surf ces dernières années. Ça devrait réduire le champ à une poignée de maisons. En contrôlant les relevés cadastraux, on devrait pouvoir encore en éliminer pas mal.

– Excellente déduction, Jay.

– Je ne te croyais pas franchement absorbé par ton boulot, tout à l'heure, nota Howard.

– Le silicone a tendance à me distraire du silicium, admit Jay. Par ailleurs, elle joue à l'écran des personnages bien plus intelligents, même si ce n'est pas très difficile.

– OK, connecte-toi et tâche de nous trouver ce que tu peux.

– Encore un truc, ajouta Jay. J'ai appris une mauvaise nouvelle pendant notre interview. » Il indiqua son ordinateur, regarda Howard. « Plusieurs témoins, dont deux religieuses, ont attesté que Lee se trouvait bien hier à la maison de retraite à l'heure précise où vous vous faisiez canarder. Ça ne pouvait pas être lui.

– Bigre, fit Howard. Alors qui d'autre ?

– Peut-être que votre chien est allé faire sur la pelouse d'un voisin, suggéra Jay.

– Ça m'étonnerait, observa Howard. On n'en a pas.

– Vous feriez peut-être bien d'en prendre un. Si possible muni d'une belle rangée de crocs. »

Le groom arriva au volant de leur voiture de location. Michaels sortit de son portefeuille un billet de cinq dollars ; il le donna au type qui l'examina comme si c'était une feuille de papier toilette usagé. Bon Dieu, c'était quoi, les pourboires habituels, ici ?

Une fois en voiture, Michaels lança : « Trouve-nous une destination, Jay.

– J'y bosse, patron. »

## 34

## *Malibu*

Quand Tad s'éveilla, il nota deux choses : un, il était sur le balcon, à l'abri du parasol qui faisait de son mieux pour le maintenir à l'ombre, mais s'apprêtait à perdre la bataille.

Deux, il y avait des types armés qui se baladaient dans la maison.

Heureusement, il reconnut un des porte-flingues et comprit donc que les gardes du corps s'étaient pointés et que Bobby avait dû décider de les engager.

Il arrivait toujours des merdes pendant qu'on hibernait. Le tout, c'était de s'y habituer.

Il regarda sa montre et le guichet dateur lui révéla qu'il était resté deux jours dans le cirage. Pas si mal.

Il avait l'impression qu'on lui avait fendu le crâne avec une pelle émoussée avant de l'emplir avec la moitié du sable de Malibu. C'est dire s'il se sentait plus que granuleux. Et le reste du corps était à l'avenant. Rouillé.

Il réussit à se mettre debout, en s'aidant du pied du

parasol, et mit le cap vers la salle de bains. Une fois, après avoir roupillé quarante-huit heures, il était resté à pisser plus d'une minute, sans interruption, il avait bien dû se soulager de deux litres. Pour une raison quelconque, sa vessie ne l'avait jamais trahi quand il était dans le cirage, une veine.

Le type armé qu'il avait reconnu lui adressa un signe de tête. « Hé, salut Tad ! »

Tad répondit de même. Le nom lui revint, lentement mais sûrement. « Adam, ça va ?

– Bien. Bobby est sorti. Il devrait rentrer dans un moment.

– Impec. »

Il tituba jusqu'à la salle de bains, mit en route la douche, puis se déloqua. Après avoir attendu quelques secondes que l'eau soit à la bonne température, il pénétra dans la cabine. Il puait, alors il pouvait aussi bien pisser dans la douche.

Il fallait qu'il remette la main sur sa réserve. De toute façon, il allait encore passer un jour ou deux sans réussir à être vraiment opérationnel, alors tant qu'à faire...

Il ouvrit la bouche pour laisser les fines aiguilles du jet le décaper de ce goût de bitume et de moisi, recracha trois ou quatre fois, puis avala deux grandes gorgées d'eau chaude. Il se savait déshydraté ; s'il laissait son état empirer, le manque d'électrolytes pouvait entraîner un arrêt cardiaque. Il avait connu des types sous amphés qui n'avaient rien bu ni mangé durant quarante-huit heures et qui étaient morts ainsi : leur cœur avait tout simplement cessé de battre.

Il resta dix minutes sous la douche à se laisser

poinçonner par le jet. Il se sentait déjà un peu mieux quand il ressortit sur le carrelage froid et commença de s'essuyer avec la grosse serviette de bain en éponge. Mais un petit peu mieux, c'était pas encore ça.

Sa réserve était planquée dans le logement de la roue de secours dans le coffre de sa voiture, laquelle voiture était garée au parking du marchand de sandwiches, un peu plus bas. Quand Bobby passait en mode parano, ce qui était de plus en plus fréquent, il interdisait à Tad de conserver à la maison le moindre produit susceptible de les faire épingler. Même pas dans la voiture, si Tad voulait la laisser garée dans l'allée, au garage ou n'importe où dans l'enceinte gardée de la résidence. Interdit de te garder plus d'une prise, lui disait Bobby, et encore, à condition de l'avoir à portée de main, si jamais les flics débarquaient à l'improviste.

Tad tâchait la plupart du temps de se conformer à cette règle. Pendant un temps, il avait enterré sa came sur la plage. Planquée dans un pot avec un couvercle en plastique, pour éviter qu'un prospecteur amateur ou un agent des Stups ne le repère avec un détecteur de métaux. Il se glissait dehors à la faveur de la nuit pour enfouir le pot dans le sable. Mais avec cette méthode, il en avait perdu un, incapable qu'il était de se souvenir où il l'avait planqué. Et une autre fois, c'était un clébard qui l'avait déterré, alors il avait arrêté. Après tout, la voiture n'était si pas loin, un demi-pâté de maisons, mais bien entendu, ça lui faisait l'effet de mille bornes après une séance de Marteau.

Enfin, bon, il n'y avait pas moyen de faire autrement. Il n'allait quand même pas envoyer Adam ou un de ses copains patibulaires lui récupérer sa dope. Il ne se fiait pas à grand monde, mis à part Bobby, et de toute façon, Bobby n'était pas son domestique.

Tad enfila un vieux pantalon de survêtement, un T-shirt noir, une paire de sandales de la même couleur. Bon, autant y aller. Ça risquait de prendre du temps.

« Je vais là où j'ai garé ma tire, dit-il à Adam. Alors évitez de me flinguer à mon retour.

– Pourquoi gâcher une balle ? ricana Adam. T'as une tronche à même pas supporter un regard qui tue. Merde, t'as déjà l'air mort.

– T'aurais intérêt à travailler tes sketches, Adam. Celle-là, j'l'ai déjà entendue.

– Pas mal de fois, j'parie. »

Tad réfléchit une minute au meilleur itinéraire à prendre. Par la grille et la route, c'était plus long. Mais passer par la plage et marcher dans le sable, ça risquait d'être plus dur. D'un autre côté, la route, c'était plus bruyant, avec toute cette circulation. Mais par la plage, il ferait plus chaud. Il n'avait pas besoin d'obstacles supplémentaires pour l'instant. Jusqu'à ce qu'il ait préparé sa mixture et qu'elle commence à agir, le simple fait de respirer lui coûtait déjà un gros effort.

Bon, la plage. Il se dirigea vers l'escalier du balcon.


Michaels demanda : « Une de ces trois ou quatre maisons ? »

Howard était au volant, Michaels à côté de lui, Jay derrière. Tandis qu'ils continuaient de parcourir au ralenti la route du bord de mer, le regard tourné vers la plage, Jay répondit : « À coup sûr. L'autorisation stipule bien cette partie de la plage. D'ailleurs, le stand de sandwiches, là-bas, apparaît dans le film. Je l'ai téléchargé pour repérer les plans en extérieur. Cette maison, à l'extrême gauche, a été construite il y a deux ans, donc elle n'y était pas à l'époque.

– Est-ce qu'on a les noms des propriétaires ?

– Oui. La rose appartient à l'actrice Lorrie DeVivio. Elle l'a récupérée dans le règlement du divorce avec son cinquième mari, Jessel Tammens, le producteur.

– DeVivio... elle a quoi, soixante ans ? Et avec sa fortune, je l'imagine mal se livrer au trafic de drogue, observa Howard.

– Alors comme ça, vous connaissez les vieilles stars de cinéma, hmm, général ?

– Elle a remporté un oscar, se défendit Howard. Et pas pour sa silhouette.

– Et les autres maisons ? coupa Michaels.

– La deuxième appartient au directeur de la banque Yokohama-USA. Il est lui aussi sexagénaire et lui aussi plus riche que Crésus.

« La troisième, la bleu pâle et blanc, est la propriété d'une entreprise appelée Projects SA. Une résidence professionnelle, peut-être. Je suis en train de vérifier les informations auprès du registre du commerce. La société a été déclarée dans le Delaware.

« La quatrième enfin appartient à un dénommé Saul Horowitz. Inconnu au bataillon, et mes robots chercheurs ne m'ont guère plus aidé jusqu'ici.

– Eh bien, voilà qui paraît prometteur. Garons-nous là, dans le parking devant ce restaurant, pour réfléchir à tout ça une minute », dit Michaels.

Les quatre résidences étaient dotées de clôtures

électrifiées et de portails électriques, du moins côté rue. Au moment où Howard se garait, un cabriolet Mercedes arriva devant la troisième et s'immobilisa devant la grille. La capote était baissée et un jeune gars aux allures de surfeur, bronzage intense, cheveux blonds délavés par le soleil et chemise hawaiienne, leva un boîtier de télécommande qu'il pointa vers la lourde grille d'acier qui pivota lentement pour lui livrer passage. Il s'engagea dans l'allée et le portail commença à se refermer derrière lui.

« Wouah, cool, man ! Surf is up ! » lança Jay, d'une voix de fausset de Beach Boy. Et de lever le poing, le pouce et le petit doigt tendus. Il agita la main en chantonnant : « Mahalo !

– Merci, Brian Wilson. T'as pensé à relever le numéro ? demanda Michaels.

– Flûte. Désolé, patron...

– C'est une plaque perso, indiqua Howard : P-R-O-J-E-C-T-S[1].

– Vérifie », ordonna Michaels.

Un rien vexé par sa défaillance, Jay s'empressa de composer le numéro du service des mines de Californie pour accéder à leur banque de données en utilisant son code d'identification de la Net Force.

Quelques secondes plus tard, il annonça : « La voiture appartient à Projects SA. Étonnant, non ? Il semblerait que le véhicule soit fourni avec la résidence. Sympa, les avantages professionnels.

---

1. Rappelons qu'aux États-Unis, il est possible, pour une somme modique, d'obtenir une plaque d'immatriculation personnalisée à ses initiales, ou composant un jeu de chiffres ou de lettres (*N.d.T.*).

– Bien. Alors, votre avis ? demanda Michaels.

– Soit c'est celle-là, soit l'autre, celle d'Horowitz, répondit Howard. Des stars ou des banquiers fortunés peuvent consommer de la drogue, mais ils n'ont pas besoin d'en fourguer.

– Juste à titre d'information, général, ils ont trouvé un mouchard sur votre voiture, intervint Jay. C'est ce qui a permis au tireur de vous suivre à la trace. » Il indiqua son écran. « Et j'ajoute que M. Lee, qui, comme nous le savons, n'aurait pu en aucun cas être notre tireur, vient de signaler son absence pour raison médicale.

– J'espère bien qu'elle sera définitive, bougonna Howard.

– Et pour rester dans les nouvelles intéressantes, M. Zachary George a pris un congé cette semaine et la suivante, ajouta Jay.

– Quelque chose du côté de tes moteurs de recherche concernant Horowitz ?

– Négatif. Mais je ne pense pas que ce soit utile.

– Et pourquoi cela ?

– Jetez un œil sur l'épouvantail tout en noir qui revient du stand de sandwiches, indiqua Jay.

– Oui, quoi ?

– Regardez mieux, patron. »

Michaels obéit. Et fronça les sourcils.

« Eh oui, dit Jay. Pas facile de l'imaginer en train de tabasser une bande de culturistes avant de mettre à sac une salle de gym, hein ? »

Michaels acquiesça. « Mais c'est pourtant lui.

– J'aurais jamais cru voir un jour l'exacte reproduction d'un portrait-robot de la police, remarqua Jay. Tout ce qu'il nous reste à faire, c'est d'attendre pour voir laquelle des deux portes il va choisir. Quel que soit le résultat, je vous parie tout ce que vous voulez qu'il s'agira de la maison de notre dealer. »

Tous trois regardèrent l'individu, qui semblait prêt à s'effondrer d'un instant à l'autre, progresser en titubant le long du trottoir. Il lui fallut un bout de temps pour atteindre au but, mais enfin, il y arriva.

« Et voici le gagnant, proclama Jay. C'est la piaule de notre beau surfeur. Vive la Net Force ! » Il regarda Michaels. « Et maintenant, qu'est-ce qu'on fait, patron ? On fonce dans le tas et on relève les noms ? » Et de brandir son taser.

Les deux autres se mirent à rire.

Michaels observa : « Je vois que ton expérience sur le terrain ne t'a décidément rien appris. On ne va nulle part. On appelle le FBI. C'est à eux de jouer. »


Drayne gara la voiture et entra. Il vit un des gardes du corps planqués derrière les bananiers nains hocher la tête et lui adresser un signe de main. Un bon point : ils faisaient correctement leur boulot de surveillance.

Une fois entré, Drayne se dirigea vers le balcon. Adam y était accoudé à contempler l'océan. « Où est Tad ?

– Il est descendu. Il a dit qu'il allait à sa voiture, répondit le garde. L'a dit qu'il serait de retour dans quelques minutes. »

Drayne acquiesça. Tad avait la manie de se livrer à l'automédication dès qu'il était à nouveau sur pied et sa pharmacie devait être dans sa bagnole, garée dehors, à bonne distance. Elle avait intérêt.

La porte d'entrée s'ouvrit. Tiens, quand on parlait du loup...

« Hé, Bobby !

– Tad. Ça va ?

– Ça ira mieux dans une demi-heure. » Il fila vers la cuisine.

Drayne l'y suivit, le regarda sélectionner une douzaine de pilules, cachets, gélules et comprimés, emplir un verre au bec filtrant de l'évier, et faire passer le tout d'une seule grande gorgée.

« Pendant que tu faisais la sieste, j'ai réglé deux-trois trucs, observa Bobby. Je comptais envoyer un des gardes du corps mais à présent que t'es debout, tu peux te charger de porter les colis chez FedEx.

– OK.

– On livre quarante-cinq doses de Marteau. »

Tad haussa un sourcil.

« Autant battre le fer tant qu'il est chaud, expliqua Drayne.

– Déjà tout préparé ?

– Ouaip. J'ai terminé le mélange à la nouvelle planque, pour que la came ne date juste que d'une heure.

– T'as la mienne ?

– C'est trop tôt, Tad, tu devrais passer ce tour. J'en prépare un nouveau lot la semaine prochaine. »

Tad ne dit rien et Drayne finit par hocher la tête. « Enfin, c'est tes oignons, après tout.

– Ben oui, comme tu dis. Laisse-moi une demi-heure pour que la mixture agisse, et je serai prêt à foncer. »

Drayne hocha de nouveau la tête.

« Ouais, à tombeau ouvert. »


« Enfin, merde, patron, vous croyez pas qu'à nous trois on serait capables de maîtriser un grand dadais de surfeur et un zombie ? »

Michaels avait déjà prévenu la directrice, laquelle avait à son tour averti l'antenne locale du FBI et mis en route le grand jeu. Il remarqua : « Ce ne serait pas précisément ce zombie qui a mis à sac une salle de gym remplie de types assez musclés pour soulever des semi-remorques ? N'est-ce pas toi qui l'as fait remarquer ?

– Bien sûr, mais...

– Et aurais-tu oublié les dépositions sur un vieux bonhomme à cheveux blancs qui s'est joué des nuages de gaz et des tasers à air comprimé avant d'envoyer balader les flics et les vigiles d'un casino comme le ferait un môme avec ses soldats de plomb ? Ou d'un bout de bonne femme qui a arraché du mur un distributeur de billets, comme ça, à mains nues ?

– Ouais, mais là, en ce moment, il est à peine capable de bouger. Il doit être camé jusqu'aux yeux. »

Howard intervint. « Il y a trop d'impondérables, Jay. Réfléchis un peu. Quelle est la disposition des lieux ? Leur est-il possible de s'esquiver par l'arrière pendant qu'on escaladera le portail sur la rue ? Est-ce qu'ils sont armés ? Qui d'autre est avec eux ? Je suis le seul de nous trois à avoir une arme à feu, alors tu comptes passer derrière avec le commandant, et brandir vos deux malheureux tasers à air comprimé pour leur bloquer la route pendant que je m'esquinterai les pieds à vouloir défoncer ce qui a toutes les chances d'être une porte blindée ? Ce n'est pas pour dénigrer ton adresse au tir, mais même si tu réussis à faire mouche, tu n'as droit qu'à un coup avant d'être obligé de recharger et, dans cet exercice au TA, le plus rapide que j'ai vu faire mettait quand même deux secondes. J'imagine que tu pourrais y arriver en cinq ou six. En deux secondes, un type peut parcourir sept à huit mètres, te flanquer par terre et prendre la fuite. En six, il est déjà au bout de la rue à écluser une bière, pour ainsi dire. Et ça, c'est s'il est désarmé. Si le surfeur ou le zombie ont des flingues, qu'est-ce qu'ils vont faire à ton avis si tu les loupes ? Ou si tu cries "On ne bouge plus !" et qu'ils tirent les premiers ? Ils pourraient très bien avoir une mitraillette et faucher une vingtaine de pèlerins sur la plage. Et ça, après t'avoir ratiboisé.

– Hmm, fit Jay. Ce serait mauvais pour les relations publiques, sans parler de ma vie amoureuse. Alors, pourquoi ne pas avoir fait appel aux troupes de la Net Force ? On peut leur faire confiance, non ?

– Personnellement, c'est ce que j'aurais choisi, admit Howard, mais le commandant a raison. On les a trouvés, mais ce n'est pas notre mission, nous ne sommes même pas censés être ici, nous sortons de notre domaine de compétence. Qu'une douzaine de nos agents commando s'avisent de venir défoncer la porte d'une maison à Malibu, et on est bons pour aller tous s'inscrire à l'ANPE. À supposer déjà qu'on parvienne à faire venir nos hommes ici dans les deux heures, ce qui est exclu.

– En droit, c'est l'affaire des Stups. Même si la

patronne décide de laisser les agents du FBI procéder aux interpellations, ça reste un sujet politique brûlant. Elle ne va pas se risquer à fâcher les collègues d'un autre service, et nous non plus. On ne peut même pas obtenir de mandats, alors à supposer même qu'on coure le risque d'être virés, toutes ces arrestations seraient parfaitement illégales. Le premier avocat lobotomisé commis d'office serait capable de les faire libérer dans l'heure.

– Ouais, OK, je pige », admit Jay. Non sans réticence.

Michaels regarda sa montre. « Avec un peu de pot, on devrait voir débarquer des agents fédéraux d'ici trente à quarante minutes. On se conforme scrupuleusement à la procédure, on recueille notre part de mérite de l'opération et, plus important que tout, le dealer est mis à l'ombre. Le résultat final est le même, quel qu'en soit l'auteur.

– Et combien de temps reste-t-il à l'ombre, à votre avis ? s'enquit Jay.

– Pardon ?

– Ce type se trimbale un secret qui vaut des millions, pour ne pas dire des dizaines de millions de dollars, vous l'avez reconnu vous-même. Vous ne croyez pas que les labos pharmaceutiques vont se battre pour lui offrir les meilleures équipes d'avocats de la planète ? À quel montant peut s'élever sa caution ? »

Michaels acquiesça. Il savait bien que Jay disait vrai. « T'as sans doute raison. Mais ce n'est plus notre problème. On est censés le trouver. On l'a trouvé. On a fait notre part de boulot. Ce qu'il advient de lui après sa capture ne nous regarde pas ; du reste, nous n'avons aucun moyen d'intervenir. Nous ne sommes qu'un rouage de la grande machine, Jay. On fait notre boulot, en espérant que les autres feront de même. On ne peut pas être partout.

– C'est nul, dit Jay.

– Bienvenue dans le monde réel, fiston », conclut Howard.

# 35

## *Malibu*

Drayne confia à Tad les petits paquets contenant les gélules, la liste d'adresses, puis il lui indiqua la porte. À l'heure qu'il était, la majeure partie des paiements avait été déjà virée par transfert électronique sur les comptes numérotés. Avant de laisser Tad confier un seul colis aux employés de Federal Express, il s'en était encore assuré.

Le battant s'était à peine fermé sur Tad que le téléphone sonna. C'était la ligne professionnelle.

« Division polymères. Drayne...

– Si tu as un avocat, appelle-le, dit la voix paternelle. Tu ne vas pas tarder à en avoir besoin. »

Son père raccrocha sans même s'être identifié et Drayne se sentit aussitôt submergé sous une vague aussi glaciale que de l'azote liquide.

« Toi ! dit-il en s'adressant au garde du corps le plus proche. Va me récupérer Tad ! Empêche-le de sortir ! »

Le gorille s'éclipsa en hâte.

Sa peur, glaciale au début, s'était muée en une chaleur désagréable qui envahit tout son corps.

Le vieux l'avait balancé !

Non. Si son père avait fait une chose pareille, il n'aurait pas eu de remords. Le bonhomme n'était pas du genre à revenir sur ses décisions pour présenter ses excuses. Et même s'il ne lui avait pas donné d'indication précise, il n'y avait pas besoin d'être prix Nobel pour lire entre les lignes.

On était sur le point de l'arrêter. Son vieux en avait eu vent, et il avait appelé pour l'en avertir.

*Putain de merde.*

Presque plus important pour lui que l'imminence de son arrestation, il y avait le fait que son père était allé à contre-courant de trente années de devoir pour le prévenir qu'il avait des ennuis. Il n'avait pas pu se résoudre à le lui dire de manière explicite, n'empêche, sachant que Drayne était malin et donc qu'il devinerait, cela tenait quasiment du miracle.

*Putain de merde.*

Drayne se rendit à la centrale de sécurité installée dans la cuisine et regarda la caméra braquée sur le portail. Rien. Il manipula les commandes. La caméra était montée sur cardan et pouvait faire quasiment un tour complet. Il entama un lent panoramique de 360 degrés.

En face, de l'autre côté de la rue, devant la Mouette Bleue, une voiture était garée le long du trottoir, avec un type assis à droite, vitre baissée, qui regardait dans la direction du portail.

Drayne arrêta le panoramique pour mettre le point sur la voiture.

Bon, ça pouvait être un mec qui attendait que sa femme sorte des toilettes ou n'importe quoi d'autre...

Il zooma. Le reflet du pare-brise ne lui permettait pas de voir l'intérieur de l'habitacle, mais les spécialistes en équipement de surveillance avaient prévu la parade : un filtre polarisant rotatif monté sur l'objectif. Il le fit pivoter et bientôt le pare-brise s'assombrit, révélant derrière un deuxième type, assis au volant, et un troisième, à l'arrière.

Merde ! Ils étaient déjà en place !

De retour, Tad entra dans la cuisine. « Qu'est-ce qui se passe ?

– On a de la compagnie. Tiens, regarde. »

Tad contempla l'écran. « Et alors ? Des types dans une bagnole. Ça veut rien dire.

– Ouais, sauf que mon père vient de me téléphoner pour me dire d'appeler mon avocat.

– Ton père ? Oh, merde...

– Tout juste. » Drayne poussa un grand soupir. Puis, s'adressant à Adam : « Va voir s'il y a aussi du monde de l'autre côté de la baraque. »

Adam revint au bout de trente secondes. « Négatif. Deux nanas sans le haut, couchées sur des serviettes de bain, à côté, c'est tout.

– OK, donc ils n'ont pas encore couvert l'arrière de la maison. Tad, Adam, on sort faire un tour. Les autres, vous restez ici. Si jamais quelqu'un se pointe d'ici cinq minutes, vous l'empêchez d'entrer. Après, peu importe. Vous êtes au courant de rien. Ni de qui je suis, ni d'où je suis allé. Pigé ? »

Murmure d'assentiment des autres gardes. Tous dégainèrent leur pistolet.

Puis, à l'intention d'Adam : « T'en as un de rab ? »
Il indiquait son flingue dans l'étui.

« Bien sûr.

– File-le-moi. »

Adam obtempéra. L'arme était trapue, noire, fabriquée dans une sorte de polymère. Draye demanda :
« Comment je fais ?

– C'est un Glock 40, expliqua Adam. Vous le braquez comme si vous pointiez le doigt et vous pressez la détente. Il est déjà armé. Vous avez onze cartouches. »

Drayne soupesa le flingue de plastique noir, puis le glissa à la ceinture dans son dos, sous le pan de sa chemise hawaiienne.

« Allons-y. »


« Et voilà la cavalerie », annonça Howard.

Trois berlines récentes, banalisées, remontaient lentement depuis le sud la route du bord de mer. Elles virèrent pour entrer dans le parking et s'immobilisèrent.

« Il y en a d'autres derrière nous », dit Jay.

Howard se retourna pour découvrir trois autres voitures et un fourgon qui entraient à leur tour en convoi sur le parking.

Un grand type en combinaison grise descendit du véhicule de tête et s'approcha de leur voiture, côté passager. « Commandant Michaels ? Je suis l'agent Delorme, responsable de l'opération. »

D'un signe de tête, Michaels lui indiqua ses deux

compagnons. « Le général John Howard et l'agent Jay Gridley.

– Sans vouloir vous vexer, monsieur, la Net Force n'est-elle pas censée se cantonner aux opérations de criminalité informatique ?

– Absolument.

– Avec tout le respect que je vous dois, monsieur, une fois parvenus à localiser les suspects, vous auriez dû avertir aussitôt le service compétent, et vous abstenir de venir sur les lieux. »

Gridley se pencha par-dessus le dossier et lança : « Ouais, eh bien, la dernière fois qu'on a trouvé un suspect, le service dit compétent a déboulé comme un commando de barbouzes et nous l'a dézingué. On espérait plus ou moins éviter que ça se reproduise. »

Howard eut du mal à masquer un sourire. Le gamin avait une grande gueule, mais il savait de temps en temps mettre le doigt là où ça fait mal.

« Merci, Jay », intervint Michaels. Puis, s'adressant à Delorme : « Vous en faites pas. On va rester là bien gentiment pendant que vous faites votre boulot.

– Bien, monsieur. » Il se redressa et leva la main, l'index dressé décrivant un cercle. Trois des voitures quittèrent aussitôt le parking pour traverser la route et aller s'immobiliser de part et d'autre de l'objectif dans un grand crissement de pneus. Les portières s'ouvrirent, livrant passage à des agents en gilet pare-balles frappé dans le dos de la mention FBI en grosses lettres jaune fluo, armés de fusils d'assaut et dotés de lunettes et de casques à transmission infrarouge.

Delorme coiffa un casque, prit le gilet que lui lança un collègue et se dirigea à son tour vers la route.

D'autres agents descendirent des voitures restées garées au parking et traversèrent à leur tour la chaussée.

Deux voitures tournèrent pour descendre les voies d'accès à la plage, et d'autres agents en bondirent pour se diriger au pas de charge vers l'océan et boucler entièrement le périmètre.

« Pas mal, comme déploiement, commenta Howard après les avoir vus prendre position de chaque côté du portail. Un peu lent, un rien brouillon, mais pas mal du tout pour des civils. » On avait beau disposer de tout le matériel haut de gamme possible, quand il fallait en découdre, c'était toujours à l'infanterie de s'emparer du territoire.

« Autant rester à profiter du spectacle », observa Michaels, philosophe, avant de s'exclamer soudain : « Merde !

– Quoi ? » firent Howard et Jay, à l'unisson.

Michaels tendit le doigt. Un gros coupé Dodge venait de démarrer du parking derrière le stand de sandwiches et filait vers le nord en vrombissant.

« Monsieur ? insista Howard.

– Le zombie est au volant ! »

Howard n'hésita pas une seconde. Il fit démarrer la berline de location et s'engagea sur la route du bord de mer.

Jay remarqua : « Pourquoi vous ne vous approchez pas, général ? On risque de les perdre...

– S'ils nous voient derrière eux, alors, c'est sûr qu'on les perdra. On est dans une côte. Cette poubelle de location n'a pas la moindre chance de rivaliser avec leur coupé gonflé. Jusqu'ici, ils respectent les limitations de vitesse, mais si jamais ils nous repèrent et décident de nous semer, on ne pourra pas suivre le train. »

Michaels était à son virgil pour tenter d'avoir l'agent du FBI responsable de l'intervention.

Le type ne répondait pas.

« Allez, bon Dieu, décroche !

– Il a dû couper son persocom et ne garder que les canaux tactiques sur infrarouges, expliqua Howard. On n'a pas envie d'être dérangés par son téléphone au milieu d'une fusillade. »

Le patron jura.

« Essayez plutôt le siège du FBI », suggéra Jay.

Michaels hocha la tête. « Ils ont sans doute déjà envoyé la moitié de leurs gars sur ce coup... s'il faut qu'ils nous rejoignent ici, les autres ne pourront que mettre encore plus de temps...

– Et la police locale ? intervint Howard.

– À votre avis, à qui faut-il s'adresser ? Où sommes-nous ? On relève de quelle juridiction ?

– Appelez la police de la route, suggéra Howard. C'est sans doute eux qui pourront intervenir le plus vite. Qu'ils établissent un barrage. Ce sera toujours mieux que rien. »

Michaels acquiesça. Il pianota sur son virgil, attendit quelques secondes avant de parler. La voix féminine à l'autre bout du fil était calme mais elle n'avait pas de bonnes nouvelles : « Désolée, monsieur, mais nous avons un accident grave sur Ventura, une collision impliquant dix voitures et un semi-remorque rempli de produits toxiques. Les véhicules sont en feu, et tous nos effectifs disponibles sont mobilisés. Mais je peux vous basculer sur la police du comté...

– Et merde ! » gronda Michaels qui coupa.

« Pas de lézard, dit Howard. On reste sur leurs traces, ils vont bien finir tôt ou tard par s'arrêter. À ce moment-là, on demandera l'intervention des forces de police couvrant le secteur.

– S'ils ne nous ont pas semés d'ici là, observa Michaels.

– S'ils ne nous ont pas semés d'ici là », confirma Howard.


« C'était chaud, fit Adam. Une brigade d'intervention du FBI, on dirait. Merde, qu'est-ce que vous avez fabriqué, les mecs ?

– T'occupe, dit Bobby, assis à l'arrière. Chaud, peut-être, mais le principal, c'est qu'on soit passés. Ils nous ont pas suivis, pas vrai, Tad ? »

Tad jeta un coup d'œil dans le rétro mais tout ce qui était distant de plus de deux mètres était flou. Il n'avait pas bien dû faire son dosage parce qu'il avait des difficultés à accommoder. Mais si les fédéraux avaient été lancés à leurs trousses, ils les auraient déjà rejoints pour tenter de les mettre dans le fossé. Dans ce coin vallonné perdu, sans un chat sur la route, c'était leur méthode, non ? Il y avait un virage quatre cents mètres plus bas, et s'il louchait pour y voir à peu près, Tad pouvait constater que la route était en tout cas déserte au moins jusque-là.

« Non, confirma-t-il, personne ne nous a suivis. »

Adam, assis à l'avant, se retourna pour vérifier. « La

voie paraît libre. » Il descendit la vitre, passa la tête à l'extérieur, regarda de tous les côtés, puis rentra la tête. « Pas d'hélico non plus. On va où ? À la planque ?

– Ouais. Pour l'instant. Après, je pense qu'il faudra peut-être envisager un grand voyage, très loin, à l'étranger.

– Tous ?

– Pas de raison que tu nous accompagnes, dit Bobby. Personne ne sait qui tu es. On te filera une jolie prime, tu pourras reprendre ton existence habituelle. »

Tad avait beau être dans le cirage, il n'avait pas l'impression que c'était une si bonne idée, mais il ne dit rien. Bobby savait ce qu'il faisait. Bobby savait toujours ce qu'il faisait.

« Ça me va », dit Adam. Il se retourna pour regarder de nouveau la route devant eux.

Bobby lança : « Gaffe à tes oreilles, Tad ! »

Tad n'eut pas le temps de réagir que deux bombes explosèrent – *bang ! bang !* – coup sur coup, tandis que le pare-brise s'étoilait du côté droit.

« Putain ! » hurla Tad. La voiture dérapa, heurta deux rochers sur le bas-côté, fit une violente embardée. Il se cramponna au volant et réussit à la remettre sur l'asphalte.

Tad regarda dans le rétro, et vit Bobby qui se recalait au fond de la banquette, le fameux flingue noir dans la main. Il se tourna alors vers Adam. L'autre avait une grosse tache ensanglantée sur la poitrine et du sang s'écoulait d'un trou juste au-dessus du cœur. Son œil gauche et une partie du nez avaient également disparu, arrachés, et des débris sanguinolents maculaient ce qui lui restait de visage. Il était affalé sur le siège, seulement maintenu par la ceinture.

Il fallut une seconde à Tad pour saisir.

Bobby venait de flinguer Adam. De deux coups de feu. Dans le dos et la nuque. Une des balles l'avait traversé avant de faire un trou dans le pare-brise, par lequel le vent entrait à présent en sifflant – il pouvait l'entendre malgré ses oreilles qui carillonnaient.

« Putain de bordel de merde, Bobby !

– C'était un risque, expliqua l'intéressé. Il savait où se trouvait la planque. Il te connaissait personnellement. Si on veut repartir de zéro, il faut couper tous les ponts. »

Tad hocha la tête. « Ouais, OK. C'est toi qui vois. »

« C'était quoi, ça ? s'exclama Jay. On aurait cru un pétard ! Hé, regardez la voiture ! »

Howard leva le pied de l'accélérateur et la voiture de location ralentit brutalement. Le petit quatre cylindres bimode gaz-batterie peinait déjà dans la côte.

Devant eux, la Dodge venait de sortir de la route, elle heurta un obstacle sur le bas-côté, fit une violente embardée, puis revint en dérapant dans l'axe de la chaussée.

« Des coups de feu, dit Howard. Deux. Au pistolet.

– Ils nous tirent dessus ?

– Non, dit Michaels. Sur quelqu'un dans la voiture.

– Pourquoi ? »

Michaels se retourna vers Jay. « À ton avis ? Tu crois que j'ai déjà vu le film ? Je n'en sais pas plus que toi. »

Les trois hommes regardèrent la voiture qui entrait

dans une nouvelle courbe de cette route sinueuse pour disparaître à leur vue.

Howard écrasa le champignon. La petite berline gémit, mais sans guère plus de résultats. Ils prirent lentement de la vitesse. Le général se mit à marteler le volant. « Foutue saloperie de camelote japonaise. Allez, avance ! »

Michaels tendit la main vers le GPS intégré, se ravisa, sortit son virgil. Celui de son appareil serait plus précis. Mieux valait qu'ils sachent au juste où ils se trouvaient. Qui sait s'ils ne pourraient pas obtenir le renfort d'un hélicoptère.

La Brigade des stupéfiants de Los Angeles en avait certainement un, non ? Avec toutes les opérations anti-drogue qu'ils menaient, ils devaient bien disposer d'une couverture aérienne.

Est-ce qu'il pouvait courir le risque de mettre les Stups dans le coup ?

Pourquoi pas, après tout ? Ce n'était pas Lee qui avait tiré sur Howard : il avait des témoins pour prouver qu'il se trouvait ailleurs. Et puis, il n'avait pas besoin de rappeler Lee à Washington, il lui suffisait de contacter la division locale.

Mais il n'avait pas envie. Cela dit, qu'est-ce qui était le plus important, en définitive ? De laisser aux Stups le mérite de la capture ou de risquer de perdre pour de bon la piste du trafiquant de drogue ?

*Chierie...*

La sonnerie de son virgil mit fin à ses hésitations. Michaels détacha l'appareil de sa ceinture. L'écran lui révéla que c'était la directrice. Il pressa la touche connexion, ainsi que celle activant la vidéo, tout en levant l'appareil pour permettre à la caméra de cadrer son visage.

« Oui, madame ?

– Mon responsable sur place m'indique que le trafiquant de drogue ne se trouvait pas dans la maison qu'ils ont investie, son complice non plus. Quelle est la situation au juste, de votre côté, commandant ?

– Trois individus ont réussi à s'échapper en voiture au moment précis où vos hommes bouclaient le périmètre, madame. Les agents ne les ont pas vus. Le général Howard, Jay Gridley et moi-même sommes à leur poursuite. Nous nous trouvons en ce moment dans la montagne, en direction de l'est. Nous n'avons pas réussi à contacter les hommes de l'agent Delorme.

– Je vais leur demander de se caler sur votre signal GPS.

– Je pensais que nous pourrions faire appel aux Stups. Ils disposent de moyens aériens.

– C'est déjà fait, commandant. À l'heure où je vous parle, ils devraient avoir fait décoller un hélicoptère. Eux aussi vous suivent grâce au GPS de votre virgil, ils le font depuis le début. »

Howard hocha la tête. « Je vois.

– Nous devons les laisser intervenir, commandant. Nous n'avons pas le choix, vous comprenez ? »

Il comprenait fort bien. « Oui, madame.

– Essayez de maintenir votre surveillance. Je pense que vous ne devriez pas tarder à voir apparaître les forces de la DEA. Rappelez-moi dès que vous avez du nouveau à me signaler.

– Bien, madame. »

Michaels coupa. Howard lui lança un regard.

« Vous avez entendu comme moi. On essaie juste de rester au contact. Les Stups sont dans les airs. »

Mais ce n'était pas tout à fait exact, réalisa Michaels quelques secondes plus tard. La DEA avait certes un hélico, il l'aperçut alors qu'ils débouchaient du virage suivant.

Mais l'appareil était déjà posé : en travers de la route.

## 36

Drayne vit l'hélicoptère leur bloquer la route deux bonnes secondes avant que Tad, les réflexes émoussés par la drogue, ne réagisse enfin en écrasant la pédale de frein. Les roues de la grosse Dodge se bloquèrent et le véhicule s'immobilisa en crabe dans un nuage de gomme brûlée.

Éjecté de sous la partie baudrier de la ceinture, le corps d'Adam alla percuter la planche de bord avant de glisser de biais vers la portière, maculant de sang la vitre et le montant.

« Et merde !

– Demi-tour, demi-tour ! » lança Drayne.

Mais dans le même temps, un coup d'œil par-dessus son épaule lui révéla tout d'un coup une voiture, trente mètres derrière eux, qui s'arrêtait de biais, bloquant également la route.

Tad l'avait vue, lui aussi. Il freina de nouveau.

Sur leur gauche, une pente escarpée, le flanc de la montagne. Sur leur droite, un à-pic abrupt qui dévalait au fond d'une vallée rocailleuse, ponctuée de buissons desséchés et d'eucalyptus.

Une demi-douzaine de types armés s'étaient déployés, accroupis, autour de l'hélicoptère et pointaient leurs armes vers la Dodge. Drayne se retourna juste à temps pour voir trois autres types descendre de la voiture immobilisée derrière eux. Ils allèrent se planquer derrière le capot et le coffre, braquant leurs armes, eux aussi.

*Et merde.*

« Putain ! Qu'est-ce qu'on fait ? »

Drayne réfléchit à toute allure. Il y avait un cadavre assis à l'avant de leur bagnole, Tad avait assez de drogue pour défoncer un régiment, et cela, sans compter les dizaines de gélules de Marteau. C'était mal barré.

Drayne se pencha pour donner son pistolet à Tad. « Tiens, prends ça.

– On va se faire massacrer », dit Tad.

Drayne contourna le dossier du siège passager et, glissant la main dans l'étui sur le cadavre d'Adam, récupéra le pistolet de celui-ci. « Pas sûr, j'ai une idée. Sors le flingue par la fenêtre et tire en l'air.

– Pourquoi ?

– Fais ce que je te dis. »

Tad obéit et la détonation claqua, assourdissante, dans le calme de l'après-midi.

Les hommes derrière l'hélicoptère rentrèrent la tête dans les épaules, mais aucun ne riposta.

Drayne faillit sourire. Bien, très bien. Ils le voulaient vivant. Vivant, il était négociable. Mort, il valait peau de balle.

Et désormais Tad, ce brave Tad, avait des résidus de poudre sur les mains, preuve qu'il avait utilisé une arme à feu.

« OK, OK, réfléchissons un peu. On a attiré leur attention, mais on est coincés, donc il va falloir régler cette affaire avec des avocats. On a de l'argent, on a du pouvoir. Les labos pharmaceutiques veulent ce qu'on détient. Alors, on va lever les mains en l'air et se rendre bien gentiment.

– T'es sûr ?

– Fais-moi confiance, je sais ce que je fais. Un coup de fil, et on aura un bataillon de super-grosses pointures qui se battront pour venir nous aider.

– OK, mec. »

Évidemment, c'est sur Tad que tomberait la responsabilité du meurtre d'Adam. Et comme Tad allait se faire descendre en résistant à l'arrestation ou en tentant de s'échapper, il ne pourrait plus dire le contraire. Drayne pouvait aisément arranger ça ; il n'avait qu'à gueuler au bon moment : « Hé ! Ne tire pas, Tad ! Pose ce flingue ! » pour que les fédéraux le criblent de balles. Les règles d'intervention de la DEA ne devaient guère être différentes de celles du FBI face à un délinquant armé. Pas de veine, mais Tad avait de toute façon déjà un pied dans la tombe. Drayne l'aimait bien mais autant que sa mort serve à quelque chose. Quel intérêt que Tad soit mort et lui en taule, pas vrai ?

Drayne enjamba le dossier.

« Qu'est-ce que tu fous ?

– Je veux être juste derrière toi quand on va sortir, t'as envie qu'ils s'imaginent que tu cherches à sortir un truc quand tu basculeras le siège pour me laisser passer ?

– Ah ouais, vu...

– Fourre ce flingue dans ta ceinture et garde bien les mains en l'air au moment de sortir.

– D'accord.

– Allons-y. Reste détendu. On va s'en tirer, crois-moi. Une fois qu'on sera libérés sous caution, on pourra prendre la tangente et disparaître pour de bon. » Comme s'ils allaient les libérer avec un cadavre sur le siège avant de la voiture... Les juges risquaient de ne pas apprécier.

Mais Tad opina. « D'accord. »


Howard avait freiné et mis la voiture en crabe pour barrer la route, puis tous trois étaient descendus côté conducteur, à l'opposé du coupé Dodge.

« Dégainez vos tasers, on ne sait jamais », dit Howard. De son côté, il sortit son pistolet de sous sa veste, s'accroupit derrière la roue avant et pointa le canon au-dessus du capot.

« Tâchez de voir si vous pouvez avoir les gars des Stups sur la fréquence d'urgence de votre virgil, pour leur dire d'éviter de nous tirer dessus. »

Michaels acquiesça. Il était le commandant de la Net Force mais il était prêt à obéir au général dans une telle situation. Il n'allait pas se laisser tuer par son ego.

Il pressa la touche appel d'urgence, eut le standardiste de la Net Force, lui dit de les connecter à la brigade d'intervention des Stups. La directrice du FBI devait avoir leur numéro.

Tapi derrière le coffre, le taser tenu à deux mains et braqué sur la Dodge, Jay lâcha, nerveux : « Je crois... je crois que je vais dégueuler. Et j'ai une de ces envies de pisser...

– T'inquiète, dit Howard. Ça nous fait à tous pareil. »

Assez bizarrement, pas Michaels. Il se sentait relativement calme, presque comme s'il était spectateur et pas acteur. Même s'il avait la bouche affreusement sèche.

Derrière eux, une voiture approchait. Howard se retourna et lui adressa des signes frénétiques : « Stop ! »

La voiture, un monospace noir, s'immobilisa. La portière droite s'ouvrit et un homme en sortit d'un bond pour courir vers eux.

Le type avait un pistolet dans la main !

Howard fit pivoter le sien et faillit bien tuer le mec... puis tous le reconnurent.

Brett Lee, des Stups.

Lee s'accroupit et couvrit en se dandinant les derniers mètres. « Quelle est la situation ?

– Putain, mais qu'est-ce que vous foutez ici ? rétorqua Michaels.

– Je vous suivais », répondit l'autre.

Ils le dévisagèrent, ahuris.

Lee s'expliqua : « Bon, écoutez, d'accord, j'ai fait une boulette lors de la descente chez la star de ciné, OK ? De toute façon, je peux tirer un trait sur mon boulot. Alors je veux au moins savoir que j'aurai contribué à la capture de ce type avant de partir. Simple question d'honneur. »

Ça se tenait. Avant que l'un ou l'autre ait pu répondre, le virgil de Michaels entama sa petite rengaine. Pas d'identification à l'écran. Ce foutu bazar était quasiment sans intérêt. Il pressa rageusement la touche ligne. La caméra était toujours activée, mais l'écran de réception resta vierge.

« Commandant Michaels ? Riley Clark, de la DEA. Est-ce vous dans le véhicule derrière les suspects ?

– Affirmatif. Et j'ai Brett Lee à côté de moi.

– Restez en position et veuillez ne pas tirer sauf en cas de légitime défense... »

Comme si ces mots avaient été un signal, un coup de feu retentit. Michaels baissa instinctivement la tête.

Dans le virgil, la voix irritée de Clark se fit entendre : « Négatif, négatif, interdiction de riposter, l'arme était pointée en l'air, je répète, personne ne tire ! »

Michaels se releva légèrement pour regarder. La portière côté chauffeur était ouverte et deux hommes étaient en train de descendre, les mains en l'air. Le zombie et le surfeur. Ils faisaient vraiment une drôle de paire.

« Lequel des deux est le chimiste ? demanda Lee.

– Ça doit être le surfeur », répondit Jay.


Drayne se sentait tendu, sachant tous ces flingues pointés sur lui, mais il savait en même temps qu'il était la poule aux œufs d'or et que, si les gars des Stups étaient prêts à lui faire la peau, leurs supérieurs connaissaient en revanche dans quel sens soufflait le vent politique. Évidemment, il allait se trouver pendant quelque temps contraint à une retraite dorée, réduit aux séances de bronzage et aux parties de ping-pong, mais au bout du compte, il allait passer un marché juteux et s'en tirer les poches pleines. Les gars estimés des millions de dollars ne se retrouvaient quasiment jamais en taule, et il comptait bien se montrer des plus coopératif. Les fédéraux marchanderaient avec lui, vu qu'il détenait un truc que tout le monde convoitait. Il avait les moyens de transformer les individus en surhommes. Merde, l'armée de terre serait la première sur les rangs, si la marine et les commandos ne lui brûlaient pas la politesse.

Il était plus malin que les mecs qu'on lui avait mis aux trousses, il l'avait toujours été, il le serait toujours. Il pensait cent fois plus vite qu'eux. Tout ça n'était qu'un revers fâcheux mais temporaire. Il restait un génie et il comptait bien encore le leur prouver.

Il sourit. « Ne tirez pas ! s'écria-t-il. On se rend ! »


Il y avait un truc qui clochait. Howard le sentait, sans pouvoir mettre le doigt dessus. Lee était juste à côté de lui ; Howard n'avait pas la moindre confiance en lui et si jamais le type faisait mine de lever son arme, il la lui rabattrait aussitôt, mais non, ce n'était pas ça. C'était autre chose.

Et puis l'illumination se fit. Éblouissante comme un éclair.

*Lee était descendu de voiture côté passager !*

Il pivota sur place, regarda le monospace, s'exclama : « Merde ! »

La portière côté chauffeur était ouverte et un homme caché derrière, le canon d'un fusil calé sur l'appui de fenêtre, mais il n'était pas braqué sur Howard, Michaels, Jay ou Lee.

Howard fit brutalement pivoter son revolver.

Le coup de fusil partit.

Tad était juste en train de regarder Bobby quand sa tête explosa. Le devant du crâne se déforma comme s'il était en plastique mou, puis tout le front de Bobby jaillit dans les airs, mélange pulvérisé en pluie graisseuse de sang, d'os et de cervelle, telle une vulgaire bombe à eau éclaboussant les alentours.

*Putain de merde. Ils ont flingué Bobby.*

Tad ne perdit pas de temps à réfléchir : il se baissa, fonça droit dans la seule direction encore libre, par-dessus le bord de la colline. Il toucha le sol cinq ou six mètres en contrebas, ses jambes se dérobèrent et il essaya de se rouler en boule du mieux possible, tandis qu'il commençait à dévaler, rebondissant et ricochant contre la rocaille, les cailloux et les buissons de créosote, jusqu'au moment où il vint percuter un obstacle avec une violence telle qu'il perdit connaissance.

Michaels regarda, comme au ralenti, John Howard brandir son arme de poing et se mettre à presser la détente. Des éclairs orange jaillirent du canon et d'autres, plus petits, du barillet, mais le bruit était curieusement assourdi, comme celui d'un pistolet à amorce.

Brett Lee hurla – Michaels vit sa bouche s'ouvrir – et il voulut braquer son pistolet sur Howard.

*Il va descendre John*, comprit Michaels.

Il plongea, percuta Lee. Tous deux s'étalèrent sur la route. Lee lâcha son arme pour amortir sa chute, fit un roulé-boulé, se releva, lança un coup de pied à Michaels.

Sans attendre ni réfléchir, Michaels projeta la main droite en arc de cercle, saisit Lee à la cheville et, dans le même temps, s'accroupit pour expédier sa main gauche dans le torse de son adversaire.

Lee bascula en arrière, atterrit sur la route à plat dos et sa nuque heurta l'asphalte en rebondissant dessus. Il était si estourbi qu'il cessa de bouger.

Michaels plissa les paupières et se rendit soudain compte qu'il venait de réaliser un angkat, une prise de silat consistant à basculer l'adversaire en s'attaquant à la jambe en déséquilibre. Ça alors.

Jay, sans doute aussi perplexe que son supérieur devant le déroulement des événements, s'avança et tira sur Lee avec son taser. L'agent des Stups eut un soubresaut et se mit à tressaillir sur la route poussiéreuse, les muscles tétanisés par la décharge électrique.

Michaels se retourna vers Howard qui s'était relevé et se dirigeait vers le monospace, le pistolet toujours tendu devant lui. Michaels ne vit pas où était son propre taser. Il avait dû lui échapper mais il se précipita pour rejoindre Howard.

Derrière la portière du conducteur, toujours ouverte, et percée de plusieurs impacts, un homme gisait à terre, ensanglanté, un fusil à côté de lui. Sa poitrine était criblée, maculée de sang, et Michaels vit aussitôt qu'il avait été touché au cœur. Il n'allait pas tarder à trépasser, si ce n'était déjà fait.

Il ne put distinguer son visage qu'après que le général eut claqué la portière. Et quand il le découvrit, ce ne fut pas vraiment une surprise.

L'homme atteint d'une balle en plein cœur n'était autre que Zachary George, de la NSA.

## 37

Tad reprit connaissance sans savoir où il était. Dehors, quelque part, enfoui dans une espèce de buisson odorant. Il était couvert de bleus et d'écorchures dont il ne se souvenait plus, et il se sentait comme une merde, mais de ce côté, rien de nouveau, c'était pas la première fois. Loin de là.

Il voulut se rasseoir, n'y parvint pas, se laissa retomber, aspira une grande goulée d'air.

*Et voilà, ça devait y être, mon vieux Tad. Le bout de la route.*

Merde. Comment avait-il fait son compte pour se retrouver ici ? Et d'abord, où, au fait ?

L'image de la tête de Bobby qui explosait lui revint à l'esprit.

*Et merde. Merde de merde de merde de putain de merde !*

Tout lui revint d'un coup, dans un fatras sans nom où se mêlaient douleur et émotion. Le meurtre d'Adam, l'hélico sur la route, son bond dans le vide pour s'échapper...

La tête de Bobby qui explosait. Au ralenti et en Technicolor.

*Bon Dieu.*

Il regarda sa montre pour voir combien de temps il était resté HS, mais le verre avait été brisé, l'aiguille des minutes pliée contre le cadran s'était bloquée et celle des heures était complètement partie. Les fédéraux devaient s'être déjà lancés à ses trousses, ils pouvaient être là d'un moment à l'autre, et il avait intérêt à se lever, se bouger un peu, sinon ils risquaient de lui mettre la main dessus. Probable qu'aucun n'avait dû oser sauter comme lui dans ce putain de ravin, mais ils n'allaient pas tarder à trouver un moyen de descendre. Il ne savait pas depuis combien de temps il était là. Il avait l'impression qu'on était encore en toute fin d'après-midi, donc il n'était peut-être resté que quelques minutes dans le cirage.

Mais vu son état, il n'allait pas aller bien loin, il le savait.

Il glissa la main dans sa poche et en ressortit un des paquets contenant les gélules. Deux tombèrent par terre mais c'était trop chiant d'essayer de les ramasser. Et puis, sûr qu'il n'allait plus faire de livraisons de sitôt, et le chrono tournait. Il avait en gros jusqu'à demain aux alentours de midi avant que tout le lot soit bon à jeter. Alors autant l'utiliser.

Il déchira le sachet et avala la gélule à sec. Réfléchit deux secondes et déchira un deuxième sachet, pour ingurgiter l'autre. Il faudrait un petit moment avant que la came fasse effet, et il avait beau avoir mal partout, il ne pouvait pas rester planté là à attendre.

Le flingue qu'il avait glissé à sa ceinture était parti.

Sa bagnole était Dieu sait où en haut de la pente, et de toute façon cernée par les flics. Il était coincé.

Et Bobby était mort. Il n'avait pas encore pleinement réalisé, tant ça lui paraissait irréel. Ils l'avaient tué, merde, ils l'avaient froidement exécuté, ces enculés, il avait les mains en l'air et ils lui avaient fait sauter la cervelle !

Tad sentit une bouffée de colère monter en lui, l'emplir d'une rage meurtrière. Il voulait remonter cette colline pour aller les déchiqueter à mains nues, les écarteler, les démembrer, piétiner leurs torses ensanglantés.

La colère était bonne, mais elle suffisait à peine à lui donner la force de se lever et bouger. S'il parvenait à rester lucide jusqu'à ce que le Marteau commence à faire effet, il serait impec. Une fois sous l'emprise de la drogue, il serait capable de foncer à la vitesse de la lumière.

D'accord, mais pour aller où ?

La planque. Personne n'était au courant de son existence. Bobby l'avait déjà approvisionnée, il y avait sur place un peu de fric pour se tirer, plus tout le contenu du coffre.

Bobby était mort.

Tad n'arrivait pas à y croire. Bobby était intelligent, beau, riche, il avait tout pour lui. Et ils l'avaient cramé, bang ! Hop, rideau.

Tad tituba, tomba, réussit à se redresser.

Oh, mais ils allaient la payer, la mort de Bobby !

Ça oui, merde, il allait la leur faire payer, à ces putains de salopards.

419

« Toujours pas trace du zombie ? demanda Jay.

– Les gars des Stups ne l'ont pas encore retrouvé. Les forces de police du coin devraient bientôt se joindre aux recherches, dit Michaels. Le général Howard est descendu avec eux et il a retrouvé ça. » Il exhiba une gélule mauve. « Il y en avait plusieurs sous un buisson, en contrebas. Les Stups ont récupéré toutes les autres mais il semblerait qu'elles soient encore actives... Donc, celle-ci également.

– Pas une grosse perte. On a eu le chimiste.

– Son cadavre », rectifia Howard.

Jay acquiesça en soupirant. Pour un beau gâchis, c'était un beau gâchis.

« Je parie que les experts balistiques vont montrer que l'arme qu'a utilisée George est celle-là même qui a tiré les balles récupérées dans ma voiture de service à Manassas, dit Howard. C'était George le tireur. C'est pour ça que Lee avait un alibi en béton.

– Donc, ils étaient tous les deux en cheville depuis le début. Mais pourquoi descendre Drayne ?

– Ça, j'en sais rien », admit Michaels.

Lee, qui s'était remis de sa chute et de la décharge de taser, était assis, menotté, à l'arrière d'une des voitures de la Brigade des stups qui avait fini par arriver sur les lieux. Il éprouva un choc manifeste lorsqu'il découvrit le corps de George recouvert d'un drap, attendant l'arrivée de l'officier de police judiciaire.

Il eut un sanglot et se mit à pleurer. Pas vraiment le genre de réaction qu'on aurait attendu d'un agent spécial vis-à-vis d'un collègue d'un autre service, surtout du même sexe. Il y avait anguille sous roche, pas de doute.

« Salaud, dit Lee en s'adressant à Howard. Tu l'as tué !

– Bougrement vrai, répondit Howard. Je regrette juste de ne pas l'avoir descendu deux secondes plus tôt.

– Salaud. T'es un homme mort.

– Ce ne sera pas de ta main, en tout cas, mon gars. Complice de meurtre et de tentative de meurtre, plus quelque chose comme six ou sept formes de complots, et Dieu sait quoi d'autre. T'es bon pour passer un très, très long moment à l'ombre.

– Peut-être pas. Peut-être que j'ai une monnaie d'échange.

– T'as intérêt à ce qu'elle vaille quelque chose. Et, soit dit entre nous, si jamais je te vois traîner dans la rue du côté de chez moi ou de chez mes potes, je te dessoude et je m'occuperai des conséquences ensuite.

– Des menaces, général Howard ?

– Vous devez vous méprendre, monsieur Lee, inter-vint Michaels. Pour ma part, je n'ai pas entendu la moindre menace... Jay ?

– Négatif, patron, moi non plus, j'ai rien entendu du tout. »

Howard adressa un petit signe de tête à Michaels et à Jay.

Jay sourit. Merde, après tout, c'est vrai, ils formaient une équipe, non ?

Sur la route qui redescendait de la colline, Michaels appela Toni.

« Hé, fit-elle, alors dis-moi, c'est sympa, Hollywood, son strass et ses paillettes ?

– Super, surtout si on aime les fusillades et les poursuites.

– Quoi ?

– On a réussi à pister le trafiquant de drogue. Il n'est hélas plus parmi nous.

– Que s'est-il passé ? »

Michaels lui narra leur opération.

Quand il eut terminé, elle remarqua : « C'est du bon boulot, Alex. Personne n'a été touché en dehors du méchant, et la Net Force retire tout le mérite de l'affaire. Comment vont-ils la jouer auprès des médias ?

– Franc-jeu, j'espère. Mais je n'y mettrais pas ma mâin au feu. Les équipes de télé nous sont tombées dessus moins de dix minutes après les événements, avec les hélicos qui tournaient comme des vautours mécaniques. J'ai laissé Jay leur tenir le crachoir et il est resté dans le vague, mais je ne sais pas ce que nos collègues du FBI et des Stups auront bien pu leur raconter. Les flics marrons, ce n'est jamais de la bonne publicité, quel que soit le service en cause. T'as beau avouer : "Ouais, on avait un problème, mais on l'a résolu", n'empêche que la première question des journalistes sera immanquablement : "Comment avez-vous pu laisser un problème aussi grave prendre de telles proportions ?" De toute façon, la partie est perdue.

– Pas pour la Net Force. »

Il sourit à la petite image sur l'écran de son virgil. « Ma foi, oui, c'est vrai. On s'en tire avec les honneurs.

– Alors, quand est-ce que tu rentres à la maison ?

– Demain matin, sans doute. Il y a les divers rapports à faire au siège local des Stups et du FBI, les discussions avec leurs responsables, tout le bazar.

– Tu ne pourrais pas remplir ces rapports en ligne, d'ici ?

– Tu sais ce que c'est, ils veulent que nous leur racontions les choses de vive voix. Ça ne devrait pas être bien long, mais le temps qu'on ait fini, il sera tard, et avec le décalage horaire, ça nous fait perdre encore trois ou quatre heures. Alors, autant attendre demain matin.

– Au moins, c'est une affaire bouclée.

– Pas tout à fait. Le zombie – un certain Thaddeus Bershaw, on a eu le nom grâce à sa carte grise – a réussi à filer.

– Ce n'est pas fondamental, ça.

– Pas que je sache. On ignore son rôle exact dans la combine, mais ce n'était pas vraiment une lumière. Jay a exhumé son CV, il s'agit d'un gamin des rues sans aucune instruction. Un coursier ou un livreur. Le dealer était Robert Drayne ; lui, il était titulaire d'un diplôme de chimiste. Ah oui, et son père a passé trente ans au FBI, il est aujourd'hui retraité dans l'Arizona.

– Intéressant.

– Les Stups et le FBI ont émis un avis de recherche sur Bershaw. L'avis est également diffusé sur Internet. Ils finiront bien par le retrouver. En tout cas, il n'est plus un problème.

– Je m'ennuie de toi, coupa-t-elle.

– Ouais, moi aussi, tu sais. On se voit demain. J'envisage de me prendre deux ou trois jours, qu'on puisse faire quelque chose...

– Je ne dirais pas non. »

Michaels coupa et se cala au dossier de son siège. La journée avait été longue, et il envisageait sans enthousiasme la double séance de debriefing. L'idéal eût été de boucler ça en une seule fois, avec les agents des Stups et les fédéraux présents ensemble, mais ce n'était pas comme ça que ça se passait, évidemment. C'eût été trop beau...


Ils étaient bien trop lents à descendre la colline pour avoir une chance de le trouver. Quand il les entendit se héler mutuellement, Tad se trouvait déjà six cents mètres plus bas, et sa double dose de magie mauve lui déboulait dessus à donf. Dix minutes plus tard, il se sentait suffisamment bien pour se mettre à trottiner ; dix minutes encore, et il était capable de courir comme le vent, d'enjamber d'un bond les rochers et les buissons qui lui barraient le passage, couvrant le terrain plus vite que n'importe qui d'autre à pied dans la pénombre grandissante. Il courait plus vite qu'eux, voyait mieux, prenait des décisions plus rapides, et ils n'étaient pas près de le rattraper, quand bien même ils auraient eu un indice leur disant quelle direction il avait prise. Mais sans doute en étaient-ils encore à chercher son corps sous la végétation, là-haut...

Quatre ou cinq kilomètres plus bas, il obliqua pour remonter sur la route, qu'il suivit en parallèle sur huit cents mètres jusqu'à ce qu'il tombe sur un petit centre commercial. Il trouva sur le parking une moto attachée par une chaîne à un réverbère. Il ne lui fallut qu'une trentaine de secondes pour trouver un bloc de roche assez gros pour péter le cadenas. Le propriétaire s'était tellement fié à son antivol qu'il avait laissé un double des clés sous la selle, planquée au milieu des ressorts – une astuce pratiquée par Tad comme au moins dix autres de ses potes motards – et la bécane, une petite Honda, démarra du premier coup.

Ils avaient sans doute établi des barrages sur les deux versants de la colline, mais il pouvait les esquiver ou éventuellement les contourner en passant à travers champs. Il faisait à présent complètement nuit, mais il gardait un avantage : il n'avait pas besoin du phare : la lueur des éclairages montant de la ville lui suffisait pour distinguer la route. Le temps pour eux de le voir arriver, il serait trop tard.

La double dose de Marteau, c'était quelque chose... Jamais il ne s'était senti aussi puissant, aussi rapide, l'esprit aussi vif. Ils n'avaient pas la moindre chance. Et si jamais ils réussissaient à l'arrêter ? Eh bien, il les tuerait tous, voilà.

Tad fila plein est, dévalant la colline dans le noir, à cent vingt, cent trente à l'heure, tous feux éteints, frôlant des conducteurs éberlués qui l'entendaient sans le voir jusqu'à ce qu'il apparaisse dans le faisceau de leurs phares. De quoi leur flanquer une peur bleue.

Si les fédéraux avaient établi des barrages, ils devaient être situés plus près de l'endroit où s'était posé l'hélico, ce qui était logique, plus ou moins. Ils n'allaient pas s'imaginer un mec capable de courir cinq bornes de nuit en rase campagne avant de remonter sur la route. Ils ne tournaient pas au Marteau, eux ; lui, si.

Une fois revenu sur le plat, et en agglomération, il alluma le phare. Il ne lui restait plus beaucoup de chemin à faire.

Il rejoignit la planque sans incident. Sitôt entré, il alluma la télé et passa sur CNN Headline News. Il n'avait pas d'appétit mais il savait qu'il avait besoin de carburant et de liquide, aussi se prit-il une grosse boîte de jambon en tranches et un pack de six bouteilles d'Évian. Il engloutit les tranches de jambon deux par deux en les faisant passer avec l'eau minérale, tout en regardant les infos. Il en avait besoin autant que de nourriture.

Les nouvelles ne tardèrent pas à arriver. Une équipe de télévision locale s'était rendue sur le site de la fusillade et, même si l'essentiel de ce qu'avaient pu recueillir les journalistes n'avait sans doute pas grand intérêt, il releva néanmoins deux faits saillants : le dealer abattu avait été localisé grâce aux efforts de la branche criminalité informatique du FBI, la Net Force ; le patron de ce service, le commandant Alex Michaels, était venu tout exprès de la capitale fédérale pour participer à l'intervention. La caméra avait filmé Michaels, au beau milieu de la route, alors qu'il contemplait le corps d'un agent abattu par le dealer lors de la fusillade.

Ouais, eh bien, si un de leurs gars était mort, les fédéraux ne devaient s'en prendre qu'à eux-mêmes : ce n'était pas Bobby, et en dehors de son coup de feu en l'air, Tad n'avait pas tiré non plus. Enculés de menteurs.

Il vit des interviews des agents des branches locales des Stups et du FBI, ainsi que d'un taré d'informaticien de la Net Force. Bref, il s'était agi, semblait-il, d'une opération coordonnée des trois services, mais c'était la Net Force qui recueillait toutes les félicitations pour avoir fourni les infos qui avaient permis de mener aux suspects. Un des dealers s'était échappé, il courait toujours et on signalait qu'il était armé et dangereux. Suivit une photo de Tad, avec son nom. Celui du permis de conduire. Donc, ils l'avaient identifié. Pas bien difficile.

Le journal se poursuivit. Il coupa.

Quand il regarda la boîte de jambon en conserve, elle était vide. Il avait boulotté un kilo de charcuterie, descendu six bouteilles d'eau minérale, et il ne se sentait même pas rassasié. Sans doute son dernier repas.

Il réfléchit à tout cela durant quelques secondes. Le commandant Alexander Michaels. Net Force. Washington, DC. Une sacrée trotte pour un mec comme lui. Et puis, rien de ce qu'il pourrait faire ne lui ramènerait Bobby ; quand on était mort, c'était pour longtemps. Pourquoi s'en faire ?

*Ouais, mon cul, oui.*

De toute façon, il était quasiment au bout du rouleau.

Il se rendit dans la salle de bains. Bobby avait pensé à équiper la baraque de tout un tas de machins censés leur être indispensables en cas de fuite. Il trouva des ciseaux, un rasoir électrique avec tondeuse incorporée, et s'en servit pour couper ses cheveux déjà taillés court et se faire une coupe en brosse. Le Marteau lui donnait des envies de sauter en l'air, mais il parvint, au prix d'un effort de volonté, à se tenir tranquille assez longtemps pour que le résultat ne soit pas trop inégal. Il utilisa un demi-flacon de teinture pour se décolorer les cheveux. Puis il rasa son petit bouc. Ôta ses boucles d'oreilles et les balança.

Une fois les cheveux teints en jaune pisseux, il se doucha. Ressortit de la cabine et se tartina de pommade autobronzante, qu'il appliqua soigneusement grâce à la petite éponge fournie avec.

Bon, d'accord, il aurait du mal à passer pour un surfeur, mais il avait déjà moins cette gueule de beatnik décavé de la photo, il était désormais blond et bronzé. Il dénicha un falzar, une chemise habillée, des chaussettes et une paire de tennis, le tout en camaïeu gris clair et blanc, pas du tout son style. Il y avait également une paire de lunettes à verres blancs et monture fil, qu'il chaussa. Il aurait presque pu passer pour un type normal.

Il y avait cinquante plaques en liquide, dans un sac à surgelés, planqué au congélateur. Il en prit juste dix. Il n'escomptait pas avoir besoin de tout ça, et dans l'hypothèse (improbable) où il reviendrait ici, il pourrait toujours récupérer le reste.

Il y avait plusieurs jeux de papiers d'identité bidon dans un tiroir du bureau, trois ou quatre pour Bobby et pour lui. Tad en prit un, l'examina et vit que le permis de conduire était du Texas, émis au nom de Raymond Selling. Encore un des petits clins d'œil de Bobby : Selling était le vainqueur du dernier marathon de Los Angeles. Il avait également fabriqué un jeu de papiers au nom de Richard Kimball, le Fugitif de la vieille série télévisée éponyme. Le dernier enfin était au nom de Meia Rasgada, « bas filé » en portugais – une autre façon de se faire la paire...

Bobby était un marrant.

*Avait été* un marrant.

Il fallait qu'il bouge, il en avait vraiment besoin, mais dans le même temps, il lui restait encore un truc à faire. Il prit un des téléphones numériques de la cuisine et composa un numéro de tête. Pour l'instant, sa mémoire était excellente : il était capable de tirer parti de tout ce qu'il avait pu voir, humer, goûter, entendre, sentir ou accomplir, si besoin était, et il savait qu'il pouvait s'y fier.

« Mouais, répondit une voix grave.

– Halley ? C'est Tad. J'aurais besoin d'un truc.

– Ouais, moi aussi. Ton fric dans ma poche. Accouche.

– Je veux l'adresse d'un certain commandant Alexander Michaels. » Il épela. « C'est le patron de la Net Force.

– Je peux te filer ça sans avoir à user un seul électron, mec. Le siège de la Net Force est sis à Quantico, Virginie, le nouveau complexe du FBI qui jouxte le QG des marines des États-Unis.

– Non, je veux son adresse perso.

– Ah, ça va prendre un peu plus longtemps. C'est le genre de truc qu'ils planquent bien.

– Combien ?

– Hmm, disons, quarante, quarante-cinq minutes.

– Rappelle-moi à ce numéro dès que tu l'as.

– Ça va te coûter cinq cents.

– *No problemo*.

– OK, mec, je m'y mets. »

Tad fit prendre l'air à son nouveau personnage. Il y avait deux bagnoles au garage. Un monospace de l'année, beige, avec un autocollant « Bébé à bord » collé sur la lunette arrière et une Dodge Dakota, un modèle vieux de trois ou quatre ans.

Les deux avaient la clé sur le contact. Il prit le temps d'empoigner le pare-chocs arrière du monospace, de s'accroupir et de soulever l'arrière pour décoller les pneus du sol, trois ou quatre fois, histoire de brûler en partie son excès d'énergie. Puis il monta à bord et démarra.

Il déboucha de l'allée et vira pour se rendre à l'aéroport. En chemin, il téléphona pour se réserver un billet de première sur le premier vol direct pour Washington. L'avion ne devait pas décoller avant trois heures. Plus cinq et quelques pour arriver, et disons deux de plus pour dénicher l'adresse. En gros, dix heures en tout, donc il s'y trouverait aux alentours de huit ou neuf heures du mat, heure locale, au plus tard. Il avait déjà fait des trips au Marteau qui avaient duré aussi longtemps, et quand il commencerait à redescendre, il aurait encore une pelletée de gélules qui seraient encore bonnes jusqu'à midi, ce qui lui donnerait douze heures supplémentaires de voyage au Marteau. Tout ça le menait jusqu'au lendemain minuit, facile.

Cela devrait lui laisser tout le temps pour avoir un long tête-à-tête avec le commandant Alexander Michaels de la Net Force, et lui faire entrer dans le crâne l'étendue de l'erreur qu'il avait commise, ce con, en contribuant à la mort de Bobby Drayne.

Tout le temps voulu.

# 38

## *Los Angeles*

Michaels venait tout juste de se raser et il s'habillait quand on frappa à la porte de sa chambre.

C'était Jay. « Le FBI a une piste pour Bershaw. »

Michaels lui fit signe d'entrer tout en finissant de boutonner sa chemise. « Oui ? »

Jay lui mit son écran sous le nez pour lui montrer la photo. Celle d'un blond à lunettes, vêtu d'une tenue sport.

« Ils sont sûrs que c'est lui ?

– Regardez le comparatif. »

Une image agrandie du blond apparut près d'un portrait, de taille identique, de Tad Bershaw. Des trames quadrillées vinrent se superposer aux images, des chiffres défilèrent, tandis que des contours jaunes clignotants se matérialisaient au-dessus des deux clichés.

« Le logiciel de corrélation anthropométrique des fédéraux ne se laisse pas abuser par la couleur des cheveux, des yeux ou de la peau. Il compare en revanche la dimension et la forme du lobe des oreilles, la longueur du nez et l'espacement des narines, l'écartement des yeux et l'angle des sourcils. Plus les somatotypes, même si ces derniers peuvent être altérés à l'aide de semelles compensées ou d'épaulettes. C'est lui.

– Où le cliché a-t-il été pris ?

– Dans l'aérogare de Los Angeles, hier soir. La caméra de vidéosurveillance a bien envoyé un signal d'alerte au siège du FBI, mais il semblerait que l'indexation de priorité ait connu une défaillance : au lieu d'un indice A-1, les images se sont retrouvées classées avec un lot de photos correspondant à des "personnes susceptibles d'être fichées"... bref, sans caractère d'urgence. Résultat, elles auraient dû être examinées la nuit dernière mais personne n'a pris la peine d'y jeter un œil avant ces toutes dernières minutes.

– Au temps pour l'infaillibilité de la technologie », commenta Michaels. Il s'assit sur le lit pour enfiler ses chaussettes.

« Bon, et avec ça, où est-il allé ?

– D'après la caméra de surveillance au-dessus de la porte d'embarquement de CrossCon Air, il a pris un vol de nuit direct pour Washington. Son avion s'est posé aux alentours de deux heures du matin, heure de la côte Est. Le logiciel de corrélation de Dulles a confirmé sa descente de l'avion mais c'est la seule image de lui qu'ils ont obtenue. Le FBI a vérifié auprès des agences de location : il n'a pas pris de voiture, et ils sont en train d'interroger les machinistes de bus, les chauffeurs de limousines et les taxis. Chou blanc jusqu'ici. D'après la liste d'embarquement, ils savent qu'il a voyagé sous le nom de Raymond Selling.

– Comme le marathonien ?

– Qui ça ?

– Selling est le meilleur coureur de fond du pays, et sans doute du monde.

– Bof, vous savez, le sport et moi, dit Jay. Courir quarante-deux kilomètres, rien que d'y penser, ça me fout des crampes.

– Pourquoi Washington ? »

Jay haussa les épaules. « Pourquoi pas ? Peut-être qu'il a une petite amie dans le coin avec laquelle il aimerait fuguer. Plus facile de disparaître dans une grande ville que dans une petite.

– Eh bien, peut-être qu'on va tomber sur lui en rentrant.

– J'espère bien que non, fit Jay. S'il a encore sur lui des gélules de cette dope, c'est pas le genre de type que j'aimerais croiser. »

Michaels laça ses chaussures, se leva, alla chercher son blazer, accroché à la porte de la salle de bains. « Quand décolle notre avion ?

– Dans deux heures. On sera à Washington aux alentours de sept heures du soir. Cinq heures de vol, plus trois de décalage horaire.

– Eh bien, en attendant, descendons déjeuner et profiter une dernière fois du soleil de Los Angeles. Sans doute qu'il pleuvra quand on sera de retour sur la côte Est. »

Jay referma son écran plat et tous deux se dirigèrent vers la porte. Le jeune homme avait toujours le même air préoccupé.

« Autre chose ? s'enquit Michaels.

– Ouais, un problème. Un gros. Notre sécurité intérieure signale que quelqu'un a réussi à franchir nos pare-feu, hier soir, et à s'introduire dans le système informatique de la Net Force.

– Je croyais la chose impossible ?

– Elle l'est, pour la majorité des gens. Mais je pourrais le faire. Et si je peux, d'autres aussi. Une poignée.

– Il y a eu du dégât ? On a piqué des données ?

– Par chance, non. Le programme de protection des fichiers complique sérieusement la tâche pour qui ne détient pas les clés de cryptage. Même moi, je pourrais avoir du mal à altérer les parties sensibles du système depuis l'extérieur. La sécurité dit que l'intrus s'est introduit en empruntant une ligne des services du fisc et qu'il a réussi à accéder aux fichiers du personnel. Il n'a rien endommagé : ils sont en lecture seule, à l'intention éventuelle d'un contrôleur fiscal que la loi nous oblige à y laisser accéder. Quelqu'un devait être au courant de la procédure et s'en est servi.

– Qui pourrait le savoir ?

– Un ancien programmeur, peut-être un ex-fonctionnaire du FBI ou du fisc, voire un ancien membre de la Net Force.

– Vraiment ?

– On a eu des départs en retraite, des démissions ; sans compter quelques éléments qu'on a virés. Tous les programmeurs se gardent toujours un accès secret quand ils élaborent des systèmes sécurisés. Le nôtre a été passé au peigne fin avant d'être validé, j'ai demandé à nos gars de le revérifier encore, mais le type qui l'a conçu peut aisément planquer deux ou trois pièges parmi des millions de lignes de code.

– Bon, alors on fait quoi ?

– On établit la liste de tous les anciens employés possédant les compétences nécessaires. J'aimerais bien que ce ne soit qu'un gamin s'amusant à faire du hacking, mais franchement, je ne parierais pas là-dessus.

– Hmmm. Suis ça de près, Jay. Mais ce n'est pas une raison pour faire attendre le général Howard. »

En chemin vers l'ascenseur, un détail de la remarque de Jay le préoccupait malgré tout. Il n'arriva pas à mettre le doigt dessus avant leur entrée dans la cabine. Jay appuya sur le bouton du rez-de-chaussée de l'hôtel ; ils avaient leur chambre au cinquième.

Tandis que la cabine s'ébranlait avec lenteur, ponctuant d'un *ping !* son passage à chaque étage, Michaels reprit : « Cette intrusion d'hier soir, on en a localisé l'origine ?

– Pas vraiment, concéda Jay. Elle a transité via deux satellites. On est juste parvenus à la remonter jusqu'à la côte Ouest, c'est tout. »

Michaels réfléchit deux secondes. « Pourquoi un type capable de pirater un système informatique aussi bien protégé que celui de la Net Force s'amuserait-il à venir éplucher les fichiers du personnel ?

– Quand bien même ce serait son intention, chef... qui dit qu'il n'est pas tombé dessus par hasard ?

– Simple hypothèse, supposons qu'il ait agi de propos délibéré. »

Jay haussa les épaules. « Qui, quoi, quand, où, pourquoi... Pour trouver si quelqu'un y travaille, à quel poste, et depuis combien de temps. Peut-être combien il gagne.

– T'as sauté une question, observa Michaels : trouver où il habite.

– Ouais, ça se pourrait aussi. »

Michaels sentit un grand froid l'envahir soudain.

Jay le nota : « Je vois où vous voulez en venir, mais c'est sans doute juste une coïncidence.

– Et si ce n'est pas le cas ? S'il s'agit de Bershaw ? S'il cherchait à venger la mort de son ami ?

– C'est un peu tiré par les cheveux, patron. Le gars qui a tiré sur Drayne est mort.

– Bershaw l'ignore sans doute : il a couru au bas de la colline dès le début de la fusillade. »

L'ascenseur atteignit le rez-de-chaussée et les portes de la cabine s'ouvrirent. Les deux hommes en sortirent pour se diriger vers la cafétéria de l'hôtel.

« Il aurait pu l'apprendre par les infos à la radio ou à la télé, suggéra Jay.

– Tu es passé dans le reportage de CNN. Le FBI et les Stups n'ont pas dit grand-chose. Personne n'a dit qui a tiré sur Drayne, juste qu'il avait été tué. Et qui tire le plus de lauriers de la découverte des trafiquants ?

– Euh, sans doute nous.

– Eh oui. Or, nous n'étions que trois sur place : toi, moi et le général Howard.

– Ça reste malgré tout hypothétique, insista Jay. Il n'y a pas nécessairement de lien de cause à effet.

– Bershaw s'échappe. Quelqu'un sur la côte Ouest accède aux dossiers du personnel de la Net Force dans un délai de quelques heures. Bershaw disparaît, puis réapparaît à bord d'un avion pour Washington.

J'aime pas ça... Imagine que tu sois lui et que tu n'aies pas encaissé que quelqu'un vienne d'assassiner ton copain, de lui faire sauter la cervelle alors qu'il était là, les mains en l'air, et que t'aies vraiment envie de réagir, à qui t'en prendrais-tu ? »

Jay ne dit rien.

« Ouais, c'est bien ce que je pensais. Au responsable de l'opération. Au gars qui était sur les lieux. Tu pourrais aller l'attendre pour le coincer quand il rentre chez lui. Le seul problème, c'est que Toni s'y trouve déjà. »

Il décrocha le virgil de sa ceinture, activa la commande vocale et dit : « Appel domicile. »

Le virgil établit la communication.

Au bout de cinq sonneries, le répondeur se manifesta : « Bonjour. Vous êtes bien au 202 35 70... »

« Toni, si tu es là, décroche ou rappelle-moi de toute urgence. »

Dès qu'il eut raccroché, Michaels sentit que la panique menaçait de le submerger. Il appuya sur la touche rappel et sélectionna des intervalles de cinq minutes pour répéter le message jusqu'à ce que la connexion soit établie ou qu'il l'interrompe.

« Elle ne répond pas.

– Il se peut qu'elle dorme. Ou qu'elle soit dehors à arroser les plantes. Ou à faire dix mille autres choses. »

John Howard était dans la maigre queue de clients qui attendaient l'ouverture de la cafétéria. Il avisa Jay et Michaels qui approchaient, leur sourit. Michaels n'avait pas l'air de bonne humeur.

Howard le nota d'emblée. « Qu'est-ce qui se passe, commandant ? »

Michaels le mit au courant, de plus en plus nerveux à mesure qu'il lui exposait le problème.

« Jay a sans doute raison, tempéra Howard. Ce n'est probablement pas grand-chose. Mais juste par mesure de sécurité, que diriez-vous que j'envoie deux de mes gars passer chez vous vérifier ?

– Je vous en serais reconnaissant. » Se retrouver ainsi à l'autre bout du pays le laissait désemparé. Une fois rassuré sur le sort de Toni, il savait qu'il se sentirait nettement soulagé.

Howard s'attarda à dévisager Michaels. « Encore un détail, commandant. C'est avant tout Jay qui a mobilisé l'attention des médias. Ce ne serait peut-être pas une mauvaise idée qu'il contacte Saji et lui dise de se rendre en lieu sûr. »

Michaels acquiesça mais Jay avait déjà sorti son virgil. Au bout de quelques secondes, la jeune femme répondit et tout le monde se sentit quelque peu rasséréné.

Howard sortit son propre appareil et dit quelques mots à voix basse, coupant le haut-parleur de sorte qu'il dut en user comme d'un portable classique en le collant à son oreille pour entendre la réponse. La communication achevée, il se tourna vers Michaels : « Une équipe sera chez vous d'ici vingt minutes. Ils vous rappelleront aussitôt ou demanderont à Toni de le faire. »

Michaels opina. « Merci encore. Appelez également chez vous, John, juste par mesure de précaution, ensuite nous pourrons tous les trois aller tranquillement déjeuner. » Mais jusqu'à ce qu'il ait des nouvelles de Toni, il ne se sentait pas le moindre appétit.

## *Washington, DC*

Il était presque midi et Toni, dans la cuisine, s'apprêtait à se préparer à déjeuner quand retentit un fracas épouvantable, comme si un poids lourd venait de percuter leur maison.

Elle devina l'identité de l'intrus dès qu'il apparut au seuil de la porte latérale – une porte qu'il avait défoncée d'un coup de pied, démolissant la serrure et arrachant presque le battant de ses gonds. Des bouts de bois avaient volé partout et la porte avait heurté le mur avec une telle violence que le bouton avait fait un trou dans le placage mural.

Sans le reconnaître, elle sut qu'il ne pouvait s'agir que du trafiquant de drogue qui s'était échappé. Il avait les cheveux et les sourcils décolorés, le teint hâlé, mais c'était bien lui.

Alors qu'elle se tenait, interdite, avec sa chemise de nuit et son peignoir élimé, elle comprit qu'elle n'avait qu'un seul avantage : à ses yeux, elle n'était qu'un petit bout de bonne femme enceinte qui ne pouvait représenter pour lui la moindre menace.

Et de fait, c'était bien le cas. Toute activité un peu intense pouvait entraîner la perte de son bébé. Ce serait inévitable en cas de lutte. Même si ses aptitudes au silat devaient lui suffire à maîtriser cet adversaire aux forces décuplées par la drogue, elle ne pouvait courir le risque de les mettre en pratique. Elle devait se rabattre sur un des principes fondateurs de cet art martial : la tromperie.

Aussi joua-t-elle le rôle qu'il s'attendait sans doute à lui voir jouer : « Qui êtes-vous ? Que voulez-vous ?

– Alexander Michaels.

– Il n'est pas ici.

– Ça, je m'en doutais. Il est encore à Los Angeles, n'est-ce pas ? »

Elle ne dit rien. Elle ne pouvait pas non plus lui faciliter la tâche.

Il sourit – un rictus hystérique, dément. Il y avait un portemanteau en bois près de la porte. Il le saisit, le coucha à plat, releva le genou et le brisa sur sa cuisse comme une vulgaire brindille. Il laissa tomber les deux moitiés. « On joue pas la conne avec moi, ma p'tite dame, j'suis pas d'humeur, OK ? »

Il n'était pas difficile de jouer la terreur. Elle n'avait encore jamais vu pareille démonstration de force. Ce type était un épouvantail à moitié desséché, et il était hors de question qu'il soit en mesure de réaliser un tel exploit.

« Il... il ne sera pas rentré avant ce soir. Son vol arrive ici aux alentours de s... s... sept heures du soir. »

Bershaw (c'était le nom que lui avait donné Alex) eut encore une fois ce sourire de dément.

« Ah. Bien. Cela nous donne tout le temps de lier connaissance. C'est comment, ton petit nom ?

– Toni.

– Mariée ou...

– M... ma... mariée.

– Eh bien, ne t'en fais pas, Toni, je ne vais pas te

440

faire de mal. » Il la toisa. « Hmm... on a un polichinelle dans le tiroir. T'en es à quel mois ?

– Au cinquième.

– Mes compliments. Tu fais ce que je te dis, et le môme et toi vivrez assez longtemps pour faire connaissance. Tu peux m'appeler Tad. Et si tu me faisais faire le tour du propriétaire, puisqu'on a quelques heures à tuer ?

– D'accord. »

Le persocom pépia.

« Ne réponds pas. »

Dans la tête de la jeune femme, les pensées se bousculaient à toute allure tandis qu'elle essayait de faire le point. Elle devait trouver un moyen quelconque d'avertir Alex. Ce type était venu ici pour le tuer, elle en était sûre, et il pouvait fort bien la tuer elle aussi, avec son bébé. Il fallait qu'elle temporise en accédant à ses desiderata, jusqu'à ce qu'elle ait une idée pour l'arrêter.

Tad suivit la femme de Michaels pour visiter toutes les pièces, ce qui lui permit de s'assurer qu'aucune mauvaise surprise ne le guettait. Plutôt pas mal, la baraque, mais rien de spécial, ici et là des portraits d'elle avec son mari, d'autres photos de famille – du reste, la ressemblance était frappante.

Toutes les cinq minutes environ, le téléphone se remettait à sonner, et il se contentait de faire non de la tête. Il n'avait pas envie qu'elle parle à quiconque, en particulier à son mari, au risque de l'avertir par quelque phrase codée.

Dans le garage, il découvrit un vieux cabriolet Chevrolet. Le capot était levé et des pièces détachées du moteur étaient posées sur un établi.

« Très chouette », commenta-t-il. Il s'approcha de la voiture et posa la main sur l'aile qu'il effleura. « Ton mec est fana de vieilles bagnoles.

– Oui. Il les restaure. C'est sa passion. »

Tad avait encore besoin d'évacuer une partie du trop-plein d'énergie que le Marteau faisait bouillonner en lui, et tout en étant sexuellement excité, il ne se sentait pas vraiment branché par une femme enceinte. Il tourna la tête, cherchant des yeux une masse ou un pied-de-biche. Une petite séance de percussions sur la Chevy lui semblait idéale. Histoire de bien montrer à ce M. Michaels que son projet de restauration allait exiger bien plus d'efforts que prévu pour retrouver son état concours, avant qu'il n'entreprenne le même genre de démolition sur sa propre personne.

Il avisa un marteau à panne ronde accroché au-dessus de l'établi et s'approcha pour s'en emparer. Le Marteau travaillant au marteau, il y vit une symétrie plaisante.

Mais en approchant de l'établi, un détail attira son regard. Des petits bouts d'ivoire, des aiguilles, une espèce de microscope. Du scrimshaw...

« Pas à dire, ton mari aime bien s'occuper les mains. » D'un signe de tête, il indiqua l'établi. « Les bagnoles et les métiers d'art. Enfin, quand il ne s'emploie pas à faire assassiner des mecs.

– Mon mari ne fait pas assassiner les gens », rétorqua-t-elle, avec un regard furieux.

Il sourit. Pas à dire, elle en avait, cette femme

enceinte. Elle avait vu ce qu'il était capable de faire, elle savait qu'il était capable de la tuer d'un revers de la main, et pourtant elle n'hésitait pas à défendre son mec. Tad n'avait jamais entendu sa mère dire un seul mot aimable sur son vieux. « Ce putain de connard » était sans doute le plus beau compliment auquel il ait jamais eu droit. On pouvait décerner au moins à cette Toni la palme de la loyauté.

« Va raconter ça à mon copain Bobby. Il se tenait au beau milieu de la route, debout les mains en l'air, et les fédéraux lui ont offert une trépanation express. *Bang !* Le crâne explosé.

– Mon mari n'a jamais donné un tel ordre. La Net Force s'occupe de criminalité informatique, elle n'a rien à voir avec les agents des Stups. Et ils n'iraient jamais abattre un prisonnier, de toute façon.

– Ouais, ben il était là, je l'ai même vu aux infos du soir. Il aurait mieux fait de rester derrière son bureau, ce coup-ci. »

Il fit tournoyer le marteau entre ses doigts, il était prêt à s'occuper de la voiture, quand il avisa la gélule. Il la regarda, vit qu'elle était ouverte en deux, sous le microscope, et vidée de sa poudre. Il reposa le marteau et s'approcha pour mieux voir.

Il secoua la tête. « Ce con de Bobby. Il se croyait parfois un peu trop malin, ça lui jouait des tours. » Il se retourna vers la jeune femme. « T'es au courant de ce truc ? Ton mec te cause de son boulot ?

– Oui, ça lui arrive.

– Bobby était un génie, tu sais. Un authentique sur-doué, au QI largement supérieur à la moyenne. Même avec le Marteau pour décupler mes facultés, Bobby continuait de penser cent fois plus vite que moi. Il détestait les fédéraux, à cause de son père. Tu le sais sans doute pas, mais son vieux est resté au FBI pendant au moins un siècle. Bobby et lui s'entendaient pas trop. Alors, Bobby s'amusait à laisser traîner des indices dans une gélule sur cinq : des petites énigmes, toujours différentes. » Il indiqua la gélule ouverte. « C'est comme ça qu'ils l'ont repéré, hein ? Un des tarés du service informatique de ton mec a fait mouliner dessus ses batteries de machines et ils ont trouvé la solution, c'est ça ? »

Toni ne dit rien.

« Allez, autant que tu me le dises. Je peux pas le tuer deux fois de suite, de toute façon, pas vrai ?

– Je vous en supplie, ne le tuez pas.

– Bobby a peut-être déconné et il s'est fait choper parce qu'il a sous-estimé l'adversaire – c'est un risque quand on se croit toujours plus futé que les autres –, n'empêche qu'il devrait être en vie. Et ça, faut que quelqu'un le paie. »

Il était vraiment prêt à massacrer la voiture désormais, et il empoigna de nouveau l'outil pour ce faire quand la sonnerie de la porte retentit.


« Réponds pas, dit Bershaw. Ils vont bien s'en aller. » Puis il réfléchit une seconde. « Non, peut-être qu'on ferait mieux d'aller voir qui c'est. »

Le portier électronique qu'Alex avait installé révéla deux types en uniforme, le pistolet dans l'étui. Des hommes de la Net Force.

« Des flics ?

– Des agents de sécurité de la Net Force.

– Je croyais la boîte de ton mec remplie de ronds-de-cuir ?

– Elle l'est, mais nous avons des équipes spécialement formées pour les situations délicates.

– Ouais, genre exécuter les dealers. »

Les deux types à la porte se remirent à carillonner. Encore et encore. Ils ne faisaient pas mine de partir et Toni se demanda ce qui justifiait leur présence. Les coups de fil sans réponse, peut-être.

Toni reprit soudain espoir, mais ce fut de courte durée. Les deux hommes à la porte couraient un danger immédiat. Bershaw était un tueur que la drogue avait mis dans une rage pas évidente à maîtriser. Un mot de travers et il risquait d'exploser comme une bombe.

« Débarrasse-toi d'eux, trouve une bonne raison de les faire partir, et t'as pas intérêt à leur refiler un putain d'indice, avertit Bershaw. Sinon, ils crèvent, toi et le môme aussi, et même si je risque de me faire chier tout seul à attendre ton cher petit mari, j'hésiterai pas.

– Je comprends. »

Bershaw se plaça de biais derrière elle, hors de vue, tandis qu'elle ouvrait la porte. Il n'avait pas d'arme visible mais il n'en avait pas vraiment besoin.

« Oui ?

– Madame Michaels, navrés de vous importuner, mais le commandant Michaels cherche depuis un moment à vous contacter...

– Oh... Ah oui, je suis désolée. Je faisais ma séance d'aérobic, et ensuite j'ai pris un grand bain chaud pour me relaxer. » Elle était toujours en peignoir. « J'ai coupé la sonnerie du téléphone et laissé l'ordinateur prendre les messages.

– D'accord, madame. Si toutefois vous pouviez rappeler le commandant Michaels dès que possible, ce serait idéal.

– Je n'y manquerai pas. Je vais faire une petite sieste et je le rappelle dès mon réveil. Encore une fois, désolée de vous avoir dérangés.

– Ce n'est rien du tout, madame. Passez une bonne journée. »

Dès qu'ils furent repartis, Bershaw observa : « C'était très bien, sauf la suggestion de rappeler ton mari. À présent, tu vas être obligée de le faire. Mais je vais te mettre sur papier ce que tu devras dire. Tu passeras ton coup de fil et tu répéteras mot pour mot ce que je t'aurai dicté, pas un de plus ou de moins, t'as compris ?

– J'ai compris.

– Bien. On a encore un peu de temps devant nous, puisque tu es censée faire une petite sieste. Alors parle-moi de ta famille, tes frères, tes sœurs, tout ça. J'ai vu les photos, alors me raconte pas de bobards. Si je pense que tu me mens, je te tue, point final, OK ? »

Toni sentit son cœur battre la chamade. Ce type redoublait de prudence et elle risquait de ne pas avoir d'autre occasion d'avertir Alex. Restait à espérer qu'il saisisse le message qu'elle avait réussi à transmettre.

Ils avaient presque fini de déjeuner quand le virgil
d'Alex se manifesta. En deux secondes il l'avait
décroché de sa ceinture et pressé la touche ligne.
« Oui ?

– Monsieur, ici Chris Carol, du PC opérations militaires. Nous venons de parler à votre épouse, chez vous.
Elle semble en bonne santé. »

Michaels poussa un soupir de soulagement. *Dieu
soit loué !*

« Vous a-t-elle dit pourquoi elle ne répondait pas au
téléphone ?

– Oui, monsieur. Elle prenait un bain, et elle avait
coupé la sonnerie. »

Il hocha la tête. Bien sûr. Ce ne pouvait être qu'une
vétille de ce genre.

« Nous allons toutefois rester dans le secteur en couverture, monsieur, conformément aux ordres du général Howard.

– Merci. Dites à Toni de me rappeler dès que possible, voulez-vous ?

– Elle nous a dit qu'elle le ferait, monsieur, dès
qu'elle aurait fini sa sieste. Elle devait être fatiguée
après sa séance de gymnastique.

– Quoi ? Qu'est-ce qu'elle vous a dit ?

– Pardon ?

– Au sujet de sa fatigue ?

– Simple déduction de ma part, monsieur. Elle nous

a dit qu'elle avait fait sa séance d'aérobic avant de prendre son bain... »

Michaels sentit le froid glacé d'un poignard d'acier lui transpercer les entrailles. Il regarda John Howard : « Il est là-bas. Il détient Toni. »

# 39

## *Washington, DC*

Le général avait rapidement fait jouer ses relations pour leur obtenir le moyen de transport le plus rapide. Les chasseurs de la Garde nationale avaient quasiment couvert toute la distance entre Los Angeles et la côte Est à deux fois la vitesse du son. Quand ils reprirent contact avec le plancher des vaches, à peine plus de deux heures s'étaient écoulées. Il n'était pas tout à fait quatorze heures trente quand l'escorte vint récupérer Michaels, Howard et Jay à la base aérienne pour les emmener, gyrophares allumés et sirènes hurlantes. Ils les éteindraient bien sûr avant d'atteindre son quartier.

Michaels avait fait établir un PC mobile à huit cents mètres de chez lui, et des renforts de la Net Force avaient convergé autour de son domicile, suffisamment en retrait pour demeurer cachés mais assez près toutefois pour voir si quelqu'un ressortait.

Michaels était encore dans l'avion quand Toni avait appelé et cela lui avait retourné l'estomac de l'entendre réciter le discours que Bershaw l'avait sans aucun doute contrainte à répéter.

Ils avaient échangé des salutations, il lui avait demandé comment elle allait et elle avait répondu qu'elle allait bien, avant d'ajouter : « Je suis désolée d'avoir raté ton coup de fil précédent, je ne voulais pas que tu t'inquiètes. Écoute, je ne peux pas te parler pour l'instant, j'ai ma mère sur l'autre ligne, encore une histoire à régler avec ma belle-sœur. Rappelle-moi dès que tu arrives à l'aéroport ce soir, d'accord ? Au revoir. »

Il téléphona à la mère de Toni dans le Bronx. Celle-ci se montra surprise d'avoir de ses nouvelles et il prétendit appeler afin de s'enquérir de la santé de la professeur de silat de Toni. Gourou se rétablissait très bien, lui indiqua sa belle-mère, avant de lui dire d'embrasser Toni de sa part quand il la verrait et de lui demander de la rappeler pour passer lui rendre visite.

S'il avait eu besoin d'une confirmation, il l'avait. Toni n'avait pas parlé à sa mère. Et elle se retrouvait l'otage d'un drogué psychotique qui devait probablement reprocher à Michaels la mort de son petit copain. Un vrai cauchemar.

« Comment voulez-vous vous y prendre ? » lui demanda Howard tandis que la voiture de la Net Force fonçait vers la capitale. « Vous voulez qu'on appelle l'unité d'intervention spécialisée du FBI ?

– Vous les appelleriez, vous, si c'était votre femme qui était détenue en otage ?

– Non, monsieur.

– Nous avons des tireurs d'élite, non ?

450

– Affirmatif, monsieur. Deux excellents éléments.

– Demandez-leur de nous retrouver au PC mobile. J'essaierai de l'attirer devant une fenêtre. S'ils sont en mesure de tirer, dites-leur de l'abattre. Il faudra qu'ils visent la tête ou la colonne vertébrale pour le neutraliser à coup sûr.

– Bien, monsieur. » Howard ne fit aucun commentaire sur l'étendue de leurs attributions. Il décrocha son virgil et passa un appel.

« Vous n'allez quand même pas y aller tout seul, patron ?

– Toni est ma femme. C'est ma maison. Je connais l'un et l'autre mieux que quiconque. Je vais me priver, tiens !

– Bon Dieu, vous avez vu ce dont ce type est capable, protesta Jay. Même en lui tirant dessus, vous n'êtes pas du tout certain de l'arrêter.

– Je sais. Mais est-ce que j'ai le choix ? J'aurai l'effet de surprise de mon côté. Ça suffira peut-être.

– On pourrait livrer un assaut, faire intervenir une cinquantaine de gars...

– Il pourrait avoir brisé le cou de Toni bien avant que vous ayez franchi la porte. Non, c'est moi qu'il veut, donc s'il me voit seul, il aura ce qu'il est venu chercher. S'il s'en prend à moi, Toni a une chance de s'en sortir.

– Et vous de vous faire tuer.

– Ouais, c'est comme ça. Autant moi plutôt qu'elle. »

Ce qu'il omit de dire c'est qu'il avait toujours dans sa poche la gélule que Howard avait trouvée sur le lieu de la fusillade. Et que s'il la prenait avant d'entrer, il ferait plus que jeu égal avec le zombie. Il était en meilleure forme physique, il avait un certain entraînement au combat, et surtout, il était motivé. La drogue annulerait l'avantage de Bershaw.

Mais il restait un gros problème : c'était risqué. Non pas parce qu'il mettrait en danger sa santé personnelle, mais si jamais le produit n'avait pas sur lui les mêmes effets que sur son adversaire ? S'il devenait cinglé comme tant d'autres utilisateurs de cette substance ? S'il voyait des serpents jaillir des murs, s'il se croyait assailli par des démons ou tout ce qui avait bien pu conduire ces gens à péter les plombs et se suicider ?

Pouvait-il risquer de la sorte la vie de Toni et de leur bébé ?

*C'est du pareil au même*, lui serina sa petite voix intérieure. *Si le zombie te ratiboise comme le général Grant les sudistes, dans son élan il liquidera Toni de toute façon, tu ne crois pas ?*

Michaels fourra la main dans sa poche et caressa la gélule.

*Charybde ou Scylla, Alex. Et t'as intérêt à te décider vite. Tu ne sais pas combien de temps il faut pour que le produit agisse si c'est l'option que tu choisis. Il risque en plus de ne pas t'aider à temps, alors même que tu l'auras pris.*

Merde.

« Dix minutes avant l'heure, annonça Howard, mes tireurs d'élite seront là. S'ils arrivent à l'avoir dans le collimateur, ils peuvent le dézinguer. »

Michaels acquiesça. Il caressa la gélule.

Toni était sûre qu'Alex avait compris l'avertissement. Elle l'avait senti dans sa voix lors du coup de fil, et elle aurait été prête à parier que le grondement en bruit de fond était celui d'un réacteur d'avion de chasse. Cela voulait dire qu'il était sur le chemin du retour, et qu'il serait ici plus tôt que prévu par Bershaw.

Qu'allait-il faire une fois arrivé ? Allait-il faire intervenir les négociateurs du FBI spécialisés dans les prises d'otages ? Elle essaya de se mettre à sa place, et la réponse immédiate fut un non catégorique. Il devait savoir que Bershaw était aux abois, sans doute aussi qu'il était sous l'emprise d'une drogue psychotrope qui décuplait ses réflexes, son intelligence et sa force physique. Alex ne voudrait pas courir le risque que Bershaw s'en prenne à elle ou au bébé.

Qu'allait-il faire ?

Et sa plus grande frayeur était qu'il tente de s'introduire subrepticement chez eux pour éliminer Bershaw à lui seul. Pas par machisme, simplement c'était dans son caractère : il s'estimerait seul responsable d'elle, et verrait dans cette intervention en solo la meilleure chance de détourner d'elle l'attention du tueur.

Si elle n'avait pas été enceinte, elle aurait déjà tenté d'éliminer Bershaw. Il était rapide, fort, mais elle avait à son actif plus de quinze ans d'entraînement et de pratique du pentchak silat et elle aurait pu tabler sur son expérience pour rivaliser avec cette puissance à l'état brut induite par la drogue.

Le silat était un art martial basé sur l'usage des armes. Toni était à l'aise avec un poignard, un sabre, un bâton ou tout ce qui lui tombait sous la main. Extraire un couteau de boucher du râtelier ne prendrait qu'une seconde. Cela n'avait rien à voir avec l'insensibilité à la douleur ou la vigueur physique : un individu était incapable de marcher s'il se vidait de son sang, si les tendons contrôlant ses pieds ou ses jambes étaient tranchés, ou sa moelle épinière sectionnée.

Mais dans l'état où elle se trouvait actuellement, la moindre erreur lui serait fatale. Elle ne pouvait risquer la vie du bébé sauf si elle n'avait pas d'autre solution. Et s'il fallait en arriver là, elle ne laisserait pas ce tueur psychotique tuer Alex, même au prix de sa vie et celle de leur enfant. Vous ne restez pas sans rien faire quand vous aviez un moyen d'empêcher la mort de l'homme que vous aimiez, quel qu'en soit le prix.

Elle avait déjà répété mentalement une douzaine de fois le mouvement de préhension du couteau, sans jamais le regarder pour ne pas se trahir, mais en réfléchissant au meilleur moyen d'agir : comment se déplacer, quel objet lancer pour le distraire, quelles cibles privilégier...

Elle devait s'attendre à voir Alex arriver plusieurs heures avant celle prévue. Elle devait être prête.

Pour le moment, il fallait qu'elle aille pisser. Et même si elle n'avait pas trop envie de le faire sous le regard de Bershaw, pas question d'uriner sur elle.

« Tad ?

— Quoi ?

— Il faut que j'aille aux toilettes.

— Eh bien, allons-y. »

Il la suivit au bout du couloir. « Vas-y.

— Je peux fermer la porte ?

– Non. Tu pisses, c'est tout. Je regarderai de l'autre côté.

– Merci. »

Elle se dit qu'elle pouvait peut-être en tirer parti d'une manière ou de l'autre, si du moins il lui venait une idée.


Pendant que la femme était sur le trône, Tad détourna la tête et en profita pour avaler à sec deux autres gélules de Marteau. Il sentait l'effet des premières commencer à se dissiper et quelques secondes après, il décida d'en avaler une troisième. Il avait fini par développer une assuétude au produit, mais peu importait ; de toute façon, les dernières gélules n'allaient plus tarder à devenir inactives, et quoi qu'il advienne, ce trip au Marteau allait être son dernier. Quand Ma et Pa allaient apprendre la nouvelle de la mort de Bobby, ils n'auraient qu'une hâte : se débarrasser du mobile home et filer sous d'autres cieux. Son plan initial d'aller au labo pour se concocter lui-même ses gélules ne se réaliserait plus, désormais. Il savait mélanger les ingrédients mais l'élaboration de certains d'entre eux dépassait de loin ses maigres connaissances en chimie. Bobby n'avait jamais consigné par écrit ses formules : il s'était dit que si jamais les flics lui mettaient le grappin dessus, elles restaient sa meilleure monnaie d'échange.

Il entendit le bruit de la chasse d'eau, se retourna et vit la femme se redresser, son peignoir retombant pour couvrir la nuisette. Elle avait de jolies jambes sous son ventre rond et ballonné, et il entrevit fugitivement sa toison intime. Peut-être que ça valait le déplacement, même si ce n'était pas son premier choix. Enfin, à la guerre comme à la guerre...

Mais il avait un autre truc à régler d'abord. Cette bagnole au garage. La nana pourrait toujours le regarder massacrer le joujou de son mec.

« Allez, radine-toi. On a du boulot au garage. »

Il la conduisit vers l'autre bout du couloir.


« Monsieur, les tireurs sont en place. Nous en avons trois : deux en façade, un derrière. Ils savent à quoi ressemble notre homme. Dès qu'ils le voient, il est fini.

– Merci, John. »

Howard tendit à Michaels son pistolet. « Vous le pointez vers sa tête comme si vous montriez du doigt son nez, et vous appuyez sur la détente. Il y aura pas mal de recul, alors tâchez si possible de le tenir à deux mains. Le seul moyen radical de l'arrêter, c'est une balle dans la tête. »

Michaels prit le lourd pistolet noir et le soupesa.

« Votre bague de sécurité est à jour ?

– Oui.

– Vous avez six coups. S'il est encore d'attaque après ça, recharger ne vous sera pas d'un grand secours. Visez la tête. Ne dites pas un mot, n'hésitez pas, si vous avez une ouverture, profitez-en. Sinon, il vous tuera.

– Pigé.

– Laissez votre virgil allumé et en émission. On ne cherchera pas à vous appeler mais ça nous permettra de vous entendre. Dès que nous voyons Toni ou que vous nous confirmez qu'elle ne risque rien, on déboule. »

Michaels opina. Il avait la bouche sèche, l'estomac barbouillé.

« Quoi qu'il advienne, il n'en sortira pas vivant. »

Michaels regarda Howard, réalisant ce qu'il était en train de dire. « Merci.

– Bonne chance, Alex. »

Michaels acquiesça. Il inspira deux fois, à fond, souffla, se frotta les yeux et se dirigea vers sa maison pour sauver sa femme.

Il était à mi-distance quand il comprit qu'il avait pris sa décision pour la gélule de Marteau. Non. Son esprit demeurait sa meilleure arme, et il n'avait pas envie de risquer la vie de Toni parce que le truc lui aurait brouillé les idées, même s'il lui conférait une force herculéenne.

Pas question de céder à la facilité.


Toni regarda, comme détachée, Bershaw abattre le pied-de-biche et faire un trou allongé dans le pare-brise en Securit. Une pluie de minuscules éclats de verre se mit à voltiger comme des brillants sous les lampes du garage lorsqu'il retira le pied-de-biche et se mit à frapper avec la masse qu'il tenait dans l'autre main. En cinq ou six coups, le pare-brise fut pulvérisé.

Il avait déjà bousillé les phares et les feux arrière.

Après le pare-brise, il fit le tour de la voiture pour fracasser le reste des vitres – les glaces latérales, la lunette arrière –, projetant des éclats scintillants dans toutes les directions.

Puis il s'en prit au pare-chocs avant, alternant masse et pied-de-biche, tel un batteur fou suivant un rythme qu'il était seul à entendre.

Ce n'est que lorsqu'il s'attaqua aux pièces en métal que Toni commença à se faire une idée de sa force. Non seulement l'épaisse tôle d'acier du pare-chocs et du capot se plia comme du papier d'alu, mais il réussit à plusieurs reprises à la transpercer de part en part, y coinçant ses outils, ce qui l'obligeait chaque fois à les extraire de force. Les impacts étaient assourdissants, le grincement du pied-de-biche quand il l'arrachait du capot évoquait pour Toni celui que devaient faire les portes rouillées des Enfers.

Le carnage était épouvantable. Mais plus épouvantable encore était l'expression de Bershaw. Il riait aux éclats, s'amusait comme un fou.

L'effort devait le consumer littéralement, déchirant muscles et tendons, endommageant jusqu'à la structure de sa charpente osseuse, mais il continuait de rire et de frapper avec une telle violence que le manche en fibre de verre de la masse finit par se fendre et céder, laissant la panne ronde enfouie dans la portière droite, tandis que l'extrémité du pied-de-biche était presque entièrement repliée.

Toni se rendit compte qu'attaquer cet homme à mains nues serait du suicide si jamais elle commettait la plus infime erreur. Même armée d'un couteau.

Après ce qui parut une éternité, il laissa tomber le pied-de-biche tordu, roula des épaules, puis se retourna pour la regarder. Il la fixa plusieurs secondes, sans ciller.

On eût dit un rapace prêt à fondre sur sa proie.

« Qu'est-ce que tu serais prête à faire pour sauver la vie de ton mari ? lâcha-t-il finalement.

– N'importe quoi. »

Il sourit. « Bien. J'avais justement une idée en tête. Allons dans la chambre. »

Toni sentit un bref sursaut d'espoir. S'il voulait la baiser, il allait devoir se placer dans une situation autrement plus vulnérable. Il allait devoir lui permettre de s'approcher de lui. Le silat privilégiait l'affrontement. S'il la laissait s'approcher, elle avait une chance. Une mince chance, peut-être.

Si elle avait l'initiative, elle pourrait peut-être le neutraliser.

Michaels glissa le flingue dans sa poche revolver tout en faisant coulisser la fenêtre du garage. Il avait entendu le boucan à une rue de distance et, le temps d'arriver, il s'imaginait déjà à quoi s'attendre.

Il avait tort. Ce qu'il vit était bien pire. Bon Dieu, comment un gringalet comme Bershaw pouvait-il faire autant de dégâts avec une masse et un pied-de-biche ? On aurait dit que la Chevrolet avait dégringolé d'une falaise.

Il vit que la porte donnant sur la maison était ouverte et il enjamba la fenêtre, sortit le revolver et traversa le garage en s'efforçant de ne pas marcher sur tous ces éclats de verre. Viser la tête. Pointe le canon comme si c'était ton doigt, et appuie sur la détente. Flanque-lui une balle dans la tête, et ce sera réglé.

Michaels se coula par la porte entrouverte et pénétra dans la partie habitation.

Dans la chambre, Tad lança : « Mets-toi à quatre pattes. »

La femme grimpa sur le lit et fit ce qu'il lui demandait. Il alla se placer derrière elle. « Recule un peu. »

Il empoigna son peignoir au niveau de la taille et le déchira, exposant son derrière nu.

Puis il ramena les mains vers la fermeture Éclair de sa braguette.

Toni se prépara dès qu'elle entendit le bruit de la fermeture Éclair qui descendait. Une rotation du corps, le poing qui vole vers les testicules, un mouvement de torsion et d'arrachement, en même temps qu'une roulade de côté pour se laisser choir sur le sol...

Michaels pénétra dans la chambre, vit Bershaw qui lui tournait le dos, et Toni devant lui, sur le lit. Toutes ses années d'entraînement et de discipline reprenaient le dessus. Peut-être qu'il devrait laisser au mec une chance de se rendre.

Et merde ! Ce salaud s'apprêtait à violer sa femme, il était camé jusqu'aux yeux et cela faisait de lui l'individu le plus dangereux auquel Michaels eût jamais été confronté. Il pointa l'arme vers la nuque de Bershaw et se mit à presser sur la détente.

Tad entendit quelque chose ou peut-être avait-il décelé l'infime changement de pression atmosphérique dans la chambre. Toujours est-il qu'il comprit soudain qu'ils n'étaient plus seuls. Il pivota. Et découvrit le mari, avec un flingue.

Impec ! Tad plongea.


Michaels vit Bershaw pivoter – sa vitesse était incroyable – et se jeter sur lui. Il avait à moitié pressé la détente. Si rapide que pût être Bershaw, Michaels l'avait devancé. Le coup partit.

Bershaw tenta de plonger mais la balle l'atteignit. Michaels la vit creuser un sillon dans le crâne, juste sous le cuir chevelu, et puis la glace de la penderie de Toni explosa.

Bershaw arrivait toujours, mais l'impact du projectile avait quelque peu altéré son angle d'attaque, le faisant dévier légèrement vers la gauche. Michaels esquiva sur sa droite et Bershaw faillit le rater.

Faillit. Au passage, sa main heurta le revolver, qui échappa à Michaels pour voler dans les airs, tandis que Bershaw allait percuter la penderie. Il atterrit à quatre pattes. Mais il releva la tête et regarda Michaels. Il souriait – oui, souriait – tandis qu'un filet de sang s'écoulait de sa blessure à la tête.

*La balle l'aura effleuré avant de ricocher*, comprit Alex.

Il fallait absolument qu'il éloigne ce fou dangereux de Toni qui était toujours allongée par terre à côté du lit.

Michaels saisit le petit téléviseur posé sur le pied près de la porte de la chambre et le lança sur Bershaw ; celui-ci leva le bras pour l'écarter comme un vulgaire oreiller. Le poste alla s'écraser par terre, en trois morceaux.

Il fallait qu'il l'attire hors de la chambre ! Qu'il l'éloigne de Toni !

Michaels battit en retraite vers la porte.

Bershaw se releva, essuya le sang qui lui coulait dans les yeux, puis il se passa un doigt dans le sillon ensanglanté qui creusait son front avant de le contempler. « Pas loin, mais pas de pot. »

Michaels tourna les talons pour filer vers le séjour tout en s'écriant : « Allez, essaie de m'attraper, connard ! »

Michaels risqua un coup d'œil vers son virgil. Dès que Bershaw lui aurait emboîté le pas, Toni serait sauvée. Les hommes du général seraient prêts à investir la place sitôt qu'ils entendraient l'appel au secours de Michaels.

Oh, merde ! Il ne l'avait plus ! Envolé, le virgil ! Où l'avait-il paumé ? En enjambant la fenêtre ?

Plus le temps de se préoccuper de ça, désormais.

Il arriva dans le séjour, le parcourut du regard, cherchant désespérément une arme quelconque, un truc à lancer, n'importe quoi !

Il vit le petit étui de bois contenant les deux couteaux kerambits. Il le saisit et rabattit le couvercle à l'instant même où Bershaw pénétrait dans la pièce. L'homme évoluait avec plus de lenteur, il paraissait vaciller. Bien qu'ayant ricoché, la balle n'avait pas dû l'arranger.

Bershaw empoigna l'extrémité du canapé alors que

Michaels filait derrière tout en essayant d'introduire l'index de chaque main dans les anneaux terminant le manche des deux petits poignards incurvés. Bershaw souffla comme un bœuf et le canapé se souleva, pivota, s'envola et alla s'écraser, à l'envers, deux mètres plus loin.

« Tu peux filer, mais tu peux pas te planquer, tu le sais ? »

Gagner du temps ! « Qu'est-ce que vous voulez ?

– Tu as tué Bobby. Je te tue. Donnant-donnant.

– Je ne l'ai pas tué. Il a été abattu par un traître, un agent des Stups à la solde des trusts pharmaceutiques. Ce type est mort, lui aussi !

– Aucune importance. C'est toi qui lui avais désigné sa victime. Tu dois payer. »

Bershaw s'approcha, les mains tendues comme des serres.

Michaels avait désormais une prise solide sur les deux petits couteaux incurvés, qu'il tenait cachés derrière ses avant-bras et ses poings fermés : seuls dépassaient les anneaux passés aux index. Même si Bershaw le remarqua, il n'en laissa rien paraître, continuant d'avancer, pareil à quelque monstre de Frankenstein, inexorable.

Michaels inspira profondément et retint son souffle.

Ce serait peut-être son dernier.

Toni se rua dans le couloir. Dans sa main, elle avait le kriss donné par Gourou, la dague à lame ondulée qui, des années durant, était restée dans la famille de cette dernière. Même si ce genre d'objet était depuis longtemps cantonné à un usage plutôt cérémoniel, il n'en restait pas moins une arme efficace, et de toute manière, c'était la seule qu'elle avait sous la main.

Elle entendit un grand fracas et sentit le sol vibrer sous ses pieds au moment même où elle pénétrait dans le séjour pour y découvrir les deux hommes.

Bershaw avançait vers Alex.

Ce dernier avait pris une posture de djuru et Toni comprit d'emblée qu'il avait dans les mains les kerambits, même s'ils étaient quasiment invisibles.

Malgré sa blessure à la tête, l'autre était d'une rapidité surnaturelle. Il projeta brusquement la main et, avant qu'Alex ait pu réagir, il le cueillit avec une claque qui envoya ce dernier valser contre la bibliothèque ;

les rayons garnis de bouquins reliés se déversèrent sur lui.

« Hé ! » s'écria Toni.

Bershaw se retourna, lui sourit. « Toi, je m'occuperai de toi plus tard. Tu ferais mieux de poser ça avant de risquer de te couper, mon chou. »

La diversion permit à Michaels de récupérer un peu. Il ramassa les quelques livres restés sur les rayons et les lança sur son adversaire.


Tad se retourna pour achever Michaels. Il vit trois bouquins lui arriver dessus au ralenti : un relié rouge, un autre à la jaquette foncée, un dernier qui s'était ouvert et faisait voleter ses pages. Il esquiva celui couvert d'une jaquette, écarta d'un revers de main le rouge mais laissa le livre ouvert le frapper au torse ; une broutille.

Michaels arrivait juste derrière les trois projectiles, toutefois, et assez vite pour frapper Tad avant que celui-ci n'ait pu bloquer le coup. La belle affaire, il allait l'encaisser puis s'emploierait à broyer ce salopard.

Le côté gauche de son champ visuel disparut... un éclair rouge, puis plus rien.

Tad fronça les sourcils, écarta Michaels d'un revers de bras, l'envoyant s'étaler sur le canapé retourné. Il porta la main à son visage et, lorsqu'il l'écarta, elle était couverte de sang et d'une espèce de matière gélatineuse et transparente. Son esprit fit aussitôt le rapprochement.

Cet enculé lui avait arraché un œil !

Mais comment ?

Michaels se releva et Tad comprit : sa main tenait un petit poignard incurvé. On aurait dit une griffe.

Ah, mon salaud !

Puisque c'était comme ça, il allait le prendre par son putain de bras, le briser, et lui enfoncer ce petit croc de boucher dans le cul, voilà...

Tad s'avança.

Quelque chose le frappa dans le dos et il sentit comme une légère piqûre.

Il passa la main derrière lui, se rendit compte que la bonne femme venait de lui lancer ce putain de poignard incurvé et que celui-ci s'était planté au creux des reins. Il le prit par la lame, tira un coup sec, le ramena devant lui. La lame était noire avec de drôles de petits motifs gravés dans l'acier. Il brandit l'arme en direction de la femme. « Merci. Exactement ce qu'il me fallait. »

Il se retourna juste à temps pour voir Michaels enjamber le canapé, son petit couteau brandi en l'air.

Tad sourit. Il tenait toujours le poignard incurvé par la lame, dont quelques centimètres seulement dépassaient, mais en enfonça la pointe quelque peu émoussée dans l'avant-bras de Michaels, l'enfouissant dans le muscle, jusqu'à ce qu'elle vienne racler l'os, ne s'arrêtant que lorsque sa main vint buter contre le bras.

La paume de Michaels s'ouvrit dans un spasme. Autant pour sa petite griffe.

Mais le couteau refusa de tomber, comme s'il se l'était collé dans la main, ce con.

*Bien, très bien. Alors comme ça, tu veux jouer ?* D'une secousse, Tad dégagea sa propre lame, assura de nouveau sa prise, et jugea qu'il n'avait qu'à l'abattre à nouveau et lui sectionner directement le bras. Ce coup-là, il serait débarrassé du problème une bonne fois pour toutes. Ensuite, il comptait bien le découper en menues rondelles, ce con.

Michaels sentit le kriss pénétrer dans son avant-bras droit, le bout toucher le radius puis glisser sur l'os et le traverser de part en part avant de ressortir d'un ou deux centimètres de l'autre côté.

Sa main s'ouvrit machinalement.

D'une secousse, Bershaw dégagea la lame et l'éleva jusque derrière sa tête, en la brandissant comme une hache, et Michaels comprit aussitôt que le type s'apprêtait à l'abattre. Et vu sa force démente, il était tout à fait capable de sectionner le muscle et l'os et de l'amputer du bras.

Mais Michaels avait toujours l'autre kerambit. Et il se trouvait désormais tout près, sous la garde de l'adversaire, dans la position idéale où cherchait à se placer un adepte du silat serak pour conclure un assaut. Il avait une chance, une seule, peut-être, et il la saisit. Il lança un coup en direction du cou de Bershaw, un petit crochet du gauche, en même temps qu'il faisait pivoter son poing.

La minuscule lame du kerambit atteignit le côté droit du cou de Bershaw cinq centimètres sous la mâchoire et s'y ouvrit un passage jusqu'à la pomme d'Adam.

Le type fronça les sourcils et s'interrompit dans son mouvement de frappe.

Michaels s'effondra, laissant délibérément ses jambes se dérober. C'était la façon la plus rapide de se dégager et, tout en tombant, il projeta de nouveau le couteau, creusant une méchante estafilade dans la cuisse de Bershaw, presque au ras de l'aine.

Bershaw ramena en arrière sa jambe indemne et décocha un coup de pied. Il atteignit Michaels au flanc, juste sous l'aisselle, et ce dernier sentit et entendit les côtes se briser, deux claquements mouillés qui lui coupèrent le souffle.

Le sang ruisselait de la blessure au cou de son adversaire, giclant par saccades frénétiques au rythme de ses pulsations, comme un tuyau d'arrosage déchiré qui se vide sous la pression.

Bershaw lui décocha un nouveau coup de pied, mais déjà moins fort. Michaels réussit à se tourner légèrement pour esquiver et le saisit à l'épaule. Le muscle se déchira mais il n'eut pas l'impression que le bras avait été cassé, même si la violence de l'impact le fit pivoter de cent quatre-vingts degrés.

Dans son élan, Michaels crocheta du pied droit la cheville droite de Bershaw, puis lui enfonça son talon gauche dans la cuisse, en visant sa plaie ensanglantée.

Bershaw perdit l'équilibre et tomba à la renverse, heurtant le canapé.

Michaels se dégagea d'une roulade. Il se releva, le kerambit dans sa main gauche tenu levé, la pointe tendue vers Bershaw.

Ce dernier avait tout le côté droit du corps imbibé du sang artériel qui s'écoulait de la carotide que Michaels avait tranchée. Le flot continuait de jaillir de la blessure par saccades, mais celles-ci étaient déjà bien plus lentes et moins intenses.

Bershaw se releva, sourit et fit deux pas vers Michaels. Mais c'était désormais à son tour d'évoluer au ralenti.

Michaels le poinçonna une fois encore. Bershaw avait levé un bras pour parer le coup et la lame dessina une estafilade du poignet jusqu'au coude, mais il saigna à peine.


Tad se sentait soudain las, tellement las. Ouais, il fallait qu'il tue ce mec, pour Bobby, mais dès que ce serait fait, il faudrait qu'il aille s'asseoir. L'effet du Marteau se dissipait, il le sentait, et ce n'était pas encore le moment. Pas encore. Juste terminer ce dernier truc, et ensuite, ensuite, il pourrait faire une pause. Aller voir Bobby.

Bobby ?

Il y avait un truc au sujet de Bobby...

Oh, et puis merde. D'abord tuer le type, on verrait après.


Bershaw saisit à deux mains le poignet armé de Michaels et serra.

Michaels sentit son poignet craquer, et dans un geste désespéré, projeta son coude libre à l'horizontale – leçon directe du djuru numéro un – tel Dracula écartant sa cape, mais en y portant tout son poids. Il atteignit son adversaire en pleine tempe.

Merde ! Qui aurait dit que ce mec pouvait frapper avec une telle énergie ? Il faudrait qu'il raconte ça à Bobby.

Mais il se sentait si fatigué. Si faible. C'est à peine s'il avait encore la force de tenir debout, et puis, de toute manière, à quoi bon, du reste ?

Le Marteau l'abandonna, le laissant tout d'un coup seul ici avec cet étranger qui le frappait. La chape de gris se referma sur Tad.

*Bobby, c'est bien toi, mec ?*


L'éclat dans l'œil unique de Bershaw vacilla en même temps qu'il lâchait le bras de Michaels et reculait d'un pas en titubant.

Puis cet éclat s'éteignit et Bershaw s'effondra, telle une marionnette aux fils coupés.

Michaels se retourna et vit Toni, un livre dans les mains, qui avançait résolument sur eux. Coïncidence étrange comme il en arrive parfois dans les situations les plus épouvantables, il nota le titre en couverture et aussitôt éclata de rire.

Toni s'immobilisa : « Alex ? Tu te sens bien ? »

Il lui indiqua le bouquin. « Et tu comptais l'assommer avec ça ? »

Toni examina l'ouvrage.

C'était *Comment vous faire des amis et avoir de l'influence.*

# Épilogue

## *Washington, DC*

Michaels avait le bras qui le démangeait, il avait envie d'arracher le pansement de plastique pour gratter l'estafilade. La colle chirurgicale maintenait parfaitement jointives les lèvres de la coupure, il avait tous les antalgiques nécessaires, car le poignet fracturé lui occasionnait une douleur lancinante et ses côtes fissurées l'élançaient chaque fois qu'il respirait, mais rien ne semblait vouloir calmer la démangeaison.

Assis à la table du coin-cuisine, il regarda Toni qui revenait lui porter une bière sortie du frigo.

« Merci. Mais j'aurais pu le faire...

– Je te ferai remarquer que je suis en meilleure forme que toi, grossesse mise à part. »

Il but une gorgée, posa la bouteille.

« Alors, quoi de neuf au bureau ? lui demanda-t-elle.

– Eh bien, il se trouve que Lee et George travaillaient bien tous les deux pour cette entreprise pharmaceutique allemande, comme nous l'avions supposé. Lee essaie de négocier un arrangement, mais je doute qu'il fasse le poids.

– Dans ce cas, pourquoi ont-ils tué le chimiste ?

– C'est là le nœud de l'affaire.

– La boîte avec laquelle ils s'étaient acoquinés...

– Acoquinés, voyez-vous ça !

– Tu veux que je finisse mon histoire, oui ou non ? » Il sourit.

« Continue.

– Il se trouve donc que ce labo pharmaceutique effectuait déjà des recherches dans ce domaine, pour lequel ils avaient investi de grosses sommes et sur lequel ils fondaient de gros espoirs. Sans être allés aussi loin que Drayne, ils s'orientaient toutefois dans la même direction. Au point, d'ailleurs, d'avoir réalisé certains protocoles de tests, obtenu l'accord partiel des autorités ; et ils ne voulaient surtout pas qu'un tiers vienne leur piquer leur manne.

– Ils envisageaient d'éliminer complètement Drayne et toute sa production ?

– Ouais. Lee et George s'étaient vu gratifier d'un nombre important d'actions, en échange de quoi ils devaient faire en sorte que les formules de Drayne n'atterrissent pas chez un rival. Si leur boîte arrivait la première sur le marché, ils étaient assurés de devenir milliardaires. »

Elle hocha la tête. « Euh. Ça, je ne l'avais pas envisagé.

– Personne d'autre non plus.

– Et John Howard ? »

Michaels prit une autre gorgée de bière avant de répondre.

« Il dit qu'il songe à prendre sa retraite. Que la vie est trop courte, et qu'il veut encore être de ce monde quand son fils terminera ses études pour entrer dans la vie active.

– Ce n'est pas moi qui le lui reprocherai.

– Moi non plus.

– Jay Gridley... toujours bouddhiste ?

– Plus vraiment pratiquant, si tant est qu'on puisse l'être. Il ne peut pas à la fois méditer en contemplant son nombril et rester assez affûté pour traquer les nuisibles sur la Toile, explique-t-il. Il va falloir qu'il fasse un choix. Mais sa copine et lui vont se marier.

– Super !

– Et passer leur lune de miel à Bali, enfin, c'est ce qu'il dit.

– Et nous ?

– Nous... Nous n'avons pas à nous plaindre. J'imagine que je ne vais plus passer beaucoup de temps au garage tant que la Chevy ne sera pas revenue de chez le carrossier. Incroyable, les dégâts qu'il a pu faire, ce mec.

– Ouais, incroyable en effet. Je comprends pourquoi tant de gens voulaient mettre la main sur cette drogue. S'il avait été un athlète, il aurait été capable de raser toute la maison jusqu'aux fondations. »

Alex acquiesça. « Je vais te dire une chose : si jamais tu m'entends encore me plaindre qu'on se fait chier au boulot... je veux que tu me flanques un bon coup sur la tête.

– Avec joie. »

Ils échangèrent un sourire, et malgré ses multiples douleurs et ses démangeaisons, Michaels était plus qu'heureux d'en être, au moins, capable.

À tout prendre, c'était encore ce qui pouvait lui être arrivé de mieux.

## REMERCIEMENTS

Nous aimerions ici rendre hommage, pour leur aide, à Martin H. Greenberg, Larry Segriff, Denise Little, John Helfers, Robert Youdelman, Esq., et Tom Mallon, Esq. ; Mitchell Rubenstein et Luarie Silvers chez Hollywood.com, Inc. ; ainsi qu'à la merveilleuse équipe de Penguin Putnam, Inc., et tout particulièrement Phyllis Grann, David Shanks et Tom Colgan. Comme toujours, nos remerciements vont à Robert Gottlieb, de l'Agence William Morris, notre agent et notre ami, sans qui ce livre n'aurait jamais pu voir le jour.

Mais avant tout, c'est à vous, amis lecteurs, qu'il reste à décider dans quelle mesure notre effort collectif aura été couronné de succès.

Composition réalisée par IGS

*Imprimé en France sur Presse Offset par*

**BRODARD & TAUPIN**

GROUPE CPI

La Flèche (Sarthe).
N° d'imprimeur : 32522– Dépôt légal Éditeur : 63977-12/2005
Édition 01
Librairie Générale Française – 31, rue de Fleurus – 75278 Paris cedex 06.
ISBN : 2 - 253 - 11416 - 2